Susanne Betz

Tanz in die Freiheit

W0402279

Susanne Betz

Tanz in die Freiheit

Roman

C. Bertelsmann

Der Verlag weist ausdrücklich darauf hin, dass im Text enthaltene externe Links vom Verlag nur bis zum Zeitpunkt der Buchveröffentlichung eingesehen werden konnten. Auf spätere Veränderungen hat der Verlag keinerlei Einfluss. Eine Haftung des Verlags ist daher ausgeschlossen.

MIX
Papier aus verantwortungsvollen Quellen
FSC® C014496

Verlagsgruppe Random House FSC® N001967

1. Auflage
Copyright © 2016 by C. Bertelsmann Verlag, München,
in der Verlagsgruppe Random House GmbH,
Neumarkter Str. 28, 81673 München
Umschlaggestaltung: buxdesign GbR, München,
unter Verwendung eines Motivs von Trevillion Images/Lee Avison
Satz: Uhl + Massopust, Aalen
Druck und Bindung: GGP Media GmbH, Pößneck
Printed in Germany
ISBN 978-3-570-10211-4

www.cbertelsmann.de

Prolog

Oktober 1793

Durch die Wand, an die ich meine linke Schläfe presse, dringen Stimmen. Eine Frau schimpft, dass Brot und Brennholz teurer sind als zu der Zeit, als der König noch lebte und regierte. Eine andere trällert ziemlich falsch die neueste Tanzmelodie. Eine asthmatisch keuchende Stimme beschwert sich, dass es am Vortag nur noch Zuschauerplätze ziemlich weit weg von der Guillotine gab. Ein Stuhl wird geschoben, Männerstiefel poltern eine Treppe hoch, ein Kind weint vor Müdigkeit. Die Geräusche vermischen sich, auch mit meinem Herzschlag. Allmählich lässt das Rauschen in meinen Ohren nach. Aber die Angst in meinen Adern pocht weiter. Wie lange stehe ich schon reglos in meinem dunklen Versteck? Fünf Minuten, eine Viertelstunde? Ich versuche so flach wie möglich zu atmen, damit ich mich meinen Verfolgern nicht verrate.

Ich drücke den Rücken gegen die Innenseite des Torbogens. Habe ich die Handlanger des Revolutionstribunals, Robespierres Männer des Terrors, tatsächlich abgehängt? Oder lauern sie noch irgendwo da draußen im Gewühl der Gassen? Hinter der Wand knarzt eine Tür. Ich höre zwei neue Stimmen, weich und zärtlich, eine gehört einem Mann, die andere einer Frau. Fässer werden durch die Gasse gerollt. Dabei ist es weit nach zehn Uhr. Paris wird nie still. Vom ersten Tag an habe ich die Energie seiner Einwohner wie einen pochenden Puls in mir gespürt. Vor allem ihr großes Vergnügen am Leben. Das von Tag zu Tag kurzatmiger und gieriger wird, je mehr Blut zwischen den Pflastersteinen in den Boden sickert. Öffentliche Bälle, Umzüge, überall Geselligkeiten, bei denen Bankiersgattinnen ihre ehemaligen Gärtner küssen und neureiche Spekulanten verarmte Adelstöchter als Trophäen sammeln. Entlang der Chaussee d'Antin öffnet ein Nachtlokal nach dem anderen, sofort sind sie voll. Allabendlich explodieren vom Montmartre aus Feuerwerke über der Stadt. Man heiratet und lässt sich drei Wochen später wieder scheiden, vorausgesetzt, die Guillotine war nicht schneller. Und die Mode wird von Tag zu Tag verwegener. Ich habe mir vor ein paar Tagen ein Gewand gekauft, »Kleid« wäre zu viel gesagt, das leichter ist als mein Nachthemd und nur mit ein paar schmalen Bändern über meinen bloßen Schultern hängt.

Unwillkürlich bewegt sich meine rechte Hand und tastet sich an den Beutel an meiner Hüfte heran. Brot, Briefe, eine halbe Flasche Wein, ein Stück Schinken, eine Orange von Monsieur Vidal, meinem Freund und dichtenden Obst- und Gemüsehändler. Der Mann, zu dem ich heute Nacht quer durch Paris unterwegs bin, wartet auf diese Nahrungsmittel. Aber wahrscheinlich noch mehr auf die Nachrichten. Seinetwegen sind sie hinter mir her. Sie hoffen, dass sie ihn durch mich finden, dass ich sie zu ihm führe.

Um mich herum riecht es nach Leder und Leim. Wahrscheinlich bin ich im Hof eines Schusters gelandet. Ich vermute, dass ich mich in der Nähe der Rue de la Chaise oder Rue du Bac befinde. Als meine Verfolger ganz nah waren, ich ihr Keuchen wie Messer, die gerade geschliffen werden, in meinem Nacken hörte, torkelte mir ein fröhliches Trüppchen betrunkener Seeleute entgegen. Ich warf ihnen aufreizende Küsse zu und machte ihnen schöne Augen. Sofort umringten sie mich, aber ich schwamm durch ihre Alkoholausdünstungen hindurch und rannte weiter. Meine Verfolger prallten gegen die über mein Verschwinden missmutigen und nun rauflustigen jungen Bretonen. Dann rechts, über einen modrigen Hinterhof, durch eine lockere Zaunlatte hindurch, wieder rechts. Schließlich verschwand ich hinter dem Torbogen.

Ich hoffe, dass der alte Herr, den ich seit vielen Wochen heimlich in seinem Versteck in der Rue des Fossoyeurs aufsuche, mir heute Nacht den Rest seines Geheimnisses anvertraut. Einiges kann ich mir bereits zusammenreimen. Aber die wichtigste Information fehlt mir doch, die meiner eigenen Herkunft. In letzter Zeit ist der alte Herr oft zu schwach zum Erzählen gewesen. Dass die Terrorherrschaft sein Lebenswerk zerstört, dass er sich monatelang verbergen muss und seine Familie in Gefahr ist, ruiniert seine Gesundheit. Ich habe ihm Eier aufgeschlagen, das Eigelb mit Zucker in Rotwein verrührt und ihn gezwungen, ein Glas davon zu trinken. Das stärkt. Heute Nacht muss ich den Rest seines Geheimnisses erfahren, alles, was er über meine Mutter weiß. Und über meinen Vater.

Es ist Oktober und tagsüber noch mild. Der Wind bläst aus Südwest. Frisch geerntete Äpfel und Birnen werden an allen Ständen angeboten, auch Monsieur Vidal schichtet jeden Morgen kunstvolle Pyramiden auf. Aber nachts ist es schon empfindlich kühl. Nebel werfen ein feuchtes Netz. Trotzdem schlüpfe ich aus meinen Schuhen. Ich habe sie mir in meinem ersten Jahr in Paris gekauft, derbe Schuhe, wie Dienstmägde sie tragen. Ich bücke mich und streife auch noch meine Strümpfe ab. Ich lasse sie zwischen Stroh und Lumpen auf dem Boden liegen. Nebenan, in dem fremden Haus, rumpelt ein Bettgestell. Auch dieses Geräusch gehört zu dieser Stadt. Liebespaare überlegen nicht lange, wenn das Leben lebensgefährlich ist.

Wenn der alte Mann genug gegessen und getrunken hat und ich endlich die Geschichte gehört und verstanden habe, die auch meine Geschichte ist, werde ich wieder quer durch Paris laufen. Über den Pont Neuf, wo die Buden der öffentlichen Briefschreiber gerade schließen, zurück auf die andere Seite der Seine. Im Café du Caveau im Palais-Royal werde ich meinen Geliebten treffen. Ich bin mit ihm dort verabredet. Das klare Weiß seiner Augen schimmert bis in mein kaltes, modriges Versteck. Es gibt mir Mut. Der Terror kreist auch mich und Felix, meinen Bruder, ein. Ich spüre seinen gierigen Hunger, der immer mehr Opfer braucht. Lange wird mein Geliebter uns nicht mehr schützen können.

Es wird Zeit.

Ich recke mich, atme noch einmal tief durch. Aus dem Nichts tauchen zwei grüne Katzenaugen auf, starren mich an, als ob sie mich kennen. Zwinkern und verschwinden im schwarzen Schlund der Schusterwerkstatt.

Ich husche hinter dem Torbogen hervor und renne einfach los. Die Gasse hinunter, über den Platz mit der großen Platane in der Mitte, dann nach links. Jetzt kenne ich mich wieder aus. Bis zur Rue des Fossoyeurs ist es nicht mehr weit. Mein Herz krampft sich zusammen. In dieser Straße hat eine meiner besten Freundinnen gewohnt. Ich laufe weiter. Schaue kein einziges Mal über meine Schulter. Egal, ob meine nackten Füße gekehrte und gewässerte Pflastersteine berühren oder Reste von altem Kohl und Pferdeäpfel, sie verursachen in dieser Nacht so gut wie kein Geräusch.

Ich laufe immer schneller.

Kapitel 1

Mai 1791

Die Füße meiner Schwester waren viel zu groß und kräftig.

Ich stellte mein Fernrohr schärfer. Im Grunde waren es Füße, auf denen man ausdauernd laufen konnte. Was Frauen unseres Standes natürlich nie taten. Ich schwenkte das Fernrohr weiter nach oben.

Der helle Fleck in der hintersten Ecke unseres Gemüsegartens, der ein verfrühter Nachtfalter oder eine lauernde Katze sein konnte, wurde zum bauschigen Rock über bauschigen Unterröcken. Eleonore hob sie gerade so hoch, dass ich die gelben Schleifen der Strumpfbänder über ihren Knien sehen konnte. Schon stellte sie einen Fuß auf die Rückenlehne der Bank, auf der wir manchmal saßen, wenn wir ganz für uns sein wollten. Als Nächstes streckte Eleonore beide Hände aus, als suchte sie etwas in der Ziegelmauer hinter der Bank. Unwillkürlich musste ich lächeln. Denn ihr Profil zeigte rührend, wie konzentriert sie war. Vor Anspannung öffneten sich ihre Lippen.

Das, was man eine Schönheit nannte, war meine Schwester nicht. Dazu war ihre Nase zu spitz, ihr Mund zu groß, und von der Stirn bis zum Kinn blühten zu viele Sommersprossen, die auch trotz regelmäßiger Kamillensudumschläge nicht verschwanden. Trotzdem hätte ich auf die Schnelle ein halbes Dutzend junger Männer aufzählen können, die in der Kirche nicht den Blick von Eleonore ließen. Es musste, so vermutete ich, etwas mit ihrem Haar zu tun haben. Kein Hut war groß und kein Reispuder deckend genug, um seine Fülle und Farbe zu verbergen. Je nach Lichteinfall lockten diese Haare mal in der Farbe frisch aufgeschnittener Erdbeeren, mal schimmerten sie ähnlich wie die Ziegel, mit denen gerade das Dach unseres Nachbarhauses neu eingedeckt wurde.

Eleonores eigentliche Attraktivität rührte von ihrer Fähigkeit her, sich überschwänglich über die banalsten Zufälligkeiten des Lebens freuen zu können. Über eine herzförmige Kartoffel etwa, die auf ihrem Teller gelandet war, oder einen Hund am Wegesrand mit einem blauen und einem braunen Auge. Diese Freude speicherte sie in ihren hellgrauen Augen und gab sie bei nächster Gelegenheit Menschen weiter, die ihr über den Weg liefen. Seltsamerweise suchten auch manche Frauen, junge wie alte, die ja in der Regel untereinander konkurrierten, die Nähe meiner Schwester. Vielleicht weil sie hofften, in ihrer Nähe ähnliche Glücksmomente zu erleben. Allerdings war mir aufgefallen, dass es sich dabei meist um etwas verschrobene Personen handelte, über die mein Vater und ich in seltener Einigkeit die Nase rümpften.

Auch Anselm, den ich bei einer Vorlesung Friedrich Schillers über die Gesetzgebung Mose kennengelernt hatte, wo er allerdings ziemlich rasch und als Einziger einschlief, und den ich bald darauf nach Hause einlud, verwandelte sich in Eleonores Anwesenheit. Er wurde nahezu stumm. Zuerst dachte ich, es läge daran, dass mein neuer Freund ein Bauernbub mit einem alten Adelsnamen, aber wenig Erfahrung in gebildeter Konversation war. Als ich den wahren Grund durchschaute, hatte ich, was Anselm betraf, lächerlicherweise schon zu hoffen begonnen. Schlimmer noch, zu träumen.

Aber diese Erinnerung war nicht der Grund, warum mein Herz plötzlich schneller schlug. Gerade als mein Objektiv wieder Eleonores Schultern einfing, wackelte und ruckte es. Im nächsten Moment war meine Schwester verschwunden.

Ein paar Minuten lang presste ich mein rechtes Auge an das Okular, suchte unsere Grundstücksgrenze ab, suchte an der Seite im Gebüsch und schließlich in den Beeten davor. Aber in der schwarzen Erde steckten nur Kohlköpfe, stramm und in exakteren Abständen, als die Soldaten unseres Herzogs bei der Parade. Zwischen den Bohnenstauden hüpfte eine einsame Amsel herum und zupfte an einem Wurm. Ich konnte das Fernrohr verstellen und meine Augen anstrengen, so sehr ich wollte: die Bank, die, wie ich mir im Geiste notierte, dringend gestrichen werden musste, war leer. So als ob seit Jahrzehnten kein Mensch mehr auf ihr gesessen oder gar gestanden hätte.

Eleonore war also tatsächlich hinübergeklettert, auf das fremde Grundstück. Bestürzt lehnte ich mich mit dem Rücken an den Fensterpfosten und blies die Luft durch die gespitzten Lippen. Eine Untugend, die ich mir seit geraumer Zeit abzugewöhnen versuchte. Das Geräusch, das dabei entstand, klang so gar nicht nach männlich draufgängerischem Pfeifen. Ein undefinierbarer scharfer Geruch wehte in mein Zimmer. Auf jeden Fall mischte sich Feuchtigkeit darunter. Der Frühling war bislang verregnet gewesen. Was mich aber nicht so sehr störte wie Eleonore, die gern und viel draußen war. Ich verbrachte meine Zeit am liebsten an meinem Pult. Wenn ich ein gutes Buch vor mir hatte, zogen Regen und Wolken an mir ebenso vorbei wie Sonnenstrahlen.

Ich atmete langsam durch die Nase ein und aus. Mindestens zwei Minuten lang. Diese Übung half meistens. Obwohl meine Schwester der Mensch war, den ich von allen am besten zu kennen glaubte, hatte sie es wieder einmal geschafft, mich vollkommen zu überraschen und aus der Fassung zu bringen.

Andererseits hätte ich ahnen können, dass etwas im Busch war. Seit Wochen fragte Eleonore unsere Dienstboten aus, auch beim Weinhändler stellte sie schamlos Nachforschungen an. Und sie kritzelte auf einen kleinen Block, zu welcher Uhrzeit Licht aus den Zimmern des Nachbarhauses drang und wie viele Handwerker welcher Gewerke dort gerade arbeiteten. Diese Notizen fand ich zufällig unter ihrem Stickrahmen. Dass die kleinen, schneckenhausrunden Ziffern denen unserer Mutter ähnelten, jagte mir einen zusätzlichen Schrecken ein.

Ihre Neugier trieb Eleonore sogar wieder zu Besuchen bei ihrer Patentante. Mir gegenüber nannte Eleonore sie nur die Marmorbüste mit der angeschlagenen Nase. Frau von Stein führte in Weimar den tonangebenden Salon. Damen, die nicht per vanillegelbe Billetts dazugebeten wurden, hatten ein Leben lang Sodbrennen oder zogen aus Weimar fort. Das Gerücht ging um, dass die Ehefrau des reichsten Bierbrauers Frau von Stein eine stattliche Summe im Gegenzug für eine Einladung angeboten hatte. Eleonore dagegen drückte sich oft. Sie gab dann verbrannte Haare vor, einen Käfer in ihrem Gehörgang oder, was ihr sogar geglaubt wurde, eine akute Verschlimmerung des Zustandes unserer Mutter. Dass sich Eleonore jetzt öfter mit eng geschnürtem Mieder und Haaren, die ihr Mutters Zofe Katia auftürmen und pudern musste, in einer Sänfte die wenigen Schritte zum Haus an der Ackerwand tragen ließ, zeigte, wie sehr sie darauf brannte, mehr über die Veränderungen in unserem Nachbarhaus herauszubekommen. Die Sänfte war allerdings Vaters Entscheidung. Er machte gern Eindruck.

Da saß meine Schwester dann zwei Stunden im ausgebleichten lindgrünen Salon der von Steins und trank schluckweise Tee. Aus ihren Erzählungen wusste ich, welche Folterqualen mir als Mann erspart blieben. Ein winziger Schluck, ein Bonmot über Ifflands *Der Jäger*, das Stück, mit dem vor Kurzem das neue Hoftheater eröffnet worden war. Ein weiteres Nippen. Gefolgt von einer mit Zuckerguss überzogenen, an das Fräulein von Göchhausen gerichteten Bosheit, das wegen seines rachitisch verwachsenen Rückens mehr auf dem Stuhl hing als saß. Meist konterte die Hofdame der Herzoginmutter so geistreich, dass die anderen Damen erst auf dem Nachhauseweg den Spott durchblickten. Oder nie. Wieder wurde auf ein Kommando getrunken. Ein Name fiel, scheinbar zufällig, wie eine Sticknadel, der Name der herzoglichen Mätresse. Augenblicklich zuckten Mundwinkel. Frau von Steins lange Nase senkte sich, kaum merklich, aber immerhin. Alle hielten den Atem an. In die Stille hinein klickten zwei, drei Teelöffel wie Florette.

»Die Ärmste«, seufzte Frau von Stein, verzog nachdenklich die Lippen und sagte dann wie nebenbei: »Der Herzog wird sie nach dem zweiten Kind in ein besseres Gartenhaus abschieben.« Ein gesellschaftliches Todesurteil war gefallen.

Danach erhob sich die Gastgeberin und reichte Gebäck herum. Das Zeichen, dass sie baldigen Aufbruch wünschte. Charlotte von Stein trug ausschließlich weiße Kleider. Als junge Frau hatte sie in ihnen geleuchtet. Jetzt sah sie in ihnen wie von Schimmel überzogen aus, und ihre Gesichtszüge waren verhärmt. Macht übte sie trotzdem noch aus. Jede Dame legte sich demütig ein dünnes Stück Sandkuchen auf den Teller. Nach drei Tassen Darjeeling war unser gesamtes Universum durchgehechelt. Weimar bestand allerdings nur aus einem größeren Dorf, an dem einer der kleinsten Fürstenhöfe des deutschen Reiches klebte. Dass Frau von Stein bei diesen Nachmittagen den dünnen Tee, der serviert wurde, ignorierte und stattdessen eine Kanne Kaffee austrank, galt als raffinierter Rachefeldzug gegen Goethe. Denn er hatte ihr vor Jahren Kaffee verboten. Weil dieses Getränk seiner Meinung nach ihrem Gemüt schadete. Die Erwähnung Goethes war ebenso wie die des Wortes »Paris« ein Tabu in ihrem Salon. Dass Frau von Stein die jüngsten Geschehnisse in der französischen Hauptstadt für eine liederliche, geschmacklose und vor allem charakterschädigende Sache hielt, respektierten ihre engsten Freundinnen. Weil die, so berichtete meine Schwester, auch ihre intimsten Feindinnen waren, hatte Caroline Herder beim letzten Besuch gleich dreimal den Namen Wolfgang fallen lassen. Angeblich hieß so der jüngste Sohn ihrer Nichte in Gotha.

Von diesen Einladungen kam Eleonore so erschöpft zurück, als ob sie im Ilmenauer Bergwerk Kupfer herausgeschlagen hätte. Selbst ihre zimtfarbenen Sommersprossen kamen mir erloschen vor. Und noch dazu war alle Anstrengung umsonst. Aber das hatte ich ihr vorher gesagt. Frau von Stein würde sich eher die Zunge abbeißen, als die wild schwirrenden Gerüchte um ihren jahrelangen Seelenfreund und Liebhaber zu bestätigen. Das hätte sie endgültig von ihrem Sockel gestürzt.

Ein metallisches Scheppern schreckte mich auf und tat mir bis in die Halswirbel weh. Zwei Stockwerke unterhalb meines Dachzimmers zog Marie, die Waschfrau, die alle vier Wochen zu uns kam, eine Zinkwanne mit schwappender Laugenbrühe über die Pflastersteine. Bis sie die Wanne endlich beim Abfluss seitlich vom Kohlenkeller hatte, hatte sich die Erde halb um die Sonne gedreht. Dabei wabbelte ihr breites Gesäß unter Gewändern, die sie nie wusch. Jedenfalls behauptete das unsere Köchin. Sie behauptete noch viel Schlimmeres über Marie. Fettige Haarsträhnen hingen unter Maries Haube hervor. Ein Anblick, der mich anekelte und zugleich faszinierte. Gerade noch rechtzeitig, bevor sie mich bemerkte und womöglich wieder mit einem anzüglichen Grinsen grüßte, trat ich vom Fenster zurück.

Komischerweise fühlte ich mich ertappt, mit meinem lang ausgezogenen Fernrohr, das ich noch immer umklammerte. Vor allem aber hatte ich den Lärm nicht verhindert. Lärm war in unserem Haus ein Sakrileg. Wobei Lärm fast jedes Geräusch sein konnte, das lauter war als das Trippeln von Mäusen auf dem Speicher. Vor meinen Augen schlief der Garten langsam ein. Die gestutzten Hecken, abgezirkelten Kieswege, mit Rosen und Nelken bepflanzten Rabatten verblassten. Nur der weiße Holzpavillon nach neuester englischer Mode hob sich noch ab. Im hinteren Teil waren die Obstbäume und Beete bereits zu einem dunklen Pelz zusammengerückt, in dem auch die Bank an der Mauer verschwand.

Was, wenn Philipp Seidel, das allmächtige Faktotum des Geheimen Rates, meine Schwester beim Herumschnüffeln entdeckte? Daraus konnte sich ein handfester Skandal entwickeln. Der Herzog würde informiert werden. Die Heiratschancen meiner Schwester wären erheblich beeinträchtigt, die Position unseres Vaters bei Hof nähme Schaden. Unsere Familie, über die man schon genug tuschelte, würde …

Mir kam der Gedanke, um die Ecke zum Frauenplan zu laufen und als einziger Sohn meines Vaters, Student der Juristerei und voraussichtlich mit der Gnade unseres Herzogs und nicht wenig Geld aus unserem Familienvermögen irgendwann Geheimrat, ganz offiziell am Portal des Palais zu klopfen und nach Eleonore zu fragen. Allein bei der Vorstellung pochte es in meinen Schläfen. Gleichzeitig spürte ich die wachsende Panik unter meinen Füßen. Sie drang durch die Holzdecke, die frisch gewachsten Dielen und meine Schuhsohlen. Diese Panik konnte schnell umschlagen in Weinkrämpfe, Toben und lebensgefährliches Fieber. Ich entschied mich für Mutter. So leise wie möglich schloss ich mein Fenster. Maria war zum Glück nicht mehr zu sehen.

Vor Mutters Räumen im ersten Stock wiederholte ich meine Atemübungen. Aber nur kurz. Ich durfte keine Zeit verlieren. Behutsam klopfte ich, aber wie immer blieb eine Antwort aus. Ich schlüpfte hinein, und schon drehte sich die Zeit dreißig, vierzig Jahre zurück. Madame Pompadour hätte sich im Boudoir meiner Mutter bestimmt wohlgefühlt. Für zwei, drei Tage, als Etappenunterkunft, falls sie sich je in unsere abseitige Provinz verirrt hätte. Denn die örtlichen Hotels waren unbeschreibliche Löcher. Aber was hätte eine französische Dame, die die Fäden der Weltpolitik zog, je in Weimar gesucht! Oder käme sie unter den heutigen Umständen sogar gern, gerade weil Weimar so weit ab vom Schuss lag? Mir fiel ein, dass Madame Pompadour längst gestorben war, friedlich in ihrem Bett. Aber ihre Nachfolgerin als offizielle Mätresse Louis' XV., ich kam gerade nicht auf den Namen, befand sich derzeit auf der Flucht. Anfang des Jahres war ihr Schloss nahe bei Versailles geplündert und ihr Schmuck quer über den Kontinent verhökert worden. Das hatte ich im *Mercure de France* gelesen, der hin und wieder in Jena zu kriegen war. Beim nächsten Besuch in Weimar erzählte ich es meiner Schwester. Sie packte mich ungestüm am Arm, in ihren Augen blitzte es. Wir steckten die Köpfe zusammen und freuten uns diebisch über diese weitere verwegene Neuigkeit aus dem verwegenen Frankreich. Hinterher schämten wir uns für unsere Reaktion. Denn indirekt hatten wir den regierenden französischen König und die gottgegebene Monarchie als solche beleidigt.

Ich brauchte immer ein paar Minuten, mich auf die Umgebung meiner Mutter umzustellen. Der Geruch nach Schweinefett und blumig parfümiertem Puder beschwerte die Luft. Beides ließ meine Mutter in ihr Haar einarbeiten, damit es so hoch und steif wie in ihrer Jugend war. Manchmal setzte sie Stoffblumen oder Vögel aus Draht hinein, aber in letzter Zeit nicht mehr.

Auf Zehenspitzen bewegte ich mich auf dem Pfad zwischen bauchigen Kommoden mit schimmernden Elfenbeinintarsien und silbernen Beschlägen und Sesseln, deren Beine und Lehnen sich wie Klauen bogen, während ihre Rücken ausladenden Streichinstrumenten glichen. Wie immer passte ich höllisch auf, dass ich nichts von den kleinen Tischen und Konsolen wischte. Mutter hatte unzählige emaillierte Schnupftabakdosen, böhmische Kristallflakons, Schalen und Vasen aus hauchdünnem Porzellan aus ihrem Elternhaus in der Pfalz mitgebracht und vor fast einem Vierteljahrhundert hier deponiert.

»Felix, *mon amour*, bist du es?«

Die Stimme, die durch die angelehnte Tür zum Schlafzimmer drang, klang nicht so schlimm, wie ich befürchtet hatte. Ich räusperte mich und antwortete gehorsam: »*Mais oui, chère maman.*« Angeblich sprach niemand in Weimar, die Herzoginmutter Anna Amalia eingeschlossen, so elegant und akzentfrei Französisch wie Mutter. Auch das hatte ihren Anfang in der hiesigen Adelsgesellschaft nicht einfacher gemacht. Dabei stammte Mutter aus hohem, altem Adel, Vater dagegen aus niederem. Ruck, zuck wurde er anlässlich seiner Hochzeit auf Intervention unseres Herzogs beim Kaiser in Wien zum Grafen erhoben. Etwas merkwürdig war mir das schon immer vorgekommen.

Zuerst sah ich Mutter gar nicht. Denn ihr Schlafzimmer war noch überladener ausgestattet als das Boudoir. Überall Tischchen mit Krimskrams. Auf den holzvertäfelten Wänden rochen Hofdamen steif an Chrysanthemen und verbeugten sich Kavaliere in schlafrockähnlichen Gewändern. Das sollte chinesisch sein. Jedenfalls wie sich der Maler, der aus dem Erzgebirge stammte, dieses Land vorgestellt hatte. Meine Augen wanderten im Dämmerlicht umher. Wie immer war Mutters Sekretär mit Papier übersät, das Tintenfass stand offen, die Feder lag wie gerade eben noch benutzt quer über einem Blatt Papier. Zwei blauschwarze Kleckse glänzten noch feucht.

Nur weil die Spitzen an ihrem Ausschnitt knisterten, entdeckte ich ihren Kopf. In den Haaren steckten Lockenwickler, ihre Augen waren vor Angst weit aufgerissen. Laut unserem Kutscher, der zu Mutters Mitgift gehört hatte, war sie früher ein Engel gewesen, mit honigblonden Haaren, sahnehellem Teint und einem herzförmigen Gesicht. Übrig geblieben war nur ihre Gesichtsform. Wie ein gehetztes kleines Tier hatte sich Mutter in ein Nest von Kissen, Decken, Zetteln und Büchern in ihrem Bett verkrochen. Ein Bett, das so groß war wie eine Speisekammer. An drei Seiten stürzte ein Wasserfall verblasster blauer Seide herunter und schirmte es ab. Oben auf dem Betthimmel turnte ein kleiner, goldgefasster Amor, mit Pfeilen in der Hand. Nirgendwo konnte der Liebesbote deplatzierter sein als im Schlafzimmer meiner Mutter. Gleich nach meiner Geburt vor dreiundzwanzig Jahren war mein Vater dort ausgezogen. Oder sie hatte ihn hinausgeworfen. Da war sich die Mödlerin, unsere Köchin, nicht ganz schlüssig.

»Dieser Lärm, dieser Lärm. Was wollen sie von mir? Mich wieder fortbringen?«

Mutters Stimme war dünn wie ein Seidenfaden. Ich eilte zu ihrem Bett und setzte mich auf die Kante.

»Maman, verzeihen Sie, es war nur Marie. Marie, die Waschfrau. Sie brauchen keine Angst zu haben. Sie wissen doch, was für ein Trampel sie ist. Eigentlich war es meine Schuld. Ich hätte besser aufpassen müssen.«

»Sie wollen mich ganz bestimmt einsperren.«

Wie ein kleines Mädchen schlug Mutter sich beide Hände vor die Augen. Als könnte sie so die Welt aussperren und alles, was sie verabscheute oder wovor sie anscheinend solche Angst hatte. Ich löste ihre verkrampften kalten Hände und massierte sie. Dabei fiel mein Blick auf eines der verstreuten Bücher, das aufgeschlagen neben ihrem Kopf lag. *Institutiones calculi integralis*, las ich auf dem grünen Ledereinband, verfasst von einem gewissen Leonhard Euler in St. Petersburg. Hatte Mutter also schon, bevor Marie Lärm gemacht hatte, im Bett gesessen und, wie sie es nannte, gearbeitet? Vielleicht schon die Nacht über gar nicht geschlafen? Ihre Gewohnheiten richteten sich seit Längerem immer weniger nach den Tageszeiten. Ich drückte ihr einen Kuss auf den Handrücken. Mutters Haut roch schwach nach Orangenblüten. Die Mödlerin rieb sie mit speziellen Essenzen ein. Ich liebte den Duft meiner Mutter. Leider habe ich ihn viel zu wenig genossen. Nur in den kurzen Intervallen, in denen es Mutter früher besser gegangen war und sie mich auf ihren Schoß hatte klettern lassen. Trotzdem war ich mir immer sicher gewesen, dass sie mich sehr liebte. Eleonore war dagegen Vaters Liebling. Sie wickelte ihn mühelos um den Finger, während er an mir seine Launen ausließ. Die mir allerdings eher wie eine lange Kette insgeheimer Enttäuschungen vorkamen.

Einer der vielen Papierbogen rutschte von Mutters Bettdecke, segelte zu Boden, und ich war froh, dass ich mich danach bücken konnte. Ein Meer von winzigen Zahlen, dazwischen auch viele Buchstaben, geschweifte, eckige und runde Klammern und andere, für mich komplett unverständliche Zeichen. In dem Wirrwarr erkannte ich nur das Pi, die Ludolf'sche Zahl, deren Bedeutung mir Mutter einmal versucht hatte, begreiflich zu machen. Als ich mich erhob, bemerkte ich, dass einer von Mutters Füßen unter der Bettdecke hervorschaute. Er steckte noch im Schuh.

»Maman, ist das die Lösung? Sind Sie weitergekommen mit der Erfassung des Wesens von Zufall und Wahrscheinlichkeit?«

»Sein Paradoxon ist wichtiger. Es darf nicht vergessen werden«, hauchte sie.

Zwei Lockenwickler lösten sich aus Mutters strohigem Haar und rutschten in den Wust von Zetteln und Schreibkram. Sie merkte es nicht, oder es war ihr gleichgültig.

»Was ist Zufall, Maman? Erklären Sie mir doch bitte Ihre Studien. Maman. Maman!«

Mit aller Kraft versuchte ich gegen ihren Dämon anzusprechen. Große Hoffnung hatte ich nicht. Denn das Glas auf dem kleinen Tisch neben ihrem Bett war halb leer. Wenn Mutter Lärm hörte und sich fürchtete, schüttete sie mit Wasser verdünnte Opiumtinktur in sich hinein wie meine Kommilitonen in den Jenaer Wirtschaften billiges Bier.

Urplötzlich fing sie an zu kichern. Ihre Pupillen waren mittlerweile schwarz und hart wie die wilden Vogelkirschen, die gerade außerhalb der Weimarer Stadtmauer heranreiften.

»Du hast recht, Felix, ich komme der Lösung näher, jede Nacht komme ich ihr näher. Bald kann ich meinem guten Freund in Paris …«

Statt weiterzusprechen, klopfte sie so erregt neben sich auf die Matratze, dass die Chatelaine an ihrer Brust hin und her schwang. Dieses Schmuckstück, das aus einer blau emaillierten Zierplatte mit kleinen Rubinen und mehreren Anhängern bestand, trug sie immer. Ich erinnerte mich, dass früher eine kleine Uhr daran hing.

»Setz dich wieder, Felix.«

Ihre Stimme war schrill und hoch. Ich gehorchte, aber absichtlich umständlich, mich um die eigene Achse drehend, weil ich dabei das Glas mit der restlichen Flüssigkeit unters Bett schob. Sie bekam es nicht mit. Überhaupt schien meine Mutter von einer Sekunde auf die andere auch mich zu vergessen. Sie fuchtelte und gestikulierte, und die restlichen Lockenwickler lösten sich einer nach dem anderen. Aus ihren Mundwinkeln floss Speichel. In meinen Magen verknoteten sich Scham und Mitleid. Ich hasste es, sie in diesem Zustand zu erleben. Scheinbar wahllos fischte Mutter aus dem Gewühl auf ihrem Bett ein verknittertes Blatt heraus. Ungeduldig strich sie es glatt und kratzte mit dem Nagel ihres rechten Zeigefingers über eine kleine Zeichnung.

Ich musste mich tief darüberbeugen, um überhaupt etwas zu

erkennen. Es sah nach einer schlecht gespannten Wäscheleine aus. Genau genommen hing die Leine von einem Pfosten, neben den meine Mutter ein winziges A gemalt hatte, mehr oder weniger locker durch, bis ihr rechtes Ende ganz den Boden berührte. Darunter waren viele Kästen aufgestellt. Jeder Kasten ein kleines bisschen größer als der vorherige. Hochkant aufgestellte Särge etwa? Ich hütete mich, diese Vermutung auszusprechen. Mutters Hände flatterten wie die Flügel des Rebhuhns, das Anselm bei unserem letzten Ausflug auf sein Landgut angeschossen hatte.

»Wie viel ist das?«, murmelte sie ein ums andere Mal, »wie viel ist das?«

Noch ein paar weitere unzusammenhängende Sätze purzelten aus ihrem Mund. Auch ein Name. Er klang italienisch, vielleicht auch französisch. Möglicherweise war es aber auch die Bezeichnung für ein mathematisches Axiom.

»Maman, was meinen Sie? Bitte reden Sie doch mit mir! Oder soll ich Ihnen vielleicht etwas erzählen? Ja, genau. Stellen Sie sich vor, Eleonore und ich sind in drei Tagen zur Landpartie der Herzogin Luise …«

Ich gab auf. Mutters Geist trieb endgültig weiter. Fort aus der Gegenwart und diesem Raum, fort aus ihrem Körper. Ich konnte zusehen, wie ihre Augen tief in die Höhlen zurücksanken. Zum Glück atmete sie regelmäßig. In der Ferne bellte ein Hund, heiser, aber ausdauernd. Ich blieb neben meiner Mutter sitzen, hielt ihre Hand, tupfte von Zeit zu Zeit mit meinem Taschentuch ihre Mundwinkel ab. Mehr konnte ich nicht für sie tun. Irgendwann blieb das Bellen in meinen Ohren stecken. Ich hob den Kopf. War das Reine? Der glotzäugige, runde Mops, den meine Schwester vor einem Jahr von Vater geschenkt bekommen hatte? Ich lauschte angestrengt. Zu meiner Erleichterung wurde es still.

Mit angehaltenem Atem erhob ich mich von Mutters Seite und sammelte so geräuschlos wie möglich die verstreuten Zettel ein. Schließlich hielt ich ein dickes Bündel in Händen. Unschlüssig blieb ich damit stehen und schaute auf die chinesische Wand.

Aber die Hofdamen rochen weiter an den Chrysanthemen und ließen sich nicht dazu herab, mir einen Rat zu geben. Am besten ich verbrannte die Zettel. Aber wo? Kein Kamin, kein Ofen war zu dieser Jahreszeit angeheizt. Nur der Herd in der Küche brannte. Diese Idee verwarf ich sofort. Mit Sicherheit schlurfte die Waschfrau dort herum, wenn sie sich warmes Waschwasser holte. In Windeseile würde sie in Weimar herumerzählen, was ich für seltsame Zettel verbrannt hatte. Mit Geisterzeichen. Hexenschrift vielleicht?

Niemand durfte wissen, dass Mutter Mathematik betrieb. Schon als kleine Kinder war uns das eingebläut worden. Eleonore und ich hielten uns daran. Schon deshalb, weil wir wussten, dass Vater sonst zur Strafe einen unserer Dienstboten hinausgeworfen hätte. Das war seine verwinkelte Methode, uns zu erziehen.

Irgendwann aber, ich musste ungefähr dreizehn oder vierzehn gewesen sein, keimte in mir ein Verdacht auf. Lange wagte ich nicht darüber nachzudenken. Aber mit der Zeit wurde ich mir sicher: Die Geheimnistuerei um die Mathematik war nur die Oberfläche, ein Ablenkungsmanöver. Meine Mutter selbst war das Rätsel. Ich fand heraus, dass die Mödlerin und vor allem Fritz, der ihr regelmäßig das Opium beim Apotheker besorgte, mehr wussten. Die beiden waren so etwas wie ihre Komplizen. Ich erinnerte mich noch gut an die Herbstwochen vor vier Jahren, als es Mutter angeblich besonders schlecht ging.

Krämpfe, Schüttelfröste, Fieberschübe, sagte die Mödlerin mit gesenktem Blick. Nur sie mit ihren dampfenden Schüsseln durfte zu Mutter hinein. Um ihr Umschläge zu machen, Brühe einzuflößen und sie zu waschen. Während Fritz seine beste Livree anzog und sich als Art Leibwache vor Mutters Tür aufbaute. Er war schon immer ein verdrießlicher, kauziger Mensch gewesen. Damals aber versteinerte sein Kiefer, und seine wasserhellen Augen schauten durch alles und jeden hindurch. Auch durch meinen Vater, der mit eckigen Bewegungen den Gang entlangkam und Fritz anblaffte, warum der ihn am Vormittag zu spät bei Herrn

Bertuch abgeholt hatte. Vater legte schon eine Hand auf die Türklinke. Dann sagte Fritz etwas. Nur ein, zwei Worte, die ich von meinem Versteck hinter dem Geländer der Stiege, die zu den Dachkammern führte, nicht verstand. Die Wirkung war kolossal. Vater wandte sich ab, seine Schritte zurück auf den Dielen des langen Ganges klangen wie die eines Marschalls, der eine wichtige Schlacht verloren hat. Dieser Vergleich schoss mir durch den Kopf, mit einer gewissen Genugtuung sogar. Obwohl oder gerade weil ich selbst keine Militärerziehung genossen hatte.

Einen Tag nach dem Vorfall damals brach im Musikzimmer ein Feuer aus. Während Fritz und die Mägde es löschten, rannte ich los, um Mutter ins Freie zu bringen. Ohne anzuklopfen stürmte ich in ihr Zimmer. Mit hochgezogenen Beinen saß sie in einem ihrer barocken Sessel, einen aufgebrochenen Brief im Schoß, keine Spur krank. Im Gegenteil, so rosig waren ihre Wangen schon lange nicht mehr gewesen. Sie lächelte mich wortlos an. Rückwärts und überwältigt von meiner Entdeckung, verließ ich ihr Zimmer. Als ich hinunterkam, war das Feuer längst gelöscht.

So zogen die Mödlerin und Fritz einen schützenden Wall um Mutter. Ihre Capricen, auch ihre gelegentlichen Wutanfälle, schoben sie auf die vertrackten Zeichen und Zahlen. Und behaupteten gegenüber dem Gesinde der anderen Häuser und Herrschaften, die irrwitzig langen Tintenkolonnen hätten sich wie gefräßige Käfer ins Gehirn der gnädigen Frau gebohrt und sie um den Verstand gebracht. Das war inzwischen die gängige Meinung. Offiziell und für den Rest der Welt, das heißt für die Weimarer Gesellschaft, war Mutter schwer leidend. Geschlagen von einer namenlosen, aber auszehrenden Krankheit, die sie seit Jahren zwang, das Haus zu hüten. Dieses Leiden war Mutters Versteck. Und ihre Freiheit. Soweit ich wusste, hatte mein Vater sie nur zweimal dazu bewegen können, ihn zu einem Maskenball bei Hof zu begleiten. Das war mehr als zwanzig Jahre her. Und in Frau von Steins Salon war Mutter trotz wiederholter Einladungen nie erschienen.

Bevor ich mich hinausschlich, zog ich Mutter noch die Schuhe von den Füßen. Glücklicherweise wachte sie dabei nicht auf, murmelte nur etwas Unverständliches; ich glaubte wieder den ausländischen Namen zu hören und drehte ihren Kopf auf die andere Seite. Die Schuhe aus pistaziengrüner Seide, die ich an ihren hohen, geschwungenen Absätzen hielt, waren altmodisch pompös. Aber kostbarer und schöner als alle Damenschuhe, die unsere Weimarer Schuster zustande brachten. Auch die Schuhe stammten aus ihrem früheren Leben. Gedankenverloren streichelte ich über die aufgestickten Blüten und kleinen Vögel.

Der Gong zum Abendessen ertönte, als ich mir gerade den letzten Rest Rasierschaum vom Gesicht wischte. Der Packen mathematischer Aufzeichnungen lag in einer Kommode tief unter meinen Nachthemden. Soviel ich wusste, hatte Vater Hofkammerrat Kirms eingeladen, der wieder endlos über seine Blumenzucht reden würde. Und Herrn Bertuch, den Unternehmer, ohne den sich in Weimar kein Taler drehte und die Stadt inmitten ihres großen Geistes noch mehr verrottet wäre. Außerdem würden wie schon öfter zwei oder drei Söhne aus den besten Familien der Umgebung am Tisch sitzen und, um den Schein zu wahren, zwischen ihnen die zu einem Reptil verdorrte Witwe eines Kammerherrn, der Vater bei Hof protegiert hatte. Immerhin war Eleonore schon fast fünfundzwanzig, und trotz Vaters Anstrengungen hatte Herzogin Luise sie bislang nicht zur Hofdame berufen. Was die Chancen meiner Schwester auf eine großartige Partie dramatisch verbessert hätte.

Zu meiner Überraschung stand meine Schwester bereits im Salon und begrüßte im Schein vieler teurer Kerzen die ersten Gäste. Sie trug dasselbe Kleid, in dem ich sie am Nachmittag durch das Fernrohr beobachtet hatte. Hoffentlich fiel Vater nicht auf, dass am Saum frischer Gips klebte und sich in ihren hastig frisierten Haaren Sägespäne verfangen hatten. Sonst ließ er Katia, die Zofe, dafür büßen. Meine fragenden Blicke ignorierte Eleonore. Ich wartete, bis sie dem Grüppchen Gäste ins Esszimmer folgte. Dann stellte ich mich ihr in den Weg.

»Und, weißt du jetzt Bescheid? Lässt er die schmale Stiege herausreißen und eine breite Treppe einbauen, wie er sie in den Renaissancepalästen in Italien gesehen hat?«

Nur ihr promptes Erröten verriet mir, dass ich richtig lag.

»Ich habe sie drüben im Garten gesehen«, wisperte sie, ohne auf meine Frage einzugehen.

»Sie? Die Vulpius?«

»Genau die«, triumphierte meine Schwester. Schon wurden wir aus dem Esszimmer argwöhnisch beäugt. Ich zupfte mein linkes Ohrläppchen, damit Leonore ihre Stimme senkte.

»Und, wie ist sie?«

Die Frage rutschte mir gegen meinen Willen heraus. Eigentlich war mir der ganze Tratsch über die private Trivialität des Herrn von Goethe zuwider. Gerade als meine Schwester etwas sagen wollte, schob Vater einen jungen Herrn zu uns herüber, dessen Gesicht nicht nur die Farbe, sondern auch die Form eines saftigen Schweineschinkens hatte. Bevor sich Eleonore ihm notgedrungen zuwandte und knickste, streckte sie mir blitzschnell die Zunge raus. Zwei Wochen später, am letzten Samstag im Mai, verlobte sich meine Schwester mit Anselm von Egloffstein. Dem jungen Mann, dessen schwarze, seidige Wimpern und eingekerbtes Kinn mich bei Schillers Vorlesung unruhig hatten werden lassen. In geschlossenen Räumen wurde Anselm rasch schläfrig und saß dann teilnahmslos da, was seiner Schönheit keinen Abbruch tat. Dafür jagte und galoppierte er vom Morgengrauen bis in die Dämmerung und wusste wie kein Zweiter im Herzogtum über die neuen englischen Zuchtschweine Bescheid. Diese Rasse hieß Leicester oder so ähnlich, und sie waren fast weiß. Anselm hielt sie immer im Stall und ließ sie mit Luzerne und Eicheln mästen. Wenn man nicht aufpasste, redete er einem damit die Ohren voll. Auch mit ertragssteigernden neuen Methoden der Felderdüngung kannte sich mein zukünftiger Schwager aus.

Vater war von Eleonores eigenständigem Schritt begeistert und stimmte sofort zu, weil der Herzog, der bei Anselm beträchtliche Spielschulden hatte, begeistert war. Das Fest, das er ausrichtete, fiel dementsprechend protzig aus. An der mit Silber und – aus den herzoglichen Gewächshäusern – liliengeschmückten Tafel saß ich schräg gegenüber dem Brautpaar. Vaters langatmige Rede fiel, wie nicht anders zu erwarten, peinlich aus, vor allem weil er den Faden verlor und mehr über den Herzog schwafelte als über Eleonore oder Anselm. Merkwürdig aber war, was meine Schwester, eingerahmt von ihrer Patentante und ihrem Verlobten, unter dem Tisch veranstaltete. Als Vater nämlich endlich sein Glas hob und einen Trinkspruch auf die Zukunft des jungen Paares auf den Egloffstein'schen Gütern ausbrachte, streckte sie ein Bein aus und stieß mit einem ihrer großen, kräftigen Füße gegen meine rechte Wade. Ich biss mir auf die Lippen, um zu verhindern, dass ich aufschrie. Frau von Steins Blick bohrte sich ohnehin pfeilschnell in mich hinein. Ihren Verlobten, dessen Augenlider im Lauf des Essens schwerer und schwerer wurden, übersah Eleonore regelrecht. Dafür schwatzte sie mit Herrn Bertuch, der ihr direkt gegenüber platziert worden war, ausführlich über seine Kunstblumenmanufaktur. Vor allem interessierten sie die Arbeitsbedingungen der jungen Mädchen, die dort die Ansteckblumen für Hüte und Ausschnitte fabrizierten.

Warum diese Verlobung so Hals über Kopf? Warum gerade Anselm? Das fragte ich mich, während ich den Rehbraten aus dem Egloffstein'schen Jagdrevier verspeiste und ziemlich viel von dem Burgunder trank, der aus Anselms Keller herangekarrt worden war. Was ›zum Teufel‹ führte meine Schwester im Schilde? Ich blickte verstohlen zu ihr hinüber. Ihre Haare leuchteten wie ein brennender Dornbusch in der Wüste, und die rasante Vermehrung ihrer Sommersprossen in den vergangenen Tagen gab mir Rätsel auf.

Kapitel 2

Juni 1791

In die Weimarer Luft war wieder einmal Schlafmittel gemischt.

Ich spürte es gleich, als wir aus meinem Elternhaus auf den Frauenplan traten, um zum üblichen Spaziergang am Sonntagnachmittag aufzubrechen. Ich vermutete, dass es zu den Aufgaben Goethes gehörte, sich neben der Leitung des neuen Hoftheaters auch um das Einlullen der Bevölkerung zu kümmern. Wahrscheinlich ließ der Geheimrat ein unsichtbares Gas in unsere engen Gassen blasen. Ich atmete so flach wie möglich. Mein Verlobter gähnte, aber das tat er auch so häufig; ich hakte mich bei ihm ein und drückte ihm Reines Leine in die Hand. Vater setzte sich an die Spitze, gefolgt von Felix, am Ende unserer kleinen Prozession marschierte Fritz, der den Regenschirm meines Vaters trug. Für alle Fälle.

Kurz nach drei Uhr tauchten im Norden, über dem Ettersberg, ein paar Wolken auf. Ob sie Regen bringen oder sich bald wieder auflösen würden, darüber konnte man gut und gern eine Viertelstunde mit den Bekannten plaudern, die man traf. Wie jeder von Rang und Namen in Weimar betraten wir die Esplanade durch das große eiserne Tor und promenierten im Schatten der Lindenallee. Bis zum Palais der Herzoginmutter und zurück in Richtung inneres Frauentor. Dann dieselbe Tour noch einmal. Beliebig oft. Mein neues Musselinkleid war so leicht, dass es eine Freude war, sich darin zu bewegen. Dafür quälten mich die Fischbeinstäbe meiner Schnürbrust. Und in meinem Rücken spürte ich noch eine Weile die Blicke der zerlumpten Tagelöhner, Mägde und graugesichtigen Handwerker, die durch die Gitter gafften, weil sie diesen kleinen Park nicht betreten durften.

Jedes Mal, wenn wir an dem künstlichen Teich vorbeikamen, blieben wir stehen und betrachteten die Goldfische. Zwischendurch hielten wir an, um zu grüßen und zu schauen, wer kam und wer uns grüßte. Reine zog an ihrer Leine, ihr ging es zu langsam, was ich ihr gut nachfühlen konnte. Nicht im Geringsten deutete sich an, dass mit diesem Tag, es war der 26. Juni 1791, die Veränderungen in meinem Leben begannen.

Oder hätte ich die Begegnung mit Frau von Einsiedel und ihrem Mann als erstes Zeichen deuten sollen? Dafür, dass etwas Aufregendes, etwas Spekulatives in der Luft lag? Die beiden standen so urplötzlich vor uns, als ob der fetteste Goldfisch sie ausgespuckt hätte. Sie, sicher deutlich über dreißig, aber noch sehr apart und grazil, er auf den ersten Blick unscheinbar. Vater war es sichtlich unangenehm, die beiden begrüßen zu müssen. Da, wo seine Perücke an Stirn und Schläfen abschloss, bildete sich eine dichte Kette Schweißperlen. Leute, die er nicht eindeutig klassifizieren konnte, beunruhigten ihn.

»Ach, Kind, ich habe schon viel von Ihnen gehört, von unserer lieben Charlotte. Die übrigens ganz vernarrt ist in Sie.«

Milli von Einsiedel plauderte so lebhaft, wie ihre kleinen, behandschuhten Hände gestikulierten.

»Und wo, sagten Sie, liegt das Gut Ihres Verlobten?«

»Bei Ilmenau«, antwortete ich. Ich blieb stehen, obwohl ich spürte, dass Vater und auch Felix weiterdrängten.

»Himmlisch, ganz himmlisch!«, jubelte die Frau, die vor ein paar Jahren ihren plötzlichen Tod samt Beerdigung inszeniert hatte, um ihrem damaligen Ehemann zu entkommen und ihrem Liebhaber auf eine Expedition nach Afrika zu folgen.

»Das ist gerade mal ein halber Tag von unserem Häuschen. Sie müssen uns also unbedingt besuchen, damit Sie nicht vor Langeweile umkommen. Oder ich schaue bei Ihnen vorbei und wärme mich an Ihrem jungen Glück.«

Schelmisch legte sie ihren Kopf zur Seite und flirtete sowohl mit mir als auch mit Anselm. Ich schluckte und versprach es. In dem Moment hätte ich ihr alles versprochen. Natürlich kannte ich ihre Geschichte. Jeder hier kannte sie. Auch dass die beiden es damals nur bis Tunis schafften, weil die Karawanenwege wegen der Pest gesperrt waren. Und dass schließlich das Grab und der Sarg geöffnet wurden und Millis Schwindel aufflog. Trotzdem setzte sie ihre Scheidung durch, musste allerdings dem ersten Ehemann ihre Mitgift lassen. Konnte man das Liebe nennen?

Unter meiner Schnürbrust, im Bereich meiner seitlichen Rippen, fing es an zu jucken. In meinen Ausschnitt spürte ich etwas Feuchtes und Klebriges einsickern. Ich kannte kein einziges Ehepaar, das aus solch einem sentimentalen Motiv wie Liebe geheiratet hatte.

Felix zupfte mehrmals an seinem linken Ohrläppchen. Das Signal, dass ich meine Aufmerksamkeit zu lange und unverhohlen den Einsiedels widmete und Vaters Missbilligung riskierte. Mit unserer Geheimsprache aus Mimik und Gesten halfen wir uns seit unserer Kindheit. Gehorsam schlug ich die Augen nieder und musste deshalb auf ein Fichu aus champagnerfarbenem Batist schauen, den Milli trug. Es verhüllte nicht wie es sollte den Busen, sondern polsterte ihn stattdessen üppig aus. Von dieser *Trompeuse*, der Betrügerin, unter den Modeneuheiten, hatte ich bislang nur eine kleine Zeichnung im *Journal des Luxus und der Moden* gesehen. Mit halbem Ohr hörte ich meinen Verlobten über sein bestes Frettchen und die letzte Wildschweinhatz berichten. Herr von Einsiedel mischte sich ein, und das Gespräch drehte sich in Richtung Erze und den Bergbau in Kursachsen. Mein Vater wollte wissen, ob die dortigen Aufstände der Bauern gegen die Frondienste endgültig vorbei seien. Ich versuchte mir die raffinierte Art und Weise einzuprägen, in der Milli, wie ich sie insgeheim bereits nannte, ihr Brusttuch gewickelt hatte.

»Rousseau.« Wie ein bleischweres Geschoss fiel der Name vom Himmel. Ich blickte hoch. Aber die Wolken vom Ettersberg zogen harmlos und watteweich weiter. Mein Bruder tat wieder einmal so, als ob er sich in Luft aufgelöst hätte. Und Anselm hielt Rousseau wahrscheinlich für ein französisches Weingut. Erneut sagte Einsiedel den Namen Rousseau so leichthin wie andere das Wort »Reitstiefel«. Es kam noch schlimmer. Einsiedel empfahl meinem Bruder ausdrücklich den *Gesellschaftsvertrag* als Lektüre. Vaters rechte Hand umklammerte den silbernen Knauf seines Spazierstocks, als ob sie ihn zum Schmelzen bringen wollte. Wieder konzentrierte ich mich auf das Fichu, das wahrscheinlich von einer französischen Modistin in Dresden stammte. Dass Felix diesen Rousseau längst gelesen hatte, heimlich natürlich, wusste ich. Die Studenten in Jena wurden vor dem Volksverhetzer und Brandleger der Revolution ausdrücklich gewarnt. Eine bessere Werbung konnte es nicht geben.

Als wir endlich weitergingen, presste Vater die Lippen so zusammen, dass sie nicht mehr zu sehen waren. Felix schritt mechanisch neben ihm her. In stillem Einverständnis steuerten wir alle vier auf den Ausgang der Esplanade zu. Anselm fing meinen Mops ein, der sich von der Leine befreit hatte und auf seinen Stummelbeinen einer Taube nachjagte, und trug ihn den Rest des Weges. Dass es von ihren Lefzen auf seine perlgrauen seidenen Kniehosen tropfte, kümmerte ihn wenig. Anselm besaß vermutlich mehr Seidenhosen, als ihm bekannt war.

Dankbar blickte ich zu ihm hoch. Es würde angenehm werden, unser Leben zu dritt auf dem Land, vielleicht sogar amüsant. Jedenfalls besser als in dem engen, klatschsüchtigen Weimar, wo jeder unserer Schritte beobachtet wurde. Felix wusste noch nichts davon, dass ich ihn in mein zukünftiges Eheleben mit eingeplant hatte. Mein Bruder befriedigte seine Neugier mit Büchern und Vorlesungen, um das Leben machte er einen weiten Bogen. Allerdings war mir nicht entgangen, dass er gelegentlich sehnsuchtsvoll auf Anselms sehnigen Nacken starrte, so als ob er in eine lautlose Musik versunken wäre. Auch wegen meines Bruders hatte ich es eingefädelt, dass Anselm und ich nach der Ausfahrt in seinem sensationell leichten Phaeton, die Pferde brauchten nur zehn Minuten zum Schloss Belvedere, uns überhitzt und ganz allein im Musikzimmer gegenüberstanden. Und Anselm mir schließlich einen Antrag machen musste.

Ich malte mir unsere Zukunft in verschwenderischen Bildern aus. Fast immer trug ich dabei große Florentiner Hüte mit langen pastellfarbenen Bändern. So wie Marie Antoinette, die französische Königin, inmitten ihrer Schafe und kostümierten Bauern. Wir würden die Natur um uns herum in ihrer Reinheit aufsaugen, der Ballast der Etikette würde von uns abfallen und der wahre Mensch in uns zum Vorschein kommen. Das versprach jedenfalls Rousseau. Auch ich hatte ihn heimlich gelesen. Auf jeden Fall gehörte es zu meinen Plänen, dass Felix, Anselm und ich im Morgentau über die Wiesen streiften, die Kühe eigenhändig molken und Äpfel und Weintrauben pflückten. Weintrauben? Ich blieb stehen und wollte Anselm gerade fragen, was auf seinem Gut überhaupt angebaut wurde.

Ein Raunen ging durch den kleinen Park, alle Spaziergänger blieben stehen, Hüte wurden abgenommen und geschwenkt. Vater verbeugte sich so tief, dass seine Perücke verrutschte, und ich versank automatisch in einen Knicks. Gleichzeitig schnalzte ich mit der Zunge, damit Felix ebenfalls seine untertänigste Reverenz machte. Vivat, Vivat. Serenissimus, Karl August von Sachsen-Weimar-Eisenach, unser durchlauchtigster Landesfürst, ritt im Schritt vorbei. Diotima, sein Leibpferd, warf den Kopf hoch und wieherte, und ich bildete mir ein, dass es mich erkannte.

Der schwermütige Mann meiner Patentante, Oberstallmeister Josias von Stein, hinter dessen Rücken viel gespottet wurde, hatte mich früher oft in den fürstlichen Marstall mitgenommen. Die Apfelschimmelstute war mein Liebling geworden. Wenn die Burschen nicht hinschauten, steckte ich Diotima Leckerbissen zu. Ich mochte die dampfende Wärme, das Halbdunkel und den Geruch nach Pferdeäpfeln. Es wurde ein unausgesprochenes und erfolgreiches Spiel zwischen Herrn von Stein und mir, den Abschied von den Pferden von Mal zu Mal länger hinauszuzögern. Denn danach wartete die obligatorische Aufwartung bei meiner Patentante, die damals gerade auf dem Höhepunkt ihrer Berühmtheit angekommen war. Der braune Hengst dort drüben, lahmte der nicht etwas auf der linken Hinterhand? Begeistert nickte ich. Eine halbe Stunde war gewonnen, in der wir dem Stallknecht zuschauten, wie er dem Hengst Wickel anlegte. Unsere gemeinsame Furcht vor der kirchturmhohen Vornehmheit und Tugend seiner Frau machte Herrn von Stein und mich zu Verbündeten. Mittlerweile ging es ihm gesundheitlich schlecht. Dass er in einem der abgelegenen Zimmer des Stein'schen Palais vor sich hin moderte, tat mir in der Seele weh.

Weil ich nur Augen für Diotima hatte, fiel mir zuerst nicht auf, wie sorgenvoll unser sonst lebenslustiger Herzog dreinblickte. Soldaten seines Scharfschützenbataillons in den neuen grün-gelben Uniformen marschierten ihm voraus. Die hohen Fellmützen der Husaren stachen aus der Menge, und ich erspähte fast alle Mitglieder des Geheimen Konsiliums. Voran die Herren von Fritsch und Voigt. Auf ihren Gesichtern lag Anspannung, und sie hatten alle ihre Orden angelegt. Einer fiel wie immer auf. Seine Arme schlenkerten wild hin und her, wie aus dem Takt geratene Uhrpendel. Goethe. Irgendetwas musste passiert sein.

Kurz vor unserem Haus, auf halber Höhe der Seifengasse, eilte uns aus entgegengesetzter Richtung Herr Bertuch entgegen, einen Unbekannten im Schlepptau.

»Der König«, rief Bertuch atemlos, »der König!«

»Der preußische?«, rief mein Vater fragend zurück. Noch zwei Schritte von uns entfernt hob Bertuch seine Arme zu einer Geste der Fassungslosigkeit. Er schwitzte, sein Begleiter auch. Die beiden schienen regelrecht gerannt zu sein. Was anständige Bürger in Weimar nie tun.

»Na, der fette Wilhelm ganz bestimmt nicht.«

Die Männer lachten, mehr erleichtert als ironisch.

»Der französische. Seine Majestät Louis XVI.«, ergriff der

Fremde an Bertuchs Seite das Wort. Er trat starr und hölzern vor, nur seine Stimme bebte.

»Er und die Königin, die Kinder und seine Schwester, Madame Elisabeth, sind geflohen. Sie wollten in die österreichischen Niederlande, kamen aber nur bis Varennes. Dort wurden sie erkannt. Man hat sie mit Gewalt gezwungen, nach Paris zurückzukehren.«

»Oh, mein Gott«, tönte es mehr oder weniger aus jedem Mund. Der Überbringer der Ungeheuerlichkeit war ein untersetzter Herr, den ich überall übersehen hätte und der auch jetzt nur wegen der tiefen Schatten unter den Augen und seiner Bartstoppeln auffiel. In seinem weichen Thüringisch schwang ein französischer Akzent mit. Er wollte gerade weitersprechen, da stob aus einem Loch in einem Hoftor ein halbes Dutzend staubiger Hühner. Ich hätte meine Mitgift darauf verwettet, dass der Fremde, wären wir nicht dabei gewesen, sich auf die gackernden Viecher gestürzt und ihnen den Hals umgedreht hätte, um wenigstens irgendjemanden abzustrafen. Stattdessen schob er seine zu Fäusten geballten Hände in die Taschen seines gelben Reisemantels. Keiner der anderen Männer brachte ein Wort heraus. Zu mächtig waren die Neuigkeiten aus Frankreich in unsere kleine Weimarer Straße eingedrungen. Herr Bertuch, ganz der wendige Unternehmer, brach schließlich die Schockstarre.

»Oh, Pardon, das Tempo der Ereignisse wirkt sich verheerend auf meine Manieren aus.«

Er legte dem Fremden eine Hand auf die Schulter.

»Herr von Kalb, der bis, ja bis vor vier Tagen Major im Régiment Royal Deux-Ponts war und die Ehre hatte, der königlichen Familie zur Seite zu stehen.«

Der Angesprochene deutete eine Verbeugung an, während Bertuch fortfuhr: »Er stammt aus Weimar und ist einer meiner engsten Jugendfreunde. Deshalb führte, nachdem er heute Mittag den Herzog unterrichtet hatte, sein erster privater Weg auch zu mir.«

»Und was wird jetzt?«, fragte mein Vater. Nicht nur seine Stimme schwankte. Er lehnte sich gegen eine Hauswand. Eine bürgerliche Laxheit, die er bei anderen scharf verurteilt hätte.

»Man hat den König vorläufig suspendiert«, antwortete von Kalb knapp.

»Einen König suspendiert. Darf man das? Das ist doch, das ist doch Gotteslästerung. Gott suspendiert man schließlich auch nicht.«

Seine letzten Worte flüsterte Vater nur noch. Umso lauter tönte es über unseren Köpfen: »Nur weg mit diesem Halunken und seiner prunksüchtigen Hure. Es lebe die Freiheit, und die Gleichheit meinetwegen auch.«

Apotheker Hufnagels dunkelrote Hausmütze tauchte über einem Fenstersims im zweiten Stock auf.

»Was Sie da sagen, ist ein Angriff auf alle Majestäten, auch auf unseren Herzog. Das werde ich melden«, rief es von schräg gegenüber. Das dazugehörige Gesicht blieb verborgen.

»Bötticher, der neue Direktor des Gymnasiums«, raunte mir Felix zu. »Er kann vor Gelehrsamkeit kaum geradeaus laufen. Die Herzoginmutter ist entzückt von ihm. Deshalb hatte Vater ihn schon als Kandidaten für dich ins Auge gefasst.«

Das Schicksal des französischen Königs war mir plötzlich egal. Scheiben klirrten, mehrere Fenster wurden gleichzeitig zugeschlagen, andere geöffnet. Ein Stück die Seifengasse hinunter, allerdings nahe genug, damit wir es rochen, leerte eine Magd in hohem Bogen einen Nachttopf in den schmalen Kanal, der sich durch das schadhafte Pflaster schlängelte. Beschämt wandte ich mich ab. Der Fremde, der am Hof von Versailles ein und aus gegangen war, dachte bestimmt, dass Weimar noch immer hinterm Mond lag. Zu allem Übel umkreisten uns wieder die Hühner und gackerten höhnisch. Aber endlich hatte Vater mal einen guten Einfall.

»Herr Major von Kalb, Herr Bertuch, es wäre mir ein Vergnügen, eine Ehre, an so einem weltbewegenden Tag«, kurz stöhnte

Vater auf und tupfte sich die Schläfen ab, »Sie auf einen Imbiss einzuladen.«

Umgehend hämmerte Vater mit der Faust an seine eigene Haustür, damit so rasch wie möglich geöffnet wurde. Tat sich für ihn doch die seltene Gelegenheit auf, bei der abendlichen Assemblee die Hofschranzen mit Neuigkeiten übertrumpfen zu können. Ich bekam noch mit, wie Fritz sich weiße Handschuhe überstreifte und Wein servierte, dazu kaltes Roastbeef, das die Mödlerin in aller Eile anrichtete. Dann verschloss sich für mich die Welt der Männer. Aber ich hatte sowieso Wichtigeres vor. Kurz, aber wirklich nur kurz, plagte mich mein schlechtes Gewissen, weil ich nicht, wie ich es Felix versprochen hatte, Mutter besuchte.

Dieses Mal kletterte ich viel schneller über die Mauer. Außerdem hatte ich mir die Stelle gemerkt, wo auf der anderen Seite ein großer Blätterhaufen vor sich hin moderte. Ich sprang, meine Röcke blähten sich. Ich landete weich. Schnell rappelte ich mich wieder auf. Mir Blätter aus dem Gesicht streichend, schlich ich geduckt von Apfelbaum zu Apfelbaum. Aus dem großen Haus war kein Laut zu hören. Obwohl Goethe, der nie in die Kirche ging, es sicher gewollt hätte, arbeiteten heute keine Handwerker dort. Der Ettersberg ragte längst wieder wolkenfrei in den Himmel. Schwüle Luft klebte unter den tief hängenden Ästen, und die Blätter waren so dicht, dass kaum Sonnenlicht durchsickerte. Ich schätzte, dass es gegen fünf Uhr war. Auch die Insekten taumelten nur noch träge. Um den Garten hatte sich offensichtlich lange Zeit niemand gekümmert. Der Rasen war nicht gemäht. Unkraut wuchs in die Kieswege hinein. Eine Gießkanne mit einem vom Rost zerfressenen Boden lag achtlos herum. Ob es in Paris, in dieser Stadt, deren Name allein schon auf meiner Zunge prickelte, heute auch so heiß war? Ob Wolken von hier direkt dorthin ziehen konnten und umgekehrt? Ich versuchte mir das Stadtschloss vorzustellen. Mitten in dem Labyrinth von Gängen und Vorzimmern ein intimes, aber prunkvolles Zimmer mit seidenen Tapeten, in dem die Königin nervös auf und ab schritt. Jedenfalls nahm ich an, dass Marie-Antoinette nervös war. Was tat eine Königin, die man suspendiert hatte? Ihre parfümierten Schafe streicheln, sticken, lesen? Während ich hier in Weimar in einen fremden Garten eindrang. Das Bewusstsein dieser Gleichzeitigkeit auf ein und derselben Erdkugel, auf der Herrn Newtons Schwerkraft uns festhielt, faszinierte mich. Ich stellte mir vor, Marie-Antoinette dächte in dem Moment an Weimar. An einen fremden Garten, in dem eine junge Frau unterwegs war, die ebenfalls an Flucht dachte. Zumindest hin und wieder.

Ein seltsamer Laut ließ mich aufhorchen. Zuerst dachte ich, er käme von einem Waldvogel, der sich verflogen hatte. Ich bog den Ast eines Kirschbaums zur Seite.

Jemand schnarchte. Ein Jemand, der ausgestreckt auf dem Rücken im Gras lag. Ihr Kleid, soweit ich erkennen konnte, aus einem blau gestreiften, nicht billigen Stoff, war bis zu den Knien hochgeschoben. Schuhe und Strümpfe lagen im Gras verstreut. Bei meiner ersten Erkundung hatte ich Demoiselle Vulpius nur aus der Ferne gesehen. Damals hatte sie den Handwerkern, die im Garten Bretter zurechtsägten, Getränke gebracht und mit ihnen geschäkert.

Vorsichtig setzte ich einen Fuß vor den anderen. Ihr Gesicht glich einem robusten, winterfesten Apfel. Nase, Mund und Kinn eng beieinander. Der Flaum auf ihrer Oberlippe glänzte im selben Braun wie ihre offenen Locken. Sie sollte sich rasieren! Ein Schmetterling landete auf ihrer Nase, sie schnarchte weiter. Mein Blick wanderte weiter zu ihren nackten Beinen und Füßen.

»Na endlich. Ich dachte schon, Sie kämen nie mehr wieder.«

Geräuschvolles Gähnen. Ich machte einen Schritt zurück Richtung Apfelbaum. Ihre Augen hielt sie weiter geschlossen, gähnte aber nochmals mit weit geöffnetem Mund. Diese Impertinenz verschlug mir die Sprache. Und als mir endlich eine Antwort einfiel, ärgerte ich mich noch mehr, weil sie alles andere als schlagfertig ausfiel.

»Ich wüsste nicht, dass wir verabredet gewesen wären.«

»Haben Sie heute etwa was Besseres vor? Die Männer sind doch eh alle so aufgeregt und glucken zusammen.«

»Wegen des französischen Königs?«

Zum ersten Mal schlug Demoiselle Vulpius die Augen auf. Große, schwarze Perlen, die feucht schimmerten. Wie die Augen der Haselmäuse, die Felix und ich als Kinder in einem Käfig gehalten hatten. Sie hob den Kopf und schaute mich spöttisch an.

»Na logisch.«

»Wissen Sie mehr? Ich meine, hat…?«

»Nein, hat er nicht. So was bespricht der Herr Geheimrat nicht mit mir.«

Es klang vorwurfsvoll. Nicht gegen Goethe, sondern gegen mich.

Was für eine absurde Situation: Da stand ich, die Verlobte Anselms von Egloffstein, mit einem Vater, dessen Adelstitel zwar nagelneu, aber erblich war. Und diese Person, die sowohl von der Herzogin, der Herzoginmutter als auch meiner Patentante hinterm Fächer eine »Schande für Weimar« genannt wurde, lümmelte seelenruhig im Gras. Meine Schnürbrust scheuerte mehr denn je an meinen Rippen, mein Fichu war schweißnass. Ich sollte gehen, auf der Stelle, zurück über die Mauer! Zumal die tief stehende Sonne direkt auf mein Gesicht schien und hundert neue Sommersprossen aufblühen würden. Da fiel mir ein, dass die Vulpius sich zusammenreimen konnte, wie ich in den Garten gekommen war. Aus ihrer Begrüßung schloss ich auch, dass sie mich bei meinem ersten »Besuch« bemerkt hatte. Meine Scham sandte zusätzliche Hitzewellen bis zu meinen Ohren hoch. Aber ich bewegte mich nicht von der Stelle.

Unvermittelt langte die Vulpius hinter sich und zog eine Flasche aus dem Gebüsch.

»Ah, noch kalt, wunderbar«, sagte sie. Sie setzte sich hin, ließ ihre Beine aber ausgestreckt liegen. Der Korken knallte, Schaum quoll heraus. Schnell setzte sie die Flasche an den Mund. Sie legte den Kopf in den Nacken und trank. Gebannt schaute ich zu. So hatte ich noch nie in meinem ganzen Leben eine Frau trinken sehen. Direkt aus der Flasche und in vollen Zügen. Als sie genug hatte, fuhr sie sich mit der freien Hand über den Mund, mit der anderen reichte sie die Flasche zu mir hoch.

»Champagner! Trinke ich am allerliebsten. Nur zu, im Keller vom Jägerhaus haben wir genug davon.«

Stumm lehnte ich ab, ließ mich aber ins Gras hinunter. Mit durchgestrecktem Rücken, wie mein Tanzlehrer, Monsieur Lutton, es mir beigebracht hatte, und gebührendem Abstand setzte ich mich. Ihr ins Gesicht zu schauen vermied ich. Ihre nackten Füße waren unverfänglicher. Die kleinen Zehen rund und weiß wie frische Champignons, die großen einfach nur groß. Wie meine. Diese Ähnlichkeit war frappierend und stimmte mich auf unerklärliche Weise froh.

»Meine sind auch so groß«, platzte ich heraus und schob zum Beweis meine Füße, die in feinen, fliederfarbenen Strümpfen und Schuhen aus weichem Leder steckten, aus der Höhle meiner Röcke hervor.

»Nein, noch größer.«

Gleichzeitig lachten wir los. Lauthals und prustend. Wir lachten, bis wir uns die Seiten halten mussten und ich zu husten begann. Zum zweiten Mal reichte sie mir die dickbauchige grüne Flasche. Sie war inzwischen nur noch halb voll und der Champagner nicht mehr kalt. Schon nach drei, vier Schlucken spürte ich die Wirkung. Wir lachten noch mehr. Über dies und das, dabei wanderte die Flasche zwischen uns hin und her. Bis ich mutig genug war, die Frage zu stellen, derentwegen ich überhaupt über die Mauer geklettert war.

»Stimmt das Gerücht? Zieht er wirklich wieder hierher an den Frauenplan, der Geheimrat? Zusammen mit Ihnen?«

Die letzten drei Worte nuschelte ich nur.

»Stimmt, wir ziehen bald ein. Der Herr Geheimrat freut sich schon sehr auf das große Haus. Er muss auch so viele Sachen unterbringen. Die Steine, die Knochen. Und all das andere Zeug aus Italien.«

Sie rollte zwar spöttisch mit ihren Haselmausaugen, aber auf ihrem Gesicht lag so viel Wärme und Herzlichkeit, dass ich mit einem Mal ahnte, was Goethe an dieser ungebildeten Person gefiel.

»Seine Bestrafung durch den Herzog wegen mir ist jetzt vorbei«, fuhr sie mit kindlichem Ernst fort, »außerdem wird die Wohnung im Jägerhaus dringend für andere gebraucht.«

»Ach? Für wen denn?«

Sorgsam popelte Demoiselle Vulpius schwarze Wollfussel zwischen ihren Zehen hervor und ließ mich zappeln. Endlich schnippte sie ihre Fundstücke ins Gras.

»Der Herzog hat sich eines der beiden englischen Fräulein in den Kopf gesetzt. Er will, dass sie außerhalb der Stadtmauern wohnt, damit es nicht so auffällt, wenn er sie besucht. Wir mussten ja auch diskret untergebracht werden, als das Augustchen kam.«

Diese Neuigkeit konnte sich neben der vereitelten Flucht des Franzosenkönigs sehen lassen! Ich nahm noch einen kräftigen Schluck aus der Flasche. Emilie oder Elisa? Beide besuchten mit mir die fürstliche Zeichenschule. Welche Tochter Charles Gores, des kunstsinnigen Privatiers, der sich nach Jahren des Umherreisens in Weimar niedergelassen hatte, wurde die neue Favoritin? War der Herzog seiner derzeitigen Mätresse wirklich schon überdrüssig? Nachzufragen war unter meiner Würde. Außerdem war Demoiselle Vulpius gerade dabei, sich ihre Strümpfe hochzuziehen.

»So, jetzt muss ich aber los«, sagte sie mehr zu sich selbst als zu mir, hüpfte aus dem Gras hoch und schlüpfte in ihre klobigen schwarzen Schuhe. Ich blieb sitzen und blinzelte gegen die Sonne. Wenn sie ging, blieb mir wohl oder übel nichts anderes übrig, als auch zu gehen.

»Äh, August, Ihr Sohn, kann er schon laufen?«

Die Vulpius lachte spöttisch auf.

»Ja, logisch. Tun Sie nicht so, als ob Sie nicht wüssten, dass Goethes Bankert im Dezember 1789 zur Welt kam. Jeder in Weimar weiß das doch.«

Die Bäume, der Himmel und die Streifen auf dem Kleid der Demoiselle begannen sich um mich zu drehen. Warum führte ich überhaupt solche Gespräche, und warum wollte ich, dass diese Person noch blieb? Offensichtlich war ich betrunken. Aber wenn ich es war, dann war sie es noch viel mehr. Ein Gedanke, der mich erleichterte. Denn dann konnte ich ihr ihre ungehobelten Redeweisen verzeihen. Ich schaute zu, wie sie ihren Kopf nach vorne beugte und wie ein nasser Hund ihre Haare durchschüttelte. Dann schlang sie erstaunlich geschickt ein Band hinein und knotete es oberhalb ihrer linken Schläfe zu einer akkuraten Schleife. Offensichtlich vertrug sie Champagner in größeren Mengen als ich. Mit einiger Mühe erhob ich mich. Dabei fiel mir auf, wie lang die Schatten der Bäume mittlerweile auf dem Gras lagen. Aber es war noch immer warm.

Ich spürte ihren Blick. Regelrecht abschätzend. Wieder kroch Ärger in mir hoch. Auch wenn Goethe sie in sein Bett geholt hatte, war sie doch eine Person, die in Weimar nicht existierte. Die nirgendwo eingeladen wurde. Mit der Schuhspitze stieß Demoiselle Vulpius die Champagnerflasche an und ließ sie in die Büsche rollen. Sie hatte, bevor Goethe sie aufgegabelt hatte, in Bertuchs Seidenblumenmanufaktur gearbeitet. Ihr Vater, ein Schreiber in der Hofkanzlei, war wegen Verfehlungen rausgeschmissen worden. Habenichtse, Bittsteller, gesellschaftliche Nullen. Ich streckte meinen Rücken durch. Plötzlich flimmerten die vielen Nullen auf Mutters Zetteln vor meinen Augen. Vater hatte Wert darauf gelegt, dass ich perfekt Französisch lernte, Musik, Religion, auch ein wenig Englisch und Geschichte. Mathematik durften mir meine Hauslehrer nicht beibringen. Aber Mutter hatte mir einmal zugeflüstert, dass die Null eine der größten Entdeckungen der Menschheit sei. Ich seufzte. Mutter behauptete allerdings auch, dass manche Zahlen aus dunkelblauem Samt geschneidert waren, andere wie Amseln zwitscherten.

»Wollen Sie mich noch ein bisschen begleiten?«, fragte die Demoiselle über ihre Schultern hinweg. Sie schien nicht die geringste Ahnung von Etikette zu haben. Ich überlegte, ob ich ihr sagen sollte, dass ihre Aufforderung vollkommen indiskutabel sei.

»Mein Vater, mein Verlobter, mein Bruder …«, stammelte ich und stapfte ihr durch das hohe Gras nach.

»Ach, kommen Sie. Ich gehe auch immer alleine aus, zum Maskenball, zum Tanzen, ins Theater. Außerdem werden die Männer heute gar nicht merken, wenn Sie fort sind. Sie reden über Krieg.«

»Krieg?«, japste ich.

»Unsere Majestäten werden doch nicht zulassen, dass der Franzosenkönig wie ein Kaninchen eingesperrt bleibt.«

»Ich dachte, der Geheimrat sagt Ihnen nichts.«

»Von ihm habe ich es auch nicht«, antwortete sie und hob ihr rundes Kinn mit dem hübschen Grübchen.

»Vor ihm habe ich doch auch alles erfahren, was passiert, und mich durchs Leben geschlagen.«

Es klang stolz. Aber anders stolz, als wenn Frau von Stein und ihre Freundinnen über den Erfolg ihrer Scharaden oder eingefädelten Heiraten sprachen. Ich beeilte mich und holte sie ein. Wortlos gingen wir nebeneinander Richtung Haus. Erst jetzt fiel mir auf, dass sich ihr Bauch wölbte. Offenkundig schwanger mit dem zweiten unehelichen Kind. Die Demoiselle zog einen Schlüsselbund aus ihrer Rocktasche und gab mir ein Zeichen, ihr zu folgen. Vier Holzstufen führten hoch zu einer schmalen Terrasse, über der eine Pergola gezimmert war, sie roch noch ganz frisch. Ganz selbstverständlich steckte sie einen Schlüssel in das Schloss einer Tür und sperrte auf. Dämmerlicht empfing uns und der Geruch nach Ölfarbe, Kalk und Holzspänen.

»Wir befinden uns jetzt im Gartenzimmer«, verkündete sie. Es klang auswendig gelernt. Sie drehte sich in dem kleinen, grau ausgemalten Raum im Kreis, dass ihr Rock schwang, und klopfte noch in der Bewegung spielerisch an eine Tapetentür.

»Da geht's zum Hinterhaus, ins Schlafzimmer und auch in meine Zimmer.«

Die Versuchung war groß, sie um eine Führung dorthin zu bitten. Ins Ausschweifendste, Skandalöseste, was Weimar derzeit zu bieten hatte. Was würde Frau von Stein dazu sagen, wenn sie erfuhr, dass ich, ihre Patentochter ... Ich erschrak über mich selbst. Demoiselle Vulpius eilte bereits weiter. Ich mit klopfendem Herzen hinterher. Wir betraten das merkwürdigste Zimmer, in dem ich je war. Mit kreischend blauen Wänden und einem Gewölbe, an das Weinlaub gemalt war. Ich entdeckte noch einen Fries mit antiken Figuren, kam aber nicht dazu, sie mir genauer anzusehen, denn die Demoiselle hatte es auf einmal nur noch eilig. Dann das Treppenhaus, über das so viel gemunkelt wurde. Wir stürmten die flachen Stufen hinunter, es hallte entsetzlich. Obwohl am Ziel meiner Nachforschungen, war ich froh, als die Demoiselle eine weiße Haube hervorzauberte, sie sich über den Kopf zog und das Portal zur Straßenseite aufsperrte. Glücklicherweise war der Frauenplan menschenleer.

Trotz ihrer Schwangerschaft schlug meine neue Bekanntschaft eine schnelle Gangart an. Mir war das nur recht. Uns begegnete niemand, der mich kannte. Die Weimarer Gesellschaft aß jetzt ihren Gugelhupf oder, wenn das unsichtbare Gas gut gewirkt hatte, schlief längst auf den Sofas im Salon. In kurzer Zeit waren wir bei den Jägerhäusern, wo die Forstmeister und Falkner des Herzogs ihre Wohnungen hatten. Demoiselle Vulpius gab mir ein Zeichen, bei dem Gehege mit den Perlhühnern zu warten, und verschwand in einem der Häuser. Bevor ich weiter darüber nachdenken konnte, warum ich überhaupt mit ihr mitgekommen war, stand sie wieder gut gelaunt vor mir. Am Arm trug sie einen Korb mit geflochtenem Deckel.

»Wir müssen jetzt zu den Schüttlers«, meinte sie leichthin und nickte mir zu. Ich fragte erst gar nicht, wer das war und warum wir zu ihnen mussten. Die Demoiselle, das hatte ich inzwischen kapiert, steckte voller Überraschungen.

Außerhalb der Stadtmauer war der Boden morastig und die Straße so schlecht wie alle Straßen, die Weimar mit der Welt verbanden. Aber ich genoss die frische Luft jenseits der stinkenden Kanäle und Gassen. Auch den weiten Blick über die grünen, an- und abschwellenden Hügel mochte ich. In einiger Entfernung kauerten zerlumpte Gestalten, Bettler, die, wie es üblich war, aus Weimar ausgewiesen worden waren. Aus ihrer Mitte stieg eine dünne Rauchsäule auf. Es roch nach gebratenem Fleisch. Wahrscheinlich hatten sie sich von einem der umliegenden Weiher eine Ente geschnappt oder zwei, drei Igel gefangen.

Nach einer Viertelstunde unterwegs trat ich in einen frischen Kuhfladen, und es spritzte braun bis zu meinen Rocksaum hoch.

»Ich mache Ihnen die Schuhe sauber, bevor Sie nach Hause gehen«, sagte die Demoiselle und ging noch etwas schneller. Als das Erfurter Tor in Sicht kam und dahinter die beiden dunklen spitzen Türme von St. Peter und Paul und der bauchige Turm des Residenzschlosses über den Dächern aufragten, betraten wir wieder die Stadt. Wir hatten Glück. Der Torschreiber ließ uns unkontrolliert passieren; er döste, sein Doppelkinn ruhte auf seiner Brust.

Die Demoiselle bahnte uns einen Weg durch barfüßige Kinderscharen, die uns kreischend entgegenstürzten und mit ihren schmutzigen Händen nach meinem Rock griffen. Ich konnte mich nicht erinnern, wann ich je in der Jakobsvorstadt gewesen war. Die Häuser, falls man sie so nennen konnte, wurden von Gasse zu Gasse krummer und armseliger. Manche bestanden nur aus schlecht vernagelten Holzlatten. Unter das Blöken von Ziegen mischte sich das Plärren von Säuglingen. Ein paarmal wurde die Demoiselle freundlich gegrüßt, mich begleiteten misstrauische Blicke, einige kamen mir sogar böse vor. Die Tür, vor der meine Führerin schließlich anhielt, hing lose in den Angeln. Mit ihrem Henkelkorb vor der Brust drückte die Demoiselle sie auf.

Noch viele Jahre später habe ich mich oft gefragt, warum ich damals meinen Kopf einzog und hinter ihr hineinging. Wenn ich draußen geblieben wäre und gewartet hätte, dann hätte ich nicht angefangen, mir über Zustände und Menschen Gedanken zu machen, die mich so gar nichts angingen. Dummerweise hatte ich kein parfümiertes Taschentuch zur Hand, um es mir vor die Nase zu halten. Der Gestank war widerlich. Ich kämpfte gegen einen Brechreiz, sodass ich nicht gleich alles wahrnahm, was sich in der Behausung befand. Als es mir etwas besser ging, sah ich zuerst nicht viel mehr als ein Bettgestell. Auf dem lagen zwei Menschen, ein größerer und ein kleiner, sie hatten keine Haare, sondern fahles Heu auf dem Kopf. Ich entschied, dass es sich um eine Frau und ein Kind handeln musste. Sie hätten aber auch Säcke sein können, wenn nicht ihre entzündeten Augen gewesen wären. Auszehrung. Ich hatte bislang nur das Wort gekannt.

Dann sah ich in einer Ecke noch andere Kinder eng zusammengekauert. Sie alle hatten Greisengesichter. Mein Mops hatte mehr auf den Rippen als alle zusammen. Ihre Wangen waren mit Grind und aufgekratzten Flohstichen oder Wanzenbissen überzogen. Außer dem Bett und einem dreibeinigen Stuhl gab es keinerlei Möbel. Auf diesen Stuhl setzte sich jetzt die Demoiselle Vulpius in ihrem hübschen gestreiften Kleid. Sie sagte ein paar Worte, sanft, aber doch bestimmt. Eines der Kinder in der Ecke hustete und spuckte aus. Der Schleim blieb wie eine grünliche Nacktschnecke eine Handbreit vor meinen Seidenschuhen kleben. Ich ekelte mich so sehr, dass ich an der verrußten Wand gegenüber einen Punkt suchte, an dem ich mich mit einem Blick festsaugen konnte, um nicht in Ohnmacht zu fallen. Jedenfalls nahm ich an, dass ich in Ohnmacht fallen würde.

Zuerst breitete die Demoiselle vor sich auf dem Lehmboden ein Tuch aus, gebügelt und aus einem hellen Stoff. Die Farbe war in der Düsternis nicht zu erkennen. Aber das Tuch leuchtete an diesem Ort geradezu überirdisch. Nacheinander holte Christiane etwas aus ihrem Korb und legte es auf den Streifen Hoffnung. Einen Laib Brot, ein Dreieck Hartkäse, ein Dutzend Kartoffeln.

Eines der Kinder stieß einen hohen quiekenden Ton aus, wie ein Tier. Ganz zum Schluss holte Christiane noch ein verschlossenes Glas hervor, in dem eine grünbraune Flüssigkeit schwappte, und hielt es kurz hoch.

»Spitzwegerichsaft für dein Brustleiden, Schüttlerin. Bald bringe ich noch mehr Medizin«, erklärte sie und stellte das Glas zu den anderen Lebensmitteln.

Wieder draußen in der Gasse, atmete und atmete ich, als ob ich es drinnen verlernt hatte. Ich trank die Luft wie am Nachmittag den Champagner. Erst dann spürte ich, wie sehr meine Knie zitterten. Und dass ich wohl schon eine ganze Weile eine von Christiane Vulpius' Händen fest umklammert hielt. Mit ihrer freien Hand wischte sie mir die Tränen fort, die mir lautlos und ununterbrochen übers Gesicht liefen. Ich konnte einfach nicht mehr aufhören zu weinen.

Kapitel 3

Juli – August 1791

Ein Verrückter spielte in meinem Kopf Kegel.

Sofort als ich aufwachte, fing er damit an. Fast jedes Mal traf er, und mindestens sechs oder sieben Holzfiguren knallten von innen gegen meine Schädeldecke. Manchmal auch alle neun. Lange konnte es nicht mehr dauern, bis mein Kopf in Einzelteile zerbrach. Ähnlich wie die Welt und die Ordnung, an die ich bislang geglaubt hatte.

Ich hörte mich aufstöhnen. Irgendwie schaffte ich es, den Wasserkrug neben meinem Bett anzuheben. Mein Mund fühlte sich an wie randvoll mit Holzwolle ausgestopft. Gierig trank ich. Ohne nachzudenken kippte ich mir den Rest Wasser über den Kopf. Das erschreckte den Kegelspieler, und er hörte auf, seine Kugel durch mein Gehirn zu donnern. Blöderweise fiel mir ohne die dröhnenden Schmerzen meine ganze Misere wieder ein.

Den halben gestrigen Nachmittag und ganzen Abend hatte ich in der Grünen Tanne, der Stammwirtschaft der Jenaer Studenten, gesessen. Am Nebentisch steckten zwei Kerle, die wie abgerissene Advokaten aussahen, ihre Köpfe zusammen. Hin und wieder flog ein zerrupfter Satz in mein Ohr.

»Fünfzig Tote, schreibt mein Bruder, meistens Handwerker, einfaches Volk, einfach niederkartätscht.«

»Und wer gab den Schießbefehl?«

Das Schankmädchen füllte Krüge nach, in der anderen Ecke der Wirtschaft wurde in einem bayerischen Dialekt gejohlt. Beschäftigt mit meinem eigenen Desaster, stierte ich in das dünne

Bier vor mir. Plötzlich knallte nebenan eine Faust auf die Tischplatte und das Wort »Jakobiner« fiel. Laut und deutlich. Augenblicklich verstummten die Bayern und zogen die Köpfe zwischen ihre Schultern, das Schankmädchen blieb mitten im Raum stehen. Für ein paar Sekunden mischte sich Entsetzen unter den Pfeifenqualm und Alkoholdunst. Dann schwadronierten die Bayern lauter als zuvor. Ich rutschte so unauffällig wie möglich mit meinem Stuhl in Richtung Nebentisch.

»Dabei haben wir bei uns in Hamburg schon einen Freiheitsbaum gepflanzt.« Es folgte ein verächtliches Schnauben. »Und einen Klub gibt es auch. Aber nach dem, was auf dem Marsfeld passiert ist, kann jetzt alles vorbei sein. Verflucht.«

»Aber sag schon, was schreibt dein Bruder sonst noch aus Paris? Was wird aus dem König und seiner Hure, die sich wie Tagediebe davonstehlen wollten?«

Die bayerischen Studenten erhoben sich geräuschvoll, reckten ihre Humpen in die Höhe und stimmten martialische Gesänge an. Meine beiden Tischnachbarn steckten ihre Köpfe noch enger zusammen, wobei sich ihre Mienen verfinsterten. Nach einer Viertelstunde warfen sie Münzen auf den Tisch und gingen. Verärgert, dass ich mich nicht getraut hatte, sie anzusprechen und einfach nach dem Neuesten aus Paris zu fragen, winkte ich dem Schankmädchen. Auf das wenige, was ich mitbekommen hatte, konnte ich mir keinen rechten Reim machen. War die große Revolution schon vorbei, gerade als ich meine eigene kleine begonnen hatte?

Ab dann bestellte ich nur noch Branntwein. Billigen Fusel. Ich schüttete ihn so lange in mich hinein, bis ich aufhörte zu denken und mich selbst zu bedauern. Irgendeine mitleidige Seele, die mich kannte, musste mich von der Grünen Tanne zurück in die Stadt geschleppt haben. Die Hühnerleiter hinauf in den zweiten Stock des Hauses von Schuhmacher Knebel. Mit einem Schlag erinnerte ich mich auch an den eigentlichen Grund meines verzweifelten Besäufnisses.

Der Streit mit Vater. Schon wummerte es wieder in meinem

Kopf. Ein demütigender Streit. Aber der erste, bei dem ich am Ende nicht klein beigegeben hatte. Stattdessen ließ ich Vater nach Luft schnappend stehen, holte mein Pferd aus dem Stall und galoppierte nach Jena. Aber als ich aus dem Tal der Ilm hoch nach Umpferstedt kam, wurde ich wieder unsicher. Ich war drauf und dran, die Zügel anzuziehen und mein Pferd zu wenden. Mich zähneknirschend meinem Vater zu unterwerfen, hätte meiner Natur entsprochen. Ich kannte mich. Ich war nicht für Auseinandersetzungen geschaffen, eigentlich für gar nichts Wagemutiges. Schon als Junge zog ich mich unter einem Vorwand, den mir natürlich keiner glaubte, zurück, sobald die Söhne der anderen Weimarer Hofbeamten im fürstlichen Reithaus die Latten für ihre Hindernissprünge noch ein Stück höher legen ließen oder an heißen Sommertagen in die Karpfenteiche sprangen. Reiten lernte ich, mit meinem Pferd gelegentlich Hindernisse nehmen auch. Schwimmen nie.

Mit Herder war es jetzt anders. In das, was er, der berühmte Weimarer Generalsuperintendent, seit Neuestem predigte, hatte ich mich kopfüber gestürzt. Dabei ließ unser Herzog ihn wie einen Fremden ausspionieren. Speichellecker, von denen es in unserer Stadt so viele wie humpelnde Bettler gab, notierten alle möglichen Äußerungen Herders, in erster Linie politische, aber auch die zu seinen Hüftbeschwerden und der Drillingsgeburt im Haus des italienischen Lieferanten Ortelli. Sie gaben sie bei der fürstlichen Kanzlei ab und hofften auf eine Beförderung.

Ich musste husten. Schon wieder war meine Kehle staubtrocken. Mit geschlossenen Augen auf meinem Strohsack liegend, sah ich St. Peter und Paul vor mir. Die dreischiffige Weimarer Stadtkirche. Ihr fast schwarzes Schieferdach schob sich wie eine militärische Wallanlage in den Himmel. Jedes Mal, wenn ich früher an der Hand unserer Kinderfrau aus dem Gewirr der Gassen auf den großen Töpfermarkt trippelte und meinen Kopf in den Nacken legte, bildete ich mir ein, an den beiden spitzen Türmen sämtliche Sünder unserer Stadt aufgespießt zu sehen. Bäcker, die ihr Mehl streckten, Weinpanscher, diebische Hausdiener. Später, mit dreizehn, vierzehn, versuchte ich mich während der Gottesdienste in meiner Sonntagskleidung verschwinden zu lassen, weil ich erst am Morgen unter der Bettdecke unaussprechlich böse Dinge getan hatte. Irgendwann war ich abgebrüht genug, mit offenen Augen zu dösen und die Predigten als Windgesäusel an mir vorbeigleiten zu lassen.

Bis Johann Gottfried Herders neuartige Predigten mich wie Hammerschläge trafen. »Fürstendienerei« und »Adlige sind wie Läuse«, schmetterte er von der Kanzel, die an einem Pfeiler des Mittelschiffes wie ein Nest klebte. Und tatsächlich, in seinem schwarzen Talar glich Herder einem großen Raben, der über der Erstürmung der Bastille vor zwei Jahren seine Runden gedreht hatte und seitdem mit einer Botschaft im Schnabel unterwegs war. Die Revolution in Frankreich lobpreiste er als »Morgenröte« nach langer dunkler Nacht. Mein Vater neben mir zuckte wie auf glühenden Kohlen. Sein rechter Schuh stieß gegen meinen linken, die Schnallen klirrten. Es sei keineswegs gottgewollt, Menschen nach einem Ersten, Zweiten und Dritten Stand zu unterscheiden, predigte Herder, sondern übles Menschenwerk. Auch diesseits des Rheins, in den deutschen Fürstentümern, müssten die Ketten der Unterdrückung gesprengt werden.

Plötzlich spürte ich es an meinen Schläfen, im Nacken, sogar hinter den Ohren. Ein komisches Jucken. Dabei hatte ich länger keine Flöhe mehr gehabt. Jeder Satz des Pfarrers mit dem hässlichen, birnenförmigen Gesicht wirkte auf mich, als wäre mein Kopf mit einer der neuen Elektrisiermaschinen verbunden. Funken schlugen. Eine unbekannte Kraft wirkte hinter meiner Stirn. Ich begann zu denken. Schneller und gründlicher als je zuvor in meinem Leben. Gesetze, Reformen, die auf Gleichheit und Menschenrechten basierten. Sie würden die Menschen besser machen. Auch hier im Herzogtum Sachsen-Weimar-Eisenach. Meine Ideen verliehen mir Flügel, zogen mich höher und höher.

Bis ich grob am Arm gepackt wurde und jäh aus meiner Wolke

plumpste. Vaters Gesicht über dem Spitzenjabot war blaurot wie eine frisch gefüllte Leberwurst. Er schoss hoch. Auf ein Kommando erhoben sich andere Honoratioren von den Kirchenbänken. Sofort auch ihre Ehefrauen und unverheirateten Schwestern. Staubwolken wirbelten auf, als Hofkammerrat Kirms seine langen Rockschöße mehrmals lüftete. Seine Kampfansage an Herder und Frankreich. Graf Bernstorff, krumm vor Gicht und asthmatisch, fuchtelte mit seinem Gehstock Richtung Kanzel. Immer mehr Weimarer schoben sich zu den Ausgängen, die einen vor Zorn dampfend, die anderen mit verstörten, ängstlichen Gesichtern. Aus den Augenwinkeln sah ich allerdings auch einige unserer Bekannten sitzen bleiben und mit großem Ernst zuhören. Vater presste den Knauf seines Stockes zwischen meine Schulterblätter. Noch einmal schwoll Herders Stimme an. Ich blieb stehen, schaute hoch.

»Die Freiheit wird nicht geschenkt, sie muss erkämpft werden!«

»Bravo, bravo!«, echote eine junge, enthusiastische Stimme. Absätze knirschten, Köpfe wurden herumgeworfen. Vaters Absatz rammte sich in meinen Hintern. In dem Moment, in dem ich verstand, dass es meine eigene Stimme gewesen war, taumelte ich ins gleißende Tageslicht. Krachend schlug die Kirchentür hinter mir zu.

Vater schubste mich fort von St. Peter und Paul. Vorbei an Grüppchen tuschelnder, argwöhnischer Bürger. Eleonore, was ich noch nie bei ihr erlebt hatte, lief mit schamvoll gesenktem Kopf hinterher. Kaum im Haus, zwang mich Vater in sein Schreibzimmer, wo er sonst heimlich Portwein trank und sein Geld versteckte. Als er den Schlüssel umdrehte, hörte es sich an, als ob er ihn im Schloss abgebrochen hätte.

»Du kommst hier nicht mehr raus. Nicht bevor du mir geschworen hast, dass du nie wieder, nie wieder, hörst du …«, brüllte Vater. Dabei drückte seine dick angeschwollene Schläfenader den Rand seiner Perücke hoch. Ich lachte lauthals, überdreht, nervös. Überhaupt verhielt ich mich anders als sonst in der Gegenwart meines Vaters. Wahrscheinlich lag es an der wundersamen Ankurbelung meines Verstandes.

»Nein, das schwöre ich Ihnen ganz bestimmt nicht. Im Gegenteil, ich werde mir noch häufiger anhören, was Oberkonsistorialrat Herder zu den Veränderungen in unserer Welt zu sagen hat.«

»Unsere Welt, dass ich nicht lache.«

Aber Vater lachte nicht. Er bebte und schnaufte.

»Veränderungen? Ha. Nur eine war wichtig, meine Erhebung in den Grafenstand, kapierst du? Endlich bei Serenissimus an der Tafel sitzen, endlich tiefe Verbeugungen vor mir. Und jetzt blökt dieser, dieser einfältige Moralapostel, dass alle Menschen gleich sein sollen. Das ist, das ist Hochverrat!«

Der Schlüssel war doch nicht abgebrochen, sondern ließ sich problemlos umdrehen. Im Nu war ich auf und davon. Wieder hörte ich mich aufstöhnen. Meine Gliedmaßen waren von dem Übermaß Branntwein klobig. Schließlich quälte ich mich doch aus dem Bett. Benommen suchte ich zwischen verstreuten Büchern, Reitstiefeln und Aprikosen ein Handtuch und trocknete mir das Gesicht ab. Das mochte der Kegelspieler nicht. Er versuchte, meine Augäpfel von hinten zu treffen.

Es dauerte, bis ich mich aus meiner unangenehm riechenden Kleidung vom Vortag geschält hatte. Über einer roh zusammengezimmerten Kiefernholzkommode hing ein Spiegel aus dem Fundus meiner Mutter. Solche Kontraste gefielen mir. Die runde Scheibe wurde von einer züngelnden Sonne aus rubinrotem venezianischem Glas eingerahmt und war so schwer, dass ich Angst hatte, sie würde irgendwann das Haus zum Einsturz bringen. Das Gesicht, das mich anschaute, hätte ich nicht näher kennenlernen wollen, wäre es mir zufällig beim Schlittschuhlaufen oder bei einer Vorlesung begegnet. Ich zog die Augenbrauen hoch, schnitt ein paar Grimassen. Blass, schmal, hohe Wangenknochen, eine kurze, stumpfe Nase, tiefe Ringe unter sonst hellblauen Augen. Jetzt hatten sie die Färbung von Maries Waschbrühe.

»Du wärst so hübsch, mein kleiner Bruder«, hatte Eleonore kürzlich gespottet und an meinem Zopf gezogen, bis er sich auflöste und der Puder in meinen Wimpern klebte. »Zum Anbeißen wärst du, wenn du nicht immer so schwermütig dreinschauen würdest. Als ob die ganze Welt ein, ein …«, Eleonore zögerte, »… ein verzwicktes mathematisches Rätsel wäre.«

Die alte Leier. Ich stülpte mir ein schiefes Lächeln über und drückte Eleonore einen Kuss auf die Nasenspitze. Meine Schwester fürchtete, dass ich wie Mutter in einem Labyrinth verschwinden könnte. Dabei war Maman, zumindest in meinem Alter, überhaupt nicht schwermütig oder gar verrückt gewesen. Aber davon sagte ich meiner Schwester nichts. Auch ich hatte meine Geheimnisse.

Wie aus dem Nichts gezaubert lag einmal ein in vergilbten perlgrauen Atlas gebundenes Tagebuch neben dem Glas Opiumgemisch. Absichtlich, zufällig? Mutter schlief fest. Ich horchte noch ein paar Minuten auf ihre Atemzüge. Auf der Seite, die ich zufällig aufschlug, stand ein Datum. 4. Februar 1766. Darunter nur ein einziger Satz. Eine Blumengirlande aus Mutters unverwechselbar runden Buchstaben, wenn auch etwas temperamentvoller als heute: »An seiner Hand in den Sonnenaufgang getanzt, nie war es glücklicher zu leben.«

Es berührte mich unangenehm, solch intime Bekenntnisse meiner Mutter zu lesen. Von Ferne hörte ich die Klänge eines Cotillons, die Kommandos des Tanzmeisters, und schon lösten sich die Buchstaben und begannen sich zu drehen. Ich riss mich zusammen und rechnete nach. Mutters Eintrag war sechsundzwanzig Jahre her. Vor fünfundzwanzig Jahren, im Juni 1766, hatten meine Eltern geheiratet. Das wusste ich von Fritz. In einem seiner seltenen leutseligen Momente hatte er ein Tablett mit einer Kakaotasse, das er meinen Vater servieren sollte, abgestellt und erzählt, dass er damals meiner Mutter ebenfalls heißen Kakao zur Stärkung gebracht hatte. Dunkel und so dick, dass der Löffel stecken blieb.

Damals, weit fort, in der Pfalz. Fritz knirschte mit den Zähnen und schaute durch mich hindurch. Sah er seine Herrschaften vor sich, meine unbekannten Großeltern? Von denen Mutter nie ein Wort erwähnte. Es wäre unschicklich gewesen zu fragen, das wussten Eleonore und ich, seit wir laufen konnten. Nur Fritz wusste Bescheid. Nach dem Kakao sei Mutter in die Hochzeitskutsche gestiegen und er auf den Kutschbock.

»Lilien, überall Lilien aus dem Gewächshaus. Ein Geruch wie beim Apotheker«, sagte unser Kutscher, wobei sich der Unterkiefer seines Nussknackergesichts zur linken Seite schob, sodass ich nicht sicher war, ober er grinste oder Schmerzen hatte.

»War es ein großes Fest, kamen viele Gäste?«, hakte ich nach.

»Keine Luft. Das arme Kind. War kalkweiß.«

Beide Kieferhälften klappten wieder zusammen. Ebenso ruckartig hob Fritz das Tablett an, und die Kakaotasse schepperte feindselig.

Die Vermutung lag nahe, dass Mutter bei einem Ball im Karneval Vater kennengelernt hatte. Aber warum war aus dem jungen Mädchen, das, die durchgetanzten Schuhe von den Füßen schleudernd, seine himmelhochjauchzende Verliebtheit zu Papier gebracht hatte, eine zutiefst verängstigte Frau geworden? Das begriff ich nicht. Ich nagte an meiner Unterlippe und starrte auf die Seite und das Datum. An Vater konnte es nicht gelegen haben. So eitel und dünkelhaft er auch war. Mutter gegenüber verhielt er sich immer höflich, devot sogar, was lediglich die andere Seite seines Charakters war. Zugegeben, es fiel mir schwer, aber am Ende widerstand ich der Versuchung, weiter in der Vergangenheit meiner Mutter zu schnüffeln. Ich legte das Tagebuch auf den Winkel genau zurück. Aber das Glas nahm ich und kippte den unheilvollen Inhalt aus dem Fenster.

Lag es an meinem Brummschädel, meinem vom Alkohol verwirrten Blut, dass mir das alles gerade jetzt einfiel? Ich war noch so versunken in meine Gedanken an Mutter, dass ich das erste Klopfen an meiner Tür überhörte. Zarte Fingerknöchel, von Putzarbeit rot und rissig. Rasch streifte ich mir ein Hemd über meinen nackten Oberkörper.

»Lolottchen?«

»Entschuldigung«, wisperte eine Mädchenstimme durchs Schlüsselloch. Dann ein Räuspern. »Der Herr von Egloffstein wartet unten. Er bittet Sie herunterzukommen.« Schon die nächsten Worte wurden wieder nur geflüstert: »Es sei sehr wichtig, lässt der gnädige Herr ausrichten.«

»Ist gut. Sag ihm, dass ich mich beeile.«

Unwillkürlich musste ich lächeln. Mein Brustkorb unter dem angenehm reinen Leinenstoff hob sich. Das Gesicht, das jetzt im Spiegel auftauchte, hätte meiner Schwester besser gefallen. Lolottchen, die sechzehnjährige Tochter meiner Wirtsleute, heiterte mich immer auf. Das hatten ihre Eltern schnell durchschaut. Ständig schickten sie die Kleine zu mir hoch. Egal, ob mit einem Teller klumpiger Mehlsuppe oder so unsinnigen Nachrichten wie, dass bald Regen käme und ich besser das Fenster schließen solle. Wahrscheinlich hofften sie, dass ich das Mädchen verführte und sie mir Geld abpressen konnten. Um den Kegelspieler nicht zu verärgern, nahm ich vorsichtig Stufe für Stufe. Lolottchen wartete am Fuß der Treppe. Wie üblich senkte sie scheu ihren Porzellankopf, sobald unsere Blicke sich trafen. Wortlos steckte ich ihr drei der Aprikosen zu, die ich mir in Weimar noch schnell als Wegzehrung in die Satteltasche gepackt hatte.

Anselm zog mich an seine Brust, seine Wange kratzte an meinem Kinn. Er roch wunderbar harzig. Beinahe, aber nur beinahe, berührte sein Mund meinen. Aber das Beinahe genügte, damit es in meinem Magen kribbelte.

»Ich erzähle dir alles unterwegs«, begrüßte er mich. »Wie gut, dass ich jetzt einen Bruder habe.«

Anselms Eltern waren schon lange tot, und keines seiner vier Geschwister hatte die Kinderstube überlebt. Er nahm an, dass Eleonore und ich schon allein deshalb glückliche Menschen waren, weil wir Familie hatten. Als ob mein Leben deshalb wie ein weich gekochtes Ei wäre, das ich nur auslöffeln müsste. Aber ich wehrte mich nicht dagegen, dass Anselms Arm auf meiner Schulter liegen blieb.

Während der Fahrt in seinem Phaeton vertrieb der warme Wind die Reste meines Katers und lullte mich angenehm ein. Anselm redete viel und gestikulierte. Was bei ihm ungewöhnlich war. Aber seine Sätze gerieten unter die knirschenden Räder oder flogen in die Luft und zerstoben wie Wassertropfen. Als ich wieder die Augen aufschlug, wogte ein hellgrünes Meer über mir. Süßer Duft fiel herab. Die berühmte Lindenallee, die zu dem Egloffstein'schen Herrenhaus führte. Hatte Goethe ihr nicht auch schon ein Gedicht gewidmet? Ich streckte meine starren Arme und Beine. Auf jeden Fall wusste ich aus sicherer Quelle, dass Serenissimus so neidisch auf diese Allee war, dass er versucht hatte, Anselms Gärtner aus seiner Privatschatulle zu bestechen, damit sie verrieten, warum die Stämme so gerade und die Kronen so üppig wuchsen. Louis, der Sonnenkönig, hatte die schönste Gartenanlage Frankreichs samt Architekten einfach konfisziert. Das würde unser Herzog nicht wagen. Er war kein Despot wie Karl Eugen von Württemberg oder vermietete auch nicht wie der Landgraf von Hessen-Kassel sechzehntausend junge Männer an den englischen König als Kanonenfutter für den Krieg in Amerika. Auf einmal hielt ich einen der silbernen Knöpfe meines Überrocks in der Hand. Ich musste so lange an ihm gedreht haben, bis der Faden gerissen war. Fast so eine schlimme Angewohnheit wie mein dünnes Pfeifen.

Über den Köpfen der Pferde rückte das Herrenhaus näher. Bald darauf schemenhafte Gestalten. Sie huschten hin und her. Ich kniff die Augen zusammen und versuchte sie zu zählen. Vier, vielleicht auch fünf. Sie zappelten und ruderten mit den Armen, versanken urplötzlich im Erdboden, tauchten im nächsten Moment wieder kindisch hüpfend auf. Gerade wollte ich mich zu Anselm hinüberbeugen und ihn nach dem Spuk fragen, als wir aus dem Halbdunkel der Lindenallee herausfuhren. Unter den Pferdehufen spritzte Kies. Die Kutsche fuhr einen eleganten Halbkreis, bis sie auf dem Rondell zum Stehen kam.

Jedes Mal aufs Neue war das Egloffstein'sche Anwesen Balsam für meine Seele. Während Anselm sofort heraussprang, blieb ich noch sitzen und genoss den Anblick. Zu beiden Seiten der doppelflügeligen Eingangstür zwischen schmalen Sandsteinpilastern reihten sich sechs hohe Fenster mit taubengrauen Läden. Im ersten Stock wiederholte sich diese beruhigende Symmetrie. Nur dass dort in der Mitte ein Balkon schwebte, dessen schmiedeeisernes Gitter das Familienwappen umschlang. Der letzte Goldanstrich war genug verblasst, damit er nobel wirkte. Über allem thronte ein hohes Mansardendach. Bei meinem allerersten Besuch war mir der spontane Gedanke gekommen, dass dieses Haus in Wirklichkeit eine Aufbewahrungsschachtel für spanische Halskrausen und altmodische Hüte mit gebogenen Straußen- oder Reiherfedern war, die jemand hier vor langer Zeit abgestellt und vergessen hatte. Ununterbrochen plätscherte seitdem ein Wasserstrahl aus dem Maul eines steinernen Delfins in ein kleines rundes Becken, genau in der Mitte des Rondells. Egal, was draußen in der Welt passierte. Angeblich hatte es eine Zeit gegeben, als die Postkutsche zweimal die Woche in der Nähe hielt. Irgendwann rentierte es sich nicht mehr. Jetzt war das Landgut eine einsame Insel, umspült von seinen Buchenwäldern, Wiesen und Äckern. Wollte man hinaus in die Welt, musste man weite Umwege nehmen. Aber Anselm blieb ohnehin am liebsten zu Hause. Der Ausflug nach Jena, zu Schillers Vorlesung, hatte ihm, wie er mir später zerknirscht sagte, ein Durcheinander seiner Körpersäfte eingebracht. In Weimar hatte er eine Verlobte gefunden, das hatte sich gelohnt. Weitere Ausflüge erübrigten sich also. In mich hineingrinsend, sah ich zu, wie ein Rudel sandfarbener Jagdhunde auf ihn zustürmte. Mein zukünftiger Schwager umarmte jeden einzeln und ließ sich sein Gesicht ablecken.

Was, wenn ich tatsächlich hier einziehen würde? Im Herbst nach der Hochzeit, zusammen mit Eleonore. Weit genug fort von

Vater, allem höfischen Zwang und Druck. Eine Versuchung, in jeder Hinsicht. Anselm mit seinem schönen Gesicht würde mir täglich beim Essen gegenübersitzen. Ich konnte ihn anstarren, so viel ich wollte und mir dabei die aufregendsten Sachen ausmalen. Aber sonst? Schnepfen jagen und abends am Kachelofen Georg Forsters Reise auf Captain Cooks Schiff nach Tahiti nachlesen?

Gelächter zerhackte die friedliche Melodie des Springbrunnens. Anselm, der dem Kutscher gerade Anweisungen gab, zog nur kurz die Augenbrauen hoch. Die Dame undefinierbaren Alters, aufwendiger gekleidet als die Herzogin beim Hofball, die quer über das mit Kies bestreute Rondell trippelte, schien ihn nicht zu überraschen. Ihr weißer Busen zitterte wie eine Mehlspeise in der Schüssel. Litt sie an Tollwut? Mindestens bei jedem dritten Schritt öffnete sie ihren Mund. Und lachte und lachte. Ich vermutete, dass Hyänen, auch wenn ich noch nie einer über den Weg gelaufen war, genau solche Laute ausstießen.

Sie musste eine der Gestalten sein, die ich vorhin gesehen hatte. Ich stieg aus der Kutsche. Die närrische Person beachtete weder Anselm noch mich, sondern verschwand in einem der schmalen, heckengesäumten Wege, die sternförmig in den Park führten. Da tauchte der nächste Wahnsinnige auf. Ein junger Mann, breitschultrig, aber schmal in den Hüften. Braune Haare, schmutzig wie die eines Bauern, hingen ihm auf die Schultern. Dafür glänzte Rouge auf seinen Lippen und Wangen. Er trug keinen Rock, sondern über seinem Hemd nur eine Weste, pfirsichfarben und tailliert. Etwas an ihm, vielleicht die Art, wie er ging, mit einem gewissen Hüftschwung, anmutig und unverschämt anmaßend zugleich, versetzte mir einen Stich. So eine Spezies Mann hatte ich ebenso wie die Hyäne noch nie gesehen. Dass es sie aber offensichtlich gab, brachte ein Organ, von dessen Existenz ich ebenfalls nichts gewusst hatte, irgendwo schräg zwischen meinen Nieren und meinem Magen, zum Erwachen. Seltsam war, dass er beide Arme nach vorne streckte und mit den Fingern die Nachmittagsluft kraulte. Dann steuerte auch er auf einen der Laubgänge zu.

»Hab ich dir doch gesagt«, raunte Anselm, der sich neben mich gestellt hatte, »sie treiben es ziemlich bunt.«

»Sie? Wer, zum Teufel, sind sie denn?«

»Felix, von ihnen«, Anselm rollte die Augen in Richtung des Paradiesvogels, »habe ich dir doch die ganze Fahrt über erzählt. Ihretwegen habe dich doch auch geholt. Du musst mir helfen ... bloß weil er mich mal vor der Syphilis bewahrt hat.«

Anselm stammelte noch ein paar Worte, die aber noch weniger Sinn ergaben.

»Je jouis, je jouis«, tönte es aus dem Gebüsch.

Gekicher und Gepruste. Drei Mädchen stoben aus einer anderen grünen Passage heraus. Milchmagd die eine, die beiden anderen Kammerzofen, alle drei blutjung und niedlich. Ich kannte sie von früheren Besuchen. Ihre Hauben waren verrutscht, ihre Wangen gerötet. Japsend blieben sie stehen. Bemerkten sie gar nicht die Ankunft ihres Herrn? Hatten sie ihre Pflichten am Butterfass oder in der Bügelkammer komplett vergessen? Ich rätselte noch, als der geschminkte Faun wieder hervorsprang. Ich warf meinen Kopf herum. Jetzt bemerkte ich das über seine Augen gebundene Seidentuch, dafür aber »sahen« seine Finger. Die Mädchen, die abwechselnd spitze, ganz und gar nicht ängstliche Schreie ausstießen, setzten sich wieder in Bewegung, aber sehr langsam, sodass gleich nicht mehr die Thüringer Landluft gekrault wurde, sondern runde Hüften.

»Gewonnen, gewonnen.«

Sein langes Haar flatterte, und seine Hände begrapschten zur Abwechslung einen Busen. Seine geschminkten Lippen öffneten sich, und blitzschnell sprang eine hellrote Zunge heraus. Mein neues Organ explodierte fast. Ich musste mich gegen Anselms Kutsche lehnen. Endlich begriff ich. Diese Fremden spielten Verstecken, Fangen und Blindekuh. Am hellen Nachmittag, an einem gewöhnlichen Montagnachmittag.

In mir schoss Verachtung hoch. Und in einer nächsten heißen Welle Neid. Ich spürte das Verlangen, mir meinen Rock aus dunklem, englischem Tuch vom Körper zu reißen und mitzumachen. Mich im Kreis drehen zu lassen, bis die Baumkronen, die Wolken und das ganze Leben über mir Karussell fuhren, und dann ebenfalls lachend und hemmungslos nach Haaren, Spitzentüchern und warmen Körperteilen zu greifen.

»Komm endlich«, flüsterte Anselm mir zu, »gehen wir hinein. Sie werden ohnehin gleich kommen und wieder Pharao spielen wollen. Du kannst dir nicht vorstellen, was für Unsummen die sich gegenseitig abknöpfen. Der Marquise musste ich bereits siebzig Taler vorstrecken.«

So zerfurcht hatte ich seine hübsche Stirn nie gesehen.

In der Halle, zwischen den vier Säulen aus Stuckmarmor, erfasste mich ein Luftzug. Ungewöhnlich. Auch als wir weitergingen, spürte ich überall unangenehm im Nacken offene Fenster und Türen. Endlich eilte Josef, das hochbetagte Erbstück, das zum Haus gehörte wie das ovale Deckengemälde mit der Göttin Diana, auf weiß bestrumpften Storchenbeinen herbei. Behutsam, als ob sie Neugeborene wären, hielt er sechs Weinflaschen im Arm. Trotzdem verbeugte er sich formvollendet. Schon Josefs Vater und Großvater hatten den Egloffsteins als Majordomus gedient. Er selbst war, soviel ich wusste, nicht einmal verheiratet. Umso mehr strengte er sich an, keine Lücke in der Kette der Loyalität und Ordnung entstehen zu lassen. Anselm nahm ihm eine Flasche ab und studierte das Etikett.

»Josef, du Kluger. Gut, dass du den und nicht die besseren Jahrgänge genommen hast.«

»Es gab deswegen schon Beschwerden gnädiger Herr,« bemerkte Josef gequält. »Aber ich habe behauptet, dass unsere Bestände seit der letzten Treibjagd geschrumpft sind und der Weinhändler in Frankfurt nicht nachkommt. Aber vorhin, nach dem Mittagessen, folgte mir der junge Monsieur. Er wollte mir in den Keller nachsteigen und kannte sogar die deutschen Worte für ›einen guten Tropfen‹.«

Josefs Stimme rasselte. Braune Flecken und geplatzte Äderchen überzogen sein Gesicht. Und plötzlich wirkte er tatsächlich uralt. Was mich aber noch mehr erschreckte, war der fehlende obere Knopf an seiner Livree.

»Das geht so nicht mehr weiter. Ich weiß. Wir müssen sie loswerden.«

Bei dem »wir« schaute mich Anselm flehend an.

Die Wände des großen Speisesaals waren mit Chintz bespannt, in dem seltenen Rot voll erblühter Päonien. Aber die Stühle schliefen seit Langem unter weißen Tüchern. Nur Josef erinnerte sich noch an ein Galaessen mit hundertsechzig Gästen zu Ehren des sächsischen Kurfürsten. Trotzdem ließ er jeden Donnerstag die drei Kristalllüster über der Tafel von einer der jungen Mägde abstauben. Als Nächstes durchquerten wir den Billardraum. Dann den weißen Salon, wo in Glasvitrinen Silberkannen herumstanden. Durch die gesamte Zimmerflucht zog sich eine Spur der Vernachlässigung. Glasscherben unter einem Fußschemel, auf den Elfenbeintasten des Spinetts ein abgenagter Hühnerschenkel. Offenbar kamen die Dienstboten mit dem Aufräumen nicht mehr nach.

Im grauen Salon wirbelte ein Blatt Papier über das Eichenparkett. Anselm hastete darüber hinweg. Ich bückte mich rasch. Es war eine gedruckte Karikatur. In natura hatte ich so was noch nie gesehen, wohl aber auf Bildern, die meine Kommilitonen zwischen Buchseiten schoben. Der Unterleib einer Frau, nackt und obszön übertrieben. Schon wollte ich das Blatt zerknüllen, da kamen mir die Gesichtszüge unter der hohen Perücke, in der kleine Brotlaibe steckten, bekannt vor, und ich schaute mir die Zeichnung genauer an. Eine der Mätressen unseres Herzogs, eine Schauspielerin oder Sängerin? Wahrscheinlich eine berühmte Frau.

»Felix, wo bleibst du?«

»Komme schon.«

Unauffällig schob ich das Blatt in meinen Ärmelaufschlag. Anselms Ziel war das Jagdzimmer im äußersten Westflügel, sein eigentliches Zuhause. Dementsprechend roch es nach Hunden und Lederstiefeln. An den hohen Wänden hingen von oben bis unten die Trophäen der vergangenen Jahrzehnte, womöglich Jahrhunderte. Eine Dornenhecke aus grau verblichenen Geweihen. Nur dass das Dornröschen von selbst seinen Schlaf unterbrochen und sich eine Prinzessin geholt hatte. Wusste meine Schwester eigentlich, was für ein Glück sie hatte? Ich setzte mich unter den Schädel eines Elchs, dessen gutmütigen Blick ich seit meinem ersten Besuch schätzte. Sorgsam schloss Anselm die Tür und lümmelte sich mir gegenüber auf einen der Stühle mit hoher Lehne, auf dem sich mindestens fünf Generationen seiner Vorfahren nach der Jagd ausgeruht hatten. Stockend begann er seine Beichte.

»Damals, auf meiner Grande Tour durch Italien. Auf der Rückreise von Rom und Herculaneum, als die englischen Gentlemen meinen Erzieher dazu überredeten, in Venedig Station zu machen.«

Ein weidwunder Blick, der ihn noch schöner machte.

»Du warst schon immer ein Glückspilz«, entgegnete ich trocken.

»Ach, Felix, diese vielen Kirchen und riesigen Bilder«, stöhnte er.

»Keine erlegten Hirsche drauf?«, neckte ich meinen Freund.

»Ach, immer nur was aus der Bibel«, murmelte Anselm und streckte seine Beine so weit von sich, dass automatisch seine wohlgeratenen Waden in mein Blickfeld gerieten.

»Aber zur Belohnung wurde ich dann, die englischen Gentlemen empfahlen aus Bildungsgründen einen solchen Besuch ebenfalls, in eines der, äh, berühmten Bordelle von Venedig geführt.«

»Aha.«

Was sonst hätte ich sagen sollen. Anselm presste die Kuppen seiner Finger gegeneinander.

»An jenem Nachmittag waren außer mir noch zwei Herren aus Holland da und eine größere französische Gesellschaft. Zitroneneis wurde serviert. Köstlich übrigens.«

»Das hättest du auch bei Ortelli in Weimar kriegen können.«

Zerknirscht nickte Anselm.

»Na ja, es war im Preis inklusive. Jedenfalls hatte ich schon eine, eine der jungen Dame ausgewählt. Eleonore darf das nie erfahren, hörst du! Sie wollte mich gerade in eines der Separees führen, als Louis, du hast ihn vorhin gesehen, der, der sich die Lippen anmalt, seine Dame schnell vom Schoß schubste und mir etwas ins Ohr zischte. Ich verstand zuerst gar nicht, was er meinte. Mein Französisch, du weißt.«

Ich widersprach nicht.

»Also, daraufhin fasste sich Louis zwischen die Beine und tat mit der nächsten Handbewegung so, als ob er sich die Nase abschneiden würde und dann gleich die Stirn zerschmettern. Total komisch, alle brüllten. Die Holländer am lautesten. Das Mädchen hatte die Franzosenkrankheit.«

»Dich zu warnen war zweifelsohne sehr ehrenhaft von diesem Louis. Aber was will er jetzt hier? Und die aufgedonnerte Madame?

»Marquise, sie ist eine Marquise.«

Wie in einer trivialen Komödie wurde in dem Moment die Tür aufgerissen. Anselm und ich fuhren hoch. Hatten wir das Klopfen überhört?

Ein Hermelinmuff, eingehüllt in eine Wolke schweres Parfüm, flog ins Zimmer und landete auf dem Sessel neben mir. Der Elch, so schien mir, sperrte seine Glasaugen auf: die Dame mit dem üppigen Busen und dem Hyänenlachen und der Typ, der, nachdem er keine Augenbinde mehr trug, mich so taxierte, dass ich das zweite Mal in meinem Leben das Gefühl hatte, an eine Elektrisiermaschine angeschlossen zu sein. Auf meinen Verstand wirkte sie allerdings nicht mehr.

Das Nächste, was ich mitbekam, war das Gestänge der Reifröcke der Marquise, das sich gegen mein Knie drückte. Sie reichte mir Zeige- und Mittelfinger zum Handkuss, gleichzeitig ergoss sich über mich ein Wasserfall Französisch. Aus der Nähe betrachtet, war ihr Dekolleté schwammig wie ein alter Pilz, und ihre Gesichtshaut hätte eine Pergamentseite aus den Folianten der Bibliothek unserer Herzoginmutter Anna Amalia sein können.

»Oh, ja, natürlich, der zukünftige Schwager, der begnadete Jurist. Der, wie wir von unserem reizenden Gastgeber schon wissen, bald dem Herzog zur Seite stehen und die Geschicke von Sachsen-Coburg lenken wird. Vielleicht sogar«, flötete die Marquise, »den auch bei uns berühmten Herrn von Goethe ablösen wird. Wie hieß der Titel noch mal, *Die Leiden des jungen Winter* oder so?«

»Sachsen-Weimar-Eisenach und Werther«, korrigierte ich.

»Oh, gleich zwei Länder regiert er! Mon Dieu, dieses Heilige Römische Reich ist eine Pralinenschachtel, verglichen mit unserem Frankreich.«

Mit großer Geste bog sie ihren bemalten Fächer in Richtung desjenigen, den Anselm Louis nannte.

»Erlauben Sie mir bekannt zu machen, Vicomte …«

Es folgte ein bandwurmlanger Titel. Ich deutete eine Verbeugung an, die lässig quittiert wurde. Er war überhaupt nicht schön, im Vergleich zu Anselm sogar unansehnlich. Er lehnte sich unverschämt leger gegen den Kamin und benutzte seine Zottelhaare als Versteck, um seine Augen wandern zu lassen. Dafür überschwemmte der quecksilbrige Redeschwall der Marquise den Raum. Wie ein Ertrinkender stand Anselm da und schnappte nach Luft; ich verstand zwar alle ihre Worte, aber nicht immer deren Sinn. Ein neuer Name und Titel. Artois. Carl Philipp Graf von Artois.

»Der jüngere Bruder des französischen Königs?«, fragte ich, froh, dass ich irgendetwas sagen konnte.

»Mais oui, zusammen mit ihm sind wir doch geflohen. Zuerst an den Hof nach Turin. Aber da war der Winter eisig, die Bewirtung lausig, die Kamine qualmten.«

Die Hyäne im Reifrock lachte, und ihr Fächer entglitt ihr.

»Dann zogen wir mit Artois weiter nach Koblenz. Allein die Federbetten dort waren es wert«, fuhr Louis fort, bückte sich nach dem Fächer und gab ihn der Marquise mit einem maliziösen Lächeln zurück. War er ihr Sohn oder ihr Neffe? Waren die beiden am Ende verheiratet? Oder gab es andere Konstellationen? Mir schoss Hitze ins Gesicht, und ich spürte, dass ich rot wurde.

Die Marquise setzte sich. Das heißt, zuerst quietschte das Gestänge wie ein alter Brunnenschwengel, dann nahm ihr Reifrock drei Viertel des Sofas in Beschlag. Anselm und ich setzten uns ebenfalls. Ich fuhr gleich wieder hoch, mit Mühe einen Schrei unterdrückend. Offensichtlich hatte ich den Sessel verwechselt, in meinem Rücken war ein Vulkan ausgebrochen, einer mit Krallen und Zähnen. Der Typ am Kamin verzog hämisch den Mund. Die Marquise angelte sich den zappelnden Hermelinmuff und bedeckte ihn mit Küssen.

»Hast du dich erschreckt, mein Schatz? Das ist doch kein böser Sansculotte oder ein stinkendes Fischweib, das uns nach dem Leben trachtet. Anselms Freunde sind auch unsere Freunde. Nicht wahr?«

Stachelbeergrüne Augen, wachsam und nüchtern, musterten mich. Der Kontrast zu dem exaltierten Gehabe und der übertriebenen Aufmachung der Marquise konnte nicht größer sein. Wer war die wahre Person? Meine Neugier war geweckt.

»Freunde. Aber sicher«, stammelte ich und streichelte langsam ihre weiße Angorakatze. Dann erzählte sie von ihrer Jugend auf den Antillen. Von Plantagen in dampfender Hitze, zauberkundigen Sklavinnen, die ihre weißen Dienstherren verhexten. Von Blütenkelchen, die sich öffneten, die Marquise machte die entsprechende Geste, und schnapp, schnapp eine fette Fliege verspeisten. Einige dieser gewitzten Exemplare gebe es jetzt im botanischen Garten von Paris zu bestaunen. Anselm riss kurz die Augen auf. Könnte man solche Pflanzen hier ansiedeln? Fliegen gäbe es auf seinem Gut genug. Zum ersten Mal schämte ich mich für Anselm. Wein wurde geordert und Braten, Pasteten und geräucherter Fisch. Nicht von Anselm, Louis gab die Anweisungen. Als Josef die Flaschen brachte, zündete er auch die Kerzen an, und unsere Schatten gesellten sich zu denen der Geweihe und ausgestopften Schädel. Eine Stunde später mischte der Vicomte die Karten und ließ sie wie Kartoffelschalen über den Tisch fliegen. In kürzester Zeit wechselten Goldstücke ihre Besitzer. Am Anfang verlor und gewann jeder gleichmäßig. Mit der Zeit aber wuchs das Türmchen vor Louis. Hin und wieder wagte ich unter halb geschlossenen Lidern, ihn anzuschauen. Kurz vor Mitternacht zeichnete sich eine Pechsträhne der Marquise ab. Aber sie spielte furios weiter, bis sie nichts mehr besaß.

Hustend und lachend zugleich erhob sie sich und tat etwas, das Anselm und mich den Atem anhalten ließ. So selbstverständlich, als ob sie sich die Nase pudern würde, hob sie das Gestänge ihres Reifrockes hoch. Lila bestrumpfte Waden wurden sichtbar. Aus dieser Unterwelt holte sie zwei Bücher hervor und deponierte sie auf dem Kaminsims. Als ob nichts geschehen wäre, drapierte die Marquise sich selbst wieder auf das Sofa und fächelte sich zu.

»Sie sehen immer noch hungrig aus«, rief sie mir quer über den Raum zu. »Gedruckte Worte sind Grundnahrungsmittel. Hin und wieder gibt es zwischen den Seiten auch einen gespickten Fasan oder sautierte Jakobsmuscheln. Oder was sind die Delikatessen in Ihrem Sachsen-Bayreuth, pardon Ansbach-Eisenach-Weimar?«

Schwang unter ihrem Spott etwas Lauerndes mit? Sollte ich auf die Probe gestellt werden? Ich murmelte etwas Unverständliches. Anselms Kinn sackte immer öfter auf seine Brust. Die Nacht mauerte uns ein, und das Jagdzimmer schrumpfte zu einer Walnussschale. Irgendwann und ganz nebenbei erwähnte Louis, die Angorakatze stamme aus der bekannten Zucht der berühmten Prinzessin de Lamballe, der besten Freundin der Königin.

»Ich dachte, das sei die Duchesse de Polignac«, platzte ich heraus, ohne mich zu erinnern, ob ich das von meiner Schwester oder einem Weimarer Hofschranzen aufgeschnappt hatte.

»Zwischendurch in Ungnade gefallen«, erwiderte Louis und klimperte in der hohlen Hand mit den Goldmünzen, die er gewonnen hatte. »Sie ist auch schon im Herbst 89 auf und davon.

Aber sie korrespondiert jetzt wieder mit der königlichen Familie, mal aus Italien, mal der Schweiz, neuerdings aus Wien. Hatten Sie schon das Vergnügen, unsere verehrte Polignac kennenzulernen?«

Blitzschnelle Blicke flogen zwischen ihm und der Marquise hin und her.

»Ich? Wie kommen Sie darauf? Ich bin doch immer nur in Weimar und Jena. Oder gelegentlich hier.«

Ich war bestürzt, wie kläglich meine Stimme klang. Wahrscheinlich schaute ich auch wieder so, wie es meine Schwester nicht mochte.

»Aber Sie haben in Weimar oder Jena doch sicherlich Refugiés getroffen? Flüchtlinge wie wir.«

Ich verneinte, woraufhin die Marquise so tief aufseufzte, dass ich Angst bekam, ihr Busen würde ganz aus dem Ausschnitt fallen. Sie streichelte ihren Muff, der mit Anselm im gleichen Takt schnarchte, und schaute sorgenvoll.

»Ihr Herzog und seine vielen Cousins, die deutschen Fürsten, werden doch nicht zulassen, dass die Revolution auf ihre schönen Länder, Sachsen-Braunschweig …«, sie hustete, »… na, Sie wissen schon, überspringt? Was werden Ihre Monarchen unternehmen, um dem französischen König zu helfen?«

Mir wurde heiß. Was, wenn sie und dieser Louis erfuhren, dass ich mit der Revolution sympathisierte? War ich dann ihr Feind? Unsere Begegnung hatte so wunderbar begonnen. Betont leichthin antwortete ich: »Hier ist alles anders. Wir kümmern uns nicht um Politik.«

Was auch stimmte.

Schließlich wurde die Versuchung unerträglich. Vorsichtig, damit er nicht aufwachte, stieg ich über Anselms ausgestreckte Beine. Ich nahm mir einfach das oberste Buch und zog mich damit so unauffällig wie möglich auf meinen Sessel zurück. *Tausendundeine Nacht*. Davon hatte ich gehört, Antoine Galland hatte es aus dem Persischen übersetzt. Voller Vorfreude strich ich über den smaragdgrünen Ledereinband, und die rot geschminkten Lippen verloren vorübergehend ihre Macht über mich.

Mit dem ersten dünnen Licht aus dem Osten, das den Park und seine Vögel zum Leben erweckte, klappte ich das Buch zu. Dass die anderen schon vor Stunden das Jagdzimmer verlassen hatten, hatte ich kaum registriert. Todmüde, aber glücklich wie selten blies ich die beiden letzten Kerzenstummel aus.

Es folgten viele solche Abende. Ich freute mich schon beim Aufwachen darauf. Ausgefüllt mit Ironie und Witz, Glücksspiel und Erzählungen, die mir Türen zu neuen, schillernden Welten öffneten. Meine Rückkehr nach Jena zu den Professoren, die alle an geistigem Sodbrennen litten, Schiller ausgenommen, oder gar in mein Elternhaus zu meinem engstirnigen Vater und meiner kranken Mutter verschob ich von Tag zu Tag. Stattdessen spazierte ich am Arm der Marquise durch Paris. Wir besuchten den exaltierten Zirkel der Königin, wo wir von der hintersten Stuhlreihe aus Beaumarchais' *Die Hochzeit des Figaro* erlebten, das die Zensur verboten hatte. Doch Marie-Antoinette applaudierte stürmisch einem Stück, in dem ein adeliger Herr von seinem Diener von Anfang bis Ende verspottet wurde. Genau in dem Moment, erklärte mir die Marquise, deren Wimpern über den intelligenten Stachelbeeraugen nahezu farblos waren, habe der Umsturz begonnen. Und nicht erst mit dem Sturm auf die Bastille.

Zu später Stunde, wenn wir uns beim Kartenspielen ausgetobt hatten, Anselm schläfrig und Louis reicher geworden war, fand ich auf dem Kaminsims ein neues Buch. Der Reiseproviant der Marquise schien groß zu sein.

Tagsüber las ich wie ein Verrückter, meistens in versteckten Winkeln des Parks, begleitet vom Brummen der Hummeln und Zirpen der Grillen. Ich lernte den Atheisten Mirabeau kennen, dessen Schriften hierzulande auf dem Index standen. Es folgte *Gefährliche Liebschaften*, ein Roman, den ich nicht mochte, weil sein Inhalt überspannt war wie sein Titel, französisch eben. Hierzulande, da war ich mir sicher, würde niemand solche bitterbösen Händel abschließen. Im Schatten eines herrschaftlichen Nussbaums verschlang ich die Philosophien eines gewissen de Sade, geschrieben im Gefängnis. So geriet ich immer mehr in den Sog meiner neuen Freunde, der Flüchtlinge. Ihre Leichtlebigkeit, ihre Spottlust hielten mich in Atem, sodass ich alles andere ausblendete. Sie schliefen meist noch, während Anselm schon drei, vier Stunden über seine Felder ritt und die Erntearbeiten beaufsichtigte. In meinem schattigen Refugium im Park nickte ich hin und wieder über den aufgeschlagenen Seiten ein. Kein Wunder, dass ich die Alte erst bemerkte, als sie schon vor meinen ausgestreckten Füßen stand.

»Vom gnädigen Herrn Vater«, knurrte sie, während sie aus den Falten ihres braunen Kittels einen Brief herausfischte. Sie gab ihn mir und drehte sich grußlos um. Vor ihr lag ein Tagesmarsch zurück nach Jena. Mehr als drei Kreuzer gab ihr mein Vater bestimmt nicht dafür. Vier Tage später, ungefähr zur gleichen Zeit, tauchte sie wieder auf. Schwül war es. Das Gesicht der Alten kam mir schroffer, ihre Hand knochiger vor. Sicher strengte sie der Marsch in der Hitze an. Wenigstens hatte ich dieses Mal ein paar Münzen für sie bei mir.

»He, warte, ruh dich aus. Ich sage, dass sie dir in der Küche etwas zu essen geben sollen. Außerdem kommt bald ein Gewitter.«

»Hab keine Zeit«, gab sie mir kratzig zurück. Wie sie sich durch das Dickicht der Büsche und Sträucher entfernte, ähnelte sie einem knorrigen, kahlen Ast.

Explosionsartig platzten die Wolken. Tropfen, dick wie Murmeln, fielen heraus. Ich klemmte den Brief in mein Buch und rannte los. Als ich den Eingang zum Gartensaal auf der Rückseite des Herrenhauses sah, schüttete es gleichmäßig, und der wunderbare Geruch feuchter Erde stieg auf. Am lila Himmel gabelten sich Blitze. Ich blieb, das Buch unter meiner Weste, mitten auf dem Rasen stehen. Das Regenwasser floss über meine geschlossenen Augenlider; ich sperrte meinen Mund auf und breitete meine

Arme aus. Als ich meine Augen wieder öffnete, sah ich Amseln, mindestens zehn, die in dem nassen Gras hüpften. Sie sangen meine Gefühle. Von meinem Zopf tropfte noch mehr Wasser zwischen meine Schulterblätter in mein aufgeweichtes Hemd. Ich war bereit, auch nach Tahiti zu reisen.

In meinem Zimmer holte ich den Brief aus dem Buch und schob ihn zu dem ersten ungeöffneten unter einen Berg schmutziger Wäsche. Draußen war es vollkommen dunkel geworden. Der Donner rollte über die Gänge des Herrenhauses. Ich machte mich daran, die neueste Leihgabe der Marquise, eine Abhandlung über Ökonomie, mit einem Hemd trocken zu tupfen. Er klopfte so anmaßend, wie er auch ging. Ohne auf Antwort zu warten, trat er ein.

Ausnahmsweise waren seine Lippen nicht geschminkt. Sein Haar war zu einem Zopf gebunden, und ich sah zum ersten Mal eines seiner Ohren. Das Vollkommenste an Louis, an dem das meiste eher schief war. Der Anblick dieses Ohres brachte mein Herz zum Hüpfen. Louis grinste meine Bemerkungen über das Gewitter und den Regen fort und kam, für meine Sehnsüchte unerträglich langsam, näher. Ohne ein Wort zu verlieren, strich er mir mit der einen Hand mein tropfnasses Haar aus der Stirn und löste mit der anderen den Gürtel meiner Kniehose.

Der Regen peitschte unaufhörlich gegen die Scheiben. Es hörte sich an wie der Trommelwirbel, der erklang, wenn die Soldaten des Herzogs unten an der Ilm exerzierten.

Eines der Dienstmädchen, wahrscheinlich sogar dasjenige, dem Louis Schnüre und Haken öffnete beziehungsweise den Rock hochschob, schaffte am nächsten Morgen meine schmutzige Wäsche fort. Ich schlief noch. Dabei musste sie die Briefe gefunden haben. Denn sie steckten, als ich aufstand und mich rasierte, akkurat nebeneinander im Spiegelrahmen. Missmutig seifte ich meine Wangen ein. Überall verfolgte mich mein Vater! Vorwürfe, Mahnungen, Befehle…ich wusste ohnehin, was drinnen stand.

Wenn ich seine Post doch nur gleich verbrannt oder zerrissen hätte. Vater, mein Studium. Egal, alles egal, nur das, was ich in der vergangenen Nacht von Louis gelernt hatte, zählte.

Mein Zeigefinger war völlig unkonzentriert. Es dauerte, bis ich es schaffte, meine Nase hochzudrücken und mit der Klinge die empfindliche Stelle über meinem Mund zu schaben. Immer wieder kontrollierte ich mich im Spiegel. Etwas stimmte nicht. Ich legte das Rasiermesser beiseite. Das Papier des zweiten Briefes war heller, von besserer Qualität als das des ersten. Die Schrift, in der mein Name geschrieben war, ähnlich, aber routinierter.

Bevor ich etwas spürte, quollen Blutstropfen in den fettigen Schaum. Ohne darauf zu achten, zog ich den Brief aus dem Rahmen, begutachtete nochmals das Papier, drehte ihn, sah mir zum ersten Mal das Siegel richtig an. Das Relief eines Reiters mit einer Standarte erhob sich aus dem Lack. Rundherum liefen Buchstaben: Von Gottes Gnaden Carl August Herzog zu Sachsen-Weimar und Eisenach.

Ich nahm die Schere von meinem Toilettentisch, ritzte auf. Noch schneller faltete ich den Bogen auf.

Namen beschleunigten meinen Puls: Schloss Pillnitz, Kaiser Leopold, Charles von Artois, König Friedrich Wilhelm von Preußen. Beim zweiten Durchgang las ich Zeile für Zeile. Der Schnitt in meine Oberlippe pochte höllisch. Hatte ich tatsächlich gelesen, dass der Herzog mich als juristischen Berater zu einem Fürstentreffen am 25. August an die Elbe mitnehmen wollte? Mich, den Studenten, den Anhänger Herders und heimlichen Sympathisanten der Revolution? Vermutlich hatte Vater wieder einmal antichambriert und Speichel geleckt, damit der Herzog mich in seinem Tross mitnahm.

Ich sollte in Pillnitz zurechtgestutzt werden, meine Ideale vergessen, die in Vaters Augen gefährliche Flausen waren. Möglicherweise verdankte ich die Einladung auch meiner bevorstehenden Verschwägerung mit Anselm. Der Herzog wollte durch mich sicherstellen, dass er sich bei Egloffstein auch in Zukunft

Geld pumpen konnte. Dass ihm bekannt war, dass ich meine bisherigen juristischen Examen alle mit Auszeichnung bestanden hatte, glaubte ich dagegen nicht. Stirnrunzelnd las ich weiter.

Die Monarchen planten, so hieß es, ihre Reaktion auf die Gefangennahme des französischen Königs zu koordinieren. Wenn möglich, sollte eine Koalition zur Zerschlagung der Französischen Revolution geschmiedet werden. Als Initiator wurde Graf Artois genannt, der Bruder Louis' XVI. und Führer der französischen Emigranten.

Benommen legte ich das herzogliche Schreiben neben die Seifenschale. In meiner Brust kämpfte der Stolz, dass der Herzog gerade mich ausgewählt hatte, gegen meinen heftigen Widerwillen gegen das gesamte Pillnitzer Vorhaben. Aber hatte ich überhaupt eine Wahl? Noch einmal nahm ich den Briefbogen.

Genauso wie der Knopf meines Rockes bei meiner Ankunft vor über zwei Wochen, lag urplötzlich das herzogliche Lacksiegel in meiner Hand. Kreisrund, matt rot und unbeschädigt. Seltsam. Denn ich hatte es beim Öffnen des Briefes nicht berührt, geschweige denn gebrochen. Nachdenklich drehte ich es hin und her, zufällig auch in Richtung Fenster. Auf das gestrige Gewitter, das bis in die Nacht gewütet hatte, war ein silberheller Morgen gefolgt. Er schickte scharfe Sonnenstrahlen in mein Zimmer, die an der Unterseite des Siegels winzige teigige Krümel sichtbar machte. Ich schnupperte, roch aber nichts Auffälliges. Die Sonne flutete auch über die Marmorplatte des Tisches unterhalb des Spiegels, und ich entdeckte dort ähnliche Krümel. Als ich sie antippte, hafteten sie an meiner Fingerkuppe. Ich probierte das gleich an einem Stuhlbein aus, dann erst an Papier. Ganz eindeutig handelte es sich um Überreste eines zähen Leims. Grübelnd wischte ich mir mit einem Lappen den blutigen Rasierschaum aus dem Gesicht. Es ergab einfach keinen Sinn. Trotz der Schnittwunde spitzte ich meine Lippen und pfiff. Siegellack haftete doch von selbst, das war ja sein Sinn und Zweck. Wozu noch Leim darunter? Außer …

Ich warf mich aufs Bett, das noch immer nach Louis roch. Ich brachte meine ganze Willenskraft auf, um nicht der höllischen Versuchung zu erliegen, meinen Kopf in die Kissen zu bohren und mir seinen biegsamen, erfindungsreichen Körper vorzustellen. Pfeifen half, ausnahmsweise. Angenommen, jemand hatte das Siegel nachträglich noch einmal angeklebt, um zu vertuschen, dass er es zuvor im Ganzen mit einem scharfen Instrument abgenommen hatte, ohne es zu beschädigen. Aber wozu dieser Hokuspokus?

Mit der Antwort kam eine große Traurigkeit über mich. Ich spürte, wie sie sich in meiner Brust ausbreitete wie ein Nebel. Bis sie alles Feuer und alle Zuneigung löschte. Ich war nur benutzt worden. Vielleicht nicht einmal begehrt, wie ich Tölpel mir immerhin für ein paar Stunden eingebildet hatte.

Ich packte meine Habseligkeiten und setzte mich in die Halle und wartete. Die Bücher hatte ich allesamt auf den Kaminsims im Jagdzimmer gestapelt. Josef servierte mir gekühlte Getränke. Er sagte nichts, aber es beruhigte mich etwas, dass sein oberster Knopf wieder angenäht war. Anselm kam am Mittag von seinen Feldern zurück. Mit Schweiß auf seinem freundlichen Gesicht und Lehmklumpen an den Stiefeln stürmte er durch das Portal und auf mich zu. Bevor ich meine vorbereiteten Abschiedsworte aufsagen konnte, dankte er mir überschwänglich. Dafür dass ich ihm so sehr geholfen hätte.

Endlich waren die Franzosen abgereist. Schon bei Tagesanbruch. Drei silberne Kannen seien aus dem weißen Salon verschwunden. Und die Milchmagd, Anselm errötete unter seiner gebräunten Haut, habe der Köchin gestanden, schwanger zu sein.

Kapitel 4

Ende August – Oktober 1791

Ich lernte schnell.

Wüssten Vater, Felix und mein Verlobter allerdings, was genau ich in diesem ungewöhnlich warmen Spätsommer 1791 lernte, dann würden sie mich sofort verstoßen. Mich in ein Stift für gefallene Mädchen verbannen. Denn meine neuen Fähigkeiten hatten so gar nichts mit dem zu tun, was ein Fräulein aus vornehmem Haus, das bald in ein noch vornehmeres heiratete, können sollte. Tanzen, Sticken, Zeichnen, französische Konversation und den anderen Krimskrams beherrschte ich allerdings schon. Es nützte mir nur nichts, als es ums nackte Überleben ging, da halfen mir nur meine neuen Fertigkeiten.

Das ahnte ich natürlich nicht, als ich versuchte, so geräuschlos wie möglich lockere Latten aus der Wand eines Holzschuppens in der äußersten Ecke von Geheimrat Goethes Grundstück zu lösen. Bei zwei Brettern klappte es schnell, beim dritten stellte sich ein rostiger Nagel quer. Ich drehte und zog, zwei Fingernägel rissen mir ein. Währenddessen stülpte sich eine tintenblaue Samthaube über den Garten und mich. Kein Mondschein half mir, verriet mich aber auch nicht. Über die Mauer zu unserem Nachbarn war ich wie im Schlaf geklettert, und in seinem Garten kannte ich inzwischen jeden Busch. Skrupel, dort herumzuschleichen, hatte ich keine mehr. Schließlich war Christiane Vulpius vor zwei Wochen mit Kind und Kegel in das fertig renovierte Haus am Frauenplan eingezogen, sozusagen als Hausherrin, inoffiziell zumindest. Genauso inoffiziell, wie sie meine Freundin geworden war. Wir trafen uns jetzt so oft wie möglich unter den Zeltdächern der Obstbäume.

Endlich hielt ich den widerspenstigen Nagel in der Hand und konnte auch die dritte Latte lösen. Jetzt war die Öffnung breit genug für mich. Ich bückte mich und stieß mit meiner Stirn gegen das Vorhängeschloss an der Schuppentür, ironischerweise besonders groß und wuchtig, es blieb jungfräulich unberührt. Ich lächelte in mich hinein. Unsere Haustür verschloss Vater mit Einbruch der Dämmerung von innen ebenso rigoros, den Schlüssel hütete er in seiner Westentasche. Ich lutschte das warme Blut von meinen Fingerkuppen, spürte komischerweise überhaupt keinen Schmerz. Bei meiner Rückkehr, so mein Plan, würde ich die drei Latten wieder an ihrem angestammten Platz zusammenfügen und über die Mauer zurück zu unserem Hinterhaus klettern, dessen Tür ich mittlerweile mit einem Draht, den ich mir zurechtgebogen hatte, mühelos öffnen konnte. Ich musste meine Lippen zusammenpressen, sonst hätte ich laut Juhu gerufen. So also fühlte sich Freiheit an.

Am schwierigsten war, zunächst meinen Stoffbeutel durch den Spalt zu schieben. Der Laib Brot stellte sich quer, und die Kartoffeln beulten an einer Seite aus. Ich nahm mir vor, beim nächsten Mal sinnvoller zu packen. Der deftige Geruch der geräucherten Speckseiten stieg mir in die Nase, ich musste niesen. Erschrocken legte ich mir die Hände auf den Mund und horchte in die Finsternis. Aber nur eine rollige Katze antwortete. Dann zwängte ich mich selbst in den Schuppen.

Spinnennetze klatschten mir ins Gesicht, klebten sich an meine Wimpern. Mit ausgestreckten Händen tastete ich mich vorwärts: rechts von mir bis zur Decke hochgestapelte Brennholzscheite, weiter links etwas Kantiges, das eine Schubkarre sein musste. Dann Seile, die von der Decke hingen. Endlich spürte ich den kühlen, rissigen Stein, den ich suchte. Die Stadtmauer. Unmittelbar an sie hatte der Erbauer des Anwesens, ein gewisser Strumpfhändler Helmershausen, den Schuppen errichten lassen, um sich die vierte Holzwand zu sparen. Ebenso vorteilhaft für mein Vorhaben war, dass unser Herzog seine Steuereinnahmen für Jagden und Mätressen beziehungsweise die Jagd auf Mätressen verprasste. Geld für Reparaturen blieb kaum. Nur als kürzlich seine Prachtkarosse auf der Reise zur Pillnitzer Sommerresidenz des sächsischen Kurfürsten fünf Meilen hinter Weimar in ein tiefes Schlagloch geriet und kippte, sodass der Herzog in seinen Staatskleidern herausklettern musste, wurde die Chaussee ein Stück neu aufgeschüttet. Unsere Stadtmauer aber blieb löchrig wie die Strümpfe der Tagelöhner.

Im Schutz meines schräg gestellten Sonnenschirms hatte ich gestern etwas nachgeholfen und bei einem kleinen Spaziergang von außen ein paar Steine zusätzlich gelockert. Die zog ich jetzt heraus und schichtete sie neben mir auf. Bald war das Loch groß genug. Kühle flutete mir entgegen. Ich atmete tief durch, warf mein Gepäck auf die andere Seite. Da fiel mir etwas ein. Ich bückte mich und band noch einmal die Senkel meiner Schuhe fest zu, verknotete sie sogar doppelt. Unterwegs würde ich dafür keine Zeit mehr haben, oder man konnte mich dabei beobachten und erkennen. Die Schuhe waren flach und derb wie alles, was ich trug. Ich hatte die Sachen einer jungen Bäuerin abgekauft, die regelmäßig Zwiebeln in der Stadt anbot. Ich hatte ihr gesagt, ich bräuchte ein Kostüm für ein Fest.

Als sie mir barfuß und nur in ihr Umschlagtuch gehüllt die Kleidungsstücke übergab, die sie sich in einem Hinterhof abgestreift hatte, und ihre Faust sich blitzschnell um meine Münzen schloss, huschte ein verächtliches Zucken über ihr hübsches, rundes Gesicht. Bestimmt hielt sie mich und meinen Stand für geisteskrank, weil wir uns als arme Leute verkleideten. Tatsächlich waren bei Hof »Bauernhochzeiten« oder »Bauernwirtschaften« ganz groß in Mode. Wir ahmten noch immer Marie-Antoinette nach. Die in Versailles mit Heugabeln mit versilberten Zinken und Milch in Eimern aus Sèvres-Porzellan einfaches Leben gespielt hatte. Bis sie gezwungen worden war, nach Paris umzuziehen. Ich kletterte durch das Loch.

Die Nachtluft außerhalb der engen Gassen, wo Abfälle und Schweinekot vor sich hin moderten, schmeckte sofort anders. Nach taunasser Erde und dem Saft aufgeplatzter Pflaumen von den Streuobstwiesen ringsherum. Ich drückte meinen Rücken an die Mauer. Um mich herum zirpte es tausendfach. Der Wind brachte die Zweige zum Sprechen. Ein Fuchs näherte sich auf vier Armlängen, fixierte mich mit glühenden Augen, schnürte weiter. Aber keine menschlichen Schritte waren zu hören, auch kein Hund schlug an. Nur mein Ein- und Ausatmen war in der Nacht laut zu hören.

Erst jetzt merkte ich, dass sich in meinen Kniekehlen Schweiß angesammelt hatte. Er kitzelte ungewohnt. Aber das Schwierigste war geschafft. Auch den Nachtwächter und die Wachposten an den längst verschlossenen Toren hatte ich ausgetrickst. Allmählich atmete ich ruhiger. Die Anspannung der letzten halben Stunde fiel von mir ab. Man durfte die Stadt nur durch die Tore passieren. Wer dagegen verstieß, musste sechs Taler Strafe zahlen und wurde vor allem gemeldet.

Links von mir, ein ziemliches Stück die Ackerwand hinunter, schwamm der trübe Schein einer der Rüböllaternen, die in Weimar für mehr Sicherheit sorgen sollten. Es gab sie erst seit Kurzem. Der Hof pries sie als achtes Weltwunder. Aber ihr Licht war so dürftig, dass man die Ratten nach wie vor erst bemerkte, wenn sie einem schon über die Füße liefen. Vor Ratten mit vier Beinen und einem Schwanz fürchtete ich mich aber nicht. Ungefähr da, wo das Licht war, befand sich das große Haus der von Steins. Ich schulterte meinen Beutel. Er drückte schwer gegen meine Hüfte. Kartoffeln, Geräuchertes, ein Säckchen Mehl, ein Topf Honig. Solche Lasten zu schleppen war ich nicht gewohnt. Einiges stammte aus unseren eigenen Vorräten. Aber die Mödlerin war eine wachsame Köchin, hätte ich zu viel verschwinden lassen, wäre es ihr bald aufgefallen. Die Erinnerung, wie ich zu den restlichen Lebensmitteln gekommen war, ließ mich noch nachträglich erschauern. Ich blickte mich noch einmal wachsam um, krümmte dann meinen Rücken, so wie ich es bei Mägden gesehen hatte, schlug die entgegengesetzte Richtung vom Stein'schen Haus ein und ließ mich von der Nacht verschlucken.

Das erste Mal langte ich zu, während die Köchin, Mamsell Blum, mit einem Lieferanten schäkerte, die Damen ein Stockwerk höher sich mit verbalen Nadelstichen traktierten und am Ende des Ganges der Oberstallmeister seinem Ende entgegenröchelte. Ein halb gerupftes Suppenhuhn verschwand in den Tiefen meiner mit Veilchen und Buschwindröschen bestickten Tasche, in der ich sonst meine Mal- und Zeichenutensilien transportierte. Die halb offen stehende Tür zur Speisekammer war reiner Zufall. Ich kam vorbei, um Josias von Stein in seinem ungelüfteten Krankenzimmer zu besuchen. Leider hatte ich die einlullende Wirkung des Geschwätzes im Salon überbewertet und die Aufmerksamkeit meiner Patentante unterschätzt. Ihre Nasenspitze schien augenblicklich auf meine ausgebeulte Tasche zuzuwachsen, als ich in die Teerunde zurückkam und mit leicht zitternden Händen den Henkel meiner Tasse ergriff. Noch schlimmer war, dass ich nicht daran gedacht hatte, dass mein Mops ein Hund war.

Schließlich gelang es meiner Patentante, Reine die Tasche aus den Zähnen zu reißen. Sie zog das Huhn heraus, aus dem noch schmutzig braune Federn flatterten, und hielt es hoch. Ich versuchte mich in eine Ohnmacht zu retten, Ohnmachtsanfälle gehörten schließlich zum Bildungsrepertoire junger Damen. Aber anstatt dass ich mitleiderregend zu Boden sank, verfing sich mein Brusttuch, und ich blieb stranguliert an der Stuhllehne hängen. Schräg über mir verzerrte Münder, aufgerissene Augen, vor Schadenfreude bebende Busen. Ich lieferte Weimar Klatsch bis weit nach Weihnachten. Zwischen den gebauschten Röcken hüpfte und kläffte Reine.

»Kein Wunder bei der Mutter«, hörte ich Luise von Imhoff lispeln. Ein fehlender oberer Schneidezahn verlieh ihren Gehässigkeiten immer etwas unfreiwillig Komisches. »Wahrscheinlich ist das arme Kind auch schon verrückt. Mit gestohlenen Hühnern fängt es an, mit Zahlenwahnsinn im Kopf hört es auf.«

»Dann ist es ja nur gut für Sie, dass Sie nicht einmal multiplizieren können«, zischte die junge Frau Schiller zurück, geborene von Lengefeld und ebenfalls Patentochter der Hausherrin. Ich hätte sie dafür küssen können. Eine andere Stimme, die nur der verwitweten Julie von Bechtholdsheim gehören konnte, bemühte sich, besorgt zu klingen: »Das arme, arme Kind. Ich weiß ja selbst, dass man manchmal die absonderlichsten Gelüste bekommt. Bei mir waren es Kaffeebohnen, die habe ich in den ersten Monaten wie Nüsse gefuttert. Oder Sauerkraut, schüsselweise. Aber rohes Hühnerfleisch, das ist ja … wie bei den Kannibalen.«

Wie alle im Salon hatte Julie früher mit klopfendem Herzen *Robinson Crusoe* gelesen.

»Ich muss jetzt nach Hause«, meldete ich mich aus meiner Schräglage zu Wort und rappelte mich auf. Dabei riss mein Fichu entzwei. Reine schnappte nach der einen Hälfte und rannte damit unter einen Sessel.

»Eleonore, du schuldest mir …«

»Verehrte Patentante, bitte«, hauchte ich, »ich erkläre Ihnen alles. Wirklich alles. *Entre nous.*« Ich senkte meine Stimme weiter. »Sagen Sie aber um Himmels willen nichts dem Herrn Vater. Gerade jetzt, wo er so zufrieden ist. Seit Felix mit dem Herzog in Pillnitz war …«

»Papperlapapp, komm mir jetzt nicht mit deinem Vater. Es geht mir weiß Gott auch nicht um das Huhn. Die Blum kann es noch immer kochen, da ist also kein Schaden entstanden. Was mich wirklich besorgt, ist der gute Egloffstein. Du bist dabei, seinen Ruf zu ramponieren. Dabei sollte dir nichts mehr am Herzen liegen als das Ansehen deines künftigen Gatten.«

Charlotte von Stein hielt inne und schaute über das erbärmlich nackte Huhn, das noch immer schlaff in ihrer rechten Hand baumelte, und den ganzen Rest ihrer missgünstigen Teegesellschaft hinweg in eine schönere Vergangenheit und murmelte: »Ich weiß, wovon ich rede.«

Aus dem raschelnden, lispelnden Pulk hinter ihr stieg ein Lachen auf. Kurz, aber voller Häme. Meine Patentante war viel zu stolz, um sich umzudrehen. Stattdessen packte sie mich hart am Unterarm, ihre Nase duellierte sich mit meiner, und sie fragte mit einer seltsam belegten Stimme, sodass nur ich es hören konnte: »Oder befindest du dich in einem Zustand dieser, dieser neumodischen Empfindsamkeit? Egloffstein ist ja nicht unbedingt ein Geistesgenie, aber als Mann durchaus ein Thüringer Apoll. Verrückt wäre das schon, der zukünftige Ehemann, hm, aber die Zeiten werden auch immer verrückter.« Sie machte eine Pause. »Eleonore, bist du etwa … verliebt?«

Das letzte Wort klang aus ihrem Mund so, als ob es sich um ein obszönes Stammesritual der Eingeborenen auf Robinson Crusoes Insel handelte. Gleichzeitig aber verwandelten sich ihre Augen in gelierte Brombeeren.

»Aber nein, *ma tante*, was denken Sie denn«, ich hob mein Kinn etwas an, meine Nase schob sich rechts an ihrer vorbei, »er ist einfach die beste Partie weit und breit und ein schrecklich lieber Kerl.«

»Kluges Mädchen.«

Charlotte von Steins schmale Lippen berührten trocken meine Stirn. Ein Kuss? Oder taumelte sie nur etwas? Plötzlich tat sie mir furchtbar leid, weiß und verwittert, wie sie da stand. Bestimmt dachte sie gerade an Goethe, an die vielen Gedichte und Billetts, die er ihr früher geschrieben hatte. Für ihn hatte meine Patentante vor den Augen der Welt das Ansehen ihres Gatten ruiniert, war dadurch aber berühmt geworden. Um später von Goethe kaltgestellt zu werden. Dieser Nukleus der Weimarer Anekdotenwelt war mir hundertmal erzählt worden. Mit der Zeit hatte ich mir aber meine eigene Meinung gebildet: Charlotte von Stein hätte damals mit Goethe durchbrennen und ihn nicht am ausgestreckten Arm verhungern lassen sollen. Ich spürte, wie ich rot anlief. Liebe. Durchbrennen. Liebe sei nur etwas für Emporkömmlinge aus dem Dritten Stand, die sich nicht um Ansehen und Abstammung kümmern mussten, hatte mir einmal die Herzoginmutter hinter ihrem geöffneten Fächer zugeraunt. Das war vor ungefähr zwei Jahren gewesen. Als der gesamte weibliche Hof vor Zorn schäumte, dass Goethe die Vulpius nicht einfach als Mätresse hielt, sondern ihr offensichtlich sein Herz geschenkt hatte. Wahrscheinlich war es doch besser, man hielt sich die Liebe vom Leib. Sonst endete man wie meine Patentante.

Ein Ruck ging durch Frau von Stein. Ganz die Gattin des herzoglichen Oberstallmeisters, verkündete sie ihrem Besuch: »*Alors, Mesdames*, nur ein kleines, triviales Missverständnis. Meine Nichte sagte mir gerade, dass sie, äh, unpässlich sei und die Köchin um einen Lindenblütenaufguss bat. Das schusselige Ding rupfte gerade das Huhn und muss es wohl statt in eine Schüssel in die nächstbeste Tasche gesteckt haben.«

Frau Schiller zog die Nase hoch, was ein ziemlich despektierliches Geräusch machte.

»Aber die Mamsell Blum ist doch die Vernunft in Person, meine Liebe«, wandte das Fräulein von Göchhausen provozierend sanftmütig ein. Gemurmel, Gescharre. Mein Gott, wie konnten sie meine Patentante so unterschätzen? Auf einmal war ich auf ihrer Seite. In Weimar kursierten auch viele Anekdoten über den Alten Fritz. Über seine vielen Schnupftabakdosen und wie er früher seine Soldaten von Schlacht zu Schlacht dirigiert hatte. Die Stimme des preußischen Königs konnte nicht eisiger gewesen sein als die meiner Patentante jetzt.

»Wahrscheinlich hat sich die Blum angesteckt, an der elenden französischen Krankheit. Wir müssen jetzt alle auf der Hut sein vor unseren Dienstboten, sage ich Ihnen. Sonst rupfen sie uns noch und stülpen uns im Schlaf eine Tasche über den Kopf.«

Der krumme Rücken des Fräuleins von Göchhausen krümmte sich noch etwas mehr, Frau Schiller biss sich auf die Lippen. Die anderen fielen in verschüchtertes Schweigen. Die Angst vor revolutionären Umtrieben zu benutzen war ein kluger Schachzug Charlotte von Steins. Damit verschaffte sie mir die nötige Rückendeckung, um mit einem blauen Auge davonzukommen. Statt meines obskuren Hühnerdiebstahls würde in den nächsten Tagen die revolutionäre Verrohung des Personals Thema Nummer eins sein. Ausnahmsweise war ich meiner Patentante dankbar und umarmte sie zum Abschied.

Anfangs erinnerte ich mich noch gut an den Weg, den ich das erste Mal mit Christiane gegangen war. Meine Freundin hatte jetzt dick angeschwollene Beine, oft wurde ihr übel. Diese Schwangerschaft verlaufe anders als die erste, sagte sie. Aber einer musste sich doch um die armen Leute kümmern! Es war mein Vorschlag gewesen.

Ich lief zügig. Trotzdem fröstelte ich, denn durch den fadenscheinigen Stoff des fremden Kleides drangen Feuchtigkeit und Kühle. An der Federwischmühle vor dem Erfurter Tor machte ich erstmals halt. Aus einem Fenster drang Licht, der Vorhang wurde beiseitegezogen, und der Umriss eines Menschen erschien hinter den Scheiben. Intuitiv kauerte ich mich auf den Boden. Wer war so spät noch auf? Oder war diesem Unbekannten so langweilig wie mir tagsüber, hatte er auch Geheimnisse? Ganz nahe hörte ich den Lottenbach plätschern, den Nebenfluss der Ilm. Eine Ewigkeit, die wahrscheinlich nicht länger als drei Minuten dauerte, verging. Dann wurde die Kerze in dem fremden Leben ausgeblasen. Mit dem Wassergeräusch als Wegweiser im Ohr hastete ich weiter und wünschte, ich hätte statt der vielen Kartoffeln ein zweites Brot eingepackt, auch nahrhaft, aber deutlich leichter.

Unter meinen Sohlen spürte ich regelmäßig ausgelegte Steine. Flusskiesel, die eine nahezu gerade Spur ergaben. Ich vermutete, dass das einer der Wege war, die entlang der Gemeindewiesen führten. Fledermäuse zischten so nah vorbei, dass ich gelegentlich ihr Fell an meinen Wangen spürte. Eine gute halbe Stunde lief und lief ich und war sicher, mein Ziel schon zu erkennen. Aber die Jakobskirche entpuppte sich als grauschwarzer Wolkenturm. Plötzlich prallte ich gegen ein Hindernis. Ein Holzzaun. Befand sich dahinter einer der Krautgärten, die manche Weimarer außerhalb der Stadt bewirtschafteten? Allerdings erinnerte ich mich nicht, dass ich mit Christiane an solch einem Garten vorbeigekommen war. Wir waren auch nicht über Flusskiesel gelaufen, sondern über die üblichen Feldwege. Tastend hangelte ich mich so lange an den Zaunlatten entlang, bis ich pelzige Rohrkolben zwischen den Fingern spürte. Wo war ich bloß?

Mit beiden Armen schob ich das Schilf auseinander, als ob ich Schwimmzüge übte. Wie das siebenjährige Mädchen, das neugierig und nackt in eine der von Weiden versteckten Gumpen der Ilm gestiegen war. Natürlich auch heimlich. Leider konnte ich dort nur im Kreis schwimmen wie ein Goldfisch im Glas. Seitdem träumte ich davon, in einem See geradeauszuschwimmen. Oder noch besser im Meer. Aber das verriet ich nicht einmal meinem Bruder. Nur einmal fragte ich meine englischen Freundinnen Emilia und Elisa nach dem Meer. Ob es tatsächlich so urgewaltig und gleichzeitig paradiesisch auf einen zurollte, wie ich es in Reisebeschreibungen gelesen hatte. Die beiden verzogen das Gesicht. Emilia erinnerte sich an ihre letzte Kanalüberquerung. Ständig habe sie sich übergeben müssen. Einfach viel Salzwasser sei das Meer, verkürzte ihre Schwester unser Gespräch. Zum Kuren fuhren die beiden mit ihrem Vater am liebsten nach Bad Lauchstädt an der Saale.

Vorsichtig setzte ich einen Fuß vor den anderen. Der Boden federte, im nächsten Moment quoll Morast in meine Schuhe. Schlimmer war, dass die Dunkelheit meinen Orientierungssinn verwirrte. Und dann versank ich im weichen Morast. Meine Arme ruderten. Aber da war kein Ast, kein Strauch zum Festhalten, nur das Schilfrohr. Felix hatte recht, ich war eine unvernünftige Person. Was, wenn ich weder an mein Ziel noch zurück nach Hause fand? In meinem Kopf wirbelten Bilder durcheinander: die Dienstmädchen, die am Morgen mein leeres Bett vorfanden und es der Zofe Katia melden würden, und die dann Fritz. Vater, der die Nerven verlor und tobte. Der Lärm im Haus. Mutter! Felix würde mir das nicht verzeihen. Ich murmelte ein Stoßgebet nach dem andern. Dabei hatte ich doch nur helfen wollen.

Aber ich konnte den Lauf der Welt sowieso nicht verändern.

Arme würde es immer geben. Warum trieb ich mich da im Stockfinstern allein herum? Stattdessen sollte ich schleunigst meine Hochzeit vorbereiten. Mich darum kümmern, dass mein *trousseau*, meine Aussteuer, mit mindestens dreißig Leinentüchern, elfenbeinfarbener Tischwäsche, Hemden und Hauben aus feinstem Batist, dazu silberne Nachttöpfe, Kandelaber und sonst was, rechtzeitig fertig wurde. Anselm und mein Vater hatten den Hochzeitstermin auf den dritten Adventssonntag gelegt.

Direkt vor mir klatschte es. Ein Tier musste in ein Gewässer gesprungen sein. Jetzt wusste ich auch, was ich schon eine Weile gerochen hatte: brackiges Wasser. Ich musste an einem der vielen Weiher sein, die Weimar umgaben. An die hatte ich gar nicht mehr gedacht. War es der Gerber- oder der Jakobsteich? Oder war ich unter Umständen ganz falsch und vielleicht am Brauteich gelandet? Am liebsten hätte ich laut geflucht. Aber das würde nur die Bettler anlocken, die aus der Stadt vertrieben wurden und draußen kampierten. Zum zweiten Mal in dieser Nacht ging ich wie ein kleines Mädchen in die Hocke. Um mich herum gluckste und gurgelte es unheimlich. Ich schlang meine Arme um meine Knie, bettete meinen Kopf darauf. Die Schwärze hinter meinen Augenlidern war weniger schlimm als die um mich herum.

Christiane zwinkerte mir zu. Ich überlegte, ob das Kind in ihrem Bauch strampelte, überhaupt ob die zweite uneheliche Schwangerschaft ihr mehr Freude als Scham bereitete? Seltsam war es schon. Für sechzehn Groschen kaufte sich meine Freundin eine Eintrittskarte für einen Maskenball in einem Lokal und tanzte sich mit ihren Freundinnen aus der Blumenfabrik, wie sie sagte, die Seele aus dem Leib. Oder sie setzte sich am Nachmittag an einen Tisch im Erbprinzen und bestellte eine Schale Kaffee. Während ich nie allein ausgehen durfte. Ich musste mir alle Freiheiten heimlich nehmen. Wer von uns beiden war eigentlich privilegiert? Diese Frage traf mich wie ein Blitz. Unwillkürlich schlug ich meine Augen auf.

Der Himmel über mir war ein anderer. Ein Spalt in der Wolkenwand stand offen. Gerade groß genug für den Mond. Die eleganteste Sichel, die ich je gesehen hatte, scharf ausgeschnitten und so nah. Weißgelbes Licht flutete zu mir herunter. Wenn ich wollte, konnte ich mich auf die Zehenspitzen stellen und den Mond berühren. In dieser Nacht wurde der Mond mein Freund fürs Leben. Wenn ich wollte, konnte ich mich auch hochziehen und in die Sichel setzen und die ganze Welt überschauen.

Aber auch vom Boden aus sah ich jetzt genug. Nur eine Handbreite vor meinen Schuhspitzen schwamm eine trübe Wasserfläche. Und in der anderen Richtung erkannte ich in der Ferne den dickbäuchigen Kasseturm. Davor die Silhouetten krummer Scheunendächer. Das war der Schweinsmarkt. Da musste ich hin. Mein Fehler war gewesen, dass ich einen zu großen Bogen gelaufen war und mich zu weit von der Stadt entfernt hatte. Die Mondsichel warf ihren zuckenden Schein über das Wasser. Es war eindeutig der Korbteich. Mit dieser Gewissheit machte ich kehrt und eilte in großen Schritten auf die schlafende Stadt zu. In meinen Schuhen schmatzte der Schlamm, aber ich war wieder guten Mutes.

Bald erreichte ich das prächtige Anwesen, das sich Herr Bertuch am Baumgarten hatte bauen lassen. Dort war auch seine Manufaktur untergebracht, wo Mädchen wie Christiane Kunstblumen fabrizierten. Bertuch war vermögend. So vermögend, dass das Verschwinden drei Paar geräucherter Würste und einer Speckseite aus seiner Vorratskammer bestimmt nicht aufgefallen war. Ich war klüger vorgegangen als bei meiner Patentante. Während die anderen Gäste von Bertuchs Hauskonzert einem dieser neuen Mozart-Stücke lauschten und die Bediensteten damit beschäftigt waren, Punsch zu servieren, ließ ich meine Beute einfach durch ein Fenster in einen der Blumenkübel an der Hauswand fallen. Später schmuggelte ich sie in meine Sänfte. Direkt von der mit Silber und Kristall geschmückten Tafel klaute ich allerdings noch zwei Handvoll Zuckergemmen. Ich kippte sie in meinen Hut, den ich mir schnell auf den Kopf stülpte. Die Idee zu diesen ausgefallenen Süßigkeiten hatte der Leibkoch der Herzoginmutter von der Italienreise mitgebracht: Die Köpfe von Athene, Herakles oder Achilles, geformt nach antikem Vorbild, schmückten ovale Zuckerleckereien, die nach Bergamotte oder Orangen schmeckten. Wenn die Hofdamen oder unsere Weimarer Geistesgrößen sie naschten, verdrehten sie die Augen und kamen sich noch zehnmal kultivierter vor.

Von Bertuchs Haus war es ein Katzensprung zum Trödeltor. Neben dem Tor, daran erinnerte ich mich wieder genau, gab es eine heruntergebrochene Stelle in der Stadtmauer. Durch die kletterte ich unbemerkt zurück in unsere Stadt. In dem Moment verzog sich über mir der Mond erneut hinter Wolken. Aber jetzt konnte ich mich auf meine Nase verlassen. Der Gestank von Armut und Elend führte mich geradewegs zu den Hütten des Jakobsviertels.

Alles, was ich aus meinem Beutel holte, wurde mir aus den Händen gerissen. Zu meinem Entsetzen reichten die Kartoffeln, Würste und das auseinandergerissene Brot nur für wenige. Die glanzlosen, anklagenden Augen derjenigen, die leer ausgingen, vergaß ich nie mehr.

Dass ich tagsüber jetzt oft müde war, fiel zu Hause nicht weiter auf. Ich machte ohnehin nicht viel mehr, als Blumen in Vasen zu arrangieren und über die Zimmer zu verteilen. Mein Bruder hatte kaum noch Zeit für mich, weil er neben seinen Vorlesungen in Jena immer häufiger zu Konsultationen in die herzogliche Kanzlei gerufen wurde. Offensichtlich hatte er bei dem Fürstentreffen in Pillnitz Eindruck gemacht. Was mich freute, denn Felix konnte Bestätigung brauchen. Von Anselm bekam ich jeden dritten Tag einen Brief. Seine Äcker wurden gerade umgepflügt. Mit Lulu, seinem Gerfalken, hatte er dreiundzwanzig Hasen gebeizt. Ein angeschossener Eber sei noch eine Stunde durchs Unterholz gerannt und musste schließlich abgestochen werden. Mit welchem Stoff wünschte ich das ehemalige Boudoir seiner Mutter neu ausspannen zu lassen? Josef, der gute Josef, litt momentan wieder arg an Hüftschmerzen. Und habe der Herr Vater schon eine Sitzordnung für die Hochzeitstafel in Erwägung gezogen? Der Herzog und die

Herzogin hätten ihr Kommen zugesagt. Wenn ich doch endlich bei ihm wäre! Dann bräuchte er sich nicht mehr alleine mit solchen Peinlichkeiten herumzuschlagen wie einem geschwängerten Milchmädchen. Sollte er sie entlassen? Die französischen Flüchtlinge, von denen Felix mir sicher berichtet habe, waren ja längst über alle Berge. Außerdem ließ sich nicht eindeutig beweisen, ob dieser Louis der Schuldige war. Das Wichtigste zum Schluss: Er habe ein neues Pferd gekauft. Eine dreijährige Stute mit zierlichen Fesseln und tänzelndem Gang. Famos, ganz famos.

Ich legte jeden von Anselms Briefen in eine Schatulle, die wiederum in einer Schublade meines Kirschholzsekretärs ihren Platz hatte. Brautbriefe, hatte mir meine Patentante gesagt, seien der Schatz jeder Frau. Ich beantwortete jeden von Anselms Briefen. Bemühte mich, etwas zu Papier zu bringen, das Verstand und Herz hatte. Mutters schlechter Gesundheitszustand, die Einladung bei Bertuch, der Trousseau, der sich in einer unserer Wäschekammern langsam anhäufte. Herzliche Genesungswünsche an den guten Josef. Das neue Pferd, welchen Namen hatte es denn? Die Sache mit dem Milchmädchen überging ich. Ich wusste auch nichts von Franzosen, schon gar nichts von einem Louis. Nur dass mein Bruder, als er von Anselms Gut zurückgekommen war, seltsam aufgedreht und nervös zugleich gewesen war, fiel mir ein.

Aber auch das Briefeschreiben erledigte ich in einer halben Stunde. Wenn ich also nicht mit Vater Schach spielte oder Emilia und Elisa zu Besuch kamen, blieb mir wenig anderes übrig, als das rostrote *Journal des Luxus und der Moden* durchzublättern. Eine Prinzenhochzeit in der Westminister Kathedrale. Eine Seite weiter die Fuchsjagd, die für den Earl von Chesterfield mit einem gebrochenen Genick endete. Und weiter hinten die neuen Stoffmuster. Schlichte Blumenranken oder geometrische Bänder wie auf den ausgegrabenen römischen Vasen. Den Korrespondentenbericht aus London konnte ich mittlerweile auswendig. Aus Paris ließ Bertuch, der die Zeitschrift herausgab, kaum noch berichten.

Das würde der Volkserziehung schaden, hatte er mir in der Pause seines Konzertes erklärt. Mittwoch und Samstag waren noch die besten Tage. Da hatte die fürstliche Zeichenschule geöffnet. Der Geruch nach Leinöl, Druckerschwärze und Farben, der mir entgegenschlug, sobald ich das Rote Schloss betrat, weckte auch nach nächtlichen Ausflügen ins Jakobsviertel meine Lebensgeister.

In der Zeichenschule galoppierte mir in der ersten Septemberwoche ein schlaksiger junger Kerl auf der Treppe entgegen. Er summte eine flotte Melodie, und als er mich sah, konnte er nicht mehr bremsen.

»Oh, herrje, entschuldigen Sie vielmals, gnädiges Fräulein«, stammelte er. Mit hochrotem Kopf sammelte er die Pinsel und Kohlestifte auf, die mitsamt der Palette aus meiner bestickten Tasche gefallen waren.

»Nicht so schlimm.«

»Ich war so in meine Gedanken vertieft … aber das ist natürlich keine Entschuldigung. Mein Vater schimpft auch immer, dass ich ein Tollpatsch bin.«

Er knautschte sein Gesicht zu einer herrlich komischen Grimasse, sodass auch der Rest meines Ärgers verflog.

»Moment, sind Sie nicht Philipp Steingruber, der diesjährige Preisträger?«

»Sie wissen, wer ich bin?«

Einer der Stifte, die er gerade aufgehoben hatte, fiel wieder zu Boden. Klackend kullerte er die Marmorstufen hinunter und landete vor den Füßen der einzigen Tochter eines zu Geld gekommenen Bierbrauers. Ich kannte sie flüchtig. Veronika oder Valerie. Ein Geschöpf mit einem Doppelkinn und Armen wie ein Ringer. Wie ich, besuchte sie die herzogliche Zeichenschule, nicht weil sie Talent hatte, sondern um die Zeit bis zur Heirat totzuschlagen. Ihr Hut sah teuer aus. Aus winzigen Augen, die wie Rosinen im Osterfladen in ihrem Gesicht lagen, schaute sie zu uns hoch. Sie verzog keine Miene, ihr ernster Blick war schwer zu deuten. Schließlich setzte sie sich wieder in Bewegung, meinen Stift ließ sie liegen. Bei dem Anblick ihres üppigen Hinterteils kam mir eine geniale Idee. Philipp Steingruber starrte mich noch immer ungläubig an.

»Aber klar, Sie haben vom Herzog die Medaille für die beste Arbeit des Jahres bekommen. Moment, mir fällt es gleich wieder ein.« Ich schnippte zwei-, dreimal mit den Fingern.

»Genau, für die kolorierte Zeichnung einer Heuschrecke.«

Philipp Steingrubers Gesicht war lang und öde wie ein Brotlaib. Aber wenn er sich freute, machte es Freude, dieses Gesicht anzuschauen.

»Direktor Kraus hat mich gleich am Tag danach mit Herrn Bertuch zusammengebracht. In dessen Verlag soll ich jetzt eine feste Anstellung bekommen, Kupferstiche machen für die Bildtafeln im *Buch der Kinder*. Tiere auf vier Füßen, Vögel, Feuer speiende Vulkane und so was.«

»Glückwunsch. Die Auflage liegt bei dreitausend, habe ich gehört. Und die Schrift, so modern, Antiqua. Bertuch hat ja den richtigen Riecher für so was. Das Buch verkauft sich blendend.«

Jetzt erst bemerkte ich, dass Philipp Steingrubers Füße nackt in den Schuhen steckten, seine Weste, die er ohne Rock über dem Hemd trug, war abgeschabt. Die fürstliche Zeichenschule durften auch Angehörige der unteren Schichten besuchen, genauso wie Frauen. Der Herzog schmückte sich gern damit, fortschrittlich zu sein. Bertuch wiederum brauchte angelernten Nachwuchs für seine Industrien.

»Sie haben recht. Das ist ein großes Glück für mich. Sonst müsste ich«, Philipp Steingruber schaute auf die Stelle im Erdgeschoss, wo mein einsamer Stift lag, »weiterhin für einen Hungerlohn in der Werkstatt meines Vaters schuften. Der kriegt schon kaum die kleinen Geschwister satt als Wagner.«

Das letzte Wort spuckte er missmutig aus.

»Ach so«, sagte ich und starrte wie er auf den Stift. Es war das erste Mal, dass ich mit einem einfachen Menschen ein so langes und persönliches Gespräch führte. Nachts reichte ich meine

Gaben immer nur so schnell wie möglich in knochige, vernarbte oder kleine Hände und wischte danach meine sofort gründlich am Rock ab.

»Vielleicht steckt in Ihnen sogar ein Künstler, ein Maler wie Direktor Melchior Kraus«, redete ich überschwänglich auf den jungen Mann ein. Vielleicht, weil ich ein schlechtes Gewissen hatte.

»Hm.«

»Sie könnten nach Rom gehen, in die deutsche Kolonie.«

»Hm.«

»Sie könnten in den berühmten Ateliers lernen, Schüler zum Beispiel bei Angelika Kauffmann werden. Bestimmt gibt Ihnen Geheimrat Goethe Empfehlungsschreiben mit. Die beiden sind befreundet.«

Immer schneller redete ich.

»Der Herr von Goethe, unser Nachbar, ich werde ihn gleich morgen fragen, mich für Sie einsetzen. Und in Rom könnten Sie ...«

Er räusperte sich. »Gnädiges Fräulein, machen Sie sich doch nicht über mich lustig!«

»Aber nein, nein. Das wollte ich ganz bestimmt nicht. Ich dachte nur, bei Ihrem Talent ...«

Wieder unterbrach er mich unverschämt abrupt: »Ich bin froh, wenn ich mit dem Geld, das ich bei Herrn Bertuch verdiene, mein Mädchen heiraten und der Mutter neue Schuhe kaufen kann.«

Andere Schüler und auch Lehrer der Zeichenschule strömten um uns herum wie um einen Stein, der gerade vom Himmel gefallen war. Meteorit, hieß so was, hatte ich Goethe mal dozieren gehört. Unangenehme Blicke, auch eine abfällige Bemerkung schnappte ich auf. Es war nicht alltäglich, dass die Tochter eines hohen Weimarer Beamten mit einem strumpflosen Burschen zusammenstand, auch wenn der die Medaille des Herzogs verliehen bekommen hatte.

Philipp Steingruber verbeugte sich kurz, dann stürmte er den Rest der Treppe hinunter. Meinen Stift übersprang er mit einem großen Satz. Seltsam, dass er meine Hilfe nicht wollte. Ohne Protektion funktionierte in Weimar doch gar nichts. Für eine Empfehlung krümmten sich andere und winselten um unsere Gunst. Und ich hätte mich so gern für ihn eingesetzt, einem Talent zur Berühmtheit verholfen und dafür selbst ein wenig als Gönnerin geglänzt. Das war schließlich die Aufgabe von adeligen Damen. Aber nicht nur meine Eitelkeit war gekränkt. Die selbstbewusste Art und Weise, wie er gesprochen hatte, fast bockig, machte mich stutzig. Woher nahmen die Leute neuerdings diese Courage? Hatte meine Patentante recht, und der Ungehorsam des Dritten Standes wanderte wie die Pocken oder die Lungensucht ungeniert über die Grenzen?

In wenigen Minuten begann mein Aquarellunterricht. Immer der Jahreszeit angepasst. Astern und Gladiolen waren jetzt dran. Dabei flirteten wir und bewarfen uns hinter dem Rücken unseres Lehrers mit Kirschen. Aber anstatt nach oben in den großen Saal ging ich wie Philipp Steingruber Richtung Ausgang. In drei Stunden würde mich Fritz dort abholen und nach Hause begleiten. Drei Stunden mussten reichen.

Das Haus vor dem äußeren Frauentor, das wusste ich, hatten sie erst vor ein paar Monaten aus einer Konkursmasse herausgekauft. Als ich ankam, rückten Stuckateure gerade eine Leiter zurecht. Einer stieg hoch, ihm wurde eine Tafel gereicht. Er hielt sie probeweise über das Portal, reichte sie wieder hinunter, hämmerte und schraubte zurecht. Aha, ein Wappen. Ich legte meinen Kopf etwas schräg, brauchte ein paar Momente, um die einzelnen Felder zu verstehen: Eichenlaub, ein bauchiges Fass, drei Rösser, Initialen. Blattgold, dick wie Zuckerguss. Ich bediente den Türklopfer.

Als ich dem Lakai, der mir öffnete, meinen Namen nannte, spürte ich, wie das ganze Haus bis hoch zum Mansardengeschoss japste: Einen Besuch wie mich hatte es hier noch nicht gegeben, die große Chance der Bierbrauersgattin und ihrer Tochter.

Betont hochmütig stakste ich in den Salon. Hochmütig nahm ich den Begrüßungsschwall der Hausherrin entgegen, an dem die übertriebene Höflichkeit ihrer kleinbürgerlichen Herkunft klebte. Tee? Nein, vertrug ich nicht. Mokka schon gar nicht.

»Champagner würde ich nicht ablehnen«, schlug ich vor. In keinem Weimarer Adelspalais, selbst nicht bei Hof, wurde am Nachmittag etwas so Kostspieliges getrunken. Ich setzte mich auf die Kante eines funkelnagelneuen Sessels und versuchte mein Spiel gnadenlos durchzuziehen. Ja, der Herr Geheimrat war tatsächlich wieder zurück am Frauenplan. Sicher, der Erbprinz wohlauf. Der Ball bei Hof, Ende des Monats, der erste der Saison … ach, wie schade, ach, wie schade. Vor Scham, dass sie keine Einladung hatte, knetete die Gattin ihr Taschentuch mit feinsten flämischen Spitzen zu einem Putzlumpen.

»Das gnädige Fräulein würde, wenn sie bei Hof vorgestellt würde, sicherlich Eindruck machen«, flötete ich. Fanny, so hieß die marzipanrosige Tochter, nicht Veronika und auch nicht Valerie, verzog zu meinem Erstaunen immer noch keine Miene, groß und schwer saß sie tief in ihrem Sessel. Während ihre gut aussehende Mutter immer hibbeliger wurde. Übertreib nicht so, warnte ich mich, sonst glauben sie dir kein Wort mehr. Die Bierbrauerin läutete, als ob die Ilm gerade über die Ufer trat. Champagner und Petits fours wurden serviert. Ich nahm drei auf einmal, trank, ohne auf meine Gastgeberin zu warten. Bestimmt dachten die beiden, das seien die Manieren der Hofgesellschaft. Ich biss in ein hellblaues Törtchen, Nougatcreme schmolz in meinem Mund, himmlisch, auf jeden Fall tausendmal besser als das trockene Zeug bei Frau von Stein.

»Meine Patentante wird sich dafür verwenden, dass Sie eine Einladung bekommen«, verkündete ich mit vollem Mund und leckte mir die klebrigen Finger ab. Auch weil ich Angst bekam, dass die Bierbrauersgattin mir gleich die Hand küsste. Den nächsten großen Schluck trank ich insgeheim auf Christiane. Sie habe zwischendurch schon manchmal Wehen, das Kind sitze tief, dauernd müsse sie pieseln, stand in grauenhafter Rechtschreibung auf dem Zettel, den ich gestern aus einer Ritze unserer Gartenmauer, unserem Briefkasten, gezogen hatte. Christiane hatte recht, Champagner war etwas Köstliches. Und mit Bierbrauen ließ sich offensichtlich die beste Marke bezahlen. Ich schmeckte dem Prickeln auf meiner Zunge nach. Vielleicht schmeckte so auch das Meer!

»Über Ihr Haus erzählt man sich ja die tollsten Sachen«, setzte ich unsere Unterhaltung fort. »Ein Vorbild an Geschmack und Fortschritt.«

Ich hob mein Glas.

»Georg, mein Mann, mein Gatte, meine ich, hat von Anfang an gesagt: Luise, spar an nichts. Nur das Beste. Das war gar nicht so einfach, glauben Sie mir.«

Ich nickte anteilnehmend. Aber so, dass es als huldvolle Geste wahrgenommen werden musste.

»Wir haben sogar ein Badezimmer«, meldete sich Fanny erstmals zu Wort. Ihr Doppelkinn vibrierte leicht. Unter stummelkurzen Wimpern beobachteten mich ihre winzigen Augen. Irritierend intelligent und wach. Durchschaute sie mich? Ich nahm ein fünftes Törtchen, ein kirschrot glasiertes.

»So, so ein Badezimmer. Das wird unser Weimar noch berühmter machen.«

»Mit einem Bidet!«

»Einem ... Bidet ...«, ich hüstelte, tat so, als ob ich mich verschluckt hätte. Und trank nochmals, um Zeit zu schinden. Was, zum Teufel, war ein Bidet?

»Reine Geldverschwendung«, kam mir Fanny zuvor, »habe ich Vater schon vorher gesagt. So einen Schweinkram wie die Franzosen benutzen wir doch nicht. Aber er hatte mal eine Abbildung in Bertuchs *Journal* gesehen und es sich in den Kopf gesetzt.«

Die Tochter des Hauses und ich nahmen gleichzeitig das letzte Konfekt ins Visier, das noch auf der Meißner Platte lag. Fanny blies ihre fleischigen Backen auf und ließ die Luft mit einem kleinen Plopplaut heraus. »Was aber wirklich Sinn ergibt, das ist der englische Herd.« Zum ersten Mal schaute sie nicht mehr ganz so todernst. »Die Engländer machen dauernd solche technischen Erfindungen.«

Diese Fanny war wirklich anders, als ich vermutet hatte.

»Den würde ich mir zu gern mal ansehen, den englischen Herd.«

Die Bierbrauersgattin zuckte zusammen. Fanny dagegen schien sich zu freuen. Ihre Mundwinkel im Tal zwischen den Pausbacken zogen sich nach oben. Kein unhübsches Lächeln.

»Dort ist es schrecklich heiß und rußig, und die Mägde putzen vielleicht gerade«, flehte die Hausherrin und riss die Spitzenborten ihres Taschentuches ab.

»Aber gern doch«, sagte Fanny und erhob sich für ihre Leibesfülle erstaunlich flink.

Es wurde eine lustige und ausgedehnte Tour durch das ganze Haus. Denn das Bidet wollte ich auch besichtigen. Fanny führte mir etwas vor, das sie Wasserspülung nannte. Wir lachten und schwatzten treppauf, treppab, und beinahe vergaß ich den eigentlichen Grund meines Besuches. Endlich in der Küche, drückten sich die Mägde eingeschüchtert an die Wand, und Fanny nahm persönlich eine Art Zange in die Hand. Wie ein Zaubermeister. Damit öffnete sie einzelne Türchen einer bullernden gusseisernen Kommode. Der englische Herd. Blaurote Flammen züngelten. In ein Fach ließen sich Töpfe und Tiegel schieben und erhitzen. Zum Schluss hob Fanny mit ihrer Zange eine schwarze runde Platte in der Oberfläche hoch und ließ mich hineinschauen. Tatsächlich, das Feuer war gezähmt und eingesperrt. Trotzdem brutzelte in einer Pfanne ein Eiergericht. Ich war ehrlich beeindruckt.

Fanny, die so lange geschwiegen hatte, hörte nicht mehr auf zu reden. Zurück im Salon, erklärte sie mir im Detail, wie Heißluftballons funktionierten, sodass ich es tatsächlich verstand. Mutter könnte ihr beibringen, ging mir durch den Kopf, wie sich der Inhalt solch eines Ballons berechnen ließ. Vorausgesetzt, sie hatte nicht wieder zu viel Laudanum getrunken.

»Ich denke, dass sich bald Güter und Menschen durch die Luft transportieren lassen, über weite Strecken und schneller als in Kutschen«, fuhr Fanny fort.

»Auch Bierfässer?«, fragte ich zurück.

»Auch Bierfässer. Und Stoffballen aus England, Pelze aus Russland, Kisten mit Zitronen aus Italien.« Mit ihrem trockenen Realismus setzte Fanny meinen Spott schachmatt.

»Und wenn sie abstürzen, die Ballons?«, fragte ich, um irgendetwas zu sagen.

»Da haben Sie nicht unrecht. Das finanzielle Risiko muss in den Transportpreis einberechnet werden, was die Sache nicht immer rentabel macht.«

Das Doppelkinn ruhte für einen Moment. Ihre kleinen, wohlgeformten weißen Hände lagen konzentriert auf ihren Knien. Fanny dachte offensichtlich nach.

»Wissen Sie was«, sagte sie, und ihre Rosinenaugen sahen mich so durchdringend an, dass ich gern noch etwas mehr Champagner getrunken hätte. Aber mein Glas war leer und ihre Mutter offenbar nicht willig, eine zweite Flasche öffnen zu lassen.

»Ich rate meinem Vater, Geld in eine der Maschinen von Mr. Watt zu investieren. Dampfmaschinen. Sicher haben Sie schon was davon gehört. Die Dampfexpansion lässt sich nämlich vielseitiger einsetzen als nur in Bergwerken. Vielleicht auch für die Beförderung. Aber es wäre schon ein Fortschritt, wenn wir wenigstens eine solche Dampfmaschine im Ilmenauer Bergwerk hätten«, stöhnte Fanny, »das würde ich gern mal unserem Herzog sagen.«

Kein Wunder, dass ihr trotz ihrer Mitgift niemand einen Antrag machte. Aber ich hatte schon genug Zeit verschwendet. Theatralisch sprang ich auf und rief: »Herrje, gerade merke ich, dass ich vorhin meine Tasche liegen gelassen habe. Auf der Anrichte vor der Küche, glaube ich. Ich war so gefesselt vom englischen Herd.«

»Gertrud kann sie holen …«

»Bin schon unterwegs.«

Überrollt von meinen aristokratischen Extravaganzen, blieben

Mutter und Tochter in ihren Sesseln zurück. Kaum um die Ecke, schlüpfte ich aus meinen Schuhen und huschte auf Strümpfen ins Hinterhaus. Aus der Küche drangen missmutige Stimmen. Auf Zehenspitzen lauschte ich.

»Was soll aus der Welt werden, wenn die Herrschaften immer verstiegener werden? Dass dieses hochwohlgeborene Fräulein einen ordinären Herd anschauen will und wo wir unser Butterschmalz aufbewahren …«

Topfdeckel knallten und Wasser gurgelte, sodass ich den Rest nicht mehr verstand. Sollten die Köchin und ihre Mägde nur lästern, dann störten sie mich wenigstens nicht. Schnell zog ich meine Tasche aus dem Spalt zwischen Anrichte und Wäscheschrank, in dem ich sie versteckt hatte. Als ich die Tür zur Vorratskammer öffnete, wurde zu meinem Glück nebenan ein Teig so erbost ausgerollt, dass der Tisch geräuschvoll stöhnte.

Die Hausherrin döste, Fanny kritzelte auf einen Block etwas, das vielleicht eine dieser Dampfmaschinen sein sollte. Die Konfektplatte war leer geleckt. Demonstrativ schwenkte ich meine flache Tasche, aus der nur ein paar Pinsel herauslugten. Noch zwei Minuten Konversation, dann warf ich den Namen der Gräfin Stolberg in den Raum, voll mit den Möbeln der teuersten Dresdner Ebenisten und kaum getrockneten Familienporträts.

»In einer Viertelstunde muss ich ihr meine Aufwartung machen.«

»Gräfin Stolberg«, hauchte die Bierbrauersgattin, ihr feines Taschentuch war endgültig ruiniert.

»Vielleicht gibt es beim Hofball eine Möglichkeit, Sie miteinander bekannt zu machen. Aber, ich warne Sie, die Gräfin ist, anders als ich, gesellschaftlich nicht sehr aufgeschlossen.«

Mit dieser Gemeinheit schlüpfte ich zurück in meine ursprüngliche Rolle. Das Wappen prangte über dem Portal, als Mutter und Tochter mir erschöpft nachwinkten. Auf den Schlag genau zur ausgemachten Zeit stand Fritz vor dem Roten Schloss. Wie ein Soldat. Ich tänzelte aus dem Tor, durch das ich erst Minuten zuvor hineingehastet war. Der Gang nach Hause verlief wohltuend wortlos. Nur meine Schienbeine litten. Denn bei jedem Schritt bekamen sie die Ausbeute des Nachmittags zu spüren: ein ordentliches Stück Schinken, ein ganzer geräucherter Aal und drei Milchwecken. Ich hatte mein Diebesgut in drei tiefen Stoffbeuteln versteckt, die ich vor Kurzem innen in meinen Unterrock, eine Handbreit oberhalb des Saums, eingenäht hatte. Es sah so aus, als ob sich mein Kleid tulpenförmig bauschte, geschnitten nach dem allerneuesten, in Weimar noch unbekannten Pariser Chic.

Noch in derselben Nacht brachte ich die Sachen zusammen mit Brot und Mehl aus unserer eigenen Speisekammer ins Jakobsviertel. Christiane hatte mir ein altes kinderloses Ehepaar ans Herz gelegt, dessen Schusterwerkstatt abgebrannt war. Und Luise Mauser, deren Mann, ein Säufer, vor Jahr und Tag verschwunden war. Die Frau hatte für achtzehn Groschen die Woche in der Apoldaer Manufaktur des Oberältesten des Strumpfwirkerkollegiums, Herrn Rebhun, ihre Finger wund gearbeitet. Weil sie einmal Blut auf fast fertige Strümpfe gespuckt hatte, war sie sofort entlassen worden.

Zu meinem Erstaunen herrschte in ihrer Hütte Sauberkeit. Beklommen schaute ich zu, wie Luise Mauser ihren wach gerüttelten Kindern, ich zählte bis fünf, Schinkenstreifen und Aalstücke in die Münder schob. Die Kinder kauten langsam, fast andächtig, kosteten jeden Bissen aus. Mir fiel auf, wie sehr die Frau darauf achtete, die Brocken gerecht zu verteilen. Zwischendurch streichelte sie immer wieder den kahl geschorenen Kopf eines blassen Mädchens, das kaum noch Kraft hatte zu schlucken. Die Kleine hustete. Der Schein der Kerze reichte aus, dass ich die hellroten Spritzer auf dem gefegten Boden sah.

Wut stieg in mir hoch, so heiß und dampfend, dass Fanny ihre Maschinen damit hätte betreiben können. Wie konnte es sein, dass jemand Menschen zuerst für einen Hungerlohn schuften ließ und sie dann ins Elend stieß? Aber im nächsten Moment lachte ich stumm in mich hinein. Der Fabrikant Rebhun war bekannt dafür, dass er sich Delikatessen und Spezereien liefern ließ,

Sultaninen aus Italien, sogar Ananas aus den Kolonien. Auch bei Rebhun war ich höchst willkommen, die Stellung meines Vaters und den Titel meines Verlobten würde ich als Türöffner zu seiner Speisekammer benutzen. Auf Luise Mausers ausgemergeltes Gesicht, wahrscheinlich war sie nur wenige Jahre älter als ich, legte sich ein wenig Friede. Zumindest morgen würden ihre Kinder nicht mit einem knurrenden Magen aufwachen. Dafür hatte sich meine Schmonzette im Haus des Bierbrauers gelohnt. Ich wehrte ihren Dank ab, legte noch ein Säckchen Mehl auf einen Stuhl und versprach, bald wiederzukommen.

Auf dem freien Feld rannte ich los. So schnell wie noch nie. Meine Beine flogen, bis ich die Stadtmauer an der Rückseite von Goethes Holzschuppen erreichte. Mit Seitenstechen, aber zufrieden wie selten zuvor.

Die Glocke von St. Jakob schlug dumpf zweimal. Eine Eule flog knapp über meinen Kopf hinweg und hinauf in die zerzauste Krone der Eiche an der Ackerwand, die im vergangenen Jahr ein Blitz gespalten hatte. Atemwolken stiegen vor meinem Gesicht auf, die Nächte waren jetzt schon ziemlich kalt. Dieses Mal hatte ich nicht nur die Mausers, das greise Paar, sondern auch noch einen Tagelöhner besucht, dessen Frau vor einem Monat bei der Geburt des dritten Kindes gestorben war. Für alle hatte ich Essen dabeigehabt, das ihnen für ein paar Tage reichte. Mittlerweile war ich routiniert, beim Stehlen wie beim unbemerkt durch die Dunkelheit Laufen. Aber jetzt zog Müdigkeit an meinen Schultern. Ich freute mich auf mein warmes Bett, auch wenn ich in fünf Stunden wieder geweckt wurde. Wie immer pirschte ich mich von hinten durch Goethes Holzschuppen und dann durch seinen Garten an mein Elternhaus heran. Mit klammen Händen angelte ich aus einer Rocktasche meinen gebogenen Draht, nahm mir vor, in der nächsten Nacht Handschuhe anzuziehen, schob ihn in das Schlüsselloch unserer Gartentür, ruckte damit leicht nach links, dann nach oben. Das gewohnte Knacken. Ich drückte die Klinke nach unten und schlüpfte hinein.

Warum war ich heute nur so müde? Gähnend durchquerte ich das kleine Zimmer mit den Fenstern zum Garten, das nie geheizt wurde und in dem bald die Töpfe mit den Zitronenbäumchen zum Überwintern aufgestellt wurden. Ich fühlte schon das mit Eiderdaunen gefüllte Kissen unter meinem Kopf, gähnte noch einmal. Wahrscheinlich steckte mir der Hofball noch in den Knochen, keinen Tanz hatte ich ausgelassen. Zum Glück hatten sich mein Verlobter und mein Bruder dazu überreden lassen, zwischendurch Fanny aufzufordern. Fanny. Unwillkürlich musste ich lächeln. Sie hatte doch tatsächlich bei ihrer Vorstellung, bei der andere junge Damen über die beginnende Theatersaison parlierten, dem verwirrten Herzog eine ganze Abhandlung über Mr. Watts Dampfmaschinen heruntergerattert. Was für ein Geschöpf. Sie gefiel mir immer besser. Vielleicht sollte ich sie in meine geheimen Aktionen einweihen.

Sofort als ich die Schritte hörte, wusste ich, dass ich etwas falsch gemacht hatte. Die schweren Schuhe, ich hatte vergessen, sie auszuziehen. Sie hatten mich verraten. Vor Angst pochte das Blut in meinen Ohren.

Und da, gingen da nicht gerade Türen im Vorderhaus auf und zu? Ich atmete flach, ging zögernd den Gang weiter. Hatte der Nachtwächter mich unterwegs gesehen und erkannt? Meldete er mich jetzt bei Vater? Zu meinem Zimmer musste ich noch um eine Ecke, die Treppe hoch und dann noch ein Stück über einen schmalen Flur. Die Schritte kamen näher. Weit und breit kein Schrank, keine Truhe zum Verstecken. Ich blieb wie angenagelt stehen. Ein Lichtschein bog um die Ecke.

»Allmächtiger. Fräulein Eleonore. Ich wollte Sie gerade holen.«

Fritz. Steif wie immer, aber doch ganz anders als sonst. Er trug den Kerzenhalter vor sich her. Die Wand verwandelte sich in einen furiosen Auftritt von Schatten. Einer davon gehörte meinem Vater. Er trug nur ein Nachthemd, so privat hatte ich ihn noch nie gesehen. Immerhin hatte er noch seine Perücke übergestülpt, wenn auch so schief, dass auf der linken Kopfseite der braune Haarkranz hervorguckte. Ich fasste nach dem Träger des Beutels, der quer über meiner Brust hing, hielt mich fest. Der Beutel war zwar jetzt leer, aber der Geruch nach Würsten und nach dem geräucherten Aal stand wie eine Wand zwischen Fritz, Vater und mir. Gleich würde ihnen auffallen, dass ich keine Bettkleidung trug, stattdessen absonderlich als Bäuerin kostümiert war.

»Felix«, schluchzte ich. Mein Bruder war der einzige Mensch, von dem ich sicher wusste, dass er mich liebte. Felix musste mir helfen. Ich hatte das Gefühl, dass ich mit Haut und Haaren soeben in Fannys englischen Herd geworfen worden war.

»Ich habe schon einen Boten zu dem jungen Herrn nach Jena geschickt. Jetzt … müssen Sie erst Abschied nehmen.«

Fritz' Stimme brach. Über sein grob geschnitztes Nussknackergesicht kullerte eine Träne nach der anderen. Es stand also ganz schlimm um mich. Aber warum sagte Vater nichts? Weinte er auch? Ich warf mich ihm zu Füßen.

»Vater? Vater!«, flehte ich. Aber Vater brachte weiterhin kein Wort heraus, wankte stattdessen hin und her. Er trug nicht einmal Pantoffeln. Alles meine Schuld. Schließlich quetschte Vater mit einer merkwürdigen hohen Stimme heraus: »Die Herzogin hat ihren Leibarzt geschickt, welche Ehre, welche Güte.«

Dann schrumpfte er in sein weites Nachthemd hinein. Zum Glück stand Fritz wie ein Baum neben ihm. Auf Vaters Gefasel konnte ich mir keinen Reim machen. Aber ein winziger Funken Hoffnung glomm in mir auf: Vielleicht ging es gar nicht um mich. Gleichzeitig machte es mir große Angst, dass Vater sich an die Schulter unseres Lakaien lehnte, er, der stolzeste Aristokrat in ganz Weimar. Der Untergang der Welt stand bevor.

»Fritz, was ist denn los?«, flüsterte ich

»Die gnädige Frau«, presste Fritz heraus, »vor einer Stunde rannte sie barfuß aus dem Haus. Brach auf dem Frauenplan zusammen. Tot. Meine liebe gnädige Frau ist tot.«

Vater stützte sich rechtzeitig an der Wand ab, denn ich nahm den schluchzenden Fritz in meine Arme.

Kapitel 5

Ende Oktober – Anfang Dezember 1791

Mit Getöse krachte mein Schrankkoffer vom Dach der Kutsche und platzte auf.

Das Ungetüm war dem Postknecht entglitten, als er es gerade festzurren wollte. Bücher, Hemden, Strümpfe, eine Damenhaarbürste mit Perlmuttgriff, meine Döschen mit Zahnpulver und Pillen gegen Übersäuerung und andere, sehr private Gegenstände quollen heraus und mischten sich mit den Hinterlassenschaften der Schweine, die kurz zuvor durch Buttelstedt getrieben worden waren. Dass sich die Posthalterei in diesem Kaff befand und Weimar, unsere Residenzstadt, keine eigene Relaisstation besaß, empfand ich als persönliche Verhöhnung. Ausnahmsweise stimmte mir Vater zu. Er und Eleonore lagen sich in den Armen, sie war schon immer sein Liebling gewesen. Unterstützt von Anselm, den albern kichernden Schwestern Gore und einem plumpen, aber erstaunlich vernünftigen Wesen namens Fanny sammelte ich in Windeseile meine Besitztümer zusammen und stopfte sie zurück in den Koffer. Denn der Kutscher blies ungeduldig in sein Horn, und die vier vorgespannten Pferde stellten ihre Ohren auf.

»Was für ein Glück, dass das mit deinem Koffer passiert ist«, Eleonore lächelte schalkhaft und schaute von ihrem auseinanderklappbaren Schreibpult hoch, das ihr ihre Patentante für die Reise geliehen hatte. Seit die Kutsche losgerollt war, schrieb meine Schwester. »Sonst wäre der Abschied zu sentimental geworden«, fügte sie noch hinzu. Da waren wir schon über eine halbe Stunde auf der Hohen Straße unterwegs. Die alte Via Regia verlief von Ost nach West quer durch den Heiliges Römisches Reich Deutscher Nation genannten Flickenteppich aus kleinen und kleinsten Fürstentümern.

»Glück nennst du das!«, knurrte ich, »ich sage dir was, das mit meinem Koffer ist ein schlechtes Omen. Wir hätten noch in Buttelstedt die ganze Expedition abblasen sollen.«

Eleonore verdrehte die Augen, von ihrer Feder tropfte die Tinte.

»Wenn es etwas war, dann die Gravitationskraft, Bruderherz.«

»Hast du das von dieser Fanny?«, giftete ich zurück.

»Newton, mein Lieber. Erkenntnisse aus dem vorigen Jahrhundert. Aber in Jena lernt ihr ja auch nichts über Dampfmaschinen.«

Ich glotzte sie sprachlos an.

»Mr. Watt, sage ich nur.«

»Ein Verehrer von dir?«, spöttelte ich. Tatsächlich hatte ich keine Ahnung, wer dieser Mr. Watt war. Beleidigt zog ich mir die Bärenfelldecke bis zur Brust hoch, die uns Anselm für alle Unglücksfälle mitgegeben hatte. Dabei stand zumindest vom Wetter her unsere Abreise unter einem guten Stern.

Nachdem sich die Morgennebel von den braunen Wiesen und umgepflügten Äckern gehoben hatten, zeigte sich der 29. Oktober 1791 als milder und klarer Herbsttag. Noch wichtiger war, dass es seit zwei Wochen nicht geregnet hatte. Die Chausseen, zumindest bis Eisenach, seien für die Jahreszeit in einem passablen Zustand, hatte unser Kutscher behauptet. Dass der ein schmächtiger Kerl mit auffallend kleinen Händen war, machte mich zusätzlich nervös. Wie wollte er die Kutsche hochstemmen, wenn sie umkippte?

In Buttelstedt war eine vornehme Gesellschaft aus Leipzig ausgestiegen. Ich vermutete, dass die verschleierte Dame mit Zofe und die drei Herren zu unserem Dichterfürsten pilgerten. Aber niemand außer uns stieg zu. Im Notfall waren wir also auf der ersten Etappe ohne Hilfe. Wie üblich interpretierte Eleonore das ganz anders: »Freu dich doch über den vielen Platz.«

Großzügig verteilte sie ihre Siebensachen. Darunter eine Schachtel mit klebrigen bunten Törtchen, die ihr Fanny mitgegeben hatte. Dann legte sie ihre Beine auf die Bank gegenüber. Wieder einmal fiel mir auf, wie kräftig und groß die Füße meiner Schwester waren. Ich selbst schob mir die bauchige Tasche aus braunem Rindsleder mit dem silbernen Bügel unter die Knie und beschützte sie mit angespannten Waden. Schließlich war sie das Kostbarste, was wir dabeihatten.

Ohne wirklich zu schauen, starrte Eleonore durch das kleine Fenster auf die vorbeieilende Landschaft, die sich noch kaum von der Umgebung Weimars unterschied. Ihren Brief hatte sie beendet, gefaltet und in ihre Tasche geschoben. Ich hoffte, dass er an Anselm gerichtet war. Vermisste sie ihren Verlobten bereits? Fürchtete sie sich vor der langen Reise, unserer merkwürdigen Mission? Wieder einmal wurde ich nicht klug aus meiner Schwester. Ihre Hochzeit war auf das Frühjahr verschoben, jede andere junge Dame wäre in solch einer Situation melancholisch, unter Umständen sogar hysterisch gewesen. Eleonore hatte ihrem Verlobten enthusiastisch zugewinkt. Mit ihrem japsenden Mops als Unterpfand im Arm hatte Anselm am Wegesrand von Buttelstedt gestanden, bis die Staubwolke, die hinter uns hochwirbelte, ihn unsichtbar machte.

»Vielleicht ist Paris doch keine Messe, ich meine, diese Strapazen wert. Der Geleitschutz des Landgrafen von Hessen soll ganz miserabel sein. Banditen, bewaffnete …«

Zusammen mit der Tasche rutschte ich näher zu Eleonore. Ihre Haare waren das einzig Schöne in dieser Kutsche. Noch konnten wir an der nächsten Relaisstation umkehren.

»Herrje, Felix, sei nicht so ein Angsthase«, blaffte sie mich an, »außerdem haben wir keine Wahl. Wir haben das zu Hause doch schon hundertmal besprochen und das Für und Wider abgewogen. Wir müssen nach Paris. Es geht um unser Erbe.«

Eleonore schob eine Hand über das dichte Fell des von einem Egloffstein'schen Urahnen erlegten Bären in Richtung meines

Kinns. Mit ihrem Taschentuch tupfte sie an mir herum, wahrscheinlich weil ich am Morgen schrecklich fahrig mit dem Rasiermesser hantiert hatte.

»Und vor allem geht es doch um Mamans Letzten Willen.«

Das Spitze in Eleonores Stimme war verflogen, und ich gab mich endgültig geschlagen. Staub rieselte pausenlos und silbrig von der Decke und vermischte sich mit dem Zwielicht im Innern der Kutsche zu einer exklusiven Intimität. Unter dem Bärenfell suchten sich unsere Hände und hielten einander fest. Krähen stoben aus den Ackerfurchen hoch, und am Wegesrand trotteten Tagelöhner mit Reisigbündeln auf dem Rücken, ohne aufzuschauen. Was kümmerte es uns. Meine Schwester und ich schaukelten mit halb geschlossenen Augen wie in einem Ei. Mit einer dünnen Schale um uns herum. Noch mehr als bisher verbunden durch Mutters merkwürdigen Auftrag.

Lange hatte Justizkommissar Bruchsal nicht gewartet. Zwei Tage nach der Beerdigung klopfte er an unsere Haustür, begleitet von einem Assessor mit Ohren wie Tassenhenkel. Nach der Kammergerichtsordnung war Bruchsal für das Urkundengeschäft im Herzogtum zuständig. Fritz entschied, die beiden ins Esszimmer zu führen. Als Vater, Eleonore und ich eintraten, stand Bruchsal bereits an der Kopfseite des Tisches. Gedrungen und muskulös. Er breitete seine Sachen aus: zwei, drei Federkiele, ein Tintenfass und eine fest verschnürte und versiegelte Mappe aus grauem Karton. Als er sich verbeugte, fiel mir auf, dass sein Zopf exakt die Mitte seines Kragens berührte. Knappe Grußworte, höfliche Beileidsbekundungen, mehr nicht. Dagegen überschüttete Vater den deutlich jüngeren Mann, von dem wir nur wussten, dass er schon dem preußischen König gedient hatte, mit kurzatmigen Hinweisen, wen er und wie gut bei Hof kannte. Erst als Eleonore ihren Arm um seine Schultern legte, kam Vater zur Besinnung und hielt den Mund. Wie Schulkinder nahmen wir in gebührendem Abstand vor dem Notar an unserem Esstisch Platz.

»Das Testament Ihrer verehrten Frau Gemahlin und Mutter

wurde vor drei Jahren und drei Monaten verfasst, von zwei Zeugen unterschrieben und mir anvertraut.«

Noch während er redete, brach Bruchsal das Siegel, zog mit einem Ruck die Schnur auf und fingerte gleichzeitig mit der anderen Hand ein Brillengestell aus einem Futteral. Einhändig drückte er es auf seine kurze Knollennase. So effizient wäre ich auch gern gewesen.

»Ich habe alles gründlich geprüft. Alle Regularien sind eingehalten, die Gültigkeit steht außer Zweifel.«

Weil seine Brillengläser spiegelten, blieben mir seine Augen verborgen. Nur der Assessor hüstelte, wobei sich seine Ohren so stark bewegten, dass ich dachte, sie brächen gleich ab.

»Vierzig Taler für Katja, meine neue Zofe. Dazu die Schildpattkämme, mit denen sie mich immer traktiert hat«, las Bruchsal tonlos vor. »Zwanzig Taler erhält die Waschfrau Marie. Allein dafür, dass ich, wenn der Zeitpunkt meiner Testamentseröffnung gekommen ist, nicht mehr von ihrem Lärm traktiert sein werde.«

Geistesgegenwärtig drückte sich Eleonore ein Taschentuch auf den Mund, trotzdem war ihr Glucksen nicht zu überhören. Die Mödlerin, unsere Köchin, wurde von Mutter mit ihrem Muff aus Hermelin bedacht und vierhundert Talern. Eine üppige Summe für eine Dienstbotin, sie konnte sich davon fünf Kühe kaufen. Aber ich erinnerte mich an die Schüsseln mit dampfender Hühnerbrühe, Kamillenaufgüssen für Umschläge und anderen undefinierbaren Suden, die die Mödlerin zu allen Tages- und immer öfter zu allen Nachtzeiten in Mutters Gemächer hochgeschleppt hatte. Und hatte sie Vater nicht regelmäßig mit epischen Schilderungen obskurer Krankheiten von Mutter ferngehalten? Für Mutters Doppelleben war unsere Köchin unentbehrlich gewesen. Aber davon wusste anscheinend nur ich.

Mein Stuhl stand am nächsten zur Tür. Deshalb hörte auch nur ich das Knarzen auf der anderen Seite der Tür. So, als ob jemand auf dem Gang von einem Bein auf das andere trat. Ohne die Stimme zu heben, fuhr der Justizkommissar fort: »Fritz Grünbein, Majordomus, mir treu ergeben seit meiner Jugend, hinterlasse ich als Zeichen meiner herzlichen Verbundenheit den Ring mit dem ovalen Rubin, der in meiner Schatulle unter den Perlenschnüren liegt. Darüber hinaus setze ich ihm eine jährliche Leibrente bis zu seinem Tod aus. Sie beträgt …«

Bruchsal pausierte und fuhr sich mit der Zunge über die Lippen. Sollte ich jetzt nach Erfrischungen klingeln? Allerdings hatte ich nicht die geringste Ahnung, was für eine Testamentseröffnung passend war: Wein ganz sicher nicht, Limonade zu banal. Ich schwankte noch zwischen Tee und Sherry, als eine Zahl und im selben Moment ein erneutes Knarzen vor der Tür mich zusammenzucken ließen.

»Hundert Taler.«

Kraftvoller, als ich es ihm zugetraut hätte, bäumte sich Vater auf und schoss mit fuchtelndem Zeigefinger quer über den Tisch. Er zischte Bruchsal ins Gesicht: »Jedes Jahr bis zu seinem Tod *hundert* Taler? Impertinent! Das muss der Domestik sich erschlichen haben, als meine Frau schon nicht mehr bei Sinnen war. Das können Sie nicht zulassen. Ich werde beim Herzog intervenieren.«

Das trockene Hüsteln des Assessors hörte sich wie das Spannen einer Pistole an. Bruchsal dagegen blieb ganz preußischer Staatsdiener, allenfalls seine Stimme sank um eine Oktave.

»Ich erwähnte bereits die Gültigkeit des Testaments. Dass die Verstorbene bei der Abfassung im Vollbesitz ihrer geistigen Kräfte war, bestätigen die beiden Zeugen ausdrücklich. Und ich vertrete als Justizkommissar in dieser Sache Serenissimus höchstpersönlich. Kommen wir jetzt zum nächsten Passus.«

Das saß. Vater zog die Schultern hoch. Er hatte sein Jabot vergessen, und man konnte sehen, dass seine Haut schlaff und gelbstichig um den Hals hing. Seit Mutters Tod schrumpfte er unaufhaltsam. Eleonore streichelte seinen Oberarm. Aber er konnte aufatmen. Mutter hinterließ ihm unser prächtiges Haus, die Einnahmen aus zwei Weimarer Mietshäusern und zwanzigtausend

Taler in bar. Allerdings musste er davon unsere Dienerschaft auszahlen.

»Damit möchte ich meinem Ehemann für sein hohes Maß an Pflichtbewusstsein vor und nach unserer Eheschließung danken.«

Wie seltsam sich das anhörte. Oder lag es nur an Bruchsals preußischem Vortrag? Eleonore warf mir hinter Vaters Rücken einen fragenden Blick zu. Er selbst drückte nur sein Kinn an die Brust, alle Luft war aus ihm entwichen. Aufreizend langsam und penibel legte Bruchsal jede Seite der Urkunde, die er vorgelesen hatte, zurück in die graue Mappe. Nur zwei steife Bogen lagen noch auf dem Tisch. Jetzt konnte es nur noch um Mutters Schmuck gehen, ihr Mobiliar, die Kleinode, die sie aus ihrem Elternhaus mitgebracht hatte. Ich schlug ein Bein über das andere. Und tatsächlich setzte Bruchsal zu einer langatmigen Auflistung an: die japanische Schale mit den blauen Kranichen, der Sekretär aus der Werkstatt von Boulle, das zwölfteilige silberne Schokoladenservice …

Mein linker Oberschenkel krampfte. Vorsichtig, damit meine Laxheit nicht auffiel, streckte ich unter dem Esstisch beide Beine aus. Seit Mutters Tod hatten uns unzählige Leute, fremde und befreundete, scheinheilige und ehrlich mitfühlende, ihre Aufwartung gemacht. Jetzt war ich vollkommen erschöpft. Trotzdem schlief ich selten mehr als zwei, drei Stunden am Stück. Mich plagten Vorwürfe, dass ich ausgerechnet in jener Nacht in der Grünen Tanne in Jena gesessen hatte. Auch in den Wochen davor hatte ich mich viel zu wenig um Mutter gekümmert. Mir wurde heiß und kalt zugleich, wenn ich an meine Verstrickungen, die amourösen ebenso wie die geistigen, mit den Franzosen auf Anselms Landgut zurückdachte. Danach die Reise zur Konferenz der Fürsten auf Schloss Pillnitz. Und seitdem forderte der Herzog mich immer wieder auf, ihm staatsrechtliche Erörterungen zu schreiben: Was, wenn die deutschen Fürsten Frankreich den Krieg erklärten? War die Pariser Erklärung der sogenannten Menschenrechte eine Verletzung des gottgegebenen Rechts der Monarchen, über ihre Untertanen zu herrschen?

Nur mit einem Ohr bekam ich mit, dass der gesamte Schmuck an Eleonore ging. Wenig logisch erschien mir, dass Mutters Chatelaine, der Anhänger aus blauer Emaille, hübsch, aber sicherlich nicht sonderlich wertvoll, an erster Stelle genannt wurde. Ich bekam alle Möbel. Ihr Porzellan vermachte Mutter dem Fräulein von Göchhausen, der buckligen und schrulligen Hofdame. Es blieb mir keine Zeit, mich darüber zu wundern. Auch nicht darüber, dass die Ohren des Assessors wie Salatblätter wuchsen.

»Mein eigentliches Vermögen, das bei dem calvinistischen Bankier Jean-Frédéric Perregaux, Nachfolger von Jean-Albert Gumpelzhaimer, in der Rue du Sentier, Paris, angelegt ist«, Bruchsals Brille blitzte, von einem Strahl Herbstsonne getroffen, auf, seine Lippen bewegten sich mechanisch weiter, »geht zu gleichen Teilen an meinen Sohn Felix und meine Tochter Eleonore.«

Eleonore schrie auf. Wie ein heiserer Vogel. Kaum war er entflogen, presste sie ihre Hände auf den Mund. Meine Knie waren taub, meine Arme und Beine ebenfalls gefühllos, und ich war fassungslos. In unserem Esszimmer herrschte eine Stille, wie ich sie dort noch nie erlebt hatte. Sekunden vergingen. Erst als draußen auf dem Frauenplan ein Fass über das Pflaster gerollt wurde und unsere Fensterscheiben klirrten, löste sich die Anspannung. Meine Schwester sprang auf, schob ihren Stuhl zur Seite, setzte sich wieder. Sie schaukelte mit den Beinen. Ich schaute zu ihr hin und zog warnend beide Augenbrauen hoch, kratzte sogar an meinem Kinn herum. Aber Eleonore zappelte weiter. Vater drehte seinen Kopf entgeistert zwischen ihr und mir hin und her. Vor der Tür knarzte es wieder, und ich fragte mich, wie viel Fritz von Mutters Testament gewusst hatte. Vielleicht war er aber auch der Einzige, der ihre wahren Vermögensverhältnisse gekannt hatte.

Bruchsal drückte seine Brille zurecht. Aber sie rutschte ihm von der Nase und schlug mit einem metallischen Klirren auf der

Tischplatte auf. Der Notar rieb sich die Nasenflügel, setzte seine Brille wieder auf und las weiter, jede Silbe betonend. Damit alles seine Ordnung hatte.

»Mein Stammkapital beläuft sich auf zwei Millionen Livres. Es ist angelegt zu einem festen Zins von siebeneinhalb Prozent. Davon hat Monsieur Perregaux mit meiner Genehmigung eine Million Livres dem königlichen Finanzminister für achteinhalb Prozent verliehen.«

Bruchsal feuchtete zum zweiten Mal an diesem Vormittag seine Lippen an. Aber für Erfrischungen war es jetzt wohl zu spät. Dabei hätte ich zu gern ein Bier getrunken.

»Dieses Vermächtnis wird erst wirksam, wenn meine Kinder, und zwar gemeinsam, bis spätestens sechs Wochen nach meinem Tod nach Paris reisen. Dort sollen sie die Tasche, in der meine gesamten mathematischen Berechnungen verwahrt sind, persönlich Herrn Dr. J. Schwartz übergeben. Von ihm wiederum werden sie alle erforderlichen Papiere und Passworte für den Bankier Perregaux erhalten und damit den Zugriff auf meine Geldanlagen.«

Bruchsal senkte seine Stimme. Der Assessor nestelte bereits an der Schnur, die sich die ganze Zeit über den Tisch geschlängelt hatte. In dem Moment passierte mir etwas Unverzeihliches. Etwas, das mir passiert, wenn meine Nervosität die Herrschaft über meinen Verstand übernimmt: Ich spitzte meine Lippen und blies die trockene, aufgestaute Luft hindurch. Jeder zischende Wasserkessel hörte sich besser an. Eleonore zupfte augenblicklich an ihrem linken Ohrläppchen, ihr Warnsignal für mich.

Bruchsal und sein Assessor standen schon an der Tür und verabschiedeten sich so kühl, wie sie uns begrüßt hatten, als sich Eleonore zwischen Vater und mich zu ihnen nach vorne drängte. Vater hätte sie wirklich strenger erziehen sollen! Außerdem war ihre Frisur ziemlich derangiert, an ihren Schläfen züngelten rote Strähnen in alle Richtungen.

»Herr Bruchsal, auf ein Wort noch. Mutter ging doch nie aus dem Haus, empfing auch keinen Besuch. Wer hat ihr Testament eigentlich bezeugt?«

Der Justizkommissar zögerte, versuchte sich hinter seinen geschliffenen Brillengläsern zu verschanzen. Aber am Ende konnte selbst er Eleonores Charme nicht widerstehen.

»Das Fräulein von Göchhausen«, antwortete er. Dann verbeugte er sich vor einer unsichtbaren Person und sagte noch schmallippiger: »Und deren Herrin, Ihre Hoheit, die Herzoginmutter Anna Amalia persönlich.«

Als unsere Kutsche Erfurt erreichte, lag bereits Nebel auf der steinernen Krämerbrücke, und die schmalbrüstigen Fachwerkhäuser wirkten, als würden sie schweben. Kleine Läden waren erleuchtet. Eleonore bekam runde Augen. Weiter als bis Rudolstadt und Kochberg, wo die von Steins ihr Gut hatten, war sie nie gekommen. Ohne ein weiteres Malheur hievte der Schwächling von Kutscher meinen Schrankkoffer und sämtliche Hutschachteln und Taschen Eleonores herunter. Meine Schwester hätte sich sicher gern die ausgestellten Hauben und Tücher angesehen, aber der Wirt des Naumburgischen Kellers komplimentierte uns in sein Hotel, das beste in Erfurt.

Die schwarze Trauerkleidung bildete einen aparten Kontrast zu Eleonores Teint und Haar. Das jedenfalls signalisierten die Blicke der männlichen Gäste, als wir eine Stunde später die niedrige Stube betraten. Ich ließ uns zu dem gebackenen Zander eine Flasche Moselwein bringen. Ohne dass wir sie bestellt hatten, brachte der Wirt eine Zinnterrine an unseren Tisch, in der es noch brutzelte. Ein unbekannter, würziger Duft stieg auf. Wie ein kleines Mädchen klatschte meine Schwester in die Hände und jubelte: »Ist das etwa dieses famose Gericht aus Italien?«

»Demoiselle, nur ein devoter Versuch meiner Wenigkeit, Sie in meinem bescheidenen Etablissements etwas aufzuheitern. Ich habe von Ihrem großen Verlust gehört.«

Unablässig dienerte der Wirt vor meiner Schwester. Mein Verlust schien nicht von Bedeutung.

»In der Tat, Sie haben richtig geraten«, schwatzte er weiter, »das ist das italienische Teiggericht, von dem *tout le monde* spricht. Gratiniert mit geriebenem Parmesankäse. Das Rezept stammt von dem zugewanderten Koch des Alten Fritz, der bei mir ein halbes Jahr Station machte. Der König soll in seinen letzten Tagen ganz verrückt nach ihm gewesen sein, äh, nach dem Gericht natürlich. Zwischen Potsdam und Rom kriegen Sie so was Extraordinäres nur bei mir.«

»Ach, Felix, ist das nicht wundervoll«, meinte Eleonore und ließ sich reichlich auflegen. »Und das ist erst der Beginn unserer Reise.«

Eisenach mit der klobigen Wartburg, Gotha, Vacha, Fulda, Gelnhausen, Frankfurt, Mainz, Alzey … Pferde und Kutscher wechselten, die Bettwäsche dagegen wurde in manchen unserer Hotels offenbar nur einmal im Jahr ausgetauscht. Tagsüber verschmolzen die Stunden zu einem einschläfernden Einerlei. Ich sinnierte viel über den mysteriösen Dr. Schwartz, den wir in Paris treffen sollten. Woher kannte meine Mutter ihn, und was sollte er mit ihren Zahlenbataillonen anfangen? Hin und wieder malte ich mir aus, was ich mit meinem Erbe anstellen würde, wenn wir wieder zurück in Weimar waren. Dabei fantasierte ich mir so verwegene Dinge zusammen, bei denen, auch wenn ich es gar nicht wollte, Louis immer eine Rolle spielte. Meistens aber döste ich einfach nur, schreckte hoch, wenn die Räder in ein Schlagloch plumpsten oder wir unsere Pässe zeigen mussten. Unzählige Schlagbäume und Zollschranken wurden gehoben und hinter unserer Kutsche gesenkt. Torgeld, Vorspanngeld und Brückenmaut mussten bezahlt werden. Manchmal auch Schmiergeld.

Aber am meisten belästigten mich unsere Mitreisenden. Kaufleute, Musikusse mit sperrigen Instrumenten oder angetrunkene Geistliche, unentwegt plappernde Witwen. Wenn wir Glück hatten, stiegen sie zwei, drei Stationen weiter wieder aus. Die schlimmsten aber blieben immer länger, sie stanken und rülpsten ungeniert. Hin und wieder hatte jemand ein wenig Grips im Kopf oder konnte sogar Neues berichten. Von den Häfen Hollands, von wo aus Tausende sich in Richtung Amerika einschifften, oder den schauerlichen Machenschaften im Vatikan. Jeder zweite männliche Passagier versuchte, seine Knie gegen die meiner Schwester zu pressen. Bis ich ihm auf die Fußspitzen trat. Meine Schwester und gleichzeitig Mutters Ledertasche zu bewachen, strengte mich an. In meinem Kopf rumorte streckenweise der Kegelspieler, ohne dass ich Schnaps getrunken hatte.

Auf kurpfälzischem Gebiet endete das gute Wetter. Graupelschauer setzten ein, und es wurde nicht richtig hell. Gegen Nachmittag beutelte Sturm unsere Kutsche wie ein kleines Schiff auf hoher See. Davon hatte ich bislang nur in Büchern gelesen. Eleonore und ich kuschelten uns unter dem Bärenfell enger zusammen. Die Böden weichten auf, und die Räder fanden keine Spurrinnen mehr. Etwa dreißig Meilen vor Kaiserslautern kamen wir nur noch langsam voran. Ochsenkarren stauten sich vor uns, die Tiere stampften und brüllten, als ob sie abgestochen würden, und wühlten sich in den Morast. Das Fluchen unseres Kutschers übertönte das Fluchen des Windes. Der Idiot drosch auf die Pferde ein, weil er die Karawane überholen wollte. Eleonore, die gar nicht leiden konnte, wenn Tiere gequält wurden, trommelte gegen die Wand in seinem Rücken.

Ich schloss die Augen und presste die Knie über Mutters Tasche zusammen. Liebend gern hätte ich auf mein Erbe verzichtet, wenn ich einfach nur wieder zu Hause sein könnte, an einem Schreibpult, das sich nicht bewegte. Selbst Vater war in meiner Erinnerung ein freundlicher, auf jeden Fall sicherer Pol in meinem Leben. Das Überholmanöver begann.

Es rumpelte, knirschte, die Pferde wieherten panisch. Wie ein plumper Käfer fiel die Kutsche zur Seite. Unsere Gliedmaßen, Taschen und Bücher purzelten durcheinander. Ein Mund rutschte widerlich feucht über mein Gesicht. Er gehörte der vulgären Frau eines Mainzer Gelehrten, unterwegs zu ihrer Schwester nach

Homburg. Ich war ihren Avancen ausgeliefert, denn mit einer Hand hielt ich Eleonores Oberarm, mit der anderen durch diverse Beine hindurch den Griff von Mutters Tasche.

Mühsam kletterten wir über die linke Seite aus der nahezu waagrecht am Boden liegenden Kutsche. Kalte Nässe schlug mir ins Gesicht. Wo war bloß mein Schal? Ich sah kaum meine Hand vor den Augen. Aber dann doch genug, um zu wissen, dass das rechte Hinterrad gebrochen war. Mit tauben Händen stemmte ich zusammen mit einem glatzköpfigen Buchdrucker aus dem Schwäbischen, der erfreulicherweise die bisherige Fahrt über geschwiegen hatte, die Berline so weit hoch, dass der Kutscher darunterkriechen und an der Radnabe herumschrauben und hämmern konnte. Die Gelehrtengattin gab Kommandos und trank aus einer Flasche Schnaps. Nur Eleonore schien weder das Unglück noch das Wetter etwas auszumachen. Sie rannte ein Stück die Straße hinunter und wieder zurück. Und noch einmal und noch einmal. Sie hatte sich nicht einmal einen Hut aufgesetzt, ihre Haare leuchteten in der Dunkelheit.

Als wir endlich unsere Fahrt fortsetzten, spürte ich bereits ein Brennen im Hals. Auch der schwäbische Buchdrucker, der Hans hieß, und die Gelehrtengattin machten einen mitgenommenen Eindruck. Nur meine Schwester klappte, als ob nichts gewesen wäre, das Schreibpult mit den hübschen Elfenbeinintarsien über ihrem Schoß auf. Obwohl ihre Feder schrecklich kratzte, schlief ich ein. Irgendwann legte sich der Sturm. Aber die Temperatur war abgestürzt, das spürte ich sofort in meinen Beinen, als ich wieder aufwachte. Die Wälder, die vorbeizogen, steckten in einem Panzer aus Eis. Selbst die Krähen hockten bewegungslos in den Ackerfurchen, ihre schwarzen Flügel wie angenagelt. Reif überzog die Innenhaut unserer Kutsche, und vier Atemwolken vermengten sich. Die heißen Ziegelsteine, die man uns bei der nächsten lausigen Taverne unter die Füße schob, tauten nicht einmal meine Zehenspitzen auf. Eleonore verschlief die Prozedur. Angelehnt an die angetrunkene Gattin, die Lippen zu einem Lächeln gekräuselt.

Mir kam der Verdacht, dass der ganze Trubel, die vielen fremden Leute in den Hotels und Relaisstationen sie nicht nur von Mutters Tod ablenkten, sondern ihr auch noch Vergnügen bereiteten. Behutsam klappte ich das Schreibpult auf ihrem Schoß zusammen und deckte sie fester zu. Dass mir dabei der Brief, an dem meine Schwester geschrieben hatte, in die Hände rutschte, war nicht meine Schuld.

»Was ist, warum weckst du mich?«, seufzte Eleonore und gähnte mit offenem Mund, »sind wir schon in Kaiserslautern?«

»Diese Vulpius, warum schreibst du der?«, zischte ich. Dass die anderen mich hörten, war mir in dem Moment egal.

»Demoiselle Christiane Vulpius, bitte!«, fauchte Eleonore zurück, auf einmal hellwach. »Und wenn du schon in meinen Briefen spionierst, dann hast du vielleicht auch gelesen, dass ich versucht habe, die Ärmste zu trösten. Ihr Baby ist gestorben, ein Mädchen, kurz nach der Geburt. Ich habe es wegen all der Aufregung bei uns erst am Tag unserer Abreise erfahren, sonst hätte ich sie ganz bestimmt drüben besucht.«

»Ach, schon wieder ein Bankert!«

Der Buchdrucker starrte aus dem Fenster, obwohl es inzwischen stockdunkel war. Die Gelehrtengattin hörte schamlos zu.

»Ja, genau, ein Bankert von unserem hochverehrten Geheimrat, unserem über allem schwebenden Dichterfürsten und Intimus des Herzogs. Warum gibst du nicht ihm die Schuld, warum Christiane?«

Ich musste dreimal hintereinander niesen, sodass ich nicht gleich auf die verdrehten Argumente meiner Schwester eingehen konnte. Eleonore nutzte das aus. »Immer werden die Frauen angeprangert, immer müssen sie alles ausbaden und dabei den Mund halten. In Frankreich lassen sich die Frauen das nicht mehr gefallen.« Immer aufgebrachter gestikulierte meine Schwester und boxte dem armen Hans mehrmals in die Seite. »Ich habe gehört, dass sie sogar in diese neuen Klubs gehen und dort Reden halten.

Und waren es nicht Frauen, die den König gezwungen haben, von Versailles nach Paris zu kommen?«

Meine Nase lief und juckte.

»Ja, das stimmt«, sagte der schwäbische Buchdrucker gedehnt. Eleonore dankte ihm mit ihrem speziellen Lächeln. Sie war so durchtrieben, meine Schwester.

»Ja, da staunst du, Felix, dass ich das alles weiß. Du bist so …«, sie verdrehte ihre Augen, »so weltfremd, mit deinem Herder und seinen Predigten und den ganzen anderen Philosophensprüchen aus deinen Büchern.«

Diese Wendung unseres Gesprächs war gefährlich. Wollte sie meine Autorität infrage stellen? Schließlich war ich in der Fremde für meine Schwester verantwortlich, für ihr Benehmen, ihren guten Ruf.

»Eleonore, komm mir nicht damit daher, ich …«

Ich hörte mich wie eine nicht geölte Türangel an. In meiner Kehle brannte es. Außerdem presste die Mainzer Gelehrtengattin einen ihrer fetten Schenkel gegen meinen. Mit großer Anstrengung brachte ich heraus: »Wie gut kennst du sie überhaupt, diese, äh, Demoiselle Vulpius?«

»Gut genug, dass ich sie Freundin nenne. Felix, sie hat …«, die grauen Augen meiner Schwester verengten sich zu Schlitzen, als ob ihr auch etwas wehtat, »mir die Augen geöffnet für das Elend und die Not um uns herum.«

Mit diesen Worten fischte meine Schwester einen Brief aus ihrer Tasche und hielt ihn mir unter die Nase. Ich sah nur Abdrücke von Eichhörnchen- oder Vogelkrallen.

»Den habe ich noch in Frankfurt erhalten. Christiane schreibt mir, dass die Jüngste der Strumpfwirkerin Mauser auch gestorben ist. An Auszehrung! Wie schon so viele Kinder im Jakobsviertel. Der Schinken und die Würste, die ich ihnen gebracht habe, kamen zu spät. Ach, und die arme Frau spuckt selbst täglich mehr Blut. Und dieser erbärmliche Rebhun, der in seiner Manufaktur …«

»Welche Würste, welche Strumpfwirkerin?«, fiel ich ihr ins

Wort und wurde sofort von einem Niesanfall durchgeschüttelt. Rebhun kannte ich, eine tragende Säule der Weimarer Gesellschaft. Er hatte die Loge neben unserer im Hoftheater.

»Ach, Felix. Das ist kompliziert, viel zu kompliziert. In Weimar konnte ich dir nichts davon erzählen, und jetzt«, sagte Eleonore, »ist es zu spät. Das Einzige, was ich noch machen konnte, war, Fritz zu bitten, von dem, was er von Mutter geerbt hat, Christiane etwas zu geben, damit sie für die armen Leute Essen kaufen kann. Es fällt zu sehr auf, wenn sie dauernd was aus Goethes Haushaltskasse abzweigt.«

Erschöpft und durchgefroren drückte ich meinen Kopf gegen die Rückwand. Das ständige Schütteln und Rütteln tat auch meinen Knochen weh. Schlau wurde ich aus Eleonores Geschichte nicht. Ich fragte aber nicht mehr weiter nach. Wollte nichts mehr von ihren skandalösen Machenschaften wissen. Der Buchdrucker fuhr sich, sichtlich aufgewühlt von unserem Disput, über seine schweißglänzende Glatze. Seine Augen blieben bewundernd an Eleonore hängen. Zum Glück entkorkte die Gelehrtengattin ihre Schnapsflasche und reichte sie herum. Dankbar nahm ich einen tiefen Schluck.

Vor den Toren Saarbrückens herrschte ungewöhnlich viel Verkehr, und innerhalb der Stadtmauern ging es geradezu ausgelassen zu. Männer, Frauen, Kinder in Kleidung, die mir eine Spur zu elegant für einen gewöhnlichen Mittwoch vorkam, standen untätig und schwatzend herum. Auf dem Marktplatz spielten erwachsene Männer mit einem Ball. Mehrmals flog ihr Ball über den Brunnen, an dem junge Mädchen standen. Bis einer schlecht zielte und der Ball direkt vor unserer Kutsche landete, aus der wir gerade stiegen. Instinktiv hob ich das Geschoss auf. Es war ein rundes Brot mit dicker dunkler Kruste.

»Ah, die verwöhnten Refugiés. Sie essen nur weißes Brot«, knurrte der Buchdrucker, der während der Fahrt kaum ein Wort gesagt hatte. »Sie glauben, dass die Royalisten wieder Oberwasser haben, und führen sich hier dreist auf.«

»Haben Sie denn Nachrichten aus Paris?«, fragte ich ihn, während er sein mit einem Lederriemen zusammengehaltenes Bündel schulterte. Abschätzig blickte Hans auf meine silbernen Schuhschnallen und wog seine Antwort gründlich ab.

»Wenn Sie wissen wollen, was ich von den Männern meiner Zunft höre, dann kann ich Ihnen das schon sagen. Die Verfassung und die Nationalversammlung sind ja gut und schön. Aber viele hatten die Bastille für mehr gestürmt. Nämlich für eine richtige Republik, so wie in Amerika. Aber die ist jetzt wohl vergeigt. Der König hockt weiter auf dem Thron. Und das Zensuswahlrecht ist, wenn Sie mich fragen, verdammt ungerecht. Da muss einer über fünfzig Livres Steuern zahlen und noch dazu Haus und Grund besitzen, damit er überhaupt einen Abgeordneten wählen kann.«

Hans schnaubte und blickte wieder auf meine Schuhschnallen, sodass ich die Schweißperlen auf seiner Stirn sah. Ich dankte ihm für die Auskunft und reichte ihm meine Hand, die er fest drückte. Dann verschwand er in eine der Gassen, die vom Marktplatz abzweigten. Als wir uns am nächsten Morgen in der Kutsche wieder gegenübersaßen, kratzten nur Eleonore und ich uns verlegen. Der Buchdrucker hatte in seiner Herberge keine Flöhe abbekommen. Vielleicht war seine Bettdecke auch nicht so dünn und klamm gewesen wie meine in dem teuren Hotel. Nach der Nacht schmerzte meine Brust, und ich musste auch noch husten.

In Metz sahen die Häuser nicht viel anders aus als in Saarbrücken, wo die Fenster schon schmäler und höher waren als in Weimar oder Erfurt. Die französischen Äcker und Wiesen lagen ebenso trostlos da wie die bei uns. Nur die Qualität der Straßen verbesserte sich sofort hinter der Grenze. Breiter als drei durchschnittliche Männer lang, mit Entwässerungsgräben links und rechts. Regelmäßig nach einem festen Meilenabstand kam eine Station zum Wechseln der Pferde. Ich fertigte mir Skizzen davon an, die ich nach unserer Rückkehr Goethe zeigen wollte. Immerhin war er mal Minister für Straßenbau gewesen

»*Vive la révolution, vive la nation!*«, grüßte der Buchdrucker jeden überschwänglich, der sich unserer Kutsche näherte, egal, ob er unsere Papiere kontrollieren oder uns Wein oder blau-weiß-rote Stoffblumen verkaufen wollte.

»Blau und Rot sind die Farben aus dem Pariser Wappen«, erklärte mir Hans, »sie begrenzen das Weiß des Königs.«

Erstaunlich, was so ein einfacher Mensch wusste, dachte ich, und ließ mir nicht ganz freiwillig eine dieser Rosetten an meinen Mantelkragen stecken. Eleonore kaufte sich gleich vier und verteilte sie lachend in ihrem Haar. Je tiefer wir nach Lothringen hineinfuhren, desto mehr taute Hans auf. Er habe sich der Sache der Revolution verschrieben, bekannte er freimütig. Außerdem gebe es in Paris Arbeit in Hülle und Fülle für ihn. Jede Nacht würden die Lettern für Abertausende Flugblätter und viele Gazetten gesetzt. Bis zum Morgengrauen stünden die Männer an den Druckerpressen und am Mittag schon wieder. Die Zeitungsjungen rissen ihnen die Bogen, auf denen die Schwärze noch feucht war, aus den Pressen. Hans führte in seinem Bündel eine Kopie der neuen französischen Verfassung mit sich, die er aber nicht lesen konnte. Er zeigte sie mir, und ich kaufte sie ihm für fünf Taler ab. Ab Verdun brachte Eleonore dem schwäbischen Buchdrucker einfache Sätze in französischer Sprache bei.

Irgendwo auf freiem Feld in der Champagne, von der sowohl Eleonore als auch ich enttäuscht waren, weil wir uns den Landstrich so aufregend wie seinen Schaumwein vorgestellt hatten, brachte der Kutscher abrupt die Pferde zum Stehen. Trommler und Pfeifer, umringt von Bauern, spielten am Straßenrand auf. Sofort bewegten sich Eleonores Schuhspitzen zum Takt der für meinen Geschmack zu martialischen, aber irgendwie doch mitreißenden Melodie. Die Leute, die zu uns hineingafften, sahen schlimmer aus als die Bauern bei uns. Ausgehungert, schmutzige Lumpen am Körper. Hans öffnete die Kutschentür.

»*Ah, ça ira, ça ira*«, wurde in unsere gerade eben noch gemütliche Höhle geschmettert. Mich traf der Blick einer pockennarbigen Frau. Nur aus dem Umstand, dass sie einen Säugling an der Brust hielt, schloss ich, dass sie noch jung war. Auch sie schmetterte das Lied, und ich erschrak, weil sie zahnlos war wie ihr Kind.

»Was bedeutet das denn, was sie singen?«, fragte der Buchdrucker Eleonore und drückte die Hände der Leute, als ob sie nahe Verwandte wären.

»Ah, wir werden es schaffen, oder jedenfalls so ähnlich«, übersetzte Eleonore und nahm zu meinem Entsetzen den Säugling, hässlich wie ein Lurch, der ohne Licht lebt, auf den Arm. »Moment mal, und jetzt haben sie gesungen ›die Adligen an die Laterne‹.«

Meine Schwester zwinkerte mir zu. So gut es ging, verzog ich mich ins Dämmerlicht der Kutsche. Wann ging es endlich weiter? Beim nächsten Refrain stimmten der Buchdrucker und meine Schwester mit ein in das »*Ah, ça ira, ça ira*«. Die Chatelaine an Eleonores Brust schwang im Takt mit.

»Die Bauern hier haben Hoffnungen«, berichtete meine Schwester, als wir endlich anfuhren. Sie hatte noch ein paar Worte mit einem untersetzten, einigermaßen vernünftig aussehenden Mann gewechselt, der angeblich der Müller des nächsten Dorfes war. »Dieses Jahr ist in ganz Frankreich, sagt er, die Ernte gut ausgefallen. Jetzt hoffen sie, dass sie etwas daran verdienen. Die Nachfrage nach Getreide ist größer denn je.«

»*Ah, ça ira, ça ira … la liberté trio, trio …*«

»*… triomphera*«, half meine Schwester Hans weiter.

Danach übten sie die Wörter für Brot, Suppe und Wein.

So viele Tage unterwegs. So viel gutes Geld gierigen Wirten und korrupten Zollbeamten in den Rachen geschmissen. Abends, wenn wir mit verspannten Gliedern über einer Suppe am Tisch irgendeines Schwarzen Rosses oder Erbprinzen gesessen waren, hatten Eleonore und ich es uns ausgemalt, wie es wohl sein würde in der elegantesten und aufregendsten Stadt der Welt. Als wir schließlich durch das Tor von Saint-Antoine rumpelten, wurden wir schwer enttäuscht. Paris versteckte sich. Es schüttete unablässig. Und der Regen war so hässlich wie der Novemberregen in Weimar. Unsere Kutschenfenster überzogen sich außen mit öligen Schlieren und innen mit unserem verdunsteten Atem. Zuerst wischten wir sie mit unseren Handschuhen frei; als sie sich gleich wieder benebelten, gaben wir auf. Verzerrt glitten die Umrisse von großen Häusern vorbei, vielleicht auch Fabriken und Werkstätten. Bestialischer Gestank drang herein, von Gerbereien und Schlachthöfen, vermutete ich. Dann fuhren wir in tiefe Gesteinsschluchten hinein. Häuser, hoch und grau wie unsere Stadtkirche. Der Anblick schüchterte uns ein, auch Eleonore, ich sah es ihr an. Hatten meine Schwester und ich bislang in der Wildnis gelebt? Ich fragte mich, wie man die obersten Stockwerke erklomm, ohne dass einem schwindlig wurde. Eleonore und ich wechselten kein Wort und keinen Blick mehr, saßen steif und aufrecht in der Kutsche, unserer letzten sicheren Insel. Aber auch die ging unter.

Hans, der Buchdrucker, half uns noch, unser Gepäck zu einer der Kaleschen zu tragen, die an der Endstation der Postkutsche warteten. Ein fester Händedruck, dann war Hans verschwunden. Meinen Hut tief im Gesicht, reichte ich schnell, bevor er durchweichte, den Zettel mit einer Adresse, die uns Bertuch zu Hause aufgeschrieben hatte, zum Kutschbock hoch. Wurde er gelesen? Und wenn ja, landeten wir tatsächlich dort oder bei einer Adresse nach dem Gusto der vermummten Gestalt, die uns in einem Wahnsinnstempo um Straßenecken und durch Wasserlachen kutschierte?

Wir bezogen Quartier im Hôtel des deux Siciles in der Rue Richelieu. Fünf ungelüftete Räume im dritten Stock, das Mobiliar etwas ramponiert, aber herrschaftlich. Schon als wir im Schlepptau der Hauswirtin, einer gewissen Madame Bissot, die zweite Etage erreichten, roch ich trotz meiner Erkältung einen Geruch, der nicht in ein Wohnhaus passte. Zumindest nicht in eines mit Stuckmedaillons und Bronzeleuchten im Treppenhaus. Er kam von weiter oben, säuerlich stechend. Ich hütete mich, die Wirtin, deren Nase und Tonfall mich an Frau von Stein erinnerten, danach zu fragen.

Zum ersten Mal in ihrem Leben musste Eleonore Pflichten übernehmen. Gleich am Nachmittag nach unserer Ankunft setzte sie sich notgedrungen mit der Hauswirtin zusammen: Welches Dienstmädchen sollte für uns arbeiten, und zu welchem Lohn? Wer machte die Botengänge, wann kam die Waschfrau ins Haus, wer trug das Holz und die Kohle zu unseren Öfen hoch? Denn wohl oder übel mussten wir uns darauf einstellen, ein paar Wochen in Paris zu logieren. Und der Kaminkehrer? Madame empfahl einen der kleinen Jungen aus Savoyen, nicht älter als zehn, in dem Alter könnten sie sich noch mit ihren Bürsten durch die Abzüge zwängen. Eleonore atmete scharf ein. Ich verließ, mein Privileg als Mann nutzend, das Haus. Es regnete noch leicht, aber von den mörderischen Kaleschen hatte ich vorerst genug.

Was genau ich erwartet hatte, wusste ich nicht. Auf dem Trottoir kamen mir jedenfalls ganz normale Menschen, alte und junge, entgegen oder überholten mich. Hastiger und geschäftiger als in Weimar, und wenn jemand mich anrempelte, was fünfmal bis zur nächsten Ecke passierte, entschuldigte er sich nicht. Aber keine Spur von revolutionären Umtrieben, kein Pulvergeruch in der Luft. Leicht enttäuscht setzte ich meinen Weg fort, die Skizze mit den umliegenden Straßen fest in der Hand, die mir Madame Bissot mit hochgezogenen Augenbrauen aufgezeichnet hatte. Ich ging nun mal nicht gern ins Ungewisse.

Waren wurden aus- und eingeladen, und ich musste höllisch aufpassen, nicht unter die Räder zu kommen. Zum Palais-Royal war es nicht weit. Aber die vielen Menschen verwirrten mich. Wahrscheinlich hatte ich in den fünf Minuten, seit ich das Haus verlassen hatte, schon mehr Fremde getroffen als in Weimar in einem ganzen Jahr. Ich vermied jeden Blickkontakt, mein Rücken war bereits schweißnass. Außerdem schwirrte in meinem Kopf unablässig das, was ich in den letzten Tagen in der Kutsche und in der vergangenen Nacht in dem ungewohnten Bett, in dem ich nicht einschlafen konnte, gelesen hatte. Diese französische Verfassung, was für ein Ding! Die regierende Gewalt und die gesetzgebende Gewalt waren getrennt, die Gerichte unabhängig. Sollte ich die Straße überqueren? Ich blieb stehen, hustete in mein Taschentuch und wurde sofort von einem Menschenstrom untergepflügt. Zu Hause hätte ich mich nicht einmal nach vier Humpen Bier in der Grünen Tanne für Gewaltenteilung ausgesprochen.

Ich vergewisserte mich auf dem Plan, ob ich noch richtig war. Auf der gegenüberliegenden Seite tauchte ein massiges Gebäude aus Sandsteinquadern auf. Ohne dass ich es je zuvor gesehen hatte, wusste ich sofort, was es war. Aber ich musste weiter, musste einen Auftrag erfüllen. Irgendwann, wenn ich Herrn Dr. Schwartz gefunden hatte und mit seiner Hilfe unser Erbe ausgezahlt war, würde ich dort drüben durchs Portal gehen, wo Abertausende Bücher in der Grande Bibliothèque auf mich warteten.

Ein Laternenpfahl. Groß, hart und schwarz. Ich prallte dagegen. Aber er entpuppte sich als rabenschwarzer Mensch. Der erste, den ich in meinem Leben zu Gesicht bekam. Ich entschuldigte mich, er hob die Arme, übergoss mich mit Ausrufen in kaum verständlichem Französisch; seine weißen Zähne leuchteten, er hatte es eilig wie alle Pariser. Ich starrte der großen Gestalt hinterher. War das einer der Sklaven aus den französischen Kolonien? Herrje, die Rue des Petits-Champs kreuzte. Das Gehen strengte mich an, mein Husten wurde schlimmer. Aber allzu weit konnte es jetzt nicht mehr sein. Über den Herzog von Orléans und seinen riesigen Arkadenpalast kursierten bei uns viele Geschichten. Ich wusste, dass er ein Ururenkel des Regenten Philippe II. war. Schon vor der Revolution hatte Orléans in seinem Palast einen Staat im Staat geschaffen, auf den weder Geheimpolizei noch Nationalgarde Zugriff hatten. Angeblich verkehrte *tout* Paris hier. Wenn ich also in dieser monströsen Stadt mit ihren dreieinhalb Meilen Umfang und über sechshunderttausend Einwohnern einen Mann aufspüren wollte, von dem ich nichts außer seinem Namen wusste, dann begann ich am besten im Palais-Royal. Jedenfalls war das mein Plan.

Wie kam ich aber jetzt zur Rue de Beaujolais? Ich drehte und wendete meinen Zettel, aber in der Realität fehlte die eingezeichnete Quergasse. Ein Schubkarren wurde mir in die Kniekehlen gerammt, und ich ließ die Skizze fallen. Sie segelte hoch und verschwand in einem Trupp Männer, der sich gerade aus einer Kaschemme wälzte. Matrosen, schloss ich aus ihrer Aufmachung. Ebenso wenig wie zuvor einen Schwarzen, hatte ich auch keinen Matrosen gesehen. Mit hängenden Armen stand ich da. Zurück würde ich ohne meine Skizze schon finden. Aber zum Palais-Royal? Da geschah etwas Merkwürdiges. Die grölende Matrosenmannschaft verjüngte sich wie in einem Trichter und sickerte dann tröpfchenweise, Mann für Mann, in eine Mauer.

In dem engen Korridor zwischen zwei Häusern stank es nach Urin. Vorsichtshalber hatte ich meine drei Goldstücke in die Spitze meines linken Schuhs geschoben. Nach zwanzig Schritten öffnete sich der Durchgang zu einem buckligen Hof. Alter Fisch, Schwefel, verrottete Zähne, ausgeleerte Nachttöpfe und was sonst noch für Ausdünstungen vermengte sich mit dem Moder der alten Häuser. Obwohl es noch Tag war, drang von oben kaum Licht in den Hof. Trotz der Feuchtigkeit waren die Frauen, die traubenweise in den Eingängen lehnten, ziemlich dürftig angezogen. Manche waren dunkelhäutig wie der Mann, der mir vorhin begegnet war, andere ungesund farblos. Einige zogen an langen Pfeifen und bliesen den gelben Rauch in die Gesichter der Männer, die mit ihnen über ihre Preise feilschten. Auch in Jena gab es Huren, zu denen meine Kommilitonen gingen. Aber die wohnten versteckt, und ihre Adressen wurden zwischen juristischen Buchseiten weitergereicht. Plötzlich sah ich auf der gegenüberliegenden Seite des Hofes eine weitere Passage und steuerte sie an. Da versperrte mir ein Wesen mit einem Engelsgesicht den Weg.

»Lolottchen«, flüsterte ich. Sie antwortete, indem sie ihre Zunge langsam einen Kreis über ihre Lippen wandern ließ. Natürlich war es nicht die Tochter meines Jenaer Zimmervermieters. Außerdem kaum älter als zwölf. Ich hatte das schreckliche Gefühl, dass ihre weit aufgerissenen Augen mich anflehten, mit ihr zu kommen. Ich flüchtete in die Passage. Noch ein Hof, in dem es genauso stank wie im ersten. Wieder grell geschminkte Frauen, matronenhafte und kindliche, dazwischen gut gekleidete Männer. Dann entdeckte ich ausgetretene Steinstufen, die nach unten führten. Über Hüte und Perücken hinweg sah ich prächtige Fassaden. Endlich! Die Straße am Fuß der Treppen musste die Rue de Beaujolais sein, die an der Nordseite des Palais-Royal entlangführte.

»Zufall! Was ist das? Dafür wird man auch noch eine mathematische Formel finden«, hatte meine Mutter mir einmal gesagt. Weil ihre Zunge schon schwer und ihre Augen verquollen waren, hatte ich nicht groß nachgefragt. Auf halber Höhe der ausgetretenen und rutschigen Stiege zur Rue de Beaujolais prickelte es in meinem Nacken, auf meinen Oberarmen bildete sich Gänsehaut. Es gab nur einen auf der Welt, der so unverschämt lässig seine Hüften bewegte. Er kam von unten auf mich zu. Und dann war auch sein Mund ganz nah und ganz groß. Ein unwahrscheinliches Elementarereignis.

Louis schien so wenig wie Maman an Zufälle zu glauben. Jedenfalls überraschtes es ihn kaum, mich wiederzusehen. Als ob er sich erst gestern im Morgengrauen von meiner Seite aus dem Bett gerollt hätte, drückte er auf französische Art seine Wangen gegen meine. Seine Lippen an mein Ohrläppchen. Er hatte sein Parfüm gewechselt.

»Felix, mein Freund. Das ist aber famos, dass du dein Coburg-Eisenach, Kassel-Hessen, oje, ich krieg es nicht mehr hin, na ja, dass du es verlassen hast!«

Seine Stimme triefte vor Spott, meine versagte. Zu sehr überwältigte mich seine Nähe. Ich griff nach dem Geländer entlang der Stiege. Ich konnte ihn natürlich auch küssen, das wäre das Einfachste. Stattdessen presste ich heraus, was seit Monaten in mir gewütet hatte: »Du hast heimlich das Siegel entfernt, den Brief des Herzogs gelesen! Du hast dich bei Anselm eingenistet, mein Vertrauen erschlichen, uns belogen und betrogen.«

Die Luft ging mir aus. Er legte seinen Kopf schräg, seine Mundwinkel zynisch gekrümmt.

»Wir hatten schöne Zeiten, oder nicht?«

»Du bist nicht einmal ein Aristokrat, stimmt's? Nicht einmal ein Flüchtling. Du bist ein Spion.«

»*Mon cher* Felix, du solltest nicht so abfällig über meine Arbeit sprechen. Das war Schwerarbeit und …« Er lehnte sich vor, und ich spürte wieder seine Zungenspitze in meinem Ohr, »… ein wenig Vergnügen.«

Ich stieß ihn von mir.

»Hör auf. Du hast mich nur benutzt.«

Ich ballte meine Fäuste, Tränen schossen mir in die Augen, was mich noch wütender machte. Louis zuckte mit den Schultern.

»Sagen wir es mal so: Romantische Gefühle wie du habe ich mir nie leisten können. Ich muss mein Geld verdienen. Und gerade in unruhigen Zeiten nimmt man die Aufträge, die man eben kriegt. Pardon, schön, dich wiedergesehen zu haben, aber jetzt muss ich …«

»Dein Auftrag war, uns auszuspionieren? Gerade uns, in der hintersten deutschen Provinz!«

»Keine falsche Bescheidenheit, *mon cher* Felix. Unser lieber Anselm ist immerhin der Patensohn des sächsischen Kurfürsten. Und du bist der Nachbar Goethes, des wichtigsten Ratgebers am Hof. Der Herzog wiederum ist Generalmajor der preußischen Armee, befehligt die Garnison in Aschersleben und ist in allen Manövern dabei. Und du, mein Lieber, hast in deinem Verlangen, mir zu gefallen, geplaudert, dass es eine Freude war.«

Ein diabolisches Grinsen entstellte sein Gesicht. Oder hatte ich das nur immer übersehen?

»Du wusstest erstaunlich gut Bescheid«, fuhr er fort, »über die Truppenstärke und die Anzahl der Kanonen im Besitz der Preußen. Und welche militärischen Verträge zwischen den deutschen Fürsten existieren.«

Seine Worte trafen mich wie Peitschenhiebe, unter denen ich

mich krümmte. Das Kind aus dem ersten Hof tänzelte an uns vorbei, im Schlepptau einen biederen Familienvater mit silbernen Knöpfen am Rock. Ihr Engelsgesicht war jetzt ausdruckslos, aber der Blick, mit dem sie mich bedachte, zeigte Mitleid. Mit mir.

»Und der Inhalt des Briefes«, höhnte Louis weiter, »hat meine Auftraggeber so gefreut, dass ich ein hübsches Sümmchen extra bekam.«

»Dann bist du also doch auf der Seite der Royalisten und des Königs?«, stieß ich aus.

Louis machte eine abfällige Handbewegung.

»Ich habe es nicht nur wegen des Geldes gemacht, kapiert? Ich bin«, er hielt inne und atmete tief aus, »ein Patriot.«

Für einen Moment sah ich einen Louis, der nicht nur aus Ausschweifungen und Lug und Trug bestand. Auch wenn nichts von dem, was er gesagt hatte, für mich Sinn ergab. Was war überhaupt ein Patriot?

»Und die Marquise. Auch eine Spionin?«, fragte ich stattdessen. Louis warf seinen Kopf zurück und lachte mit offenem Mund. Dabei sah er wieder so verführerisch aus wie damals während des Gewitters.

»Du meinst Marie-Elaine, die Göttliche? Nun, die musste wirklich fliehen aus Frankreich, schon wegen des Geldes, das sie über die Jahre den Cousins und Freunden des Königs und besonders dem Bischof von Chartres abgeluchst hat. Schau nicht so entsetzt. Ach, süß, wie du rot wirst. Unsere Huren, wenn sie so erfolgreich sind wie die liebe Marie-Elaine, verstehen sich auf Literatur und Philosophie. Sie war eine exzellente Tarnung für mich, und ich wiederum fungierte als ihr Quartiermacher in deinen langweiligen deutschen Ländern.«

Ohne das Geländer wäre ich gestürzt. Meine wunderbaren Sommertage auf Anselms Gut waren eine einzige Farce. Ich hatte mich zum Idioten gemacht, zum Spielball von Leuten, die ich für Freunde gehalten hatte. Die Marquise auch eine Fälschung. Mit größter Mühe krächzte ich: »Nur noch eins, Louis, sagt dir der Name Schwartz etwas, Dr. J. Schwartz? Ein Monsieur hier in Paris, wahrscheinlich nicht mehr ganz jung. Kennst du ihn?« Ich schaute ihm fest in die Augen. »Du schuldest mir etwas.«

Das gelbe Licht einer Laterne flackerte auf. Eine Karosse kam am Fuß der Stiege zum Stehen. Louis zog seine dichten Augenbrauen zusammen und starrte auf den Lakaien, der vom hinteren Trittbrett sprang, die Tür aufriss und für seine Herrschaft die Treppe ausklappte.

»Wenn er in Paris lebt, dann würde ich ihn kennen. Ich hätte ihn wahrscheinlich längst ausspioniert oder mit ihm geschlafen, wahrscheinlich beides. Aber Dr. Schwartz«, er schüttelte den Kopf, »nein, tut mir leid, ehrlich, den kenne ich nicht, weder einen deutschen noch einen französischen. Also«, Louis grinste, »gibt es ihn nicht.«

Irgendwie schleppte ich mich zurück. Als ich die dritte Etage des Hôtel des deux Siciles erklommen hatte, drang mir der Schweiß aus allen Poren. Das Letzte, was ich von meinem ersten Ausflug in Paris in Erinnerung behielt, war der säuerliche Geruch im Treppenhaus. Dann brach ich zusammen.

Kapitel 6

Mitte Dezember 1791 – April 1792

Gut, dass ich richtiges Geld besaß.

Schwere Gold- und Silbermünzen, wie sie im Deutschen Reich in Umlauf waren. Taler, Gulden und Louisdore. Auf die die Pariser Händler bissen und sie dann schnell in ihren Taschen verschwinden ließen. Dafür holten sie aus ihren Verstecken Fleisch, Brot, Kaffee und Früchte. So viel ich haben wollte. Denn Frankreich wurde überschwemmt mit Assignaten, Geld aus lumpigem Papier, das noch dazu nach schmutziger Unterwäsche roch. Das waren Staatsschuldscheine, die auf die konfiszierten Kirchengüter ausgegeben wurden und durch die erwarteten Einnahmen nach einem Verkauf gedeckt waren. So jedenfalls erklärte es mir Madame Bissot, unsere Hauswirtin, als ich das erste Mal einen solchen Assignatenschein, bedruckt mit der Ziffer 20 und dem Wort »Livres« in die Hände bekam und ihn ihr verwundert zeigte. Sie lachte bitter und meinte: »Damit können Sie bald nur noch Feuer anzünden oder Bonbons einwickeln.«

Auch der Arzt, den ich für meinen Bruder kommen ließ, liebte meine Gold- und Silberstücke. Dafür ließ er Felix zweimal die Woche zur Ader. Schnupperte mit geschlossenen Augen andächtig am Inhalt seines Nachttopfes, vermischte Schwefelpulver mit einer Tinktur, die wie das Fell meines Mopses stank, wenn er sich in verwesenden Mäusen gewälzt hatte. Das Gebräu musste ich durch einen Trichter in Felix' Mund laufen lassen, während der Doktor seinen Kiefer festhielt. Nachdem er zunächst Tollwut mit Blutvergiftung diagnostiziert hatte, schwenkte er die Woche darauf auf Darmverschluss um und verordnete starke Abführmittel. Auch die flößte ich meinem Bruder gewissenhaft ein, zum Glück rochen sie nur nach Wasser. Aber das Fieber sank nicht. Sooft ich Felix' Stirn auch mit kühlen Tüchern abrieb, nach einer Viertelstunde glühte sie wieder. Und die pfeifenden und rasselnden Geräusche, die aus seinem Brustkorb kamen, hörten sich von Tag zu Tag schlimmer an. Bald war Felix zu schwach zum Sprechen. Was hätte ich dafür gegeben, wenn mein kleiner Bruder wieder einmal so kindisch und aufgeregt gepfiffen hätte wie nach der Testamentseröffnung in unserem Esszimmer.

Am Weihnachtsabend zündete ich neben seinem Bett vier Kerzen an. In die Eisschicht auf den Fensterscheiben hatte ich mit meinem Fingernagel Sterne geritzt, einen auch mit einem Schweif. Aber Felix öffnete kein einziges Mal seine Augen. Ich verbrachte die Nacht vom 24. auf den 25. Dezember mit angezogenen Füßen im Sessel und betete für meinen Bruder. Eine Tanne als Weihnachtsbaum aufzutreiben war in dieser Stadt, in der es mitten im Winter duftende Rosen und Erdbeeren zu kaufen gab, schwierig. Schließlich beschaffte mir Monsieur Vidal ein ziemlich kümmerliches Ding. Angeblich aus den Ardennen. Ich zahlte dafür vier Livres und zehn Sous, so viel wie für ein Mittagessen bei einem einfachen Traiteur.

Gratis dazu bekam ich Monsieur Vidals Gedichte. Das spindeldürre Männchen, das die sechzig sicher schon hinter sich hatte, mit einer kleinen roten Nase zwischen Pausbacken, hatte seinen Stand fünfzig Schritte von unserer Haustür, an der Ecke der Rue Sainte-Anne und der Rue des Valois. Er verkaufte Gemüse, Früchte und nebenbei auch verstaubte Bücher aus Nachlässen. Dabei konnte er selbst weder lesen noch schreiben. Dafür war Monsieur ein Magier des gesprochenen Wortes. Ein Dichter in Holzpantinen, speckigen Kleidern und mit langem, weißem Haar, das flusig hochwehte, wenn er Artischocken oder Rüben in die Waagschale warf. Seine Poesie war gespickt mit Anspielungen, die ich zum Glück nicht Wort für Wort verstand. Aber genug heraushörte, um zu wissen, dass sie obszön waren oder die Königin verhöhnten. Wahrscheinlich beides. Im nächsten Moment deklamierte Monsieur Vidal Verse voller Melancholie oder solche, die den weiblichen Körper mit reifen Granatäpfeln und tief fliegenden Schwalben verglichen. Gelegentlich parodierte er einen dichtenden Gemüsehändler in Paris. Damit brachte er mich garantiert zum Lachen, auch wenn ich die Nacht an Felix' Bett so gut wie nicht geschlafen hatte.

In Weimar wäre Monsieur Vidal eine Sensation gewesen. In Paris fiel er nur mir auf. Dazu gab es in dieser riesigen Stadt zu viele begabte und kuriose Menschen. Angeblich auch einen Bierbrauer, der Wagenrennen wie ein junger Gott fuhr. Oder ein pockennarbiges Mädchen, das regelmäßig vor Notre-Dame die Besucher der Messe bestohlen hatte. Dann trällerte sie eines Tages einen Gassenhauer, und eine Woche später wurde sie als Sopranistin in der Oper mit Blumen überhäuft. Paris erlebte ich nur durch die Neuigkeiten und Geschichten, die mir mein Gemüsehändler erzählte, denn in all den Wochen seit unserer Ankunft bewegte ich mich nur in einem Radius von fünfzig Schritten. Von Monsieur Vidal hörte ich auch das erste Mal den Namen Robespierre. Der angeblich stets picobello gekleidete und frisierte Advokat war sein Lieblingsredner in dem, was Monsieur Vidal Nationalversammlung nannte. Dort entstanden jetzt angeblich die Gesetze für Frankreich. Wort für Wort konnte mein Gemüsehändler ganze Reden dieses Robespierre zitieren und gleichzeitig mit sechs Äpfeln jonglieren.

»Politik interessiert mich überhaupt nicht. Das ist langweilig und nur was für Männer«, platzte ich heraus.

»Dann sind Sie aber im Moment in der falschen Stadt, Mademoiselle Rotschopf.«

Einer der Äpfel fiel zu Boden. Sofort schnappte ihn sich eines der zahllosen Straßenkinder, ein Junge, der mir schon aufgefallen war, weil er mit einem struppigen gelben Hund unterwegs war, der förmlich an ihm klebte.

»Ich bin ja auch wegen etwas ganz anderem nach Paris gekommen«, gestand ich. Und obwohl es natürlich Unsinn war, einem Mann, der seine Gedichte nicht einmal zu Papier bringen konnte, von Mutters kompliziertem Testament zu erzählen, nannte ich ihm doch den Namen. Vielleicht weil ich in jenen Tagen nur so wenige Menschen hatte, mit denen ich überhaupt reden konnte.

»Dr. Schwartz, Dr. Schwartz?«

Monsieur Vidal bohrte tief in seinem rechtem Ohr und leckte schließlich genüsslich das Schmalz vom kleinen Finger.

»Tja, es gibt zwar über tausend Abgeordnete aus ganz Frankreich«, fuhr er schließlich fort, »aber erstens gehe ich regelmäßig in die Manège, so sagen wir für die Salle du Manège, wo die Nationalversammlung tagt, auch wenn ich für einen guten Zuschauerplatz fünf Livres berappen muss, lieber verzichte ich auf meinen Wein am Abend. Zweitens kann ich mir gut die Namen merken, unter denen die Redner vorgestellt werden. Aber nein, einen Dr. Schwartz habe ich noch nie erlebt. Das sagt zumindest«, feixte der Gemüsehändler, »dass dieser Schwartz zwar einen Doktortitel, aber nicht viel im Beutel hat. Alle klugen Franzosen, die genug Steuern zahlen, haben sich nämlich in die Nationalversammlung wählen lassen.«

»Ach, herrje, aber mein Bruder und ich müssen ihn unbedingt finden«, seufzte ich. Vorsichtshalber verschwieg ich den Grund, denn dann hätte ich auch unser Millionenerbe verraten müssen. Ich schaute wohl ziemlich unglücklich, denn Monsieur Vidal lenkte sofort ein: »Keine Sorge, ich werde mich umhören für Sie. Ich frage alle anderen Gemüsehändler in dieser Sektion der Stadt. Und mein Bruder Jean, der Perückenmacher, soll sich bei seinen Kollegen umhören. Die kommen in viele Häuser, sicher auch in das von Monsieur Schwartz. Obwohl die feine Kundschaft täglich weniger wird.«

Zwischen seinen aufgeschichteten Kohlköpfen zog er einen kleinen Strauß Veilchen hervor und überreichte ihn mir mit einer großartigen Verbeugung. Ich bedankte mich.

»Ich habe zu danken. Sie haben mich gerade zu einem kleinen Vers inspiriert, Mademoiselle Rotschopf. Aber kommen Sie doch mal mit in die Nationalversammlung, dort, wo früher die königliche Reitbahn war im Tuilerienschloss, und hören Sie sich Robespierre an. Übrigens mischen sich jetzt auch Frauenzimmer in die Politik ein.«

Ein Windstoß ließ seine Haare wie Schönwetterwolken aufsteigen. Monsieur Vidal kicherte. »Die halten sogar Reden, na, das ist eben die neue Zeit. Solange aus Schwalben keine Krähen werden, soll es mir recht sein. Diese Olympe de Gouges schreibt immerhin recht passable Theaterstücke.«

Ich steckte meine Nase in den Veilchenstrauß und beschloss, ihn zu Hause sofort neben Felix' Bett zu stellen. Der Gemüsehändler von der Ecke Rue Sainte-Anne und Rue des Valois wurde mein erster Freund in Paris.

Es waren einsame und traurige Wochen. Auch wenn ich nicht wusste, wie viel er überhaupt mitbekam, las ich meinem Bruder stundenlang vor. Aus meinen Liebesromanen, die mir von Mal zu Mal dümmer vorkamen, und den Briefen, die bislang von Vater, Anselm und meiner Patentante eingetroffen waren. Das, was Christiane Vulpius mir an Neuigkeiten aus Weimar kritzelte, behielt ich lieber für mich, um Felix nicht aufzuregen. Als mir der Stoff ausging, holte ich aus seinem Schrankkoffer die losen Blätter, die er dem schwäbischen Buchdrucker abgekauft hatte und auf denen die französische Verfassung stand. Todlangweiliges Zeug. Aber ich las die vielen Absätze, bis das billige Papier vergilbte und die Druckerschwärze verblasste. Felix lag teilnahmslos in den Kissen. Mit einem Gesicht, das immer weniger dem lieben Gesicht glich, das mir so vertraut war.

Wenn ich nicht vorlas, starrte ich in unseren Innenhof, zu dem Felix' Schlafzimmerfenster gingen: ein Trapez grauer Pflastersteine, die täglich gekehrt und gewässert wurden, Weinlaub bis unters Dach. Das Gurren der Tauben und das aufgeregte Klacken ihrer Krallen auf den Fenstersimsen waren meine einzige Unterhaltung. Ich dachte oft an Anselm, meinen Verlobten, an unseren Hochzeitstermin, der längst verstrichen war. Szenen schoben sich durch meinen Kopf: Anselm führte mir sein neues Pferd vor. Sein Majordomus öffnete Schränke und Vitrinen und zeigte mir stolz das Silber, über das ich bald Herrin sein sollte. Es kam mir vor, als würde ich in Bertuchs koloriertem *Bilderbuch der Kinder* blättern. Am Weimarer Hof wurden wie jedes Jahr die Kulissen für die Karnevalszeit frisch bemalt und geleimt.

Die Gefahr, in Selbstmitleid zu verfallen oder in Verzweiflung zu verharren, war groß. Wenn Felix kaum eine Gabel Essen oder einen Schluck Tee zu sich genommen hatte und ich mich besonders schlimm fühlte, zwang ich mich zu Körperübungen: zwanzigmal hüpfen auf einem Bein, dann auf dem anderen. Wenn doch Tränen in meine Augen schossen, verließ ich unsere Wohnung, rannte die Treppen hinunter und wieder hoch, bis Madame Bissot ihren Kopf herausstreckte und ich aus ihrem trommelnden Französisch etwas über merkwürdige deutsche Gebräuche heraushörte.

Meine Neugier musste sich auf das Kommen und Gehen im Hôtel des deux Siciles beschränken. Ich lernte die Bewohner und ihre Gäste, wenn sie den Innenhof durchquerten, über ihre Frisuren, Hüte und ihren Gang kennen. Am meisten interessierte mich eine Dame, ich schätzte sie auf Mitte, Ende zwanzig, die auf ihrem Kopf die verwegensten und kostbarsten Kreationen spazieren führte. Mit schräg gesteckten, bunten Federn oder Blumen, wie sie höchstens auf den französischen Antillen wuchsen. Regelmäßig bekam sie Besuch vom Besitzer einer pompösen lackschwarzen Kutsche mit verhängten Fenstern. Das Wappen an den Seiten war nachlässig überpinselt. Dachte er, das reichte, um den Zorn der Revolutionäre in Schach zu halten? War er reich und liebte er sie? Und sie, liebte sie ihn? Auf jeden Fall hatte ich etwas zum Grübeln während meiner langen, einsamen Tage. Die mondäne Unbekannte wohnte ganz allein mit ihrer Zofe, das hatte ich Madame Bissot entlockt, eine Etage über uns. Unverheiratet und verschwenderisch. Dass unsere Hauswirtin solche Lebensumstände nur gegen eine erhöhte Miete goutierte, verstand selbst ich Huhn aus der deutschen Provinz.

An einem frostigen Tag glaubte ich in der von Medizingeruch und Fieberschweiß dicken Zimmerluft zu ersticken. Ich riss das Fenster auf und lehnte mich weit hinaus. Das, was ich sah, raubte mir den restlichen Atem. Die Mieterin aus dem vierten Stock, sie trug nichts auf dem Kopf. Ich sah nur ihre tiefschwarzen Haare. Sie ringelten sich offen auf Schultern und Rücken. Fast wie nackt. In Weimar und auch in den anderen deutschen Städten, durch die wir gereist waren, trugen zwar nicht mehr alle adeligen und vornehmen bürgerlichen Damen weiße Perücken, aber auf jeden Fall steckten sie ihre Haare hoch und bestäubten sie meistens mit parfümiertem Reismehl. Ich musste mich am Sims gut festhalten, sonst wäre ich in den Innenhof hinuntergestürzt. Entgeistert schaute ich dieser pechschwarzen Extravaganz nach, bis sie im Gewölbe der Einfahrt verschwand. Auch Christiane Vulpius lief, fiel mir ein, meist so unfrisiert herum. Was aber mit ihrem Mangel an Umgangsformen zu tun hatte. Diese Pariserin aus unserem Haus aber war die Eleganz in Person. Wie verdreht die Welt doch inzwischen geworden war! Kopfschüttelnd schloss ich das Fenster.

Ende Februar war ich mir sicher, dass Felix bald sterben würde. Sein Gesicht hatte die Farbe der kalten Asche angenommen, die Hortense, das unfreundliche Dienstmädchen, das ich angestellt hatte, jeden Morgen aus den Kaminen kratzte. Er atmete nur noch stoßweise. Der Doktor kam jetzt täglich. Es sei noch immer viel zu viel Gift im Blut, behauptete er. Deshalb holte er noch häufiger seine Lanzette heraus und die Porzellanschale, um Felix' Blut aufzufangen. Wenn es so weit war, flüchtete ich in mein eigenes Schlafzimmer, warf mich aufs Bett und presste die Fäuste gegen meine Ohren. So lange, bis ich mir sicher war, dass Felix die qualvolle Tortur hinter sich hatte. Dennoch drangen hin und wieder seine Schreie zu mir durch. Immerhin wusste ich dann, dass noch etwas Leben in meinem Bruder steckte.

Eine klingende Münze nach der anderen wanderte in den Beutel des Doktors. Mittlerweile vermied er es, mir dabei in die Augen zu schauen. Tat ich ihm leid, weil er wusste, dass das Ende kurz bevorstand, oder plagte den Arzt, an dessen Handgelenken und Halsausschnitt Spitzen wallten, das schlechte Gewissen, weil er die Heilung meines Bruders absichtlich hinauszögerte, um noch mehr Geld zu kassieren? So argwöhnisch war ich früher nicht gewesen.

Gleißendes Sonnenlicht stürzte von einer Stunde auf die andere in unseren Innenhof. Zum ersten Mal sah ich über Paris einen blauen Himmel. Spiegelglatt und hart, wie geschaffen zum Schlittschuhlaufen. Ein Bild stieg in mir hoch: Meine kleine in Mutters großer Hand, geborgen und warm in ihrem weißen Muff, den jetzt die Mödlerin stolz durch Weimar trug. So schlitterten wir gemeinsam über die Eisbahn, zogen Kreise und schafften, bevor die Sonne unterging, auch eine akkurate Acht. Mutter lachte sogar. Obwohl ich ein Kind war, konnte ich unter ihren verhärmten Gesichtszügen eine heitere, gut aussehende Frau erspähen. Es hieß, Goethe habe dieses Wintervergnügen in Weimar eingeführt. Erinnerungen an meine Mutter, wie sie früher einmal war beziehungsweise wie sie hätte sein können, wühlten mich mehr auf, als mir lieb war.

Ich ließ die Tür unserer Wohnung hinter mir ins Schloss fallen. Ich konnte nicht stillsitzen, außerdem brauchten wir Orangen. Scheiben der saftigen Früchte waren fast das Einzige, was Felix noch kaute und schluckte. Weiter oben im Treppenhaus hörte ich ein helles Klackklack. Handwerker? Ich lauschte. Nein, es waren klappernde Tritte, gefolgt von Schritten auf dünnen Sohlen. Eine Stimme rief unterdrückt: »Blanche, meine Süße, bleib sofort stehen.«

Das Klackklack kam die Treppen herunter.

Eine Ziege. Eine mittelgroße Ziege mit zotteligem weißem Fell, die mich neugierig anglotzte. Die Barthaare an ihrem vorspringenden Kinn wackelten.

»Blanche, du Miststück, komm sofort zurück … *o pardon*, du meine Güte. Bitte verpfeifen Sie mich nicht bei Madame Bissot. Blanche ist sonst so ein braves Mädchen und bleibt in ihrem Kämmerchen. Aber heute ist sie mir entwischt.«

Es war die unfrisierte Dame aus der vierten Etage. Sie zuckte mit den Schultern. Blies sich schwarze Ringellocken aus dem Gesicht.

»Oh, nein, nein, ich meine, natürlich sage ich kein Wort«, stammelte ich.

Aus der Nähe ähnelte sie den fernöstlichen Schönheiten, die sich meine Mutter auf ihre Schlafzimmerwände hatte malen lassen. Ihre dunklen Augen standen sogar etwas schräg. Was sehr apart aussah. Ein Windhauch hätte genügt, das schmale Persönchen aus dem Treppenhaus zu blasen. Jede Kontur ihres runden Gesichts war wie mit feinen Pinselstrichen gezeichnet, wie bei Meißner Figurinen. Um ihren vollen, ebenfalls perfekt geschwungenen Mund spielte allerdings ein Zug, der nicht zu dieser Vollkommenheit passte. Melancholie? Kummer? Ich konnte mir keinen Reim darauf machen, zumal ihr übriges Äußeres keinen Zweifel daran ließ, dass sie Vergnügungen liebte. Obwohl es Februar und kalt war, trug die Mieterin von oben ein fliederfarbenes Negligé, das an ihren Körperrundungen klebte wie klitschnass aus dem Waschtrog gezogen und mehr zeigte als verbarg. War so etwas jetzt Mode? In Bertuchs *Journal* hatte ich solche Kleider noch nie gesehen.

»Sie und Ihr Bruder sind doch vor Weihnachten in die dritte Etage eingezogen«, sprach sie mich erneut an, »aber Ihr Bruder, hat mir Madame gesagt, ist sehr krank, und Sie kümmern sich aufopfernd um ihn. Oh, Sie Ärmste, wie kann ich Ihnen bloß helfen?«

Sie verzog das schöne Gesicht, ihr Mitgefühl kam mir echt vor.

»Sie haben ja gar keine Schnürbrust an!«

Ich schlug mir auf den Mund. Die Ziege, die mittlerweile die Stäbe des Treppengeländers ableckte, hob erschrocken den Kopf.

»Sieh einer an, Sie haben ein gutes Auge«, entgegnete die Fremde, die mir eigentlich gar nicht fremd war, nicht im Geringsten verärgert. »Ich habe sie voriges Jahr alle verbrannt, diese Folterinstrumente. Stellen Sie sich vor, einmal wurde mir beim Einschnüren eine Rippe gebrochen. Aber Sie, das sage ich Ihnen auch geradeheraus, vergewaltigen Ihre schönen Haare.«

Bevor ich wusste, wie mir geschah, machte sie zwei Schritte auf mich zu. Ebenso schnell zog sie mir drei, vier Nadeln aus dem Haar, sodass es schwer wie Fallobst auf meine Schultern fiel. Ich hob meine Hände, wollte retten, was zu retten war. Aber irgendwo unter uns wurde ein Schlüssel umgedreht, eine Tür öffnete sich. Blanche stieß mit ihren Hörnern gegen das Geländer. Ihre Besitzerin legte verschwörerisch einen Finger auf den Mund. Als es unten ruhig blieb, packte sie Blanche an einem Horn und zog sie mit sich die Treppen hoch. Klackklack. Kurz bevor die beiden um die Biegung verschwanden, drehte die einzige Bekannte, die ich außer Monsieur Vidal in Paris hatte, sich noch einmal um und zischte mir mit gedämpfter Stimme zu: »Wenn ich Ihnen zusätzlich zu Ihrer Haarfrisur noch einen Rat geben darf: Lassen Sie diesen Doktor nicht mehr an Ihren Bruder ran! Er hat bei mir auch nur Unheil angerichtet. Außerdem ist er ein Halsabschneider.«

Mit klopfendem Herzen und aufgewühlt von dieser Begegnung, ging ich den Rest der Stufen hinunter. Jetzt roch ich auch den säuerlichen Geruch, der Felix bereits am ersten Tag aufgefallen war. Blanche.

Am Abend stand ein Topf mit Hühnerbrühe vor unserer Tür. Ich brachte ihn in die Küche und erhitzte ihn selbst, schaute zu, bis sich die dicken Fettaugen drehten und köstliches Aroma aufstieg. Mit verschränkten Armen stand Hortense hinter mir. Auf ihrem kantigen, geröteten Gesicht lag fast immer Misstrauen, was sie nicht hübscher machte. Wären wegen der geflüchteten Aristokraten nicht so viele Dienstboten arbeitslos, hätte sie nie für uns gearbeitet. Das hatte sie mir an dem Tag unverhohlen zu verstehen gegeben, als ich sie einstellte. Mir war das egal, solange sie die

Böden scheuerte und die Kamine morgens anheizte. Vorsichtig trug ich den Topf zu Felix ans Bett. Zog meinen Bruder, der ziemlich leicht geworden war, so aus den Kissen, dass er einigermaßen gerade saß, und fütterte ihm Löffel für Löffel die Hühnerbrühe aus dem vierten Stock. Um den Arzt und seine nächste Runde Aderlasse und übel riechender Medizin loszuwerden, händigte ich ihm ein weiteres Goldstück aus. Als Abfindung und dann auf Nimmerwiedersehen. Seine Rüschen zitterten empört, so sehr schimpfte er trotzdem. Hortense kam mir zu Hilfe und warf ihn noch lauter schimpfend raus. Ab da wurde jeden Abend ein Topf mit fetter, nahrhafter Suppe vor unsere Tür gestellt. Oft waren mir die Ingredienzien unbekannt, aber ich traute ihnen mehr als den Tinkturen des Arztes.

Dann kam der Tag, an dem mein Bruder mit deutlich mehr Kraft als sonst die Orangenscheiben kaute und schluckte, die ich ihm fütterte. Seine Stirn fühlte sich etwas weniger heiß an. Aufgeregt rief ich Hortense, und sie bestätigte meinen Eindruck. Zum ersten Mal schaute sie mild, die Balken in ihrem Gesicht gaben etwas nach. Noch wagte ich nicht, Hoffnung zu schöpfen. Erst als mein Bruder die Augen aufschlug, vielleicht weil er die Tauben gehört hatte, die sich auf dem Fenstersims stritten, wusste ich, dass das Schlimmste überstanden war. Ich küsste ihn, und erschöpft schlief er gleich wieder ein.

»Jetzt weiß ich, wie ich Ihnen helfen kann!«

Einen Tag nachdem Felix fieberfrei war, flatterte sie, ohne sich von Hortense einschüchtern zu lassen, geradewegs in unseren Salon. Über ihrem Arm hing etwas Lindgrünes, Dünnes.

»Husch, husch, Ihre Haare frisieren wir natürlich sofort anders.«

Mit Begrüßungen hielt sie sich nicht auf. Ich auch nicht.

»Warum halten Sie im vierten Stock eine Ziege?«, fragte ich sie.

»Mon Dieu, Sie gefallen mir immer besser. Sie haben ein schnelleres Mundwerk als die Fischweiber auf dem Markt.«

Ich nahm es als Kompliment.

»Also? Wieso Blanche?«

»Husch, husch, umziehen! Dann gehen wir. Es wird Zeit, dass Sie Paris kennenlernen.«

»Nur Sie und ich?«

»Na ja, Sie begleiten mich, und ich begleite Sie.«

Ich starrte sie ungläubig an. Ihre Augen unter den langen Wimpern sprühten, und ihr delikater Mund lächelte hinreißend, keine Spur mehr von Kummer. Wer konnte dem widerstehen? In Weimar war ich zusammen mit Christiane unterwegs gewesen, auch ohne männliche Begleitung oder Dienerschaft. Aber das war heimlich geschehen. An jenem Sonntag, an dem Weimar von der Nachricht des geflüchteten und gleich darauf gefangen genommenen französischen Königs lahmgelegt war. Bevor ich etwas sagen oder gar protestieren konnte, drückte sie mir das lindgrüne Etwas in den Arm und machte sich wieder an mir zu schaffen. Im Nu löste sich meine Frisur auf.

»So, und jetzt ziehen Sie das an. Sonst schäme ich mich in Ihrer Gegenwart zu Tode. Und, ach ja, nennen Sie mich Julie.«

Diamanten, groß wie Kirschen. Uhren auf dorischen Säulen aus Bronze. Ohrgehänge in der neuen Tropfenform, wie sie Patrizierinnen auf den freigelegten Mosaiken trugen, von denen uns Goethe Skizzen gezeigt hatte. Ein Schaufenster weiter: seidene Strümpfe. Feiner und lichtdurchlässiger als Libellenflügel. Würde ich je so etwas über meine Beine ziehen? Augenblicklich schämte ich mich für die wollenen Ungetüme, die ich trug. Bei jedem Schritt blitzten sie hervor, weil Julies grünes Kleid mir nur eine Handbreit über die Fußknöchel reichte. Meine eigenen Kleider hatte Julie mit gerunzelter Stirn begutachtet und sie dann allesamt Hortense in den Arm gedrückt mit dem Auftrag, das Zeug umgehend ins Armenhaus von Saint-Denis zu schaffen.

Im nächsten Schaufenster stapelten sich winzige bunte Kreationen. Papageien, Windmühlen, Kutschen. Zuerst dachte ich, sie wären ebenfalls aus Edelsteinen. Aber sie entpuppten sich als

Zuckerwerk. Für den Preis von fünf davon, den ich auf einem kleinen Pappschild las, hätte ich mir in Weimar einen anständigen Hut machen lassen können. Vier Arkaden weiter trat ich so nahe an die Scheibe, dass sie sich beschlug und wir das spöttische Kichern der Putzmacherinnen aus dem Inneren hörten. Schals spannten sich von einer Seite der Auslage zur anderen. Sie waren in Wellen drapiert, zu Rosetten gefaltet oder um unsichtbare Halterungen geschlungen. Manche hatten goldene Fransen, einige silberne Bordüren, eingewebte oder eingestickte Muster. Doch der Clou war ein anderer.

»Weiß«, erklärte mir Julie, und ihre Wimpern flatterten, »Weiß ist die Farbe des Augenblicks!«

Ich hatte nicht gewusst, dass auf der Welt so viele Weißtöne existierten.

Früher Morgennebel, blaustichige Milch, Hermelin, Eierschalen, Kreide …«, zählte Julie mit einer Stimme auf, als ob es um Leben und Tod ginge. »Und alle kommen aus Indien.«

»Und alle kommen aus Indien«, echote ich überwältigt.

Das untere Geschoss des Palais-Royal war ein breiter, mit Laternen beleuchteter Gewölbegang, der durch das gesamte Karree verlief. Zwischen jeweils zwei Wandpfeilern befand sich das, was Julie eine Boutique nannte. Für mich war jede Einzelne ein Weltwunder. Dagegen waren die Waren, die auf der Krämerbrücke in Erfurt angeboten wurden, armseliger Trödel. Honoratioren, Lakaien einen Schritt hinterher, promenierten und stießen ihre Stöcke so gravitätisch auf die Steinplatten, dass es nur so hallte. Aber auch ärmlich oder liederlich angezogene Leute gingen in den Arkaden ganz ungeniert auf und ab. Dass Frauen zu zweit wie Julie und ich oder auch ganz alleine unterwegs waren, schien niemand anstößig zu finden. Eine Weile sahen wir fünf dressierten Affen zu, die auf einem Podest Purzelbäume schlugen. Gleich daneben wurde eine monströse Frau ausgestellt. »Dick wie ein Walfisch«, stand auf dem Plakat neben ihr. Großzügig verteilte Julie papierenes Geld. Es steckte bündelweise in ihrem mit Perlen bestickten kleinen Beutel. Auch einer Art Türsteher mit öligem Haar reichte sie einen Schein. Dafür schob er uns einen muffigen Vorhang beiseite.

Ich folgte Julie in eine Art Kabinett. Holzvertäfelt, ohne Fenster. Gespenstergleich tauchten im Licht von Öllampen lebensgroße Gestalten auf. Fahlgesichtig und starräugig, aber Männern und Frauen aus Fleisch und Blut täuschend ähnlich. Mit einem kleinen Schrei fuhr ich zurück.

»Nur aus Wachs«, beruhigte mich Julie, die mir in dieser Umgebung plötzlich auch sehr fahl und starr vorkam. Als ich mich näher heranwagte, entdeckte ich an diesen Wachsfiguren aufgeplatzte Furunkel, blaurote Ausschläge und sonstige Verunstaltungen. Gruselig. Aber meine Neugier siegte, und ich suchte nach den äußeren Zeichen der Krankheiten, die mir in den Weimarer Elendsquartieren begegnet waren. Hatten die Pariser nicht auch deshalb revoltiert, weil sie hungerten und ihre Kinder an Auszehrung verkümmerten? Aber die Leiden hier schienen andere Ursachen zu haben. Was ich sah, faszinierte mich, auch die Pestbeulen. Erst nach einer Weile drehte ich mich suchend nach Julie um.

Wie eine Betende stand sie vor einer künstlichen Frau. Ihre Finger hatte sie fest ineinandergeschlungen, als ob sie einen Schmerz mit einem anderen betäuben wollte. Fast berührten sie sich gegenseitig am Kinn: Julie und diejenige, die statt einer zierlichen hübschen Nase nur ein hässlich klaffendes Loch hatte.

»Na, Julie, wie oft kommst du noch her und gaffst sie an?«, feixte plötzlich der Typ, der uns hineingelassen hatte. »Deine Reue kommt wohl ein bisschen zu spät!«

»Scher dich zum Teufel«, schleuderte sie ihm in sein gehässiges Gesicht, und so energisch, wie sie damals im Treppenhaus ihre Ziege gezogen hatte, packte Julie jetzt meinen Ärmel und zog mich fort von diesem unheimlichen Ort. Was, um Himmels willen, hatte meine neue Freundin mit diesen wächsernen Monstern zu schaffen?

Ich kam nicht dazu, ihr Fragen zu stellen. Unsichtbare Hände rissen eine Flügeltür auf, eine Woge Düfte schwappte uns entgegen. Parfüm, köstliche Speisen, Lebenslust und Witz mit Kaffeearoma. Und schon waren wir mittendrin. An gesprenkelten Marmortischen saßen Menschen, richtige aus Fleisch und Blut, diskutierten, flirteten, stritten. Oder alles gleichzeitig. Es brauste in meinen Ohren und flirrte vor meinen Augen. Bei Ortelli in Weimar hielt man sich am Henkel seiner Kaffeetasse fest und wartete, bis sein Gegenüber getrunken hatte, bevor man das nächste Wort an ihn oder sie richtete.

Julies Starre schlug augenblicklich um in zwitschernde Munterkeit. Kokett nach allen Seiten nickend, zog sie ein, verdoppelt und verdreifacht von den hohen Spiegeln ringsherum an den Wänden und den Blicken der Männer, die für mich schwer zu deuten waren. Ich versuchte, ihr unauffällig zu folgen, und kam mir in dieser aufgekratzten und mondänen Gesellschaft doch wie eine plumpe Hinterwäldlerin vor.

»Willkommen im Café du Caveau, dem Mittelpunkt des Universums«, raunte Julie mir zu.

»Kennst du alle diese Leute?«

»Nur die amüsanten. Ah, da sitzen ja Mary, die englische Korrespondentin, ihr Freund, ein Abgeordneter aus der Dordogne, und der Amerikaner von der Botschaft.«

Ich folgte ihr zögernd zu einem Tisch, an dem eine große Frau mit einem langen, knochigen Gesicht und farblosen Haaren saß, eng an einen deutlich jüngeren Herrn geschmiegt. Ihnen gegenüber ein ganz in Schwarz gekleideter Gentleman mit klugen, aber hässlichen Zügen und den vollkommensten Ohren, die ich je gesehen hatte. Julie wurde begeistert begrüßt. Aus den Augenwinkeln bekam ich mit, wie sich besagte Mary zu ihrem Tischherrn beugte und ihn ungeniert auf den Mund küsste. Ein Schauer rieselte mir über den Rücken. Was würde mein Vater sagen, wenn er wüsste, in welch lasterhaften Umgebung ich mich aufhielt? Und noch etwas fiel mir ausgerechnet jetzt ein: Anselm und ich hatten uns nicht einmal hinter dem dicksten Baum in seinem Park geküsst. Ich flüsterte Julie ins Ohr: »Amerikaner, sagst du? Tatsächlich aus der Neuen Welt?«

»Ja, ja. Ins Caveau im Palais-Royal kommen alle, aus allen möglichen Ecken der Welt. Wir laufen bald dem Karneval in Venedig den Rang ab.«

»Ach«, murmelte ich und überlegte, auf wen außer Felix und mir eine Erbschaft in Paris wartete. Ein wenig trotzig fragte ich: »Wieso denn?«

»Schätzchen, wegen der Revolution natürlich. Das finden Leute von außerhalb so aufregend wie einen Tiger im Zirkus.« Julie runzelte ihre Stirn und schaute für einen Moment zornig, was ihr Gesicht fast noch schöner machte. Ihre kleine Hand schoss hoch und winkte enthusiastisch.

»Dort hinten, schau, Oelsner. Ist er nicht süß? Er kommt auch aus Deutschland, berichtet über alles, was hier passiert. Die Mädchen nehmen von ihm meistens keinen einzigen Sous, so sehr mögen sie ihn. Außerdem hilft er ihnen, wenn sie Briefe schreiben wollen.«

»Keinen Sous, wofür? Und welche Mädchen?«

»Ach, vergiss es. Wir sagen erst mal Hallo zu Olympe. Olympe de Gouges. Du hast sicher von ihren sensationellen Schriften gehört!«

Hatte ich natürlich nicht. Unwillkürlich schüttelte ich meinen Kopf. Noch war es ungewohnt, dass meine Haare dabei nach allen Seiten flogen. Wieder so ein wacher, lebhafter Blick! Auf jeden Fall würde ich in Kaffeehäusern wie diesem viel Gelegenheit haben, nach Dr. Schwartz zu fragen.

»Olympe, meine Liebste, darf ich dir Eleonore vorstellen, sie kommt aus, aus … jedenfalls von dort, wo auch dieser Dichter mit dem unaussprechlichen Namen wohnt, dessen Roman uns alle zum Weinen gebracht hat.«

»*Die Leiden des jungen Werthers?*«

Zwei Stühle wurden herangeschoben. Julie und ich nahmen am Tisch von Madame de Gouges Platz. Julie nickte begeistert.

»Ja, genau. Dem Marquis de Tourzel, der mal mein spendabelster Verehrer war, ist die Geschichte so zu Kopf gestiegen, dass er nur noch in gelber Weste und himmelblauem Frack herumlief. Er wollte mich heiraten«, seufzte Julie, »aber dann hat er sich erschossen.«

Julie driftete mit ihren Gedanken ab. Dafür musterte mich diese Madame de Gouges von Kopf bis Fuß. Sie selbst verbarg nichts: Leidenschaft, Kummer und lange Nächte hatten tiefe Ringe unter ihren Augen hinterlassen und Falten um ihren Mund eingegraben. Dazu war sie nachlässig, fast schlampig gekleidet. Rotweinflecken musterten ihr Fichu, immerhin im Ton passend zu dem dick aufgetragenen Rouge auf ihren Wangen. Am liebsten hätte ich ihr auf der Stelle ein Fünftel meines zu erwartenden Erbes für ihre Freundschaft angeboten. So sehr schlugen mich die Vitalität und Klugheit in den Bann, die aus ihren jung gebliebenen Augen sprühten. Vom Alter her hätte sie meine Mutter sein können.

»Sie sehen so aus, als ob Sie sich nicht die Butter vom Brot nehmen lassen«, sagte sie schließlich und schenkte mir ein Glas randvoll mit Rotwein ein. Ich lachte auf und erwiderte: »Lieber lege ich mir noch ein Stück Schinken drauf.«

»Touché! Erlauben Sie, dass ich Ihren Satz in meinem nächsten Aufsatz zur Ermutigung des weiblichen Geschlechts verwende.«

Olympe de Gouges redete ziemlich laut. Die Leute an den umstehenden Tischen drehten sich um. Vier oder fünf applaudierten ihr, einfach so. Erst jetzt fiel mein Blick auf den Rest der Tischgesellschaft, drei ältere Herren mit altmodisch gepuderten Perücken und altmodischen Gesichtern wie auf Gemälden. Büchermenschen, Nachtfalter, Gelehrte. Aber wie konnte ich mir da sicher sein? Unsere Gelehrten in Weimar sahen ganz anders aus. Simultan hoben die drei Herren ihre Gläser. Vermutlich waren alle drei Olympes Liebhaber. Einer von ihnen, er hatte eine exorbitante Hakennase, fixierte mich. Erschrocken, hatte ich den Eindruck. Besonders meine Haare. Schnell schaute ich in die andere Richtung. Olympe redete derweil ununterbrochen.

»Frauen sollen sich endlich das nehmen, was ihnen zusteht. Eleonore, sagen Sie, wer kämpft rechts des Rheins gegen die Unterdrückung der Frau und für ihre Rechte? Bei Ihnen tragen doch auch die Frauen dazu bei, dass Steuern gezahlt werden, oder? Dann stehen ihnen logischerweise dieselben bürgerlichen Privilegien zu wie den Männern!«

Sie erhob sich halb von ihrem Stuhl und schmetterte in den Saal hinein: »Es lebe die Revolution der Frauen!«

Ihre drei Tischherren riefen »*brava!*«. Ringsherum wurde jetzt dagegen gehüstelt und geraunt, sogar abfällig gelacht. Olympe schien es egal. Einerseits spürte ich ein großes Bedürfnis, mich vor Olympe de Gouges nicht zu blamieren. Andererseits hatte ich nicht die geringste Ahnung, was sie mit »Rechte der Frau« meinte. Diese Formulierung hatte ich in Weimar noch nie gehört.

»Olympe, nicht zu viel auf einmal«, kam mir Julie zu Hilfe. »Eleonore trägt schließlich noch eine Schnürbrust.« Meine Freundin, ich spürte, dass sie meine Freundin war, kicherte. »Ach, dort sehe ich den Adjutanten von General Lafayette. Er winkt uns zu sich. Sehr charmanter Mann. Er wird dir gefallen, Eleonore, aber ich warne dich, seine Tage sind wahrscheinlich gezählt.«

Ich bekam von Olympe de Gouges noch eine kleine Broschüre zugesteckt und die Aufforderung, sie bald zu besuchen.

Zu einer Zeit, zu der in Weimar die Leute ihre Nachtmützen überstülpten und die Kerzen ausbliesen, stiegen Julie und ich untergehakt in die Beletage des Palais hoch. Auch dort reihte sich ein Etablissement an das andere. Billard wurde gespielt, Hazard und andere, mir unbekannte Glücksspiele. Allmählich gewöhnte ich mich daran, dass sich in den Cafés und auf den Gängen Angehörige aller Stände mischten. Wie wollte man sie auch unterscheiden? Wenn der Schuhputzer, der gerade einem jungen Stutzer die

Stiefel wienerte, eine Perücke trug, und eine Frau, die als Gräfin tituliert wurde, die Flüche der Prostituierten kopierte. Mir entging auch nicht, dass sich in dem Gewimmel scheinbar zufällig Paare zusammenfanden und hinter einer der zahllosen Türen verschwanden. Weit nach Mitternacht wurde ich in die winzige Boutique einer gewissen Fleur geschoben, die eine gute Bekannte von Julie zu sein schien. Ich musste mich nahezu ganz ausziehen. Fleur und ihre Assistentin vermaßen meinen Brustumfang, die Breite meiner Hüften, meine Größe von der Halsgrube bis hinunter zu den Fußknöcheln. Ich wurde in Stoffbahnen eingewickelt, geblümte, gestreifte, seidene, baumwollene, allesamt leicht wie Blütenstaub. Fleur und Julie beäugten mich kritisch mit Stecknadeln zwischen gespitzten Lippen. Sie diskutierten Abnäher, Ärmellänge und Höhe meiner zukünftigen Taille.

Ich hob meine nackten Arme. Ein innerer Impuls? Oder der Wein? Aber ich hatte nur ein Glas getrunken. Von irgendwoher tönte Musik. Meine Füße bewegten sich, zuerst nur trippelnd, dann schneller, hüpfender. Julies schräge Augen, ihr Mund, die Besitzerin der Boutique, ihre Assistentin hüpften ebenfalls, drehten sich um mich, immer schneller. Auch die Stoffballen in den Regalen an der Wand flogen. Meine Gefängnismauer aus Fischbeinstäben und Drähten lag zusammengesunken in einer Ecke der Boutique. Der mondweiße Stoff, der mir von allen am besten gefiel, drapiert und provisorisch um meine Schultern und meine Mitte gesteckt, löste sich an der einen und anderen Stelle, flatterte hoch. Mein Herz pochte gegen mein dünnes Hemd, und meine Haare schwirrten als rote Vögel um meinen Kopf. Ich tanzte und tanzte. Barfuß und ausgelassen. Ich vergaß meinen noch immer schwachen Bruder, weswegen wir nach Paris gekommen waren, ich vergaß meinen neuen Hochzeitstermin. Ich tanzte einfach. Was für ein Abend, was für ein Abenteuer. So musste sich Freiheit anfühlen. Ich drehte mich, bis ich über einen Stoffzipfel stolperte und mich japsend in einen Sessel mit Stecknadeln, Haken und Ösen plumpsen ließ.

Manchmal hatte Julie keine Zeit. Immer dann, wenn der Besitzer der lackschwarzen Kutsche über Nacht bei ihr blieb. Oder, was ich gar nicht mochte, für zwei, drei Tage am Stück bei ihr einzog. Rollte seine Kutsche wieder aus der Einfahrt, wusste ich, dass es Zeit war, mich hübsch anzuziehen. Vier neue fließende Kleider hingen jetzt auf Bügeln an meiner Zimmerwand. Es war unmöglich gewesen, Julie davon abzuhalten, die Rechnung zu bezahlen. Ihr Bargeldvorrat schien groß, aber noch größer ihr Bedürfnis zu schenken. Leider kannte sie Dr. Schwartz nicht.

»Zu meiner, äh, Kundschaft, gehörten nie Gelehrte oder Wissenschaftler«, hatte sie mit leicht pikiertem Unterton geantwortet, als ich sie bei ihrem zweiten oder dritten Besuch in unserer Wohnung nach dem mysteriösen Bekannten meiner Mutter gefragt hatte. »Die haben in der Regel kein Geld. Und ohne die Equipagen, Theaterlogen und seidenen Strümpfe kannst du Paris vergessen.« Julies zarte Schultern zuckten dabei so entwaffnend, dass ich über die Schamlosigkeit meiner neuen Freundin einfach hinweglächeln musste. Hilfsbereit, wie sie war, schickte Julie Billetts an alle Mädchen, die sie noch von früher kannte und von denen sie noch eine Adresse besaß.

Ich erfuhr, dass diejenigen, die nicht wie sie einen einzigen »Beschützer« hatten, ein halbes Dutzend Männer oder mehr täglich empfingen. Zu meiner Verwunderung schrieben die meisten Mädchen zurück beziehungsweise diktierten ihre Antwort einer Person, die schreiben konnte. Eine zählte tatsächlich einen Herrn Schwartz zu ihren Stammkunden. Wie ich mich freute. Jubelnd schwenkte ich den Brief in der Hand, mein Erbe schon vor Augen. Julie und ich mieteten sofort eine Kalesche, ließen sie an der Place de Grève halten und kauften in der Schokoladenfabrik zwei schwere Schachteln Pralinen von der teuersten Sorte. Die drückte ich eine Viertelstunde später in einer Mansardenwohnung einer kleinen, rundlichen und überaus herzlichen Frau in die Arme, die mir als Eugénie de la Motte vorgestellt wurde. Vermutlich ihr Künstlername. Julie und ich wurden zu Kohlsuppe und noch warmem Birnenkuchen eingeladen. Aber leider stellte sich heraus, dass Eugénies Herr Schwartz noch keine zwanzig Jahre und erst vor einem halben Jahr aus der Schweiz zugereist war. Außerdem hatte der Junge keine Eltern mehr, nicht einmal weitläufige Verwandte, weshalb ihn Eugénie, so erzählte sie uns, während seiner Besuche hauptsächlich bemutterte und bekochte. Unser Dr. Schwartz war er auf keinen Fall. Zum Trost nahm ich mir noch ein zweites Stück Kuchen und lobte Eugénies Backkünste. Zwar leider ohne eine heiße Spur zur Schlüsselfigur unseres Erbes, dafür aber mehr als satt und reich an Einblicken in das bemerkenswert vielseitige Leben der Pariser Prostituierten, kam ich am Abend zurück in die Rue de Richelieu.

Felix konnte mittlerweile ohne Hilfe in seinem Bett sitzen und lesen. Um ihn herum stapelten sich die Flugblätter und Zeitungen, die zu Tausenden und alle paar Stunden frisch in der Stadt verteilt wurden. Zu meiner Verwunderung brachte Hortense sie ihm ohne Widerwillen hoch. Fast sah es bei Felix wie früher in Mutters Bett aus. Ich küsste ihn auf die Stirn, sie fühlte sich zu meiner Beruhigung trocken und kühl an. Geistesabwesend sagte mir Felix Adieu. Ich war schon an der Tür, als ich sein hohes Pfeifen hörte. Ich stutzte, ging zurück zum Bett und lugte auf die Zeitungsseite in seinen Händen. Der übertrieben große Unterleib einer nackten Frau mit gespreizten Beinen. Der Kopf dagegen winzig, aber mit einer monströs hohen Perücke, in der viele Brotlaibe steckten.

»Mein Gott, das kenne ich doch«, murmelte Felix gedankenverloren, »das habe ich doch schon mal gesehen.«

»Klar«, erwiderte ich unbekümmert. »Karikaturen von Marie-Antoinette flattern durch die ganze Stadt. Ihr wird in die Schuhe geschoben, dass es kein Brot mehr gibt. Sie muss für jedes Unglück herhalten.«

Der Antwortblick meines Bruders war schwer zu deuten. Entsetzte es ihn, dass solche obszönen Zeichnungen gedruckt wurden, oder mehr, dass ich darüber Bescheid wusste? Ich küsste ihn noch einmal auf die Stirn und ließ ihn endgültig mit dem Lesevorrat allein.

Ich dagegen sog Paris mit meinen Augen, Ohren und meiner Nase auf. Das Paris, das Julie mir zeigte: den Pont Neuf, die erste Brücke über die Seine, auf der keine Häuser standen und bei deren Überquerung man immer wieder auf die Seine schauen konnte. Schreiber mit umgehängten Pulten schrieben dort für Analphabeten Briefe. Darunter hinweg glitten Lastkähne stromauf- und stromabwärts. Ich suchte die Fenster des Tuilerienschlosses danach ab, ob sich hinter einem eine Gestalt, womöglich eine einsame Frau, bewegte. War die Königin früher tatsächlich so lasterhaft und verschwendungssüchtig gewesen, wie die Leute behaupteten? Oder hatte sie sich einfach gelangweilt wie ich früher in Weimar? Im älteren Schloss nebenan, dem Louvre, befand sich seit Kurzem etwas, was Julie »Museum« nannte. Ohne die Erlaubnis des Königs einholen zu müssen, konnte jeder, der Lust hatte, hineinspazieren und sich die kostbaren Gemälde anschauen, weil sie jetzt öffentliches Eigentum waren. Diese Revolution, gestand ich mir, war doch eine größere Sache, als ich ursprünglich gedacht hatte. Aber ich ging trotzdem nicht in dieses Museum, auch nicht ins Innere von Notre-Dame, der monströsen Kirche mit der blau funkelnden Rosette über dem Hauptportal. Ein anderes Mal, sagte ich mir. Dabei konnte es mit unserer Abreise ganz schnell gehen. Wenn wir diesen Dr. Schwartz aufgestöbert hatten.

Nur von dem Trümmerhaufen, der von der Bastille übrig geblieben war und der laut Julie dahinschmolz wie Schnee im Februar, brach ich mir einen walnussgroßen Brocken ab.

»Ein Souvenir für deine Freunde zu Hause. Oelsner hat schon Pakete davon verschickt.«

»Hast du denn schon mal Schnee gesehen?«, fragte ich meine neue Freundin, um das Thema zu wechseln. Der Klumpen in meiner Hand war mir irgendwie peinlich.

»I wo«, entgegnete sie, »nicht mehr, seit ich aus der Vendée herkam. In Paris ist keine einzige Flocke liegen geblieben. Aber der Marquis will mit mir bald in die Schweiz reisen. Dort gibt es doch Berge mit Schnee drauf, nicht wahr?«

Vorsichtig schaute sich Julie um. Aber die Wasserträger, Botengänger und die anderen, die es eilig hatten, also alle, achteten nicht auf das, was wir redeten, sondern liefen einfach weiter.

»In die Schweiz, so weit. Aber du kommst doch wieder!«

»Mal sehen«, erwiderte sie nur und wurde rot.

Ich wollte Julie gerade schwören lassen, mich auf keinen Fall allein in Paris zu lassen, als von einem Gerüst eine Kelle direkt vor unsere Füße fiel. Schreiend sprangen wir zur Seite, und ich vergaß Julies Schweizer Pläne. Überall wurde wie verrückt gebaut. In den Gärten der konfiszierten Klöster und Adelspaläste entstanden große Mietshäuser. Zimmerleute und Maurer arbeiteten für den doppelten Lohn auch nachtsüber. Zwischen unseren Erkundigungen besuchten meine Freundin und ich die feinsten Restaurants, ließen uns Austern, Garnelen und zum Dessert Pfirsichsorbet servieren. Auf Kosten des Marquis. Julie stieß mehrmals auf sein Wohl an. Meine Röcke streiften in Cafés aber auch die einfacher Bürgerinnen, Hausfrauen, Weißwäscherinnen oder der Inhaberinnen kleiner Geschäfte. In der Rue de Gobelins unterhielten wir uns mit den Bandnäherinnen und Stickerinnen, die auf den Türschwellen saßen. Sie streikten gerade, weil sie sich keinen Zucker in ihrem Kaffee mehr leisten konnten.

Ich lernte, schwer bepackten Eseln, Schubkarren mit Mörtel oder Ziegelsteinen, Dieben, Leierkästen, die unentwegt *»Ça ira«* dudelten, und Tragsesseln auszuweichen. Ich genoss den Trubel, die Anonymität der vielen Straßen und Plätze und das Gefühl, dass jeden Moment etwas Überraschendes passieren konnte. Ich mochte auch den unentwegten Lärm. Er kam mir wie das Klopfen eines großen Herzens vor. Und meine Beine und Füße waren nach der langen Zeit an Felix' Bett glücklich, sich bewegen zu können.

»Es liegt an eurer Luft«, sagte ich mit Nachdruck, als wir bei einem der nächsten Ausflüge durch den Jardin du Luxembourg wanderten. Julie blieb keuchend stehen und hielt sich die Seiten. »Weißt du, Julie«, erklärte ich ihr weiter, »ich laufe nur deshalb immer schneller, weil hier niemand Schlafmittel beimischt. Im Gegenteil, ich werde hier immer wacher.«

»Ich finde, unsere Luft stinkt einfach nur«, wandte Julie ein und lehnte sich schwer atmend gegen die Lehne einer Parkbank. »Nach den Schweinen und dem Unrat. Kein Wunder, dass jede gute Mutter ihren Säugling zu einer Amme aufs Land schafft. Ich hätte es nicht anders gemacht.«

Wieder einmal bemerkte ich, dass Julie von einer Sekunde auf die andere melancholisch werden konnte. Der scharfe Zug um ihren Mund war auch wieder da.

»Ach, da fällt mir auf«, sagte ich und schnüffelte, um sie zum Lachen zu bringen, übertrieben an ihrem taubenblauen Kleid, das unter dem Busen nur von einem schmalen Gürtel gehalten wurde, »dass du wieder einmal nach Blanche, äh, duftest und mir immer noch nicht meine Frage beantwortet hast, warum du dir eine Ziege und kein Kätzchen als Haustier hältst.«

»Eleonore, ich fürchte, das findest du ganz von selbst heraus. Schneller, als dir lieb ist.«

Drei Tage später kam Hortense mit leerem Einkaufskorb zurück.

»Sie rücken kein Brot mehr heraus. Milch und Butter gibt es auch nicht mehr. Angeblich ist seit gestern kein Sack Mehl in die Stadt gekommen. Die Schlangen vor den Geschäften werden immer länger und die Leute immer wütender.«

»Du hast dich bloß dumm gestellt. Für unsere Münzen haben wir doch immer was bekommen, drei Brote mindestens«, schimpfte ich.

»Den Taler, den Sie mir mitgegeben haben, hab ich den Bäckern auch unter die Nase gehalten. Dem in der Rue Sainte-Anne und dem in der Rue des Valois. Aber sie haben Angst, dass, wenn die Leute sehen, dass ich Brot bekomme, sie über sie herfallen und sie lynchen. Mich dazu.«

Hortense zitterte am ganzen Körper, und ich glaubte ihr.

»Aber die letzte Ernte ist doch gut ausgefallen.«

»Da haben Sie recht. Aber es heißt, die Bauern rücken keinen Scheffel Mehl mehr raus, weil sie den Assignaten misstrauen und sich damit nicht mehr bezahlen lassen wollen.«

Am Nachmittag stand ein großer Krug voll mit Milch vor unserer Tür. Hortense kochte damit ein Kartoffelgericht und tauschte den Rest gegen ein halbes Brot. Ein Glas reservierte ich für Felix.

»Etwas anders als sonst, säuerlicher«, murmelte Felix und stellte das halb geleerte Glas auf den kleinen Tisch neben seinem Bett, »wahrscheinlich ist sie gewürzt mit etwas, was wir Deutschen nicht kennen.«

Froh, dass mein Bruder wieder mit Appetit aß und trank, wiederholte ich, als Hortense später das Geschirr abräumte, halb belustigt, halb zweifelnd, was er gesagt hatte. Die Gläser auf dem Tablett klirrten missbilligend.

»Aber so schmeckt Ziegenmilch nun mal! Und Ziegenkäse ganz ähnlich! Wurde auch im Palais-Rohan serviert, wo ich früher gearbeitet habe«, rief Hortense spitz und drehte mir ihren schrankähnlichen Rücken zu. Ich wusste, dass sie keinen großen Unterschied zwischen den deutschen Ländern und Österreich machte. Aus Österreich stammte die vermaledeite Hure, wie unser Hausmädchen und viele andere Franzosen die Königin titulierten. Oder die österreichische Kanaille des Fleischklumpens, wie wiederum Louis XVI. genannt wurde. Und wer aus derselben Ecke wie Marie Antoinette kam und noch dazu Ziegenmilch nicht kannte, war in Hortenses Augen per se verdächtig.

Der April fühlte sich an wie der Mai in Weimar. Tagsüber fuhren die Pariser in Cabriolets aus und tranken Kaffee und Wein an zierlichen Tischen vor den Kaffeehäusern. Nachts wurden Bäckereien geplündert. Es fanden auch Überfälle auf Kolonialwarenläden statt, weil Kaffee und Zucker immer knapper wurden. Angeblich horteten Spekulanten diese Kostbarkeiten in riesigen Mengen an geheimen Orten und verdienten Unsummen. Angeblich wurden auch falsche Assignaten gedruckt. Mit den Schmetterlingen schlüpften die tollsten Gerüchte. Eines fantastischer als das andere. Die meisten wurden mir jedoch von Olympe bestätigt, die ich jetzt regelmäßig in ihrer kleinen, unaufgeräumten Wohnung in der Rue des Fossoyeurs besuchte.

Fast immer wenn ich eintrat, hielt sie noch eine Feder in der Hand. Tintenkleckse zogen eine Spur vom Papier bis zu ihrem Kleid. Ich wusste inzwischen, dass sie wie eine Besessene an Forderungen für die Gleichheit von Frauen schrieb.

Olympe war der erste Mensch, dem ich meine Weimarer Geheimnisse anvertraute. Dass ich gestohlen hatte. Dass ich wie eine Dirne nachts herumgelaufen war und damit gegen alle Tabus des Ersten Standes verstoßen hatte. Einmal kamen mir beim Erzählen vor Scham die Tränen. Olympe wischte sie mit einem schmuddeligen Lappen fort.

»Noch längst nicht gegen genug Tabus, meine Liebe«, murmelte sie, setzte sich neben mich und legte ihren Arm warm und beruhigend um mich. Dann berichtete sie, im Vergleich zu ihrer sonstigen Überschwänglichkeit ganz nüchtern, von ihren regelmäßigen Besuchen im Armenhaus von Saint-Denis. Oder im Hôpital Général, wo scharenweise Prostituierte, aber auch Ladenmädchen und Tänzerinnen an den Folgen von Syphilis dahinsiechten. Olympe ersparte mir nicht die Einzelheiten der schrecklichen Krankheit. Zum ersten Mal sprach eine meiner Freundinnen so ernsthaft mit mir.

»Ich plane schon seit Längerem die Einrichtung von staatlichen Musterwerkstätten für Arbeitslose, Bettler und herumstreunende Kinder. Dort könnten sie ihr Brot verdienen und ihre Würde zurückbekommen. Auf jeden Fall ist es unsere Pflicht zu helfen.«

»Genau so habe ich es empfunden, als ich nachts ins Jakobsviertel ging«, pflichtete ich ihr bei. »Heißt das, ich bin auch eine Revolutionärin?«

»Eine Revolutionärin des Herzens auf jeden Fall, wie ich auch eine bin«, antwortete Olympe, und ihre braunen, von Falten und Krähenfüßen eingerahmten Augen funkelten, »deshalb bin ich diesem Robespierre mit seinem eiskalten Verstand solch ein Dorn im Auge.«

Sie drückte mich fest an sich, so wie es Mutter vor vielen Jahren getan hatte. Als Olympe mich wieder losließ, war die Schminke in ihrem Gesicht verschmiert und ihr Kopf bei einem anderen Thema.

»Sag, Eleonore, hast du eigentlich einen Schatz?«, fragte sie mich neckisch.

Es war mir nicht unrecht, dass in dem Moment Schritte auf der Treppe zu hören waren. Olympes angegrautes Gelehrtentrio platzte herein. Der Hakennasige vorneweg, ein Taschentuch auf dem Gesicht, weil er, was mir schon bei der letzten Begegnung aufgefallen war, häufig Nasenbluten hatte. Und wieder beäugte er mich, als ob er mich wegen meiner roten Haare gleich auf den Scheiterhaufen schaffen wollte. Angeblich mischte er auch in der Politik mit, spielte eine wichtige Rolle in dieser Nationalversammlung. Warum Olympe ihn so mochte, verstand ich nicht. Sie gehörten alle zusammen seit Längerem einem dieser Klubs an, *cercle de la bum,* hatten ihn sogar gegründet. Ich rückte auf dem einzigen und wackligen Sofa meiner Freundin zur Seite. Aber nach zehn Minuten langweilte ich mich zu Tode bei ihrer Debatte über ein neues Steuergesetz. Ich stellte meine leere Teetasse auf einen der wenigen Flecken auf dem Tisch, der nicht mit Manuskripten und Briefen bedeckt war, und verabschiedete mich.

Für den Rückweg in die Rue de Richelieu nahm ich keine Kalesche. An den Quais entlang der Seine konnte ich schneller als in den Gassen laufen. Windstöße ließen meine Haare hochflattern, Bettler und schwarz gewandete Advokaten machten mir im Vorübergehen Komplimente. Ich lachte und winkte, aber nur den Bettlern. Kleine Wolken reisten in einer irren Geschwindigkeit über den Himmel. Vom oder zum Meer? Sehr weit sollte es angeblich gar nicht sein, das Meer. Ich atmete tief durch. Was für eine

Freiheit, und ich mittendrin! Eine Viertelmeile weiter lehnte ein vornehm gekleideter alter Herr Ellbogen an Ellbogen mit einem Handwerker in langen Schlotterhosen über der Mauerbrüstung des Pont Saint-Michel. Als ich hinter ihnen vorbeiging, flogen mir Gesprächsfetzen zu. »Heute Abend bei unserer Versammlung« und »Ja, Sie haben recht, das Recht muss über allem stehen.« Im nächsten Moment musste ich stehen bleiben und mich nach einer unglaublich schicken Dame umdrehen. Sie trug ein *négligé à la patriote*: weißer Rock, dazu ein blaues Jackett mit weißen Manschetten und roten Säumen und einem ebensolchen farbigen Kragen. Und wie hoch sie ihren Kopf hielt. Detailliert beschrieb ich diese allerneueste Mode Christiane Vulpius und auch meiner Patentante. Die, das wusste ich genau, würde meine mangelnde Distanz zur revolutionären Gesinnung missbilligen. Sie drängte meinen Vater, was ich wiederum aus seinen Briefen erfuhr, dass er unsere schleunigste Rückkehr befehlen sollte. Unser großes Pariser Erbe plus geheimnisvollem Dr. Schwartz deutete Frau von Stein als weiteres Symptom der Geisteskrankheit unserer Mutter.

Zu gern hätte ich mir so ein dreifarbiges patriotisches Kostüm von Fleur im Palais-Royal nähen lassen. Aber unser Geldvorrat schmolz erschreckend schnell zusammen, und unter Umständen hatte meine Patentante ja recht. Deshalb mussten wir einen Rest Taler und Gulden für die Heimreise unangetastet lassen.

Seitdem es meinem Bruder wieder besser ging, hatten wir hin- und herüberlegt, wie wir unseren Dr. Schwartz endlich aufstöbern konnten. Eine richtig gute Idee hatten wir noch nicht, zumal die Suche auch erheblich dadurch eingeschränkt wurde, dass mein Bruder das Haus nicht verlassen konnte. Umso erfreuter war ich, als er eines Tages verkündete: »Schwesterherz, heute bin ich so weit. Ich habe genug in der Wohnung und im Treppenhaus geübt. Heute gehe ich hinaus.«

»Oh, wie schön, ich muss dir so viel zeigen, dich mit meinen neuen Freunden bekannt machen.«

Begeistert fiel ich meinem Bruder um den Hals. Es war der

20. April. Ein Tag, an dem für uns Gutes und Böses zusammenkamen. Dann aber wurde Felix wieder ängstlich und überlegte fünfmal hin und her.

»Komm schon, Hortense hat deinen Rock gerade fertig gebürstet«, ermunterte ich ihn.

Aber Felix ging zurück in sein Zimmer und öffnete das Fenster. Ach ja, das Thermometer. An einem Nagel hing es in der Leibung. Unser Vormieter musste es zurückgelassen haben. Und Felix hatte es, als er zum ersten Mal nach seiner Krankheit wieder das Bett verlassen hatte, entdeckt.

»Nur acht Grad.«

Verunsichert blinzelte Felix. Frische Luft würde ihm guttun.

»Außerdem schaut es nach Regen aus«, setzte er seinen Wetterbericht fort, und in seiner Stimme konnte ich die Niederschläge der nächsten Wochen hören. Täglich die Temperatur abzulesen, war ein weiterer seiner Ticks geworden.

»Nur bis zu Monsieur Vidal, dem dichtenden Gemüsehändler, von dem ich dir so viel erzählt habe«, schmeichelte ich. »Bis zu seinem Stand ist es nicht weit. Außerdem kannst du dir dann selbst Zeitungen besorgen, du beschwerst dich doch immer, dass Hortense meist nur den *Père Duchesne* dieses radikalen Hébert kauft.«

Damit hatte ich meinen Bruder geködert. Er schob sich vorsorglich ein Hustenbonbon in den Mund und wickelte sich den dicken Schal um den Hals, den ihm die Mödlerin für Minusgrade gestrickt hatte.

»Du hast recht. Es müsste jetzt auch Meldungen geben, wie es außenpolitisch weitergeht. Nach dem plötzlichen Tod von Joseph II.«, brummelte er, als wir schon im Treppenhaus waren.

»Der Kaiser in Wien ist gestorben?«

»Eleonore, das habe ich dir doch kürzlich vorgelesen!«

Dass Felix' Wangen sich angesichts meines Desinteresses an dem, was in der großen Welt passierte, vor Ärger röteten, stand ihm gut.

»Davon wird er auch nicht mehr lebendig. Jetzt komm, aber

halte dich gut am Geländer fest«, rief ich ihm über meine Schulter zu.

»Nur Amüsements hast du im Kopf. Anselm und Vater wären entsetzt, wenn sie Bescheid wüssten«, zeterte Felix weiter, während er langsam einen Fuß vor den anderen setzte. »Zum Beispiel über diese, äh, Dame oder wie ich sie nennen soll, aus dem vierten Stock. Verglichen mit der ist die Vulpius geradezu ehrbar. Und dann diese de Gouges, ich habe ein Flugblatt von ihr gelesen. Total übergeschnappt. Frauenrechte, lachhaft.«

Felix stieß eine Ladung Luft aus. Es sollte entweder verächtlich oder gebieterisch klingen, tatsächlich hörte es sich wie sein altes kindisches Pfeifen an. Ich drehte mich nicht einmal um, sondern hielt ihm nur den schweren Flügel des Portals auf.

»Von Julie stammt übrigens die Hühnersuppe, die dir wahrscheinlich das Leben gerettet hat. Und jetzt bringt sie uns regelmäßig die Milch ihrer Ziege. Olympe de Gouges, mein Lieber, ist eng befreundet mit einem gewissen Marquis de Condorcet, der gerade Präsident der Nationalversammlung ist und an dieser Verfassung mitgeschrieben hat, die du so bewunderst. Außerdem sollten wir jetzt los, sonst sind es bald nur noch sieben Grad.«

Vor sich hin grummelnd, betrat Felix die Rue de Richelieu. Während seiner langen Krankheit und meiner Bekanntschaft mit Olympe hatten sich die Gewichte zwischen meinem Bruder und mir verschoben. Wie zittrig er noch war. Bestürzt über meinen frechen Ton, hakte ich mich bei ihm ein, tatsächlich konnte ich ihn so am unauffälligsten stützen. In kleinen Schritten bewegten wir uns über das Trottoir. Felix blieb immer wieder stehen und sah sich staunend um. Sehnsüchtig heftete er seinen Blick auf die frisch vom Süden eingetroffenen Mimosen, die uns von Monsieur Vidals Stand entgegenleuchteten, als ob es die ersten Blumen in seinem Leben wären. Als wir den Stand erreicht hatten und ich den Dichter und meinen Bruder einander gebührend vorgestellt hatte, lehnte sich Felix erschöpft von seinem ersten Ausflug an das Holzgestell. Ich ließ mir Blumenkohl und ein Pfund Zitronen abwiegen. Da ertönte die heisere Bassstimme des Neuigkeitenausrufers in unseren Nacken.

»Voilà!!! Etwas Neues und Merkwürdiges!«

In Windeseile strömten Menschen zusammen. Unser Gemüsehändler brach die zweite Verszeile ab, die er rezitierte, und schwenkte ein Bündel Karotten wie eine Glocke. Ich fröstelte. Ein ungutes Gefühl überkam mich. Das nächste »Voilà!!!« war zu hören.

»Die Nationalversammlung erklärt Österreich den Krieg. Vive la France! Die Nationalversammlung erklärt Österreich den Krieg.«

Gleichzeitig mit den aufbrausenden Jubelschreien der Umstehenden krachte Monsieur Vidals Stand zusammen. Eine Lawine aus Zitronen, Krautköpfen, Kartoffeln, Orangen und mehreren Dutzend Büchern begrub meinen Bruder. Monsieur Vidals Haare wurden eine Rauchsäule. Dumpf hörte ich Felix' Stimme von weit unten. Ich ging ich in die Hocke und räumte wahllos Gemüse und Bücher beiseite. Dabei rief ich in den Trümmerhaufen hinein: »Felix, alles in Ordnung? Geht es dir gut?« Als Antwort nur Gebrummel. Immerhin, ich atmete erleichtert, schaufelte weiter. Monsieur Vidal half mir, die Tischplatte hochzuheben. Zusammengekauert saß Felix auf dem Boden, Petersilie in seinem Zopf, aber Gott sei Dank unverletzt. Monsieur Vidal und ich klopften ihm den Straßendreck von Schultern und Rücken. Plötzlich wehrte uns Felix ab. Er ging nochmals zu Boden und kramte.

Hoch kam er mit einem Buch in den Händen. Ein schmaler tannengrüner Band. Felix reichte ihn mir, sein Gesicht vom Blütenstaub der Mimosen gelb bepudert.

»Schau!«

»Reflexionen über die Versklavung der Neger«, übersetzte ich den Titel halblaut ins Deutsche.

»Und, was liest du noch?«, fragte Felix. Seine Stimme vibrierte.

»Erschienen 1788«, fuhr ich fort. »Und, ach ja, der Autor …«

Ich blickte auf. Über Felix' abgemagertes Gesicht lief ein triumphierendes Strahlen. Noch einmal schwoll der Ruf an: »Kriegserklärung an Österreich!«, bis auch diese Neuigkeit im ständigen Brausen der Stadt verebbte.

»Ja, trau nur deinen Augen, Eleonore. Dr. J. Schwartz hat das geschrieben. Unser Dr. J. Schwartz. Wir haben ihn.«

Kapitel 7

Ende April 1792 – Anfang August 1792

An einem einzigen Tag trat ich in zwei Klubs ein.

Ziemlich viel Überwindung kostete mich das, notorischer Einzelgänger, der ich war. Aber die Mitgliedschaften gehörten zu meinem Plan. Dr. J. Schwartz' Buch war ja nicht nur der Beweis für seine Existenz, sondern auch so etwas wie ein Steckbrief. Nachdem ich den Inhalt gründlich gelesen hatte, zog ich meine Schlüsse: Erstens, der Mann war sehr gebildet und besaß einen bemerkenswert logischen Verstand. Zwar verurteilte er die Sklavenhaltung aus moralischen Gründen, aber seine Argumente baute er Schritt für Schritt wie eine mathematische Gleichung auf.

Zweitens war er ein Mann der Aufklärung, der deshalb der Revolution nahestand, sie wahrscheinlich aktiv unterstützte. Außerdem hatte ich recherchiert und wusste, dass im ersten Revolutionsjahr die Abschaffung der Sklaverei so gut wie beschlossene Sache war. Dann, im Sommer vor einem Jahr, erhoben sich die Schwarzen gegen ihre weißen Herren. Sechshundert Plantagen auf Santo Domingo wurden niedergebrannt, die Besitzer erschlagen. Nicht nur, dass daraufhin Kaffee und Zucker ausblieben, zahlreiche Pariser Bürger hatten auch ihr Erspartes in den Kolonien investiert. Eine schwarze Revolution war ganz und gar nicht in ihrem Sinn, sie traten deshalb ihren Abgeordneten kräftig auf die Füße. Flugs wurde die Legalität der Sklavenhaltung von der Nationalversammlung bestätigt. War Dr. Schwartz damals auch eingeknickt oder seiner Überzeugung treu geblieben, dass die

Menschenrechte für alle Hautfarben galten? Ich grübelte darüber nach, kam aber zu keinem eindeutigen Ergebnis.

Drittens wimmelte es in Dr. Schwartz' Text von Pointen, die sich wie Versatzstücke aus Reden lasen. Ergo, der Mann war wie jetzt so viele Franzosen Mitglied in einem Klub, wo debattiert wurde. Darauf wollte ich den Rest unserer Goldmünzen wetten.

Mit dem Buch und einem Empfehlungsschreiben Professor Friedrich Schillers von der Universität Jena machte ich mich bei sechzehn Grad Nachmittagstemperatur und leichtem Südwestwind auf den Weg. Rosa Wolkenfetzen trieben über einen ansonsten gleichgültigen Himmel. In den Straßenschluchten ging es kurioser zu: Wildfremde umarmten und küssten sich, versuchten es auch bei mir, was ich höflich, aber entschieden verhinderte. »Auf in den Krieg«, wurde gerufen und »Es lebe die Nation«. Dabei war die Kriegserklärung schon drei Tage her. Weinflaschen wanderten von Mund zu Mund. Aus jedem zweiten Fenster flatterte die Trikolore, die neue dreifarbige Flagge Frankreichs. Viele Frauen flanierten mit nackten Armen. Zum Glück wurde dieses vulgäre Treiben von dem blauen Schleier abgedämpft, der sich, seit es Frühling geworden war, zu einer bestimmten Uhrzeit auf Paris legte und auch die Schieferdächer weicher aussehen ließ. Sogar der Kadaver eines zu Tode geschundenen Pferdes, der an der Ecke zur Rue des Petits Champs lag und über den bald die Ratten und Straßenhunde herfallen würden, wirkte in diesem Licht nicht ganz so grausig, wie er tatsächlich war. Ich zog das blaue Licht wie einen dünnen Hausmantel über, und ein Gefühl, für das ich keine Worte wusste, beflügelte mich bis zu meinem Ziel.

Nachdem ich mich der Concierge, der Hausmeisterin, des Hôtel de Marine in der Rue des Petits Champs vorgestellt und sie sich asthmatisch aus ihrem Verschlag geschält hatte, um mir die Tür zu öffnen, vergewisserte ich mich noch schnell, dass mein Zopf ordentlich saß. Und mit einem Daumen polierte ich die Silberschnallen meiner Schuhe. Als ich oben ankam, keuchte ich schon wieder, was mir peinlich war angesichts des hübschen jungen Mannes, der mich, lässig gegen den Türstock gelehnt, begrüßte.

»Sie waren wirklich in Schillers Vorlesungen? Sie Glücklicher! Wie lange sind Sie schon in Paris? Kaffee, Portwein, ein Bordeaux? Noch haben wir Vorräte. Der Krieg treibt Sie hoffentlich nicht fort? Und Ihre bezaubernde Schwester, die ich manchmal im Palais-Royal treffe, wie geht es ihr?«

Der Sturzbach seiner Fragen warf mich beinahe um, zum Ausgleich nagelten mich seine liebenswürdigen blauen Augen fest. Schillers Schrieb wurde mir aus der Hand genommen, auf einem Tischchen deponiert und von mir augenblicklich vergessen.

»Gut, meiner Schwester geht es gut. Äh, wie war doch gleich Ihr werter Name? Ich glaube, Eleonore hat ihn erwähnt, aber …«, stammelte ich.

»*Mon Dieu*, entschuldigen Sie. Ich bin noch ganz in dem Artikel, den ich gerade schreibe. Oelsner. Konrad Oelsner aus Goldberg in Schlesien, Publizist. Habe ich Sie nicht zufällig gestern im Théâtre Nicolet, am Boulevard du Temple gesehen? Fast fünfzig Tänzer auf der Bühne, gleichzeitig.«

»Wie interessant. Das heißt, nein. Ich meine, ich war nicht dort. Vielleicht ein anderes Mal.«

Verwirrt folgte ich diesem Oelsner, der zwar eher von untersetzter Statur war, unter dessen Weste sich aber beachtliche Muskelpakete bewegten, ins Innere der Wohnung. Auch seine Waden gefielen mir. Machte er etwa Leibesübungen wie die Engländer? Ich schätzte ihn fünf, sechs Jahre älter als mich. Dass Eleonore über die vielen Bekanntschaften, die sie hinter meinem Rücken machte, vom Club Allemand erfahren und mir die Adresse besorgt hatte, wurmte mich. Gleichzeitig irritierte mich, dass Oelsner Deutscher war. Er gestikulierte und sprach so leichthin, dass ich ihn für einen exemplarischen Ureinwohner der französischen Hauptstadt gehalten hätte, der mit elf das erste Mal eine Oper und mit zwölf ein Bordell besucht hatte. Ich nahm mir fest vor, mich nicht in diesen Konrad Oelsner zu verlieben. Auch wenn er verglichen mit Louis bestimmt harmlos war.

Ich betrat eine vertraute deutsche Insel: saubere, gut gelüftete Räume, über den Sesseln Schonbezüge, drei Schachbretter. Fast alle Gazetten, die ich schätzte, einschließlich *Wielands Merkur*, lagen Kante auf Kante auf einem zentralen Tisch. Ich zahlte die sechs Livres Monatsbeitrag und bekam von einem gewissen Regierungsrat Halem aus Oldenburg eine Quittung ausgestellt, mit der ich nicht wusste, wohin. Acht Männer, darunter ein Schweizer, saßen in Fensternischen. Sie lasen oder schrieben. Einer schnäuzte sich jedes Mal, bevor er umblätterte, ein anderer, mit vielen Pickeln auf der Stirn, hatte seine aufgeklappte Taschenuhr neben dem Tintenfass liegen. Mich beschlich das Gefühl, dass ich sie alle kannte.

Als sich die Vorstellungen und Höflichkeiten erschöpft hatten, zog ich das tannengrüne Buch hervor und ratterte meinen Spruch herunter: Dr. J. Schwartz, wer wusste von ihm? Oder hatte irgendwo und irgendwann eine flammende Rede gegen die Sklaverei gehört? Die Mitglieder des Club Allemand nestelten an ihren Knöpfen, schüttelten die Köpfe. Nein, wirklich nicht? Die meisten von ihnen, erfuhr ich, hatten schon ihre Koffer gepackt. Es gingen nicht mehr viele Postkutschen nach Osten. Bald würden in diese Richtung nur noch Kanonen und Truppenverpflegung transportiert werden. Reserviert, aber innerlich tief enttäuscht verbeugte ich mich in die Runde, längst entschieden, dass mein erster Besuch in diesem Klub auch mein letzter sein würde. Mit Ausnahme Oelsners schauten sie dem größten Spektakel, das je geboten worden war, aus der Deckung ihrer deutschen Stube zu. Feiglinge allesamt. Olesner, der nicht von meiner Seite wich, berührte flüchtig meine Schulter, was mir einen kleinen elektrischen Schlag versetzte, und meinte: »Jetzt kommen Sie erst mal mit zu Bergier, dort stärken wir uns.« Dabei schlüpfte er in seinen eleganten rehbraunen Rock und sagte beiläufig: »Da sind wir ohnehin schon in der Rue Saint-Honoré, und es ist nur noch ein Katzensprung bis zum Kloster.«

Ich begriff nichts, nickte aber. Auf dem Weg zurück zur Tür passierte ich einen Wandspiegel. Der Anblick schockierte mich: Meine Schultern hingen, meine Kleidung und mein gepuderter Zopf waren altmodisch, meine Gesichtszüge verkniffen. Keine Spur mehr von einem blauen Lichtmantel. Mit einem Mal wusste ich, warum mir die Mitglieder dieses Klubs so vertraut vorkamen.

Linsensuppe, Hühnerpastetchen, ein Stück Aal, Kalbsbraten mit glacierten Möhren, dazu eine halbe Karaffe Landwein, und unsere Unterhaltung wurde immer lebhafter und herzlicher. Gerade servierte man uns noch geschälte Birnenscheiben, bestreut mit Rohrzucker, und ich überlegte, wie ich die Streusel unauffällig abkratzen konnte, da raunte mir Oelsner zu: »Schauen Sie mal wie zufällig nach links hinten. Der einzelne Herr mit der grauen Perücke …«

»Der mit dem großen schwarzen Hund spricht?«

»Genau der. Robespierre ist das. Starren Sie doch nicht so!«

Ein Stück Birne blieb mir im Hals stecken, prustend und hustend drehte ich mich um, spürte am Gaumen Streusel vom Sklavenzucker kleben.

»Wirklich *der* Robespierre?«

»Ja der, selbst ernannter Volksfreund und Tribun vor dem Herrn.«

»Aber warum um Himmels willen unterhält er sich die ganze Zeit mit einem Hund?«, krächzte ich zurück. Oelsner zuckte mit den Schultern, die für einen Journalisten und Theaterbesucher ebenfalls ungewöhnlich breit und muskulös waren, und verzog den Mund.

»Damit auch die Franzosen mit vier Beinen verstehen, dass die Revolution am Einschlafen gehindert werden muss. Der Hund, er gehört übrigens dem Restaurantbesitzer, könnte ja einer von denen sein, die meinen, mit einer ordentlichen Verfassung sei alles erledigt. Er könnte aber auch ein getarnter Royalist sein«, Oelsner grinste und nippte an seinem Weinglas. »Ach was, Maximilien de Robespierre redet einfach nicht gern mit Menschen.«

Oelsner sah mir so tief in die Augen, dass mir schummrig wurde. Leichthin fügte er hinzu: »Sein Bett benutzt Robespierre übrigens auch nur zum Schlafen, wenn Sie verstehen was ich meine.«

Ich verdrehte mir den Hals, als ob mich dicke Hundepfoten brennend interessierten, nur damit ich nicht mehr Oelsners Blick auf mir spürte. Flirtete er mit mir? Drei, vier Herzschläge später sagte ich so gleichgültig wie möglich: »Aber da geht gerade einer zu ihm hin, ziemlich viel Mensch sogar, mit einer zerquetschten Kartoffel als Nase.«

Oelsner wischte seine Serviette vom Tisch, damit er sie aufheben und von schräg unten einen Blick auf Robespierres Tisch riskieren konnte. Ich löffelte den gesamten Sklavenzucker, bis Oelsner wieder hochkam und seine Serviette demonstrativ ausschüttelte.

»*Mon Dieu*, haben Sie aber Glück. Das ist Danton. Auch ein großer Redner. Die beiden brauchen sich, auch wenn sie wie Feuer und Eis sind. Jeder auf seine Art begeistert und lenkt die Massen. Sollen wir noch eine Karaffe kommen lassen?«

»Dann bin ich betrunken …«

Oelsner lachte schallend und meinte: »Die beste Voraussetzung, um hinüber in den Klub der Jakobiner zu gehen! Seit sechs Uhr herrscht dort Einlass.«

Mir schoss das Blut ins Gesicht. Der berüchtigte Jakobinerklub! Vater und der Herzog würden mich des Landesverrats beschuldigen, wenn sie erfuhren, dass ich nur daran dachte, die Brutstätte des Aufruhrs zu betreten.

»Nur zu gern«, entgegnete ich so euphorisch, dass der Hund sich erhob und schwanzwedelnd zu mir herübertrottete. Automatisch streichelte ich über seinen großen Kopf. Bis sich ein Blick zwischen meine Schulterblätter bohrte. Geistesgegenwärtig genug, drehte ich mich nicht um, nur meine Hand zog ich blitzschnell zurück. Mein Herzschlag normalisierte sich erst wieder, als der Hund zu seinem ursprünglichen, anscheinend sehr eifersüchtigen Gesprächspartner zurückgekehrt war. Wir bestellten noch Kaffee.

»Ah, Robespierre und Danton brechen auch schon auf«, meinte Oelsner und rührte andächtig in seiner Tasse, obwohl auch er auf Zucker verzichtet hatte, »endlich kommt Hermes zur Ruhe. Jetzt sollte ich mich mit ihm unterhalten. Wahrscheinlich weiß dieser Hund als Einziger in ganz Paris, wen Robespierre demnächst denunziert. Na ja, kommt natürlich auch darauf an, wie der Krieg verläuft. Was meinen Sie, bringt das Blutvergießen auf den Schlachtfeldern Frieden zwischen den rivalisierenden Parteien in Paris, Frieden auch zwischen dem König und seinem Volk? Oder dient dieser Krieg Louis dazu, die Massen von ihrem Drängen nach Demokratie abzulenken? Robespierre behauptet jedenfalls, der König hoffe auf eine Niederlage, damit er seine absolutistische Macht zurückbekommt.«

Ein Kellner kam und räumte unsere leeren Teller ab. Aus den Augenwinkeln betrachtete ich Oelsners Gesicht. Stupsnase, blaue Augen, Grübchen. Die Schnelligkeit und Sprunghaftigkeit seiner Gespräche passte nicht so recht zu seinem unbedarft hübschen Aussehen. Konnte ich ihm trauen?

»Na ja, ich weiß nicht«, murmelte ich, »aber jetzt sind doch die Preußen an die Seite der Habsburger getreten. Und die haben gut gedrillte Soldaten und moderne Kanonen …«

»Preußische Zucht gegen das patriotische Feuer der Franzosen, na, wir werden sehen«, meinte Oelsner und warf gedankenverloren ein paar Münzen zu denen, die ich schon auf den Tisch gelegt hatte. Dann machte er sich zum Aufbruch fertig. So fiel ihm wenigstens meine Verlegenheit nicht auf. Dank meiner hirnlosen Vernarrtheit vom vergangenen Sommer kannte das französische Kriegsministerium Details des preußischen Militärwesens. Als Untertan des Herzogs von Sachsen-Weimar-Eisenach war ich quasi ins Lager des preußischen Königs hineingeboren. Lag es am Alkohol oder daran, dass ich so lange Rücken an Rücken mit den beiden wichtigsten Revolutionsführern gesessen hatte? Als ich satt und leicht beschwipst durch die Tür des Restaurants trat, an der eine Glocke die unverwechselbare Melodie von »*Ça ira*« bimmelte und mir der Hund seinen riesigen schwarzen Zottelkopf in die Kniekehle drückte, als ob ich gleich nach Robespierre sein bester Freund wäre, wusste ich nicht mehr, wem ich den Sieg wünschte: Frankreich oder meiner Heimat? Der Revolution oder den alten Verhältnissen, die meiner Familie zu Adelsbrief und Ansehen verholfen hatten?

Schweigend schlenderte ich neben Oelsner die Rue Saint-Honoré entlang. Immer auf der Hut, nicht auf der seit dem Morgen anwachsenden Schicht aus Kohlblättern, nassem Stroh und Pferdeäpfeln auszurutschen. Alle naslang rempelte ich jemanden an, entschuldigte mich aber nicht mehr. Ich fing an, mich Paris anzupassen.

Gestern war ein Brief von Vater eingetroffen. Er schien sich ernsthaft Sorgen zu machen, vor allem um Eleonore. Er wollte, dass wir schleunigst zurückkamen, das Erbe in den Wind schrieben. Wurde er alt, sentimental oder beides? Die Hochzeit, mein Studium, der Krieg! Wahrscheinlich hatte er recht. Seitdem brannte der Brief Löcher in meine Matratze. Mit meiner Schwester darüber zu sprechen, hatte ich bislang vermieden, aber auch wenn ich es gewollt hätte, wären meine Chancen gering, bei ihr Gehör zu finden. Eleonore war praktisch ständig aushäusig, selbst wenn sie mit mir frühstückte. Schuld waren die leicht bekleidete Ziegenbesitzerin von oben und eine hysterische Schriftstellerin mit dem Künstlernamen Olympe de Gouges, die allein wegen ihrer Gesichtsbemalung in Weimar sofort in Gewahrsam genommen worden wäre. In dieser Gesellschaft, mehr oder weniger skandalös angezogen oder, schlimmer gesagt, ausgezogen, bei Außentemperaturen unter zwanzig Grad, trieb sich meine Schwester herum.

Gerade noch rechtzeitig wich ich einem Haufen glitschiger Fischskelette aus. Oelsner, wo war er? Schweiß kribbelte unter meinen Armen und zwischen meinen Schulterblättern. Plötzlich umringten mich Bettler mit verstümmelten oder fehlenden Gliedmaßen und zerlumpte Straßenkinder. Finger grapschten, und ich hatte meine liebe Not, ihnen auszuweichen. Der rehbraune Rock tauchte wieder neben mir auf, die ehrlichen Augen, das Grübchenlächeln. Neidisch registrierte ich, dass Oelsner sich in diesem Babylon wie ein Fisch im Wasser bewegte. Er verteilte sogar Komplimente an die auf ihre ersten Freier wartenden Mädchen. Es hieß, dass mittlerweile nicht nur Fabrikarbeiterinnen, sondern auch Bürgerstöchter ihren Körper verkauften, um ein Stück Brot in Fischbrühe tunken und hin und wieder eine Tasse Kaffee trinken zu können. An dem Elend der Pariser Massen hatte sich kaum etwas geändert. Nur die Bauern, hörte ich von Madame Bissot, deren Bruder in der Dordogne eine Mühle betrieb, kauften neuerdings das Land ihrer früheren Feudalherren auf. Oelsner nickte mir zu, ich folgte ihm schneller. Plötzlich spürte ich ihn wieder. Er hob mich sogar ein Stück vom Boden hoch, als ob die Brüder Montgolfier ihn konstruiert hätten: der Mantel aus blauem Licht. Blicke blieben an mir hängen, vielversprechende Blicke. Von Männern. Kurz darauf wurde ich Mitglied im Klub der Jakobiner.

Oelsner, der in der Bibliothek des ehemaligen Klosters an der Rue Saint-Honoré wie ein alter Bekannter begrüßt wurde, bürgte für mich. Wir nahmen auf einer der langen harten Refektoriumsbänke Platz, die schon zur Hälfte besetzt waren. Vier Reihen vor uns entdeckte ich den glänzenden Schädel von Hans, dem schwäbischen Buchdrucker. Ich rief seinen Namen, aber er war zu sehr in ein Gespräch vertieft. Und der hagere Typ, der an einer mit roten Tüchern verhangenen Wand lehnte, herausgeputzt wie zu alten Zeiten, war das nicht der Arzt, der mir fast alles Blut abgezapft hatte? Zu meiner Verwunderung waren auch viele Frauen da. Solche, die ich auf den ersten Blick als höhere Töchter identifizierte. Vor der Revolution hätten sie um diese Stunde wahrscheinlich Klavichord geübt. Aber auch Ammen mit dicken Brüsten waren gekommen und abgearbeitete Ehefrauen von Handwerkern und

Tagelöhnern. Wolken von Moschus- und Lilienparfüm mischten sich mit Knoblauchausdünstungen und dem Gestank verfaulter Zähne, der Schlachthöfe und Gerbereien zu einem ganz eigenen Odeur. Unwillkürlich kräuselte ich die Nase, als sich ein Bewohner der Vorstädte rechts neben mich zwängte. So nah war ich dem Dritten Stand selten gekommen.

»Wir sollten diesen Geruch mit Alkohol vermischt in Flakons einfangen«, flüsterte Oelsner an meiner linken Seite, »und das Etikett ›revolutionärer Geist‹ draufkleben. Ich wette, dass sich rechts des Rheins damit viel Geld verdienen ließe.«

Enthusiastisch nickte ich. Allein schon deshalb, weil ich alles, was Oelsner sagte, aufregend fand. Immer mehr Leute drängten in das ehemalige Klostergebäude. Anwälte fuchtelten mir mit ihren Akten vor dem Gesicht herum. Herren mit Patriziernasen schlugen ihre seidig bestrumpften Beine neben rotgesichtigen Straßenhändlern übereinander und tauschten sich mit ihnen über den Kriegsverlauf aus. So als ob sie tatsächlich Brüder wären. Ein Ding der Unmöglichkeit in Deutschland. Möglicherweise saß Dr. Schwartz bereits in meiner Nähe. Diese Aussicht ließ meinen Puls hochschnellen.

Je später es wurde, desto mehr Männer in langen schlotternden Hosen tauchten auf. Wasserträger, Maurer, Messerschleifer, Geflügelhändler mit Federflaum im Haar.

»Man nennt sie Sansculotten«, erklärte Oelsner. »Sie sind Robespierres Anhänger und Zigtausende. Entflammbar wie Heuhaufen im Hochsommer. Diese Partei ist gleichauf mit den Girondisten, den Gemäßigten. Aber …«, zum ersten Mal, seit ich ihm begegnet war, verdüsterte sich Oelsners Gesicht.

»Aber. Was meinen Sie damit?«

Zögernd tastete Oelsner sich an eine Antwort heran: »Hoffentlich täusche ich mich. Aber es scheint, dass gerade etwas kippt. Und dass diejenigen Oberwasser gewinnen, die bereit sind, die Prinzipien der Verfassung und Gesetzmäßigkeit über den Haufen zu werfen. Weil sie mit der Wut und dem Hunger der Sansculotten Politik machen wollen. Außerdem«, Oelsner beugte sich so nahe zu mir, dass ich die Wärme seiner Lippen an meinem Ohrläppchen spürte, »gibt es immer mehr, die es todschick finden, lange Hosen zu tragen und sich zu benehmen wie die Männer, die nichts zu verlieren haben. Diese Spezies Sansculotten reißt von Tag zu Tag weiter den Mund auf. Und wird reicher.«

Ich kam nicht dazu, das alles zu verdauen. Ein jüngerer Kerl mit auffallend femininem Gesicht arbeitete sich mit seinen Ellbogen zu uns durch und wurde mir als Antoine de Saint-Just vorgestellt. Er lobte Oelsner und mich überschwänglich, dass wir vor der Tyrannei der Fürsten nach Frankreich geflüchtet waren und den Aufbau einer neuen Staatsgesellschaft unterstützten. Ich widersprach nicht. Obwohl dieser Saint-Just keine einzige Schwiele an seinen Händen hatte und nach Orangenblüten roch, trug er lange Hosen, noch dazu gestreifte. Furchtbar, wenn sich diese Mode durchsetzte. Die Waden waren das Schönste an einem Mann. Das, da war ich mir sicher, fanden auch Frauen.

Ein bulliger Mann trat an ein roh zusammengezimmertes Pult. Er stellte sich als Böttcher vor, fünffacher Familienvater aus dem Faubourg Saint-Antoine. Es ging ihm um einen Erlass der Nationalversammlung, wonach der König den Bau bestimmter neuer Maschinen für ganz Frankreich befehlen sollte. In seinem breiten, gutmütigen Gesicht arbeitete es, mehrmals verhaspelte er sich. Ich litt mit ihm.

»Das Stück zu 824 Livres! Mit meinen eigenen Ohren habe ich vor drei Tagen in der Manège gehört, dass neunundzwanzig solcher Maschinen auf einmal in Auftrag gegeben werden sollen. Jetzt frage ich euch, meine Brüder …«

»Und Schwestern!«, rief eine energische Frauenstimme dazwischen. »Meine Freundin Miss Williams«, flüsterte mir Oelsner ins Ohr. Wieder ein kleiner elektrischer Schlag. Der Mann umklammerte das Rednerpult, als ob er ein Fass für tausend Humpen zusammenschmieden wollte, sein Gesicht hatte mittlerweile die Farbe von schwerem Bordeaux.

»Ist das nicht unverantwortlich teuer? Ist das nicht Diebstahl am Eigentum des Volkes?« Er hob seinen Brustkorb und presste ohne Versprecher heraus: »Für das Geld könnte viel Brot verteilt werden. Körbeweise, ach was, wagenweise!« Beifall brandete auf, manche skandierten: »Wagenweise Brot!« Aber ein Sansculotte, der breitbeinig den Ausgang des ehemaligen Klosters verstellte, brüllte dagegen an: »Ruckzuck, Köpfe ab.« Auch er wurde frenetisch beklatscht. Schräg vor mir hörte ich sagen: »Ich dachte, die Todesstrafe soll abgeschafft werden.«

Diese Stimme ging im Lärm unter, sie war auch nicht sehr laut gewesen.

»Ich habe mal nachgerechnet«, der Fassbauer räusperte sich, zog einen Zettel heraus und legte ihn vor sich aufs Pult. »Neunundzwanzig Maschinen à 824 Livres«, las er Silbe für Silbe ab. Kurz hielt er inne und holte dann seine Keule heraus: »23 896 Livres.«

Die Zahl hatte die Wirkung einer Kanonenkugel. Alle um mich herum duckten sich und hielten den Atem an. Ich auch. Vor mir beugte eine Frau ihren Kopf so zur Seite, dass ich Robespierres Profil erspähte: eine scharfe Zickzacklinie. Er verzog keine Miene, spitzte allenfalls die Lippen noch etwas mehr. Der Arzt, dem ich gerade noch von der Schippe gesprungen war, trat ans Pult, schob den Redner grob zur Seite und verkündete: »Diese Köpfmaschine, die übrigens mein verehrter Kollege und Freund, Doktor Guillotin vom Collège des Chirurgiens, erfunden hat, bedeutet einen gewaltigen Fortschritt für die Menschheit. Töten wird human.«

Er reckte sich und fügte pathetisch hinzu: »Es dauert nur einen Wimpernschlag. Die Delinquenten empfinden das fallende Messer nur als kühles Säuseln im Nacken.«

Die Brüsseler Spitzen an seinem Hals zitterten, als er das Katheder losließ.

»Hast du es selbst ausprobiert?«, quäkte eine Alte, deren Haube vor Dreck starrte. Brüllendes Gelächter.

»Ein Deutscher baut sie«, zirpte es von weit hinten. Alle Köpfe drehten sich um, nicht zuletzt, um die zu der Stimme gehörenden fleischigen Arme zu begaffen. »Namens Schmidt, Tobias«, fuhr die blonde Grazie fort, »der sonst die allerbesten Instrumente fabriziert, Cembali, Harfen und so was. Ich weiß das, weil er jede Woche mit meinem Vetter Geige spielt.«

Ein heiteres Raunen ging durch die Reihen. Die Stimmung drehte sich. Eine Enthauptungsmaschine mit Musik gefiel den Jakobinern. Damit war die Sache entschieden. Es würde keine Proteste geben, Geld hin oder her. Die Versammlung war zu Ende. Ich verfolgte mit den Blicken, wie der Bottichbauer resigniert in der Menge verschwand, und fühlte mit ihm. Mich hatten seine Argumente überzeugt. Robespierre schaute weiterhin so unbeteiligt, als ob es gerade um die Anpflanzung öffentlicher Blumenbeete gegangen wäre. Allgemeiner Aufbruch. Auch ich erhob mich, schob mich zögernd aus meiner Sitzreihe, das schmale Buch schon in der Hand. Sollte ich mich wirklich trauen? Fremde Leute ansprechen war mir von Natur aus zuwider. Aber wann würde ich wieder inmitten so vieler Menschen sein? Dieser Klub passte außerdem haargenau zu dem Profil, das ich von Dr. Schwartz entworfen hatte. Ich räusperte mich.

»Entschuldigung, Monsieur, kennen Sie zufällig den Autor dieses Buches? Es geht um das Verbot der Sklaverei. Er kommt vielleicht öfter …«

Eine mit Altersflecken übersäte Hand drehte das Buch hin und her und gab es mir wieder zurück.

»So ein Quatsch, die sind ja nicht einmal getauft, diese Schwarzen. Sie wollen doch wohl nicht, dass ich meine Einlagen in der Zuckerrohrplantage verliere, junger Mann!«

Schnell verzog ich mich in eine Ecke und wartete, bis der übellaunige Herr die ehemaligen Klosterräume verlassen hatte. Ein Grüppchen solider Hausfrauen schien mir wohlgesonnener. Die Damen in ihren gestärkten Schürzen und Hauben nickten mir lächelnd zu, blätterten in dem Buch, lasen sogar einzelne Abschnitte und gaben sich Mühe, ihren gesamten Bekanntenkreis zu durchforsten.

»Der Mieter, der über meinem verstorbenen Vetter Jean-Dominique, Gott hab ihn selig, seine Galle, ihr wisst schon … Schwartz, Schwartz? Ja, ich glaube, so hieß er. Aber Bücher schreiben?« Die Frau verdrehte die Augen. »Mein Vetter hat mir erzählt, dass er ihm helfen musste, das Wichtigste aus den Zeitungen zu erfahren, weil er kaum lesen konnte.«

Bevor sie gingen, schaffte ich es, noch fast zwanzig weitere Mitglieder des Jakobinerklubs zu befragen. Die meisten gaben sich ehrlich Mühe, mir zu helfen. Bei mindestens drei aber hatte ich das Gefühl, dass sie nicht die Wahrheit sagten, als sie betonten, keinen Dr. Schwartz zu kennen. Ihre Augen sprachen eine andere Sprache. Ebenso wie die Olesners.

Mein neuer Bekannter verabschiedete sich wortreich, in bester Laune, wie es schien. Bis bald, bis bald, Theater, Oper, er überschüttete mich regelrecht mit Plänen. Er müsse, sagte er mir, jetzt in dringender Angelegenheit Miss Williams suchen, die englische Lady. Ein Muskel unter seinem linken Auge zuckte unkontrolliert, sein Blick erinnerte mich an den der Tiere, die bei Anselms Jagden nicht sofort tot, sondern nur angeschossen im Gebüsch lagen. Warum hatte Miss Williams nicht auf Oelsner gewartet? Irgendetwas stimmte nicht. Die englische Miss Williams schien meinen neuen Bekannten ziemlich zu beunruhigen, wahrscheinlich bedeutete sie ihm mehr als er ihr. Wie gut, dass ich mich nicht in Oelsner verliebt hatte. Leise pfeifend verließ ich den Jakobinerklub.

Gewärmt von Anselms Bärenfelldecke, hatte Mutters Rindsledertasche den ganzen Winter in meinem Schrank verbracht. Sie kam mir schwerer vor als bei unserer Anreise. Schon am Fuß der Treppe schnitt mir der silberne Bügel in die Handfläche. Ich winkte einer Kalesche, stieg hinter meiner Schwester ein, darauf bedacht, nicht auf den Saum ihres guten Kleides zu treten. Ein komisches Gefühl, die Tasche wieder zwischen den Beinen zu haben und die Waden zusammenzupressen. Wie fast alle Pariser Kaleschen fegte auch diese in einem Höllentempo um die Straßenecken. Eleonore rutschte auf der Bank hin und her, es schien ihr sogar Spaß zu machen. Ich überlegte, ob die sechs Monate in Paris eine lange oder eine kurze Zeit in meinem Leben waren. In meiner Rocktasche steckte ein steifes, honigfarbenes Billett. Schwungvolle Schriftzüge luden Eleonore und mich zu einem »kleinen Souper« im Hôtel des Monnaies. Womöglich war Paris danach bald Vergangenheit. Ich schloss meine Augen. Zwei Klubmitgliedschaften und die Begegnung mit Louis auf der engen Stiege, sollte das alles gewesen sein?

Unseren Gastgeber kannte ich nicht, aber ich bildete mir ein, seinen Namen schon öfter in den Zeitungen gesehen zu haben. Marie Jean Antoine de Condorcet. Condorcet. Hieß so nicht ein Philosoph und Politiker? Eine steile Furche bildete sich über Eleonores Nase, während sie mit Nachdruck sagte: »Ein komischer Vogel. Wortkarg. Dass Olympe ihn mag, ist mir ein Rätsel.«

»Dass jemand Olympe mag, mir auch.«

Ein wirkliches Rätsel stand auf der Rückseite unserer Einladungskarte: »Ich kenne den von Ihnen gesuchten Dr. Schwartz, und es wäre mir eine Freude, Ihnen weiterzuhelfen.«

Wie üblich um diese frühe Abendzeit verstopften Kutschen, Tragsessel und Karren die Straßen und färbten sie schwarz. Endlich sah ich das Reiterstandbild von Henri IV. mit seinem spitzen Bart auf dem Pont Neuf, der Brücke, die wir überqueren mussten. Diesen König hatten die Franzosen geliebt, weil er ihnen jeden Sonntag ein Huhn im Topf versprochen hatte. Plötzlich knirschte und ruckte es auf der Höhe meiner rechten Hüfte. Eine andere Kalesche touchierte uns. Im Fenster gegenüber ein massiger Kopf. So einen Kopf vergaß ich nicht. Danton! Er grinste zu uns herüber, seinen Mund wollüstig und breit geöffnet, die Oberlippe von einer Narbe hochgezogen. Instinktiv drückte ich Eleonore zurück an die Wand unserer Kutsche. Dantons Kalesche preschte weiter. Unsere wackelte, kippte zum Glück aber nicht. Ich atmete durch. In dieser Stadt zu überleben war ein tägliches Wunder.

Eleonore hatte sich sorgfältig zurechtgemacht. In dem langärmeligen Kleid mit kleinen Blüten und einem Fichu, das ihren Ausschnitt bedeckte, glich sie wieder dem deutschen Edelfräulein, als das sie Weimar verlassen hatte. Ausnahmsweise hatte sie sich von Hortense auch wieder einschnüren lassen. Als Zugeständnis an die hiesige Mode loderten ihre Haare allerdings wie eine Feuersbrunst über ihre Schultern. Als wir am Quai Conti ausstiegen, und Eleonore im Licht der Abendsonne, die zwischen den Kastanienblättern hindurch leuchtende Kringel auf meine Schwester warf, auf das Portal der französischen Münze zuging, war ich mir sicher: Wäre sie nicht meine Schwester und würde ich überhaupt Leidenschaft für Frauen empfinden, dann hätte ich mich auf der Stelle in sie verliebt.

Und dann dieser Affront! Kaum knickste Eleonore vor unserem Gastgeber, machte er einen Schritt zurück. Ich bildete mir ein, dass er sogar aufstöhnte. Auf dem Weg ins Speisezimmer, vorbei an Wänden voller Bücher, an denen ich gern stehen geblieben wäre, ging der ungewöhnlich große Mann gemessenen Schrittes vorbei.

An dem Souper nahmen außer Condorcets junger Frau, der grässlichen de Gouges, die einen froschgrünen Turban trug, noch zwei einzelne ältere Herren teil. Wissenschaftler von der neuen pedantischen Art, die alles überprüften, maßen, aufschrieben. Lavoisier, der offiziell die französische Pulververwaltung leitete, plauderte über der Suppe von Experimenten mit Gasen, als ob es Theaterstücke wären. Er sperrte sie in seinem Privathaus in der Rue Neuve-des-Bons-Enfants in Gefäße ein, erhitzte sie und wog sie, kühlte sie ab und wog sie wieder. Ich schüttelte insgeheim den Kopf. Als ob dieses Land nicht andere Sorgen hatte! Dass Eleonore ihm hartnäckig Fragen zur möglichen Nutzung der Dampfkraft stellte, schmeichelte ihm natürlich. Beim Braten drehte sich die Unterhaltung um etwas, das Lavoisier »Knallgas« nannte. Ich war froh, dass wir weit genug von der Rue Neuve-des-Bons-Enfants entfernt wohnten. Ich sagte wenig dazu und zerdrückte stattdessen eine goldbraun geröstete Kartoffel nach der anderen und verspeiste sie mit Genuss. Warum ich dafür von dem zweiten Gast, einem grobschlächtigen Botaniker namens Parmentier als »braver Junge« gelobt wurde, blieb mir ein Rätsel. Immerhin verdankte ich ihm, dass ich bei meiner Suche weitergekommen war.

An einem Abend im Jakobinerklub, als ich wieder einmal mit dem Buch in der Hand meine Runden drehte und nach Dr. Schwartz fragte, hatte er mich beiseitegenommen. Ja, er kenne den Autor, hatte er gebrummt, schließlich lehne auch er die Sklaverei ab. Schweigen, Nasekratzen, Schweigen. Ich blieb hartnäckig, Parmentiers Nase war groß und juckte offensichtlich von der Wurzel bis zu den schwarz behaarten Löchern. Eine volle Minute verging, bis ich erfuhr, dass Dr. Schwartz die Öffentlichkeit mied, Gallensteine, Gicht und noch dazu schlechte Säfte im linken Knie. Aha. Die Nase juckte wieder. Aber noch während sie bearbeitet wurde, presste ich Permentier das Versprechen ab, denjenigen einzuschalten, der als Einziger noch Zugang zu Dr. Schwartz hatte.

Ebenso wie ich beobachtete Condorcet während des Soupers in erster Linie. Aus den Augenwinkeln warf er meiner Schwester Blicke zu, nicht wie ein Mann, der es auf eine junge Frau abgesehen hat, sondern eher forschend. Ich spürte Eleonores Beklommenheit, und sie tat mir leid. Bis zum Halbgefrorenen hing über dem Tisch eine gewisse Nervosität. Mir war unser Gastgeber auf Anhieb sympathisch. Verblasste Pockennarben bildeten Muster auf seinen eingefallenen Wangen und seine breite hohe Stirn, unter der eine stark gebogene Nase hervorsprang. Zweifellos ein würdevolles Gesicht. Hin und wieder aber kam mir Condorcet wie ein staunendes Kind vor, das den Mund offen stehen ließ, wenn ihn etwas besonders wunderte. Obwohl er mindestens fünfzig war und Abgeordneter der Nationalversammlung, behandelte er mich wie einen Ebenbürtigen. Er wollte etwas über das Schulsystem in unserem Herzogtum wissen, die Stellung der Juden dort, die Straßenhygiene und auch über so kuriose Sachen wie die Rechte der Frau. Wenn er ausführlicher sprach, tat er es leise, fast schüchtern.

»Jetzt nehmen Sie mal Ihre Tasche, junger Mann. Ich wünschte übrigens, La Fayettes Truppe würde den König genauso gut bewachen, und kommen Sie mit hinüber in mein Studierzimmer, dort bekommen Sie auch Kaffee. Wobei ich Sie warnen muss«, kicherte er, »er wird bei uns inzwischen ziemlich gestreckt.«

Ich zwinkerte Eleonore zu, erhob mich und folgte ihm in einen ebenfalls von den abgetretenen Eichendielen bis hoch zum Deckenstuck mit Büchern vollgestopften Raum. Genießerisch sog ich den Geruch von Tinte, Büchern und angesammeltem Wissen ein. Die zwei Sessel, die Condorcet und ich eilig von Büchern, Briefbogen und Aktenmappen befreiten, gaben nach wie Moos. Dann störte uns nur noch das Mädchen mit den Tassen. Aus der, die sie ihrem Herrn reichte, dampfte Teearoma. Das brachte mich auf eine Idee: »Sie sind also auch gegen Sklaverei, wie Dr. Schwartz!«

»Wie kommen Sie darauf, mein junger Freund?«

Condorcet blinzelte mich unschuldig wie ein Fünfjähriger an.

»Nun, ich sehe, dass Sie Kaffee boykottieren, Zucker auch. Beides Produkte von den Antillen. Hergestellt mit eisernen Fesseln an den Füßen und Peitschenhieben auf den Rücken.«

»Darf ich umgekehrt aus Ihren Worten schließen, dass Sie ebenfalls kein, hm, großer Freund, hm, der Sklavenhaltung sind?«, fragte Condorcet zurück. Statt zu antworten, kippte ich meinen Kaffee in eine leere Blumenvase. Meine Dreistigkeit verblüffte nur mich.

»Danke für Ihre Direktheit. Das schätze ich sehr. Sie erinnert mich …«

Mitten im Satz brach Condorcet ab, führte seine Tasse erneut zum Mund, trank aber nicht, sondern presste nur seine Lippen an den Rand und schloss die Augen. So als ob er in weiter Ferne eine Erinnerung suchte. Oder sich dagegen wehrte. Das Studierzimmer schrumpfte, die Bücher kamen näher, mir wurde heiß.

Mein Gastgeber übte auf mich eine verwirrende und gleichzeitig wohltuende Wirkung aus. War doch etwas dran an Lavoisiers These, dass die Luft aus mehr als nur einem Element bestand?

»Ja?«, fragte ich mit Nachdruck.

Condorcets faltige Augenlider hoben sich langsam, ebenso zögerlich kehrte er aus seinem Trancezustand zurück.

»An wen erinnere ich Sie?«, hakte ich nach.

»An jemanden aus Ihrem Land.«

Das sagte er so, dass ich nicht wagte, nach diesem Jemand zu fragen. Noch einen Moment Schweigen, dann stellte Condorcet seine Tasse mit einem kleinen Klirren zurück auf die Untertasse und schaute mich direkt an. Die Luft im Raum veränderte sich wieder, die Spannung löste sich, die Wärme in seinen Augen tat mir gut.

»Ja, ganz recht, ich verabscheue Sklaverei. Zutiefst. Darüber haben wir uns kennengelernt, Dr. Schwartz und ich. Im Kampf für die Abschaffung dieser Inhumanität. Übrigens vertritt auch Lavoisier diese Auffassung.« Condorcet rieb sich mit den Handrücken die schweren Augenlider. »Mein Gott, wir waren so voller Hoffnung, als alles losging. Im Sommer 89. Wir wollten auch die rechtliche Gleichstellung der Frau durchsetzen. Ja, lachen Sie nur! Ich teile Olympes Forderungen.« Condorcet seufzte tief und fügte nur noch hinzu: »Mit beiden Vorhaben sind wir gescheitert.«

Condorcets Tasse war bereits halb leer. Es wurde Zeit. Ich zog die Tasche zwischen meinen Beinen heraus, der Silberbügel knallte gegen meine Fingerknöchel. Wahllos grapschte ich mir ein Bündel Papier. Als ich es Condorcet hinhielt, knisterte es wie Herbstlaub.

»Ich weiß nicht, ob Sie etwas mit diesen Zahlenketten und Kritzeleien anfangen können, ich jedenfalls nicht. Sie stammen von meiner Mutter.«

Jetzt hätte ich einen Schluck Kaffee gebraucht. Besser einen Schnaps, wie er in der Grünen Tanne ausgeschenkt wurde. Mit belegter Stimme fuhr ich fort: »Von meiner verstorbenen Mutter. Für Dr. Schwartz aber werden Sie wohl eine Bedeutung haben, sonst hätte sie nicht so großen Wert darauf gelegt, dass er sie bekommt. Bitte, geben Sie sie ihm. Die Tasche ist voll davon.«

Condorcet streckte eine Hand aus. Nur noch sein und mein Atmen waren zu hören. Nebenan herrschte Stille. Vielleicht hatten sich die Frauen in ein Boudoir zurückgezogen und die Männer rauchten. Mein Gastgeber überflog das oberste Blatt, er hatte Mühe, das Blatt zu halten. Beim Essen hatten seine Finger überhaupt nicht gezittert.

»Berechnungen der Wahrscheinlichkeit, alles Berechnungen der Wahrscheinlichkeit«, murmelte er schließlich. Und noch ein paar Worte, deren Sinn ich nicht verstand. Wieder kam es mir vor, als ob er sein wahres Ich hinter seinen schweren Lidern verbarg. Ich legte dafür alles, fast alles, auf den Tisch. Es quoll nur so aus mir heraus. Mutters Testament mit seinen mysteriösen Auflagen, die uns nach Paris geführt hatten. Andeutungsweise erzählte ich ihm auch von Mutters wirrem Zustand, ihren diversen Krankheiten, Versteck und Freiheit in einem. Die Weimarer Ödnis verschwieg ich ebenso wenig wie den Umstand, dass mein Herz für die Revolution schlug, zumindest theoretisch. Hatte er schon mal was von Herder gehört, Pfarrer in unserem Herzogtum? Woher kannten sich Mutter und Dr. Schwartz? Und hatte er, Condorcet, meine Mutter getroffen? Am liebsten hätte ich ihm auch noch von Louis erzählt und meinem Geheimnisverrat. Als ich fertig war, fühlte ich mich wie an dem Nachmittag im April, als ich zum ersten Mal fieberfrei gewesen war. Condorcet, seinen Mund halb offen, schaute unter nahezu geschlossenen Lidern ins Leere. Sein Gesicht hatte die Farbe von Mutters Papierbogen angenommen.

Ein dreiviertel voller Mond ergoss sein Licht über die Seine, als wir über den Pont Neuf zurückfuhren. Es war schon weit nach elf Uhr. Aber Paris fieberte in dieser Julinacht. Viel mehr Leute als sonst waren unterwegs. Tanzmusik, Gelächter und zorniges Gebrüll mischten sich. Verschwörungen und Gerüchte, das wusste ich von Oelsner, mit dem ich am Abend davor in der Oper gewesen war, sprangen neuerdings mit den Flöhen über. An ihren Fingernägeln kauend, saß Eleonore in der von mir am weitesten entfernten Ecke, den Kopf abgewandt. Offensichtlich nahm sie es mir übel, dass zwischen Condorcet und mir so schnell ein Vertrauensverhältnis entstanden war, während er sie wie ein exotisches Tier auf Abstand gehalten hatte. Endlich gab jemand mal mir den Vorzug!

Fast schon beim Palais-Royal, ging es nicht weiter. Nationalgardisten in ihren blauen Uniformen kreisten Menschen ein, von denen wir aber nur Piken, Sägen und Fleischermesser erkennen konnten. Unsere Kalesche musste wenden. Was mich auf die Idee brachte, sie zur Place de Grève fahren zu lassen.

In der Schokoladenfabrik gegenüber dem Pariser Rathaus brannte tatsächlich noch Licht. Ich rannte hinein und kaufte, um Eleonore aufzuheitern, eine Schachtel von dem Konfekt mit Marzipan und kandierten Kirschen, das sie besonders liebte. Trotz der späten Stunde war viel los. Junge Männer mit gebräunten Gesichtern schäkerten in einem eigentümlichen Dialekt mit den Ladenmädchen. Das mussten die ersten Freiwilligen aus dem Süden sein. In den deutschen Fürstentümern war der Soldatendienst ein ungeliebter Broterwerb. Im *Ami du Peuple*, einer der unzähligen Pariser Zeitungen, hatte ich gelesen, dass sich in Frankreich jetzt Zigtausende begeistert zu den Waffen meldeten. Die neuen Bataillone wurden zu den Feierlichkeiten zum dritten Jahrestag der Erstürmung der Bastille in der Hauptstadt erwartet.

Schon wollte ich zurück zur Kutsche, als ich sie zum ersten Mal sah. Groß, schlank und mondän, vom Mond in kaltes Licht getaucht. Sie musste erst vor Kurzem auf dem Platz zwischen der besten Pariser Schokoladenfabrik und dem Rathaus aufgestellt worden sein, denn das Pflaster war mit weichen Holzspänen bedeckt. Die Konfektschachtel in der Hand, umkreiste ich sie. Bis ich meinen Mut zusammennahm und auf das Podest sprang. Aus der Nähe roch sie blitzsauber und nagelneu. Ich senkte meinen Kopf. Das war also das Loch, in das der Hals hineingelegt werden musste. Über mir blitzte das schräg zulaufende Fallbeil silberhell auf. Ich glaubte, es singen zu hören. Obwohl es eine warme Sommernacht war, fröstelte ich von einer Sekunde auf die andere. Mit etwas Fantasie konnte man diese Guillotine tatsächlich für ein großes Musikinstrument halten. Was, wenn darauf gespielt wurde? Eleonore. Ruckzuck kletterte sie zu mir auf das Podest. Ich hielt ihr die Schachtel hin.

»Die mit der Pistazienfüllung mag ich neuerdings lieber als die mit Marzipan und Kirschen«, beschwerte sie sich und griff trotzdem zu.

»Es tut so gut wie nicht weh, habe ich gehört«, murmelte ich.

»Ah, ja«, sagte sie nur. Und dann noch: »Eine richtig moderne Maschine. Fanny würde staunen. Weißt du zufällig, ob man das Ding auch mit Dampf betreiben kann?«

Wortlos schüttelte ich den Kopf. Woraufhin meine Schwester, ihren Kopf weiterhin im Nacken, die Haare im Nachtwind flatternd und ihr Gesicht dem Fallbeil zugewandt, erneut in die Schachtel langte. Sie nahm zwei Pralinen und schob sie sich in den Mund.

Es dauerte nur drei Tage, dann benachrichtigte uns das Bankhaus Perregaux. Eine knappe Stunde später zahlte man uns in den Räumen in der Rue du Sentier, die wegen der geschlossenen Fensterläden angenehm kühl waren, die erste Tranche unseres Erbes aus. Zur Hälfte in klingenden Livres und zur Hälfte in labbrigen Assignaten. Eleonore drückte sich mit Daumen und Zeigefinger indigniert ihre sommersprossige Nase zu. Auch dem Bankier war dieses Papiergeld offensichtlich peinlich. In den letzten beiden Monaten hatte es wieder zehn Prozent an Wert verloren. Egal!

Gemeinsam schoben Eleonore und ich die Türme und Bündel direkt von dem Tisch mit herrlichen Elfenbeinintarsien, der mich an die Möbel meiner Mutter erinnerte, direkt in die Beutel aus Sackleinen, die die Bank uns zur Verfügung stellte. Mit Nachzählen hielten wir uns nicht auf. Beinahe hätte ich Dr. Schwartz vergessen.

»Alles korrekt verlaufen, alles korrekt.« Der Blick des Bankiers klebte am Tisch. »Er hat uns den richtigen Code gebracht, den Ihre gnädige Frau Mutter hinterlegt hatte.«

Ungestüm wie ein Vogel, der das Fliegen erst lernt, flatterte mein Herz.

»Mutter war also hier, Sie haben sie kennengelernt? Mit wem war sie hier? Bitte, was wissen Sie?«

Ein Lächeln, das ich wahrscheinlich ohnehin nur sah, weil ich es sehen wollte, stahl sich in das Gesicht des Bankiers, als er antwortete: »Sie war hier, weil wir in unseren Büchern ja ihre Unterschriften haben. Aber mehr kann ich Ihnen beim besten Willen nicht sagen. Ihre Mutter war Kundin meines geschätzten Vorgängers, Jean-Albert Gumpelzhaimer, aber der ist vor zehn Jahren verstorben.«

»Aber diesen Dr. Schwartz, den haben Sie doch dieser Tage kennengelernt. Bitte, sagen Sie mir doch, was er für ein Landsmann ist. Haben Sie eine Adresse von ihm?«

»Nun, sein Französisch ist ausgezeichnet. Wie das von Ihnen und Mademoiselle, wenn Sie mir die Bemerkung erlauben.«

Mit diesen nichtssagenden Worten legte Monsieur Perregaux uns mehrere Papiere vor. Als ich unterschrieb, knirschte die Feder, so wütend war ich, dass man mich gegen eine Mauer des Schweigens anrennen ließ. Angeblich war Dr. Schwartz zu krank, um mich zu empfangen. Trotzdem konnte er mit Gicht und diversen Gallensteinen in diese Geschäftsräume hochsteigen. Da war etwas faul! In meinem Rücken wuselten Angestellte und fertigten in Windeseile Abschriften an, die uns zur Ausfuhr des Geldes aus Frankreich berechtigten. Daran zu denken, hatte Vater mir eingeschärft. Perregaux wartete, bis seine Schreiber außer Hörweite waren.

»Die zweite Tranche«, sagte er, und seine Lippen wurden schmäler und blasser, »hoffe ich Ihnen in zwei, spätestens drei Wochen auszahlen zu können.«

»Warum nicht gleich?«, meldete sich Eleonore zu Wort und stellte damit genau die Frage, die mir die ganze Zeit über auf den Lippen lag. Jemand pfiff. Der Bankier ignorierte es, meine Schwester tätschelte mir den Rücken.

»Es tut mir unendlich, unendlich leid …«, rote Flecken sprangen hektisch über Perregaux' Hals und Gesicht, »aber der französische Staat ist illiquide. Die Million Livres plus Zinsen, die Ihre Mutter dem König als Kredit gab und die fällig wären, kann er Ihnen im Moment nicht zurückzahlen. Aber man hofft auf den Verkauf der beschlagnahmten Güter der Emigranten.«

Perregaux tat mir sehr leid. Wir dankten ihm und verließen reich, aber seltsam bedrückt seine Bank.

Bei meinem zweiten Besuch traf ich Condorcet hinter einem Hochgebirge Akten an. Mich für seine erfolgreiche Vermittlung bei Dr. Schwartz zu bedanken, gab mir einen Anlass, erneut im Hôtel des Monnaies vorzusprechen. Unter Condorcets Augen lagen bläuliche Schatten, er schien lange nicht mehr an der frischen Luft gewesen zu sein. Dafür war er bester Laune.

»Schauen Sie, ein Brief vom preußischen König.« Condorcet hob einen Brief hoch, an dem ein faustgroßes Siegel gebrochen war, »und gleich noch einer von der russischen Zarin. So viel Ehre für mich, so viel Ehre.«

Der Fünfjährige kicherte wie nach einem erfolgreichen Streich.

»Die Majestäten werfen mich aus ihren Akademien der Wissenschaften hinaus.«

»Oh«, sagte ich und starrte beklommen auf den überfüllten Schreibtisch. Meine Schläfen pochten. War ich wieder zu naiv mit meinen Bekanntschaften gewesen? Hatte dieser sanftmütige ältere Herr auch etwas mit Spionage zu tun? Weiße Fünkchen flogen am Rand meines Blickfeldes. Condorcet hantierte noch eine Weile herum, bis er fröhlich fragte: »Wollen Sie gar nicht wissen, warum? Aber setzen Sie sich doch erst einmal. Sie wirken etwas agitiert, wenn ich das so sagen darf.«

Ich versank im Moos einer der beiden Sessel, und Condorcet holte eine Karaffe und ein Glas und schenkte mir ein. Er tat es so ungelenk, dass auf dem Tisch eine kleine Überschwemmung entstand. Mit seinen Rockschößen und meinem Taschentuch wischten wir gemeinsam auf. Zwischendurch trank ich große Schlucke. Condorcets Ungezwungenheit steckte mich an, mein Nacken entkrampfte sich, und ich spürte, wie wohl ich mich auch jetzt wieder in seiner Gegenwart fühlte.

»Der Grund ist, dass ich vor drei Wochen vor der Nationalversammlung gefordert habe, dass alle französischen Adelsbriefe in den Archiven verbrannt werden. Ausnahmsweise hatte ich Erfolg. Möchten Sie jetzt Tee? Selbstverständlich ohne Zucker aus den Kolonien.«

Wir brachen in Gelächter aus. Von da an verbrachte ich meine Abende, wenn ich nicht mit Oelsner in den Jakobinerklub oder ins Theater ging, hauptsächlich in Condorcets Gesellschaft. Meistens bei ihm zu Hause zwischen den Büchern, die ich mir nehmen und in die ich mich vertiefen konnte. Währenddessen schrieb er an Reden. Manchmal aßen wir in einem der kleinen Restaurants in der Umgebung der Universität. Je länger ich ihn kannte, desto mehr begriff ich, dass Condorcet sich hauptsächlich von Ideen ernährte.

Dann kam der Abend, an dem uns versalzenes Kaninchenragout aufgetischt wurde. Wie immer vor unseren Treffen, hatte ich mir auch dieses Mal vorgenommen, Condorcet festzunageln. Endlich sollte er mir genau erklären, welche Verbindung es zwischen meiner Mutter und Dr. Schwartz gegeben hatte. Er saß schon an einem Tisch, wie immer Papier vor sich. Ich war verschwitzt. Denn seit Tagen blitzte und donnerte es in den Abendstunden. Lila Gewitterwolken hingen auch jetzt über dem Panthéon, und heiße Böen hatten mir Unrat gegen meine Seidenstrümpfe und Staub in die Wimpern geblasen. Aber der erlösende Gewitterregen blieb aus. Ich setzte mich, bestellte Wein, hatte Dr. Schwartz schon auf der Zunge, da wurde ich abgelenkt.

Die Studenten am Nebentisch hatten fast alle ihre Hemdkrägen weit aufgeknöpft, ein großer Blonder lehnte sich so zurück, dass sein Adamsapfel hervortrat. Zwinkerte er mir zu? Condorcet räusperte sich.

»Felix, haben Sie mitbekommen, was gestern Nacht passiert ist? Felix?«

»Ja, ja, der König und seine Familie«, stammelte ich.

Condorcet zog seine linke Augenbraue hoch, über der ein Muttermal saß. Dass eine Menschenhorde in den Tuilerienpalast eingedrungen war und der König sich schnell eine Jakobinermütze aufgesetzt hatte, war Thema Nummer eins am Gemüsestand von Monsieur Vidal. Und es schneite Flugblätter, die den König als Hanswurst vom Jahrmarkt karikierten. Condorcet schüttelte traurig den Kopf und sagte dabei: »Der arme Louis, er hätte einen so guten Schlosser abgegeben. Wirklich eine menschliche Tragödie.«

»Was meinen Sie damit?«

»Dass ein König, der sich als Schlosser benimmt, kein König mehr sein kann.«

»Aha«, erwiderte ich nur. Ich knetete aus dem alten Brot, das man uns hingestellt hatte, kleine Figürchen und zerdrückte sie wieder. Der Herzog in Weimar, Serenissimus. Benahm der sich wie ein Herzog? Unser Essen kam. Der Wirt wünschte uns lautstark einen guten Appetit. Condorcet schien keinen Appetit zu haben, sondern benützte Gabel und Messer, um die Luft zu zerlegen.

»Übrigens arbeiten wir an einem neuen Wahlrecht. Jeder Mann soll eine Stimme bekommen, ganz unabhängig von seinem Besitz. Ich möchte, dass auch Frauen wählen dürfen.«

Hastig nahm ich den ersten Bissen. Viel zu viel Salz. Ich kippte Wasser nach.

»Den König wollen Sie absetzen, aber Frauen wählen lassen. Sie stellen die Welt ja ganz schön auf den Kopf!«

Gelassen legte Condorcet Messer und Gabel neben seinen Teller. Die Studenten am Nebentisch zahlten und gingen. Wobei mich der Blonde keines Abschiedsblickes würdigte.

»Felix, ich stelle sie richtig herum, die Welt. Wie können Sie einerseits gegen die Sklaverei sein, andererseits Frauen auf dem Niveau von Haustieren halten wollen?«

»Weil sie eine andere Bestimmung haben als Männer«, feuerte ich zurück. Der Koch schaute zu unserem Tisch. Er kam mir bekannt vor. Bis es mir einfiel. Er machte im Jakobinerklub regelmäßig kluge Vorschläge zur Sanierung der Staatsfinanzen. Ich nahm mir vor, demnächst den französischen Finanzminister als Koch vorzuschlagen. Sein Kaninchenragout wäre, verglichen mit dem auf meinem Teller, sicher deliziös.

»Juristisch wie religiös gesehen«, argumentierte ich weiter, »sind Frauen Beiwerk, Eigentum des Mannes ...«

»Aha, aha, was Sie nicht sagen. Und welche Bestimmung haben Ihrer Meinung nach ...«, Condorcets Narben waren plötzlich fast so rot wie die Haare meiner Schwester, auch wenn seine Stimme ruhig blieb. Er lächelte sogar: »... homosexuelle Männer? Sind sie auch auf der Haustierebene angesiedelt, oder haben sie das Recht, ihre von der Natur gegebene Neigung zu leben? Toleranz, Felix, ist die höchste Errungenschaft unserer Zeit.«

Seelenruhig schob sich Condorcet glacierte Karotten und ein wenig von dem Ragout auf seine Gabel. Um uns herum war es mucksmäuschenstill, der Koch hielt sich an seinem fettigen Geschirrtuch fest. Bis krachend mein Stuhl zu Boden stürzte.

Ich flüchtete in die Pariser Dunkelheit, in der es nie wirklich dunkel wurde. Hinein in das Labyrinth der stinkenden Gassen. Bald brannten meine Fußsohlen, meine Kehle fühlte sich an, als wäre sie mit Stroh gefüllt, aber die Erschütterung, dass mein Geheimnis entdeckt worden war, trieb mich weiter. Ratten in allen Schattierungen beäugten mich böse. Aber kein menschliches Wesen traute sich an mich heran, nicht einmal, um mich zu überfallen. Ein schmaler, schmutzig gelber Streifen am östlichen Himmel brachte mich zum Stillstand. Wo ich war, wusste ich nicht. Umrisse einer Festung zeichneten sich ab. Ich sackte an einer feuchten Mauer zusammen und zog die Knie an mein Kinn. Warum hatte Condorcet meinen wundesten Punkt berührt? Wie konnte er das Unaussprechliche in so klare Worte fassen? Selbstmitleid schüttelte mich. Bis mich ein anderer Gedanke noch mehr nach unten zog: ohne Condorcet kein Dr. Schwartz. Und ohne Dr. Schwartz hatte ich keinen Schlüssel zur Vergangenheit meiner Mutter, die auch Eleonore und mich überschattete.

»Hey, deine Mutter macht sich bestimmt schon Sorgen um dich! Oder ein Mädchen wartet in deinem Bett, he? Und denkt, du gehst fremd, wenn du dich so lange herumtreibst.«

Ich schaute hoch. Mitten ins kugelrunde Gesicht einer Bäuerin und auf erstaunlich weiße Zähne. Ihr Rock wölbte sich so kugelig, dass es zur Geburt nicht mehr lange dauern konnte. Erst jetzt bemerkte ich, dass es fast hell war. Die Bäuerin stand neben einem mit Blumenkohlköpfen beladenen Leiterwagen, vor den ein Esel gespannt war, offensichtlich auf dem Weg zu den Pariser Märkten. Sie hob ihr Kinn in Richtung Turm und schnalzte verächtlich mit der Zunge.

»Schau, dass du hier wegkommst. Der Temple ist wieder ein Gefängnis. Wird bald voll sein.«

Ich starrte sie nur an.

»Komm, sitz bei mir auf.«

Was ich tat, und ebenso folgsam hielt ich still, als sie einen Lappen hervorzog, ihn bespuckte und mir damit ein paarmal übers Gesicht wischte. Wieder schnalzte sie mit der Zunge, dieses Mal freundlich, und der Esel trottete an. Als wir am Marché des Innocents ankamen, wo schon viele Stände aufgebaut waren, döste ich an ihrer Schulter. Die ersten Sonnenstrahlen fielen auf die Kirche Saint-Eustache. Am liebsten hätte ich meine Fahrerin gefragt, ob sie einen Vater für ihr Kind brauchte. Aber ich bedankte mich nur vielmals.

Am 9. August zahlte man uns die zweite und letzte Tranche

unseres Erbes aus. Perregaux war nicht anwesend. Es ging das Gerücht, er sei mit Frau und Kindern in die Schweiz emigriert. Wir dagegen hatten unser Ziel erreicht. Das Erbe, dessentwegen wir nach Paris gekommen waren, steckte jetzt vollständig in unscheinbaren Säckchen unter Anselms Bärenfelldecke in meinem Schrank, die andere Hälfte verbarg meine Schwester in diversen ausrangierten Schnürbrüsten, wie sie mir kichernd verriet. Wir brauchten nicht zu flüchten, sondern konnten mit unseren Pässen unbehelligt das Stadttor Saint-Antoine passieren, auch zur Ausfuhr des Geldes waren wir legitimiert.

Noch. Tag für Tag wuchs die Gefahr, dass wir zwischen die Fronten des Krieges gerieten. Das alles war sowohl mir als auch Eleonore bewusst. Aber wir redeten nicht darüber. Wir kündigten nicht unsere Wohnung, suchten uns keinen Kutscher für die Fahrt Richtung Osten. In stummem Einverständnis schoben wir das Datum unserer Rückreise weiter hinaus.

In der Nacht riss mich das Läuten der Sturmglocken aus dem Schlaf. Ich schwang gerade meine Beine aus dem Bett, als Eleonore mit einer Kerze in mein Zimmer stürzte, die Augen schreckensweit.

»Felix, komm nach vorne, schau hinunter. Die Straße ist voller Sansculotten. Sie sind wütend. Julie ist heruntergekommen, weil sie alleine Angst hat. Sie sagt, die Leute kommen aus den nördlichen Vorstädten, dem Faubourg Saint-Denis und dem Faubourg Saint-Martin.«

Meine Schwester hatte recht. Menschenmassen wälzten sich durch die Rue de Richelieu, Pistolen wackelten über den Köpfen. Ich drückte meine Nase an die vibrierende Fensterscheibe unseres Salons. Eleonore und Julie standen eng hinter mir. Die Frauen unten grölten aus vollem Leib, zügelloser als viele Männer. Einzelne Schüsse knallten, dann so viele, dass ich sie nicht mehr zählte. Vor Entsetzen verknotete sich mein Magen. Den schlechten Geschmack in meinem Mund hätte ich gern ausgespuckt. Aber irgendwo in mir schwoll noch etwas anderes an und gewann die Oberhand: Neugier, unbändige Neugier.

Ich rannte zurück in mein Zimmer. Unterm Bett? Im Schrankkoffer? In Windeseile suchte ich, bis ich zwischen meinen Winterstrümpfen das Ding fand, das mir kürzlich im Klub in die Hand gedrückt worden war. Zurück im Salon, riss ich mit einem Ruck das Fenster auf. Ich sah bestimmt lächerlich aus, mit der roten Mütze auf dem Kopf.

»Brüder, wo habt ihr die Munition her?«

»Danton hat sie uns gegeben«, hallte es zurück. »Achtzigtausend Patronen.«

»Wozu denn?«

»Die Schweizergardisten. Wir haben es ihnen gezeigt. Fast alle tot. Süßer, komm zu uns herunter, wir feiern jetzt!«

Die Frau, die das rief, war hochschwanger. In ihrem aufgerissenen Mund sah ich weiße Zähne. Mein Herz zuckte. Meine Bäuerin mit dem großen Herzen? Nein, doch nicht, die auf der Straße hatte unbarmherzige Augen und ein böses Lachen.

»Frag sie, wohin sie gehen, was sie vorhaben«, flüsterte Julie.

»Wieder heim, zu unseren Kindern«, brüllte ein Mann und schoss zweimal in die Luft. Die Frau an seiner Seite lallte: »Unsere Arbeit ist erledigt.«

»Welche Arbeit denn? Sagt!«

Aber das Pärchen zog weiter. Andere antworteten für sie: »Wir haben den Fettsack und seine österreichische Fotze aus ihrem Loch herausgetrieben. Sie sind jetzt unsere Geiseln, damit ausländische Heere Paris nicht stürmen.«

Julie in meinem Rücken schrie leise auf: »Der König, unser König.« Ich stemmte meine Hände so fest gegen den Fensterrahmen, dass sie ganz taub wurden, und rief nach unten: »Und was passiert jetzt mit Louis?«

»Er und sein Pack werden in den Turm des Temple gesperrt.«

Hohngelächter hallte in den Häuserschluchten wider. Noch bevor es verebbt war, brachte Eleonore mir und Julie heiße Schokolade, die sie selbst zubereitet hatte. Unser Dienstmädchen hatte sich dem Zug durch die Straßen angeschlossen.

Die nächsten Tage legten sich wie ein enges Netz über unsere Wohnung. Denn draußen herrschte eine Stille, die uns mehr Angst machte als der nächtliche Spuk. Kein Kind spielte auf der Straße, Monsieur Vidals Stand blieb verwaist. Besonders schlimm war, dass wir nichts von unseren Freunden hörten. Sonst trafen über den Tag verteilt vier, fünf, manchmal sechs Billetts ein. Die Briefkästen, die an jeder Ecke in Paris hingen, wurden zu neun unterschiedlichen Tageszeiten geleert, ebenso regelmäßig bekamen die Empfänger ihre Post zugestellt. Diese Beobachtungen hatte ich in das kleine Buch geschrieben, in dem ich schon mein Lob der französischen Überlandstraßen notiert hatte. Ich rieb eines der weichen, gut durchbluteten Ohren der Ziege – Blanche hieß sie, soweit ich gehört hatte – zwischen meinen Fingern. Eine Beschäftigung, die mich beruhigte und gleichzeitig mein Gehirn ankurbelte. Bei meiner Rückkehr gab es so vieles, was ich in unserem winzigen Herzogtum zur Sprache bringen und anschieben wollte. Leider schützte mich das warme Ziegenohr nicht vor Traurigkeit. Sie überfiel mich so plötzlich und heftig, dass ich mich in unserem Salon auf den Boden setzen musste. Ich schlang meine Arme um mich. Condorcet! Mein Freund, Lehrer und sonst was. Warum war ich Idiot von unserem Essen fortgelaufen? Er hatte doch nur über Toleranz im Allgemeinen und gewisse Männer im Allgemeinen gesprochen. Blanche drückte ihren warmen, säuerlich riechenden Ziegenkörper gegen meinen Rücken. Und ich drückte meinen Rücken gegen ihren Bauch. Wenigstens das tat mir gut.

Drehte sich die Erde langsamer oder gar nicht mehr, weil der König und seine Königin Gefangene im Temple waren? Aber auf der anderen Seite des Atlantiks funktionierten die Vereinigten Staaten von Amerika auch ohne Herrscher, angeblich wurden sie sogar immer wohlhabender. Wie Ameisen suchten sich Gedanken Pfade durch meinen Kopf. Plötzlich verschwand die Wärme in meinem Rücken. Hochbeinig stakste Blanche zur Wand gegenüber, wo ein Stich der Krönungskathedrale von Reims hing, den unser Vormieter zurückgelassen hatte. Direkt darunter legte sich die Ziege. Ich musste lachen, ob ich wollte oder nicht. Das lockte Eleonore und ihre Freundin aus dem vierten Stock an.

Sie und Blanche wohnten jetzt bei uns. Auch weil Julie schon über eine Woche nichts mehr vom Besitzer der schwarzen Kutsche, den sie »meinen Beschützer« nannte, gehört hatte.

»Wir sollten sofort nach Hause fahren«, sagte meine Schwester und zog an meinem Zopf. »Es wird zu gefährlich.«

»Du hast ganz recht, Eleonore. Unser Geld haben wir ja.«

»Mein Verlobter wird, ebenfalls zu Recht, ungeduldig.«

Julie huschte auf Zehenspitzen zu ihrer Ziege und kuschelte sich neben sie. Eleonore setzte sich zu mir auf das Parkett und schaute mich sehr ernst an.

»Wenn wir noch länger warten, wird mein Hochzeitskleid daheim endgültig aus der Mode sein.«

Ich nickte zustimmend.

»Wenn wir genug zahlen, was wir ja können, finden wir einen Kutscher, der uns nach Osten fährt.«

Eleonore schüttelte ihren Kopf, dass die Haare flogen, und meinte: »In einer Stunde können wir unsere Sachen gepackt haben. Hortense lasse ich ihren Monatslohn auf dem Küchentisch liegen, keine Ahnung, wo die wieder steckt.«

Dreimal wurde gegen unsere Wohnungstür geklopft. Die Hauswirtin Madame Bissot? Eleonore und ich wechselten alarmierte Blicke. Julie begann zu weinen. Ich ging zur Tür, ich war nun mal der einzige Mann in der Wohnung. Blanche stakste mir nach. Was sollte aus ihr und aus Julie werden, wenn wir Paris verließen? Wieder Klopfen, noch energischer.

Ein Brief. Die Erde drehte sich also doch weiter. Endlich wieder ein Billett. Ich gab dem Postboten mehr Trinkgeld, als er wahrscheinlich in einem Jahr bekam. Es dauerte, bis ich in meiner Aufregung den Brief geöffnet hatte. Diese schwungvolle Schrift, wie ich sie liebte. Condorcet. Er schrieb wenig. Ein herzlicher Gruß, auf jeden Fall kein Wort, dass er mir böse war. Die Hälfte der Seite war beschrieben mit einer Adresse.

»Kommt, zieht euch hübsch an«, rief ich, als ich zurück im Salon war, Condorcets Brief zwirbelnd, »wir fahren aus. Wir gehen fein essen, feiern.«

Ich riss das Fenster auf, beugte mich vor.

»Fünfundzwanzig Grad, leichter Westwind, herrlich.«

Julie wischte sich die Tränen ab, Eleonore schaute mich einen Moment entgeistert an, sagte dann aber etwas von einem malvenfarbenen Kleid und verschwand in ihr Schlafzimmer. Ich überflog nochmals den Brief. Die Pariser Adresse sagte mir nichts. Aber ich las genug Zeitungen, um zu wissen, dass Condorcet an vielen politischen Drähten zog; gerade war er Vorsitzender einer wichtigen Kommission geworden. So jemand schickte nicht absichtslos eine Adresse. Ich las sie noch einmal: »Rue de Varenne, Ecke Rue de Bourgogne, 3. Stock, rechte Tür«.

Blanche stupste mich am Bein. Natürlich, warum hatte ich Idiot nicht gleich daran gedacht! Dr. Schwartz wohnte dort. Ich jubelte laut. Von unserer Abreise sprachen wir nicht mehr.

Kapitel 8

Ende Juli – Anfang September 1792

Die Wirklichkeit verlangsamte und vergrößerte sich. Obwohl die Zeiten doch so irrwitzig schnell geworden waren. Mysteriös.

Vielleicht lag es an dem kuriosen Gas, das Lavoisier bei der Zerlegung der Luft entdeckt hatte. Als Erstes fielen mir seine Augen auf, hellbraun mit goldenen Punkten, die aufleuchteten und wieder verschwanden. Das Weiße um die Iris war so klar, dass Straßenlaternen überflüssig würden, wenn man nachts an seiner Seite ging. Das alles sah ich, obwohl der Fremde mindestens zwanzig Schritte entfernt von mir im stickigen, überfüllten Café du Caveau stand. Kellner mit Tabletts voller Gläser schoben sich an ihm vorbei, Gäste, die neu kamen oder gerade gingen. Er stand einfach da. Auf seiner Nase schuppte sich die Haut, die neue war rosa wie die eines Babys. War er hässlich oder schön? Groß oder klein? Seine Haare hingen wie eine von der Sonne ausgeblichene Pferdemähne auf seine Schultern. Oberstallmeister Josias von Stein, der Mann meiner Patentante, hätte den zuständigen Knecht auspeitschen lassen, wenn der die herzoglichen Pferde nicht besser gestriegelt hätte. Der Fremde schaute mich unverwandt an. Seine Nase, das sah ich genau, war ziemlich schief. Ich starrte zurück. Ein Spion? Geheimpolizist?

Paris wimmelte von solchen Typen, behauptete Olympe. Sie arbeiteten für und gegen die Revolution, für und gegen die Royalisten, die meisten allerdings für einen Flügel der Revolutionäre, der wiederum einen anderen bespitzeln und denunzieren ließ. Was ich aber ganz sicher spürte: Dieser Mann las keine

Bücher, schon gar keine Romane oder philosophische Abhandlungen. Er warf auch nicht wie Felix und Oelsner Opernsängerinnen Blumensträuße auf die Bühne und fand nicht im Louvre-Museum mit verbundenen Augen den Weg zu Tizians *Mann mit dem Handschuh*, den mein Bruder so bewunderte. Er schien im Caveau, wo jeder jeden beim Namen kannte und zumindest umarmte, niemanden zu kennen. Und niemand im Caveau kannte ihn. Nach fünf Minuten verschwand der Fremde, und ich atmete ruhiger.

Den Rest des Abends flirtete ich mit Antoine de Saint-Just, der schräg gegenüber an unserem Tisch saß, ein politischer Schwärmer oder Radikaler oder beides. Auf jeden Fall witzig und attraktiv. Miss Williams erlaubte Oelsner, unterm Tisch seine Hand zwischen ihre vom vielen Reiten kräftigen Schenkel zu schieben. Ein Abgeordneter aus der Provinz erklärte meinem Bruder den aktuellen Stand der Vorbereitungen für das neue Wahlrecht. Felix war weniger zugeknöpft als sonst, regelrecht aufgedreht, lachte viel. Ich wunderte mich, freute mich aber. Dem Gespräch hörte ich nur mit halbem Ohr zu.

»Austern, wollte noch jemand Austern?« Ich nickte und ließ mir einen frischen Teller geben. Olympe und ich tuschelten über den Verbleib von Julies »Beschützer«, leider wusste auch sie nichts Neues. Der düstere Attaché von der amerikanischen Botschaft, der mir schräg gegenübersaß, beobachtete meinen Bruder. Er hatte verschnörkelt geformte Ohren, wie aus feinem Porzellan, fast ein Relikt aus dem Ancien Régime, fand Olympe. Dann noch die üblichen fünf, sechs Anwälte, Journalisten, Dichter an unserem Tisch. Außer mir schien der ungepflegte Fremde mit den braungoldenen Augen niemandem aufgefallen zu sein. Aber er hatte etwas in das Caveau gebracht, das ich jetzt beim Einatmen schmeckte. Energie, Tatkraft. Noch etwas. Ich leckte leicht über meine Lippen. Salz. Möglicherweise war ich die geborene Chemikerin.

In den Monaten seit meinem ersten Besuch hatte sich das

Palais-Royal ziemlich verändert. Ein Laden nach dem anderen machte dicht. Die Boutique, in der ich das Folterinstrument von Schnürbrust hatte verschwinden und meine erste Pariser Garderobe nähen lassen, war bereits mit Brettern verrammelt. Kundinnen für Luxuswaren gab es kaum noch. Sie lebten jetzt auf der anderen Seite des Kanals in England oder in deutschen Fürstentümern. Ihr Besitz in Frankreich war konfisziert. Kein Mensch mehr trug in diesem Sommer in Paris juwelenbestickte Kleider oder bestellte Livreen für fünfzig Diener, Sänftenträger, Vorleser, Fackelträger, Kutscher und hauseigene Musikanten. Auch Perückenmacher und Spitzenklöpplerinnen waren arbeitslos.

Mit unserem echten Geld, den Gold- und Silbermünzen, auf die man beißen konnte, bekamen Felix und ich zwar genug Brot, Gemüse und Fleisch für uns beide und Julie. Aber es wurde täglich mühsamer, weil große Nahrungsmittelvorräte für die Armee beschlagnahmt wurden.

Wie gut, einen Freund wie Monsieur Vidal zu haben! Wenn nicht Hortense, sondern ich selbst zu ihm ging, hatte er immer Artischocken und frische Bohnen und, noch wichtiger, Säckchen mit Mehl und Eier reserviert. Und Neuigkeiten aus den brodelnden Vororten oder vom Bierbrauer Santerre, dem neuen Befehlshaber der Nationalgarde, nachdem der alte ermordet worden war. Vor allem lehrte mich mein Gemüsehändler lebenswichtige Lektionen.

»Schieben Sie sich Ihr ›von‹ tief in Ihren Ausschnitt oder meinetwegen in Ihr himmlisches Hexenhaar. Aber lassen Sie es keinen mehr wissen. Tilgen Sie es«, wisperte er mir an einem bleischweren Vormittag Ende Juli zu. Siebenundzwanzig Grad, bereits um zehn Uhr. Ich hatte mein Fichu erst gar nicht umgebunden. Felix' Tick steckte mich an.

Vidal schaute über die hageren Schultern, seine weißen Haarwolken zitterten. Ich blinzelte stumm zurück, signalisierte, dass ich verstanden hatte. Als der Bettlerjunge sich näherte, warf ihm Monsieur einen Apfel zu. Der Kleine fing ihn mit einer Hand und verdrückte sich in den Torbogen, unter dem er zusammen mit seinem zottigen Hund lebte. Monsieur Vidal beugte sich vor, blickte auf mein Dekolleté und schnalzte ein paarmal genießerisch mit der Zunge. Ich fühlte mich durchaus geschmeichelt.

»Und richten Sie Ihrem Bruder aus, dass er aufpassen soll. In der Wohnung in der Rue de Varenne, Ecke Rue de Bourgogne, die er in letzter Zeit so häufig besucht, verkehren gewisse Herren, die, nun ja.«

Täuschte ich mich, oder wurde Monsieur verlegen?

»Konterrevolutionäre? Spekulanten? Um Gottes willen, reden Sie doch! Was macht Felix dort? Ist er in Gefahr?«, zischte ich. Aber da tauchte in meinen Augenwinkeln die junge Witwe Delacroix auf, die zwei Häuser weiter wohnte, mit ihrem jüngsten Kind auf dem Arm. Hatte sie von unserem Gespräch etwas aufgeschnappt? Ich begrüßte sie überschwänglich und bewunderte die gestickte Haube der kleinen Marie. Dabei klopfte mein Herz so heftig wie ein Buntspecht gegen die Eiche.

»Nein, nein, keine Royalisten, keine Konterrevolutionäre«, gab Monsieur Vidal Entwarnung, als die Witwe mit zwei Kohlköpfen im Korb verschwunden war.

»Man, äh, in unserem Viertel von Paris stellt man sich nur die Frage, warum ein Ausländer wie Ihr Bruder, der im Jakobinerklub verkehrt, viel Geld geerbt hat und zudem mit dem berühmten Condorcet befreundet ist, jetzt so häufig eine bestimmte Wohnung aufsucht. Nur das will ich damit sagen. Vielleicht sollte er in Zukunft verschwiegenere Kutscher nehmen.«

Mein Gemüsehändler brach von einer Weinrebe ein paar verfaulte Trauben ab und warf sie zu Boden. Die prallen reichte er mir. Nachdenklich kaute ich. Condorcet. Der Name versetzte mir einen kleinen Stich. Der merkwürdige Philosoph und seine merkwürdigen Blicke. Noch mehr beunruhigte mich, was Monsieur Vidal sonst noch gesagt hatte. Woher war bekannt, dass wir geerbt hatten und dass Felix neuerdings abends alleine ausging? Ich hatte immer geglaubt, nur im winzigen Weimar wüsste jeder über jeden Bescheid. Der Fremde mit den braungoldenen Augen von kürzlich, beschattete er uns also doch?

»Und noch was, Rotschopf! Kein Monsieur und Madame mehr ab sofort.«

Ich spuckte einen Traubenkern auf den Boden. Entgeistert schaute ich den alten Mann an. Seine weißen Haare waren seit unserem Kennenlernen länger und dünner und seine Kniehosen zerrissener geworden. Aber irgendjemand wusch und bügelte ihm regelmäßig sein Hemd aus grobem Leinen.

»Um Gottes willen, warum, MONSIEUR Vidal?«

»›Citoyen‹ sagt man jetzt, ›Bürger‹. Alles andere ist konterrevolutionär. Und eine Citoyenne, eine stinknormale Bürgerin, ist man ganz besonders, wenn man als hochwohlgeborene deutsche Mademoiselle von Schieß-mich-tot zur Welt kam.«

»Verstanden, mein Dichterfürst, auch das«, besänftigte ich ihn und küsste seine Wange. Der Straßenjunge applaudierte. Erst als ich schon an unserer Haustür war, fiel mir ein, dass der Bürger Vidal mir heute kein Gedicht vorgetragen hatte. Das beunruhigte mich fast so sehr wie das, was ich von ihm erfahren hatte. Außerdem hatte er mir nicht berichtet, ob sein Bruder, der Perückenmacher, von den wenigen Kunden, die dieser noch besuchte, eventuell doch noch etwas über die Existenz und die Adresse eines gewissen Dr. Schwartz erfahren hatte. In den vergangenen Monaten hatte ich diesem Bruder dafür immer wieder ein Goldstück zukommen lassen und hatte auch den Eindruck, dass er sich ehrlich bemühte.

Eine Woche später tauchte der Fremde wieder im Café du Caveau auf. Ein Kellner rempelte ihn an, ich hörte erstmals seine Stimme. Beim Sprechen hob er sein Kinn. Kantig und ein wenig arrogant, im Morgengrauen oder vor einem blinden Spiegel rasiert und deshalb mit getrocknetem Blut gesprenkelt. Wie es meinem Bruder auch öfter passierte. Lächelte ich deshalb? Weil ich mutmaßte, dass es keine Frau gab, die ihm den Schorf abwischte. Gab ich ihm damit ein Zeichen? Verhielt ich mich so unschicklich, dass Felix mich deswegen in den Arm zwickte? Aber alle warnenden Gesten meines Bruders wirkten an dem Abend nicht bei mir.

Jetzt teilte sich sogar die Wirklichkeit. So wie die Wasser des Roten Meeres sich geteilt hatten, damit Moses sein Volk vor den ägyptischen Verfolgern retten konnte. Die rotweinbefleckte Tischdecke, die Gläser mit den Lippenspuren, die Reste der Fleischpasteten auf den Tellern, das wuselnde Personal, die lauten Journalisten am Nebentisch, die das Gras wachsen hörten. Die müden Kurtisanen aus der alten Zeit und die neuen Offiziere der Nationalgarde: Alles und alle wichen zurück, sodass eine leere, lautlose Gasse entstand, in der ich und der Mann mit den gesprenkelten Augen und den Pferdehaaren Blicke tauschen konnten. Ich wusste jetzt, dass er nach Meer roch. Ich hörte das Rauschen der Brandung in meinen Adern und spürte die Gischt unter meinem Kleid.

Er brauchte eine Viertelstunde, um sich zu unserem Tisch durchzukämpfen. Dort legte er dem wie immer konzilianten Konrad Oelsner eine Hand auf die Schulter. Ein Stuhl wurde dazugeschoben. Der Fremde vom Meer nahm Platz zwischen Oelsner, der wie so oft auf Miss Williams wartete, und einer bildhübschen Schauspielerin, die wiederum unglücklich in Oelsner verliebt war. Er aß ein Stück Brot, trank einen großen Schluck und schnäuzte sich ins Tischtuch. Manieren besaß der Fremde keine. Seine Weste war durchgeweicht, seine scheußliche lange Hose auch. Der Himmel war im wahrsten Sinn des Wortes über Paris zerbrochen. Seit gestern schüttete es ohne Unterlass, sodass das Wasser aus den unterirdischen Kanälen nach oben drückte und den Unrat von sechshunderttausend Menschen, Tausenden Pferden, Eseln, Hunden und sicher Millionen Katzen in die Straßen spülte. Aber die Wut der kleinen Leute löschten die Regenmassen nicht. Konnte sich dieser Fremde keine Kalesche leisten?, fragte ich mich. Er gehörte also dem Dritten Stand an. In dem Moment fiel mir ein, dass es in Frankreich nur noch Bürger gab.

Er stellte sich als Lucien vor, Sohn des Seidenhändlers Jean-Baptiste Lagarde aus Marseille und freiwilliger Soldat. Seit Ende Juli lag sein Bataillon in Paris. Er brannte darauf, an die Front zu kommen und gegen die vorrückenden Preußen zu kämpfen.

»Für ein neues, glücklicheres, brüderliches Frankreich.«

Das sagte er mit einer solchen Leidenschaft, dass ich Gänsehaut bekam und nach Olympes Hand greifen musste. Vor ein paar Tagen, fuhr der Seidenhändlersohn fort, habe er diesen fabelhaften Danton, den neuen Justizminister, kennengelernt.

»Ein Redner zum Niederknien. Noch dazu mit einem messerscharfen Verstand. Damit zieht er alle über den Tisch.«

Lucien Lagarde hob das Weinglas und trank auf seinen Helden. Er bemerkte nicht, dass alle unsere Bekannten und Freunde am Tisch abrupt schwiegen und sich alarmierte Blicke zuwarfen. Unbekümmert redete er weiter: »Robespierre und Marat kenne ich auch schon.«

Das Weiß in seinen Augen blitzte auf wie die Klingen der kurzen Messer, mit denen auf den Pariser Märkten Austern aufgebrochen wurden.

»Sie wollen, dass ich erst mal hierbleibe. Ich kann nämlich organisieren.«

Lucien Lagarde machte eine schnelle Handbewegung und suchte meinen Blick. Ich nickte ihm zu, sodass hoffentlich nur er es registrierte. Danach wurde an unserem Tisch nur noch über den Wolkenbruch und die Temperaturschwankungen gesprochen.

Als Felix und ich drei Stunden später in der Rue de Richelieu aus der Kalesche stiegen, zogen wir die Köpfe ein, denn noch immer peitschte Regen. Aus den öligen Lachen waren Seen geworden, in denen sich der Lichtschein aus unseren Salonfenstern spiegelte. Ich hastete die Treppen hoch, mein Bruder wie immer langsamer hinterher. Als er endlich den Schlüssel umgedreht hatte, stürzte Blanche meckernd auf ihn zu, und er ging sofort in die Knie und kraulte sie wie ein Kätzchen. Ich stieß die Tür zum

Salon auf. Was ich sah, krampfte mein Herz zusammen. Zusammengesunken kauerte Julie auf ihrem provisorischen Bett auf der Chaiselongue. Ihre Gesichtszüge waren vom Weinen verschwollen, ihre schönen schrägen Augen nahezu verschwunden. Wortlos streckte sie mir einen durchgeweichten Zettel hin.

Ich hätte nicht ausgehen dürfen, während meine Freundin in ihrem Kummer allein zu Hause blieb. Dass sie sich seit einiger Zeit nicht wohlfühlte, wusste ich, hatte es aber mit ihrer Angst um den verschwundenen Besitzer der Equipage erklärt. Im Licht der Kerzen aber bemerkte ich, was ich vorher nicht hatte wahrhaben wollen. Julies Wangen waren hohl geworden, und durch ihre Haut schimmerten unnatürlich blau die Adern. Ich kletterte zu ihr auf die Chaiselongue und nahm ihren Kopf zwischen meine Hände. Ich wiegte und streichelte sie, während sich ihre Tränen mit den Regentropfen auf meinen bloßen Armen vermischten. Was war das? Instinktiv tastete ich. Unter meinen Fingerkuppen spürte ich etwas Knubbeliges, was nicht zu so einem zarten Wesen gehören konnte. Behutsam bog ich Julies Hals zur Seite und strich ihre Haare zurück. Was sie mit einem unterdrückten Wimmern geschehen ließ.

Fast wie eines der Pilzgewächse an den alten Alleebäumen von Anselms Auffahrtschaussee sah es aus. Aber es war rot und nässte. Ein Geschwür, fast so groß wie die Hand der kleinen Marie. Die zweite Entdeckung, die ich machte, war nicht weniger grausam: Zwischen meinen Fingern hingen büschelweise schwarze Haare. Ich war zu erschrocken, um etwas zu sagen.

»Ihn hat es nicht gestört, auch nicht, als es schlimmer wurde.«

Julie sprach leise und monoton. Als wollte sie jedes Gefühl aus ihren Worten drücken.

»Ist das diese, diese … Krankheit?«, fragte ich nach einer Weile. Ein Kloß in meinem Hals machte mir das Sprechen schwer.

»Ja, ja, du liegst schon richtig, es ist das, was die Leute Lustseuche nennen. Ich habe mal gehört, dass sie bei euch Franzosenkrankheit heißt.«

Julie lachte kurz auf. Es klang nicht einmal bitter.

»Ich habe sie mir geholt, ach, mein Gott, wahrscheinlich schon im ersten Jahr, nachdem ich von Tallud-Sainte-Gemme hierherkam.«

»Wo, zum Teufel, ist Tallud …?«

»Mitten in der Vendée. Königstreu sind wir dort. Meine Leute rebellieren gegen das, was sie hier mit ihm machen. Der gute, gute Louis, im Temple.«

Julies tränennasse Augen waren in die Ferne gerichtet, vermutlich sah sie die Heuhaufen und die altersschiefe Kirche ihres Dorfes. Schniefend fuhr sich meine Freundin mit dem Handrücken über ihr Gesicht.

»Egal. Meine Mutter hat mir jedenfalls eingebläut, dass man immer eine Ziege im Haus haben muss. Dann überlebt man. Als sie bei seiner Geburt starb, haben wir meinem jüngsten Bruder auch Ziegenmilch gegeben. Er ist immerhin drei Jahre alt geworden.«

Endlich verstand ich, warum Blanche in der vierten Etage und jetzt bei uns gehalten wurde. Julie schnäuzte sich. Dann hielt sie mir erneut den Zettel hin. Die Tinte war so verlaufen, dass ich nur ein einziges Wort entziffern konnte.

»L' Abbaye, was ist das?«

»Ein Gefängnis, auf der anderen Seite der Seine. Der Comte ist dort.«

»Herrje, Julie, das ist doch gut. Er hat dir geschrieben. Du weißt jetzt, dass er noch lebt. Er wird sicher …«

»Nicht er«, unterbrach mich Julie, »seine Frau, die Comtesse, hat mir die Botschaft zukommen lassen.«

»Dir!«

»Ach, Eloise de Marbois ist ein Engel. Und so gottesfürchtig! Sie kann den ganzen Katechismus auswendig«, schwärmte Julie und weinte wieder. »Die Gute betet sogar für mich.«

Ich wartete, bis Julie sich etwas gefangen hatte, dann fragte ich: »Und warum ist der Comte eingesperrt?«

Mit einem Mal hob meine Freundin den Kopf, ihre Wangen röteten sich, ihr Blick wurde animierter, fast wie früher. Das Geschwür verschwand unter dem Vorhang ihrer Haare, der dafür noch dicht genug war.

»Diese Hundsfotte nehmen reihenweise Royalisten fest und Priester, die nicht den Eid auf die Verfassung leisten. Der Gute hatte außerdem eine Depesche bei sich, die er für die Königin an den Herzog von Braunschweig schmuggeln wollte.«

Der Stolz in Julies Stimme war unüberhörbar.

»An den Oberbefehlshaber der preußischen und österreichischen Truppen«, rief ich ungläubig, »der in seinem Manifest gedroht hat, Paris zu umzingeln und an der Stadt Rache zu nehmen?«

Entsetzt starrte ich meine Freundin an. Ich interessierte mich zwar nicht für Politik, verstand aber auf jeden Fall so viel, dass der Comte entweder ein Volltrottel oder ein Hasardeur erster Klasse war. Ich senkte meine Stimme: »Damit hat der Herzog von Braunschweig den Radikalen einen Vorwand in die Hände gespielt, den König zu stürzen und mitsamt seiner Familie einzusperren. Ausgerechnet mit dem hat dein Comte konspiriert!«

Sofort tat es mir leid, was ich gesagt hatte. Denn Julie sackte wieder zusammen wie eine Orchidee in der Mittagshitze. Ihr abgemagerter Körper, der noch vor Kurzem alle Blicke auf sich gezogen hatte, schaukelte hin und her. Mehr als ihren Rücken streicheln konnte ich nicht. Felix' Schlafzimmertür knarzte, Hufe klapperten. Es musste sehr spät sein. Selbst das Echo von Kutschenrädern auf den umliegenden Straßen war nicht mehr zu hören. Vorsichtig bettete ich Julies Kopf in meinen Schoß. Dabei öffnete sich ihr Nachthemd. Ich biss mir auf die Unterlippe, um nicht aufzuschreien. Auch auf ihrem Rücken und ihrer Brust wucherten Geschwüre.

In meiner Tasche steckte ein Papierstreifen, auf den Lucien Lagarde mit einem Kohlestück eine grobe Skizze gemalt hatte und einen dicken Punkt. Dort sei ein Tanzsaal, der einem ehrlichen

Mann aus Avignon gehöre. Dort wollten wir uns in einer Woche treffen. So lange musste Lucien in seinem Bataillonslager exerzieren.

Schnell wechselte ich das Thema, denn ich hatte das Gefühl, dass Julie ihre Krankheit weniger ausmachte als das Leiden des Comte: »Es gibt bestimmt gute Ärzte dafür, neue Heilmittel aus England, hörst du, Julie, ich komme für alle Kosten auf.«

»Ach du Süße, aber dafür ist es längst zu spät. Bald wird mir …«, kicherte sie halblaut und kuschelte sich in meinen Schoß, »… die Nase abfallen. Wie bei dem Mädchen im Wachsfigurenkabinett. Erinnerst du dich? Dein erster Abend im Palais-Royal. Du warst so ein altmodischer Trampel mit deiner Schnürbrust und dem aufgeplusterten Kissen von Frisur.«

Der Bann war gebrochen. Julie setzte sich wieder auf, und wir lachten los, wieherten hysterisch, in inniger Freundschaft, verzweifelt. Bis auch mir die Tränen in die Augen schossen und ich sie laufen ließ.

»Apropos Geld«, keuchte Julie, als wir uns wieder beruhigt hatten. »Der Comte war immer so großzügig. Du musst wissen«, sie kreuzte ihre Arme keusch über ihrem entblößten Busen, eine Geste, die so gar nicht zu ihr passte, »er hat mich damals von meinem Zuhälter quasi freigekauft. Jeden Wunsch hat er mir von den Augen abgelesen, mich von Privatlehrern unterrichten lassen und vor allem«, meine Freundin schluckte schwer, »hat er mich wie eine Dame behandelt.« Julie schniefte ausgiebig und undamenhaft, bevor sie fortfuhr: »In der Abbaye ist es so, dass die Gefangenen nur Wein und Essen ohne Maden bekommen und eine Matratze, in der keine Mäuse- und Wanzenfamilien logieren, wenn sie tüchtig blechen.«

Sie presste ihre Lippen zusammen und sah mir in die Augen. Dass Julie trotz ihrer äußeren Zerbrechlichkeit stahlhart sein konnte, wusste ich. Syphilis hin oder her. Trotzdem dauerte es etwas, bis ich begriff, was sie vorhatte.

»Und seine Frau, die Comtesse?«, fragte ich sie.

»Das gesamte Vermögen der Marbois ist beschlagnahmt. Sie lebt von dem, was ihr ein früherer Diener bringt.«

Bevor wir uns endlich ins Bett legten, gab ich Julie einen Samtbeutel, prall gefüllt mit Münzen aus unserem Erbe. Das Elend meiner Freundin lag so schwer auf meiner Brust, dass, als ich schließlich einschlief, der sonnenverbrannte Seidenhändlersohn aus Marseille keinen Zugang zu meinen Träumen fand.

Dann traf die Nachricht ein, dass besagter früherer Hausdiener am helllichten Tag erschlagen worden war. In der Rue de Hautefeuille. Ob wegen eines Streites mit dem früheren Kutscher des Comte, der jetzt Danton fuhr, oder weil er verdächtigt wurde, Mehl zu horten, blieb unklar. Julie schüttelte über so viel Ungerechtigkeit den Kopf, und ein schwarzes Spinnennetz aus Haaren fiel auf ihr Negligé. Trotzdem machte sie sich auf ihren täglichen Weg. Brot, Wein, Fleischpastete kaufte Julie gewöhnlich unterwegs. Aber an dem Tag schaffte es meine Freundin nur bis zur Ecke Rue Sainte-Anne. Dort brach sie ohnmächtig zusammen. Zwei freundliche Citoyens, die Julie wohl vom Sehen kannten, trugen sie zu uns hoch und luden sie in Felix' Arme.

»Leicht wie ein Kind«, raunte er mir zu und legte sie behutsam in sein eigenes Bett, das bequemer war als die Chaiselongue im Salon. Julies Ziege folgte meinem Bruder dabei auf Schritt und Tritt, vielleicht weil er sie inzwischen fütterte und molk.

Sollten wir den Arzt rufen, der im Winter Felix behandelt hatte? Dann fiel mir ein, dass es Julie gewesen war, die mich vor ihm gewarnt hatte. Schließlich machte sich Felix auf zum Club Allemand. Unter den verbliebenen Deutschen gab es vielleicht einen, der Medizin studiert hatte. Oder Oelsner, der so viele kannte, kannte einen vertrauenswürdigen Arzt. Vorerst konnte ich nicht mehr tun, als Julies Stirn zu kühlen. Das Geschwür war inzwischen hinter dem Ohr hervorgekrochen und knabberte ihren Kiefer an. Ich war schon an der Tür, um ihr einen frischen mit Rosenwasser getränkten Umschlag zu holen, als ich sie flüstern hörte. Sofort war ich wieder an ihrem Bett.

»Jemand muss ihm Wein bringen, Wein aus Bordeaux, den trinkt er am liebsten. Und der Comtesse Bratenfleisch, gut gewürzt.«

Julies Stimme wurde schwächer.

»Eleonore, Eleonore, bist du da?«

»Natürlich, Liebes, ich bin da, immer.«

»Sie betet doch jeden Tag drei Rosenkränze für mich. Als sie noch Geld besaß, hat sie in Saint-Sulpice für mich auch Kerzen gestiftet, die ganz langen, hörst du, die langen.«

Ich drückte Julies Hand.

»Eleonore …«

»Pscht … du musst dich jetzt ausruhen.«

»Schwörst du es mir!«

Der Arzt, den Felix schließlich mitbrachte, ließ sich von mir alle Geschwüre zeigen.

»So viele junge Mädchen«, resümierte er schließlich mit trauriger Stimme. »Sie kommen nach Paris und sterben wie die Fliegen. Verrückt.« Er grinste etwas schief. »Der Dritte Stand kommt an die Macht, muss aber schauen, dass er nicht sofort an der Syphilis krepiert, die er sich vom Ersten Stand geholt hat.«

Der Arzt hatte es eilig, es gab jetzt viele Verwundete in Paris. Überall Unruhen. Im Austausch für meine Goldmünze händigte er mir noch die Rezeptur für ein Opiumgemisch aus.

Ich besprach es mit Felix. Lange genug hatte ich in Weimar vor ihm Geheimnisse gehabt. Langsam rührte Felix in seiner Tasse, obwohl er gar keinen Zucker hineingetan hatte. Dabei fiel es mir wie Schuppen von den Augen: Mein kleiner Bruder war erwachsen geworden. Er wirkte männlicher, selbstsicherer. Äußerlich ähnelte er Vater, aber das sagte ich ihm lieber nicht. Es stand ihm trotzdem gut. Als ich ihm meinen Plan vollständig vorgetragen hatte, stellte er seine Tasse zurück auf den Tisch, schwieg aber. Schließlich legte er seinen Kopf schief und meinte mit einem ironischen Grinsen: »Ich könnte dich ohnehin nicht aufhalten, oder?«

»Hm.«

»Außerdem stimme ich dir zu. Und du weißt auch, dass ich Julie inzwischen zu schätzen gelernt habe. Allerdings möchte ich nicht, dass du dir eine Kalesche nimmst.«

Ich wollte gerade schon scherzen, dass unsere Erbschaft das wohl noch hergeben würde, als ich den Ernst auf Felix' Gesicht sah.

»Kutscher können sich erinnern, wen sie von wo wohin gefahren haben. Für ein paar Kröten verraten sie es.« Felix schnitt eine Grimasse. »Und du bist nicht gerade unauffällig, Schwesterchen. Vor allem aber bist du hier Ausländerin, was inzwischen von Tag zu Tag gefährlicher wird. Besonders, wenn man wie wir zu den Preußen gezählt wird.«

»O Gott, Felix, angenommen uns beiden passiert etwas, man nimmt uns fest, was geschieht dann mit der Comtesse? Und noch schlimmer, mit Julie? Die beiden haben sonst ja niemanden.«

Hilfesuchend schaute ich meinen Bruder an. In seinen Augen entdeckte ich aber auch nur Sorge.

»Umso mehr müssen wir aufpassen, Eleonore.«

Mein Bruder und ich umarmten uns. Unsere Vertrautheit und Liebe fluteten warm durch mich hindurch. Die Comtesse und Julie. Die eine alt, die andere schwer krank. Schon wegen der beiden konnten wir Paris jetzt nicht verlassen. Ich hatte noch einen weiteren Grund, aber den behielt ich für mich. Ich küsste meinen Bruder auf Augenbrauen und Schläfen und brachte es nicht übers Herz, ihm die Warnungen des Citoyen Vidal auszurichten. Es war gut, dass Felix auch Geheimnisse hatte.

Je verworrener die politische Lage und je unübersichtlicher der Kriegsverlauf, desto ausgelassener wurde in Paris getanzt. Lucien Lagarde hatte dem Kutscher eine Adresse genannt, die ich noch nie gehört hatte. Aber ich fürchtete mich nicht. Wir fuhren aus der Stadt heraus und stiegen bei der Promenade zwischen trocken gelegten Wiesen aus, die Champs-Elysées hieß. Ein Freiheitsbaum stand mitten auf weiter Flur. Männer, Kinder, Frauen, alte und junge, hatten sich an den Händen gefasst und sprangen um ihn herum. Aber Lucien führte mich in eines der wenigen großen Gebäude, die es hier draußen gab. Mit uns strömten viele junge Leute. Männer, alle mit Kokarden an der Brust, den Abzeichen der Revolution, grüßten anscheinend Soldaten wie Lucien. Die Mischung war noch bunter als im Palais-Royal. Dritter Stand, Erster Stand? Ich hätte sicher jede Wette verloren. Und erst die Musik!

So was hatte ich noch nie gehört. Ich schaute auf die Füße derjenigen, die wie im Fieberrausch vorbeitorkelten. Ein Dreivierteltakt. Ich atmete schneller, zwang meine Füße zum Stillstehen. Deutlich fühlte ich Luciens Oberarm, das Tuch seines einfachen Rocks an meiner Schulter, obwohl er mehr als eine Elle Abstand hielt und mich nur verlegen von der Seite anlächelte. Sein Haar hatte er zumindest gekämmt. Ich nippte an dem Glas Punsch, das er mir gebracht hatte. Seit wir in diesem öffentlichen Tanzlokal waren, hatten wir uns kein einziges Mal angeschaut. Waren seine Augen noch gesprenkelt? Ein vorbeistürmendes Paar rempelte mich an, ein verschüttetes Getränk tropfte mir auf die Stirn. Ich verlor das Gleichgewicht und musste mich an Lucien Lagardes Arm festhalten.

»Morgen wird das Wetter besser, das spüre ich am Wind«, schrie er gegen das Orchester, das Gelächter und das Getrappel der Schuhe an und tupfte meine Stirn mit einem seidenen Taschentuch trocken. Ich schickte ein Stoßgebet zum Himmel, dass er es von seiner Mutter oder einer seiner Schwestern geschenkt bekommen hatte.

»Macht nichts, wo ich herkomme, regnet es oft.«

»Etwa aus Holland oder Schottland?«, fragte er.

»Noch schlimmer.«

Ich griff nach seinem Tuch, das mitsamt seiner Hand auf meiner Stirn lag. Wie von selbst legte sich meine Hand auf seine. Lucien Lagarde hatte noch nie etwas von einem Herzogtum Sachsen-Weimar-Eisenach gehört. Nach dem mehrmals gescheiterten

Versuch, den Namen auszusprechen, bog er seinen Hals zurück und lachte und lachte. Sein rechter Eckzahn war schräg abgebrochen. Ein wildes Tier mit sanften Augen, schoss mir durch den Kopf, und starkem Willen. Auf jeden Fall ganz anders als mein Bruder, mein Verlobter oder die Männer, die ich zu Hause kannte. Der schleimige Gymnasialdirektor Bötticher fiel mir ein, und sofort schüttelte es mich innerlich.

»Marseille liegt doch am Meer, schwimmen Sie da viel?«

Ein Paar tanzte mir über die Zehen, mein Punsch schwappte über.

»Schwimmen? Kein Mensch in Marseille kann schwimmen.«

Lucien runzelte die Stirn. An seiner Unterlippe, die weich wie die eines Mädchens war, hing ein Regentropfen.

»Aber ich besitze ein Boot«, sagte er, »damit segle ich manchmal den ganzen Tag die Küste entlang, die, müssen Sie wissen, bei uns aus versteckten felsigen Buchten mit kleinen Stränden und Höhlen besteht. Ich weiß genau, wo die Piraten und Schmuggler ihre Verstecke haben.« Seine Stimme wurde rau, was mir sehr gefiel. »Mein Vater sagt, ich sei selbst ein Pirat. Aber ich tauge eben nicht dazu, Stoffballen auszumessen.«

Er lachte trotzig, auch das gefiel mir.

»Bitte erzählen Sie mir etwas vom Meer! Ist es um diese Jahreszeit ruhig oder stürmisch, blau oder …?«

Ich wiegte mich leicht im Rhythmus der Musik und sagte nebenbei: »Ich kann übrigens schwimmen. Und tauchen!«

Genauso gut hätte ich behaupten können, dass ich die Schwester der Königin wäre. Lucien Lagarde blieb der Mund offen stehen. Er schaute mich an, als ob er auf der Stelle entscheiden müsste, ob ich gefährlich oder nur verrückt war. Trotzdem passierte wieder etwas, was in der Wirklichkeit sonst nie passiert, nicht passieren darf: Die goldenen Punkte in seinen Augen schlüpften in meinen Mund, rutschten in meinen Bauch und glühten an den unmöglichsten Stellen in meinem Körper.

»Tanzen? Können Sie auch tanzen?«

Meine ausgestreckte Hand ignorierte er, stattdessen legte er, was ganz und gar gegen die Etikette verstieß und mir erneut bewies, dass er keine Manieren besaß, seinen rechten Arm um meine Taille. Er dirigierte mich auf die Tanzfläche.

Natürlich war es skandalös, dass sich Mann und Frau bei diesem Tanz umarmten. Während ich stolperte, weil die Schrittfolge schwierig war, spürte ich Frau von Steins stechenden Blick zwischen meinen Schulterblättern. Meine Patentante schaffte das über tausend Meilen Entfernung hinweg.

Dann hielt ich mich an den goldenen Punkten in Luciens Augen fest, und es ging besser. Meine Füße fanden den Rhythmus.

»Walzer heißt der Tanz. Walzer«, schrie mir Lucien ins Ohr. Und dann hörten wir gar nicht mehr auf, eins, zwei, drei. Eins, zwei, drei, und rechts herum. Die Wände flogen um mich herum, die billigen Spiegel, die anderen Mädchen, egal, ob sie Töchter von neureichen Steuereintreibern waren, von Adligen, die ihre Titel abgelegt hatten, oder Gemüsehändlern. Um Punkt zehn Uhr abends setzte mich Lucien Lagarde in der Rue de Richelieu vor unserem Portal ab. Zum Abschied tat er das Unmöglichste überhaupt: Er schüttelte mir kräftig die Hand.

Wie in Weimar besorgte ich mir derbe Schuhe, die weitaus mehr aushielten als meine aus weißer, pistaziengrüner und taubengrauer Seide mit Sohlen aus Ziegenleder. Dass ich außerdem in Dienstmädchenkleider schlüpfte und meine Haare, so gut es ging, unter einer Haube verschwinden ließ, verstand sich von selbst. In den Tuileriengärten huschte ich hinter Hecken entlang, auf dem Pont Royal tat ich so, als ob ich gelangweilt dem trägen grauen Fluss zuschauen würde. Auf dem linken Seineufer bog ich in Gassen ab, die sich wie Regenwürmer durch das Viertel schlängelten, und kürzte über Hinterhöfe ab. Dass ich schon in Weimar gelernt hatte, mich ausdauernd, schnell und vor allem unbemerkt zu bewegen, zahlte sich jetzt aus.

Obwohl die Regentage zurücklagen, war die Luft in den

Schluchten noch einigermaßen frisch. Fensterläden standen offen, Säuglinge plärrten, Wäsche flatterte auf den von Haus zu Haus gespannten Leinen. Ihre Kleinkinder auf den Hüften, ratschten die Frauen miteinander und beachteten mich nicht, wenn ich an ihnen vorbeieilte. Meist trällerte ich eine Melodie, vorzugsweise die des blutrünstigen Marschliedes, das die Soldaten aus dem Süden mitgebracht hatten und das alle Leute ansteckte, die »Marseillaise«. Auf diese Weise war ich fast unsichtbar.

Der Comte de Marbois, von dem ich bisher nur seinen prächtigen Hut mit Reiherfedern kannte, entpuppte sich als kleiner Mann mit schwammigem Gesicht und manikürten Händen. Ich reichte ihm die Schüsseln mit Essen und etwas Geld, damit ihm die Wärter den Nachttopf leerten und Rattenfallen aufstellten. Dafür, dass sie mir überhaupt die Tür zu seinem Kerker entriegelten, musste ich sie schon schmieren. Die Revolution, dachte ich mir, hatte die Welt bislang nicht ehrlicher gemacht, schon gar nicht tugendsamer, wie es dieser Robespierre predigte. Der Comte erzählte mir stolz, dass er für die Schnupftabaksdosen des Königs zuständig sei, trank gleich eine halbe Flasche Wein leer und versank wieder in sein Patiencespiel. Am nächsten Tag lagen die Karten immer noch da.

Zu seiner Frau ging ich vorsichtshalber erst bei Einbruch der Dunkelheit. Im Marais, dem ehemaligen Sumpfgebiet, war ich vorher noch nie gewesen. Beim ersten Mal schlug ich keine Haken, um eventuelle Verfolger abzuschütteln, ich verlief mich sowieso ständig. Ich staunte über das Stadtpalais aus honigfarbenen Sandsteinquadern mit Türmchen an den Ecken für schmale Wendeltreppen. Mittelalterlich nahezu. Schon vor dem Sturm auf die Bastille waren die meisten leere Schneckenhäuser gewesen, weil der Hochadel seit Louis XIV. sein Geld und seine Unabhängigkeit am Hof von Versailles verspielte.

Grasbüschel und Löwenzahn vor dem mit geschnitzten Girlanden und Maskenköpfen verzierten Tor des Palais-Marbois sagten mir, dass es schon länger nicht mehr geöffnet worden war. Trotzdem bediente ich ein paarmal den schweren Klopfer in einem bronzenen Löwenkopf. Schließlich gab ich auf. Aus irgendeiner Richtung schrie ein Käuzchen, ein seltenes Geräusch in dieser Stadt! Im Palais aber regte sich nichts. Fast hatte ich wieder die Place Royal erreicht, als ich in meinem Rücken schlurfende Schritte hörte. Dann ein Flüstern.

»Wollten Sie zu der armen Eloise?«

Hinter mir stand eine schwarz verschleierte Frauengestalt, der Haltung nach älter, zweifellos vornehm. Ich bejahte, woraufhin sie mir ein Zeichen gab, ihr zu folgen. Sie führte mich zurück bis vor das Nachbaranwesen des Palais Marbois. Auch dieser Stadtpalast wirkte tot, aber immerhin besaß die Fremde einen Schlüssel. Schweigend lotste sie mich durch mehrere Räume, deren Möbel unter weißen Überhängen freundlichen Gespenstern glichen und wo Spinnen zwischen Kristalllüstern sich graue Hängematten gesponnen hatten. Dann wieder frische Luft. Mondlicht streichelte Orangenbäumchen. Eine unscheinbare Tür in einer Mauer wurde aufgeschlossen, wir zogen die Köpfe ein. Jenseits der Mauer wieder Spalierbäume und Kies, der unter unseren Füßen knirschte. Ich begriff, dass man hier wie am Frauenplan über die Gärten zu den Nachbarhäusern gelangte.

Eloise Comtesse de Marbois versteckte sich in der Remise. Eine puppengroße Mumie in altmodischen schwarzen Spitzenkleidern. Nur ein paar Kerzenstummel brannten. Um die einstige Herrin des Hauses stapelten sich Harken, Rechen, Leitern und große Scheren, mit denen früher ihre Hecken getrimmt worden waren. In dem schmalen Bett in der Ecke hatte wahrscheinlich der Gärtner geschlafen. Meine Ankunft schien die Comtesse nicht sonderlich zu überraschen.

»Ich wusste, dass Julie jemanden schicken würde«, sagte sie. Ein Leuchten huschte über ihr Gesicht, das noch immer aussah wie das eines jungen Mädchens. »Sie ist die Beste, die Charles je aufgetan hat.«

Unablässig wanderten die Finger der Comtesse über die Perlen eines Rosenkranzes. Dass sie intelligent war, sah ich in ihren tief liegenden Haselnussaugen. Das mitgebrachte Brot, den Braten, gut gewürzt, und den Käse aß sie bedächtig bis zum letzten Rest. Wir sprachen kaum miteinander, aber ich fühlte mich wohl in ihrer Gegenwart. Bei meinem vierten oder fünften Besuch erfuhr ich, dass ihr die neuen Lebensumstände so gut wie nichts ausmachten. Schließlich habe sie, bis sie mit vierzehn mit dem Comte verheiratet worden war, fast immer im Kloster gelebt.

»Ich bete für Sie, mein Kind«, lautete jedes Mal ihr Abschiedsgruß.

Über Langeweile konnte ich mich nicht mehr beklagen. Jeden zweiten Tag Besuch beim Comte im Gefängnis, nachmittags bei Julie am Bett, jeden zweiten Tag meine Exkursion ins Marais zur Comtesse. War ich unterwegs, kümmerte sich Felix um unsere Patientin. Bis wir uns die Klinke in die Hand gaben, denn wenn ich aus dem Marais zurückkehrte, machte sich mein Bruder, sorgfältig gekleidet, rasiert und parfümiert, auf in die Nacht. Fuhr er jetzt in diese Wohnung, an der Ecke der Rue de Varenne und Rue de Bourgogne, von der Monsieur Vidal gesprochen hatte? Das animierte Glitzern in seinen Augen gefiel mir, und so brachte ich es einfach nicht übers Herz, ihn auszufragen. Oder gar zu warnen.

Auf meinen langen Wanderungen quer durch Paris machten sich meine Gedanken selbstständig. Denn meine Beine bewegten sich von selbst, glücklich über ihre Freiheit. Anselm ließ auf seinem Gut jetzt das letzte Heu einbringen. Er hatte zwei neue Rappen für die Kutschen im Stall. Sein Brief war allerdings fast drei Wochen unterwegs gewesen. Über den Krieg schrieb Anselm nichts. Dafür davon, dass meine Patentante die Sitzordnung für unsere Hochzeitstafel entworfen und schon zweimal umgestellt habe. Samstag, der 20. Oktober, sei jetzt terminiert. Der Herzog und die Herzogin hätten ihr durchlauchtigstes Kommen zugesagt. Vielleicht würde Geheimrat von Goethe zu dem Anlass eine Ode verfassen und vortragen, aber ganz sicher sei das noch nicht. Sein verehrter zukünftiger Herr Schwiegervater habe ihm, damit schloss mein Verlobter seinen Brief, zu seiner großen Freude bestätigt, dass Felix alle Vorkehrungen für unsere sofortige Heimreise nach Weimar getätigt hätte. Meine Beine bewegten sich noch etwas schneller, meine Augen suchten den Himmel nach Hilfe ab, wo von einer käsigen Sonne Hitze in die Häuserschluchten floss. Auf dem First eines Daches balancierte eine schmächtige Gestalt mit ausgebreiteten Armen. Ich kniff die Augen zusammen. Warum wusste ich nichts von Felix' Entschluss abzureisen? Konnte ich alleine in Paris bleiben?

Ich zwang mich, ruhig zu bleiben. Trübte sich mein Blick? Das Kerlchen, ähnlich dünn wie der Bettlerjunge in der Rue de Richelieu, taumelte. Nur noch der Stiel einer großen Bürste war zu sehen. Bis auch der wegkippte. Tränen schossen mir in die Augen. Es musste einer dieser gelenkigen Jungen aus Savoyen sein, Kinder noch, die als Schornsteinfeger nach Paris geholt wurden. Sie verdienten sich ihr Leben, indem sie in die unzähligen Kaminrohre krochen. Alt wurde dabei wohl kaum einer. Würde ich überhaupt noch Zeit haben, mich von dem Nichtschwimmer aus Marseille zu verabschieden? Auf einmal fühlte sich mein Gesicht nass an, es schmeckte salzig. So gern hätte ich das Meer gesehen. Wäre gern auf seinem Boot mitgesegelt. Die grauen Dächer von Paris verschwammen, wellten sich plötzlich sogar. Der Klumpen unter meinem Fichu, mein Herz, fühlte sich an, als ob er immer enger mit Schnüren umwickelt würde.

Da! Ich sah ihn wieder. Der kleine Schornsteinfeger kletterte über einen Dachgiebel. Mit einem Zipfel meines Fichus trocknete ich mir mein Gesicht und setzte meinen Weg fort. Seine Augen, der Sonnenbrand auf seiner Nase, sein Arm um meine Taille: Mein Herz hatte ein fabelhaftes Gedächtnis. Würden wir wieder tanzen? Ich hatte Lucien Lagarde seit über zwei Wochen nicht mehr gesehen, nur drei Billetts bekommen, kurz, bündig, keine schmeichelnden Worte. Er müsse Soldaten ausheben, Gewehre herbeischaffen. Er denke an mich.

Drei Gebetbücher lagen auf dem Gärtnerbett, mit Bildchen von

Heiligen als Lesezeichen. Wie immer setzte ich mich auf den Gartenstuhl der Comtesse gegenüber. Ich hatte ihr gekochte Hühnerbrust mitgebracht. Im Gegensatz zu ihrem Ehemann fragte sie mich nach Julie. Während ich ihr berichtete, was es zu berichten gab, nämlich dass meine Freundin viel schlief, vor allem weil das Opium ihr die Schmerzen nahm, griff die Comtesse wieder zu ihrem Rosenkranz. Ich liebte diese ruhigen Minuten meines langen Tages. Im Gebälk der Remise knisterte es, unablässig rieselte Staub. Motten saßen im grauen Haar der Comtesse, das schon lange keine Zofe mehr frisiert hatte.

Dass das Knirschen im Kies lauter war als sonst, wenn mich die Herrin von nebenan abholte und durch ihr vermummtes Palais zurück auf die Straße brachte, bemerkten wir erst, als es zu spät war. Die lange nicht geölten Türangeln quietschten, die Augen der Comtesse weiteten sich. Es ging zu schnell, ich konnte mich nicht mehr umdrehen. Meine Schreie wurden von einer derben Hand erstickt, eine zweite presste mein Genick an die Stuhllehne. Tak-tak-tak. Das musste ein Bajonett sein, das auf den Marmorboden der Remise stieß. In meinem Rücken noch mehr Stiefel. Der Rosenkranz der Comtesse drehte sich wie ein Windrad.

»Na, endlich wissen wir, wer den Kurier für dieses Adelspack spielt!«

Meine Arme wurden zurückgerissen, ein Strick fesselte meine Handgelenke.

»Sie kommt wahrscheinlich direkt von dem Braunschweiger oder den Brüdern des Königs aus Koblenz.«

»Was gibt's«, bellte eine Stimme aus dem Garten.

»Ein guter Fang, Kommandant.«

»Ich komme.«

Die Lippen der Comtesse bewegten sich lautlos. Beteten für die Feinde. Trotz meiner Angst war ich fasziniert, wie kaltblütig ihre Augen die Eindringlinge hypnotisierten. So hatte sie sich vermutlich als kleines Mädchen bösartige Nonnen vom Leib gehalten, später den manikürten Comte. Ein Paar Stiefel traten hinter mich, andere wichen zur Seite. Als Nächstes bekam ich ein merkwürdiges Geräusch mit. Wie ein Wischen in der Luft. Dann unterdrücktes Grunzen, aus dem ich Unmut heraushörte. Wieder stapften Stiefel. Aber sie entfernten sich. Als Letztes löste sich die schwielige Hand von meinem Hals und Mund. Auch die dazugehörigen Stiefel verschwanden. Nur noch eine Person stand direkt hinter mir.

»Leonorrr, was machen Sie im Haus eines Vaterlandsverräters?«

»Ich mag, wie Sie meinen Namen aussprechen.«

»Er ist zumindest einfacher als dieses Sax-Dingsbums-Land, aus dem Sie stammen.«

»Binden Sie mich endlich los, meine Hände fallen gleich ab.«

Gleichmütig, wie es ihre ganze Natur war, beobachtete die Comtesse die Veränderung der Situation. Nichts schien sie aus der Ruhe zu bringen. Ich spürte, wie Lucien zögerte. Es konnte ihn seine Karriere kosten, unter Umständen sogar mehr. Als der Strick zu Boden fiel, bog ich meine schmerzenden Arme nach vorne, streckte sie aus und massierte dann meine Handgelenke. Ich drehte mich aber nicht um.

»Sie ist nur eine alte, fromme Frau«, sagte ich nach einer langen Pause. »Ihre Mutter oder Ihre Großmutter beten doch sicher auch.«

»Ihr Verbrechen ist, dass sie mit einem Comte verheiratet ist, der mit unseren Feinden paktiert hat«, erwiderte Lucien eisig.

»Man hat sie nicht gefragt, Sie war erst vierzehn, als sie ihn heiraten musste.«

»Auf den Gütern der Marbois haben Hunderte geschuftet, darunter Kinder, viel jünger als dreizehn, ohne je einen Tag satt zu sein. Während die Herrschaften keinen Sous Steuern gezahlt, aber in einer Nacht am Spieltisch Dörfer verspielt haben. Vampire, allesamt Vampire.«

Die letzten Worte spuckte er voller Verachtung aus. Ich erhob mich und drehte mich langsam zu ihm um. Die engen weißen

Hosen und der blaue Rock des Nationalgardisten standen ihm besser als die Zivilkleidung. Kein einziger seiner Männer war mehr da. Auch so war es in der Remise eng genug, zwischen uns stand nur der Stuhl, auf dem ich gesessen hatte. Das Braun seiner Augen kam mir dunkler vor. Unwillkürlich musste ich lächeln. In der Furche zwischen Nase und Oberlippe hatte er wieder eine Schnittwunde vom Rasieren. Was sollte ich ihm erwidern? Dass er verdammt noch mal recht hatte? Dass Unterdrückung und Ausbeutung furchtbar waren? Die Zustände der Armen katastrophal? Dass ich mich aber trotzdem um die Comtesse kümmerte. Weil sie eine alte, einsame Frau war. Dass ich selbst adelig war. Und dass ich meiner todkranken Freundin Julie ein Versprechen gegeben hatte.

Ich kam nicht dazu, weil jetzt die vertrauten Schritte über den Kies schlurften. Offenbar hatte die Freundin der Comtesse nichts von der Razzia mitbekommen. Ihr schwarzer Schleier blähte sich, als sie eintrat.

»Eine Komplizin von Ihnen?«, knurrte Lucien. Er hob und spannte die Pistole, die er bis dahin lässig wie eine Reitpeitsche gehalten hatte. Ich wollte gerade zurückfauchen, als mir die Comtesse, die uns die ganze Zeit mit einem seltsamen Blick gemustert hatte, ins Wort fiel: »Liebste Delphine, meine jungen Gäste haben sich gerade verabschiedet und wollten gehen. Haben Sie doch die Liebenswürdigkeit, sie zurück durch Ihr Haus zu begleiten.«

Ich staunte über den Tonfall, den sie eher im Spiegelsaal von Versailles als im Kloster gelernt hatte.

»Ach, und zeigen Sie ihnen doch bitte Ihr berühmtes Grünes Zimmer.«

Damit waren wir offensichtlich entlassen. Die Comtesse wandte den Blick von uns ab und ließ wieder den Rosenkranz durch ihre Finger gleiten. Was um Himmels Willen meinte sie mit »Grünes Zimmer«? Warum wollte sie uns dort hingeführt haben? Das die Comtesse hintersinnig war, hatte ich während meiner Besuche bei ihr längst begriffen. Was führte sie im Schilde? »Grünes Zimmer«. Diese zwei simplen Worte hatten ein langes, verworrenes Echo aus … Verstecken, Finden, Nähe. So als ob das »Grüne Zimmer« seit Urzeiten schon existiert hätte. Für wen? Der Schleier der Dame, deren Gesicht ich noch nie gesehen hatte, streifte meine Wange, als ich hinter ihr die Remise verließ. Sprachlos von so viel weiblicher Taktik, folgte Lucien, seine Pistole schussbereit.

»Ich bete ab jetzt auch für Sie, junger Mann«, ertönte es hinter ihm.

Wir gingen über den eingemauerten Garten hinüber ins Nachbargrundstück, ein metallisch schimmernder Mond leuchtete gerade so viel vom Kiesweg aus, dass ich nicht stolperte. Ich atmete gierig die frische Luft ein, der Schreck saß mir noch in den Gliedern. Die Schwarze Dame führte uns einen feuchten Gang entlang, an dessen Ende eine steile Wendeltreppe begann. Ich folgte ihr wie eine Marionette Drehung um Drehung. Die Stufen waren über die Jahrhunderte glatt ausgetreten worden. Luciens Atem hinter mir, seine Nähe bedrohlich und anziehend zugleich. So viel war passiert. Obwohl mich Aufregungen sonst eher antrieben wie Wasser ein Mühlrad, fühlte ich mich mit einem Mal sehr schwach. Für jede Stufe musste ich mehr Kraft aufbringen, und ich hatte das Gefühl, meine Knie würden schmelzen und meine Füße seien knochenlos.

»Bitte«, sagte die Herrin des Hauses und kein einziges Wort mehr. Sie drückte die Klinke herunter und stieß die Tür auf. Ich bekam noch ihren Kerzenhalter in die Hand gedrückt, dann ging sie. Ich trat über eine buckelige Schwelle und befand mich mitten im dämmrigen Dickicht eines Waldes. Grün, überall grün. Nicht nur die Wände, auch die steifen Brokatvorhänge vor den Fenstern und um ein altmodisches Pfostenbett herum. Ich war allein mit Lucien und zum ersten Mal in seiner Gegenwart verlegen. Zudem wurde mir erst jetzt bewusst, welches Glück ich gehabt hatte. Wäre Lucien nicht gewesen, befände ich mich jetzt geradewegs auf dem Weg ins Gefängnis. Und die arme Comtesse würde zu ihrem Mann eingesperrt. Der Schock verflog, meine Anspannung löste sich allmählich. Aber meine Knie blieben weich, das äußere Zittern drang bis in mein Inneres. Ich zupfte an der kostbaren Bespannung. Atmete Kampfer, Familiengeheimnisse, parfümierten Puder, der sich über Gesichter und Jahrhunderte gelegt hatte. Gefühle bleiben nicht das, als was sie begonnen haben, besonders die, die mit Blicken auf Goldsprengsel anfingen, die in den eigenen Mund rutschten. Sie flossen jetzt als glühende Ströme durch meinen Körper. Gefühle, die ich weder deutsch noch französisch benennen konnte. Ich hatte das Gefühl zu schweben, gefangen zwischen Traum und Wirklichkeit. Dumpf hörte ich Schritte, die verschleierte Hausherrin stapfte im Dunkeln die Wendeltreppe hinunter. War ich deshalb immer so gern und so schnell gelaufen? Um irgendwann an diesem Ort anzukommen?

»Federn, alles Federn.«

»Was?«

Ich fuhr herum und mit mir die flackernde Kerze. Luciens Finger strichen behutsam über eine der grünen Wände.

»So etwas Schönes habe ich noch nie gesehen«, murmelte zärtlich die Stimme, die vor einer Viertelstunde noch die einer wütenden Bulldogge gewesen war. Milli fiel mir ein, Milli von Einsiedel. Die ich scheinbar vor Jahrhunderten an einem mit Schlafmittel versetzten Weimarer Sonntagnachmittag kennengelernt hatte. Die aus Liebe ihren eigenen Tod und danach das Begräbnis vorgetäuscht hatte, um mit ihrem Geliebten nach Afrika durchzubrennen. Afrika. Ach herrje. Ich wollte doch nur bei ihm in Paris sein.

»Federn, tatsächlich, und alle so grün wie …«

Ich berührte die ungewöhnlichen Tapisserien auf derselben Höhe wie Lucien, nur am anderen Ende der Wand.

»Das Meer, wenn der Mistral weht«, beendete Lucien seinen Satz und ließ seine Finger weitergleiten. Auch meine Finger wanderten weiter. Ganz von selbst. Mein Herz, meine Lungen und was sich sonst noch alles in einem menschlichen, einem weiblichen Körper befand, flatterten und drehten sich. Noch nie in meinem Leben hatte ich so eine Konfusion gespürt. Mein Kopf hatte längst aufgehört zu denken. Eine fremde Macht dirigierte mich. Ein Schritt, und noch ein kleiner. Ähnlich wie bei unserer ersten Begegnung fühlte und sah ich jetzt alles überdeutlich. Vielleicht auch, weil der Schrecken über die Razzia, meine Fesselung, meine ausgestandene Angst mich weich und empfindsam gemacht hatten. Die Federn unter meinen Fingerkuppen wurden Augenbrauen, dichte Brauen eines Mannes. Das schwere Parfüm, das in den Brokatvorhängen hing, die vielen Gefühle und Sehnsüchte, die in dieses niedrige Zimmer schon hineingeatmet worden waren, breiteten sich in meiner Brust aus. Nur noch die Dielen unter meinen derben Schuhen und den Absätzen seiner Stiefel sprachen. Botschaften, für die mein Mund zu scheu gewesen wäre. Als das Gefieder eines einzigen Grünspechts zwischen Luciens und meinen Fingerkuppen war, stellte ich die Kerze auf den Boden. Beinahe steckte ich dabei das Haus in Brand, so schlecht gehorchte mir meine Hand. Kein Roman, kein Weimarer Salongetuschel hatte mich auf das vorbereitet, was jetzt passieren würde.

Er küsste mich, aber nicht auf den Mund, er küsste die Sommersprossen auf meiner Nase. Mindestens jede zweite. Dabei berührten seine Finger meinen Hals und meine Brust so zart, wie sie vorher die Federn berührt hatten. Ich war es, die schließlich seinen Mund suchte. Als ich seinen Uniformrock aufknöpfte, bekam ich einen ersten Eindruck von seinem Körper. Die wenigen Kleidungsstücke eines Dienstmädchens, die ich trug, sammelten sich auf dem Boden. Hob Lucien sein Segelboot auch so leicht hoch. Oder Piratengut? Ich schwebte in seinen Armen, aber es war mehr als ein Schweben über allem, was bislang mein Leben ausgemacht hatte. Das Zimmer drehte sich um mich. Smaragdgrüne Vogelschwingen. Dunkle Wälder mitten in Paris. In meinem Herzen flatterte etwas, Aufregung, Scham, Verlegenheit. Was würde passieren? Die romantischen Romane, die in den Weimarer Salons kursierten, sparten das entscheidende Kapitel immer aus. Und Julie, die ich einmal danach gefragt hatte, hatte ihre schönen Augen nur noch etwas mehr zu Schlitzen verengt und ein uneindeutiges, kehliges Lachen gelacht. Mein Mund drückte sich an seinen Hals. Meergeruch, Sonne, ein wenig Pulverdampf. Nein, ich wollte meine Augen offen halten. Kaum hatte er mich auf das Bett gelegt, beugte Lucien sich über mich und bedeckte mich wieder mit kleinen Küssen. Meine Lippen und Hände fanden darauf Antworten, die sie nie gelesen oder gelernt haben konnten. Sie wussten sie einfach. Seine Finger zeigten meinen Fingern Wege und Freuden, wurden von meinen Brüsten und Hüften begrüßt. Und wieder das Rauschen und Anfeuern derjenigen, die sich vor Jahrzehnten oder Jahrhunderten ebenfalls hier geküsst und geliebt hatten. Es mussten viele gewesen sein. *Eleonore, zeig ihm, wie schön du bist. Komm Eleonore, Eleonore, tanz mit ihm …*

Mit einem Mal ließ Lucien mich los, stieg aus dem Bett. Lachte leise und unsicher, verlegen also auch er. Der Mann der noch vor einer halben Stunde Kommandos gebrüllt hate. Mein Herz hörte auf zu flattern und wurde ganz warm. Abgewandt von mir zog er sich aus. Das Hemd. Der Gürtel. Seine Schuhe. Im honigfarbenen Licht der am Boden abgestellten Kerze bückte sich ein kantiger Männerrücken. So ganz anders als der von uns Frauen. Auf einem Bein stehend, streifte sich Lucien den Strumpf vom anderen ab. Atmete als ob er einen Berg hinauf rennen würde. Er nestelte an etwas herum, den Geräuschen nach zu schließen, ging es ihm wohl zu langsam. Aus den Kissen hinter meinem Kopf strömte ein vager Duft. Vielleicht Orangenblüten, die die Frauen im Süden, so hatte ich gehört, bei ihren Hochzeiten im Haar trugen. Oder blumiger Wein, der eingetrocknet war? Ein heller Fleck bewegte sich im Dämmerlicht, weiß, die Offiziershose. Und dann rutschte auch die, und Lucien stieg aus den Beinen. Ein Teil vom Vorhang verdeckte seinen nackten Körper. Er drehte sich um, näherte sich wieder dem Bett.

Eleonore zeige ihm, dass er dir gefällt. Eleonore, glaube uns, Liebe ist ein Fest, besonders wenn es bei uns in Paris gefeiert wird … So raunte es aus den bespannten Wänden, den morschen Deckenbalken und sogar aus der Füllung der Matratze. Botschaften der Liebenden, die sich früher hier getroffen hatten und die Grausamkeiten der Welt draußen überdauerten. Stöhnen in meinem Nacken. Ein feuchter Mund auf einem Nabel. Sein oder mein Körper? Er atmete meinen Atem. Meine Hüfte, sein Schenkel? Ich konnte nichts mehr unterscheiden. Wozu auch? In seinem Haar meine heisere Stimme. Schrie jetzt er oder war ich es? Bogen sich die grünen Wände um uns herum? Dann wieder Stille. Abwarten, Zulassen. Sein Herz trommelte in meinem Bauch, meines an seiner Schläfe.

Hahnenschreie weckten mich, aber kein Morgenlicht drang durch die schweren Vorhänge. Lucien schlief neben mir noch wie ein Säugling, seine Haare zottelig auf meinem Busen ausgebreitet. Ich griff in das dunkle Dickicht auf seinem sich gleichmäßig hebenden und senkenden Oberkörper. Lucien blieb nichts anderes übrig, als aufzuwachen. Was in der Nacht anfänglich geschmerzt hatte, verwandelte sich jetzt in eine mitreißende Strömung der Lust. Von der ich mich treiben ließ, gegen die ich anschwamm und in der ich überwältigt unterging. Lucien half mir noch, meine Haare zu bändigen und unter die Haube zu zwängen, dann stürmte er die Wendeltreppe hinunter.

Am 26. August sickerte die Nachricht von der kampflosen Übergabe der Festung Longwy an die Preußen durch. Gleichzeitig erfuhren wir von einer royalistischen Revolte in der Vendée.

»Absurd«, sagte Felix, »völlig absurd«, als er mir die Flugblätter und Zeitungsartikel zeigte. Ich hatte das Gefühl, dass mein Bruder weniger die politische Großwetterlage als vielmehr unsere kleine zwischen den Fronten kommentierte. Wir redeten kein Wort über unsere Heimat, unseren Vater oder über Anselm, nicht einmal Felix' unterbrochenes Studium in Jena wurde erwähnt. Ich konnte nur mutmaßen, ob es meinem Bruder ähnlich ging wie mir. Ich wollte nicht zurück. Zu meiner unendlichen Erleichterung bekam Lucien den Auftrag, die Aushebung von Gräben vor der Stadt zu organisieren, außerdem das Schmieden von dreißigtausend Piken und deren Verteilung an Freiwillige zu überwachen. Der Offizier Lagarde übernahm noch zusätzlich die Aufgabe, regelmäßig das Royalistennest Marais zu inspizieren. Ich erwartete ihn dort mit klopfendem Herzen und von Mal zu Mal mehr Begierde.

Der September hatte angenehmeres Wetter gebracht. Der Westwind vertrieb die Fäulnis des Hochsommers. Die Wäscherinnen an der Seine sangen aus voller Kehle, die Fischweiber riefen sich Witze zu und pickten mit fettigen Fingern das Ungeziefer von den Köpfchen ihrer Säuglinge. Der Himmel blähte sich wie eines der hellen Baumwolltücher aus den amerikanischen Südstaaten, als wollte er die Blutbäche kaschieren, die täglich zwischen den Pflastersteinen flossen. Die Frauen strickten Strümpfe, berichtete mir mit Ekel in der Stimme unsere Hauswirtin Madame Bissot, während sie zuschauten, wie die Köpfmaschine arbeitete. Manche beschwerten sich, dass ihre Kleider Flecken bekamen. Andere beharrten darauf, als verdiente Mütter der Revolution immer Plätze ganz vorne zu bekommen. Ich aber war so verliebt, dass ich über jede Blutlache hüpfte und mir sagte, dass es der Saft von kaputten Granatäpfeln sei.

Lucien tauchte nicht auf. Nicht zur üblichen Zeit, nicht eine Stunde, auch nicht zwei Stunden später. Irgendwann schlief ich ein, mit meinen Kleidern am Körper, einsam und quer liegend in dem alten Bett hinter den grünen Vorhängen. Irgendwann öffnete sich doch knarzend die Tür. Ich war sofort hellwach, setzte mich auf. Sie hielt eine Kerze, aber ihre schwarze Gestalt hob sich kaum von den dunklen Federwänden ab.

»Angeblich fällt auch Verdun. Die Sansculotten bewaffnen sich und rotten sich wieder zusammen, wie am 10. August, als sie den König stürzten. Sie müssen jetzt gehen. Und ich muss zu meinem Sohn.«

»Wo wohnt Ihr Sohn denn?«, fragte ich leichthin, nur um irgendetwas zu sagen und meine Enttäuschung darüber, dass Lucien nicht gekommen war, zu kaschieren.

»Im Gefängnis La Force. Er ist Priester und wollte nicht auf die neue Verfassung schwören.«

Der schwarze Schleier bauschte sich leicht. Mehr nicht. Wahrscheinlich hatte diejenige, die sich dahinter verbarg, schon alle ihre Tränen geweint. Oder man hatte sie dazu erzogen, nie zu weinen.

»Und Sie, Madame, sind Sie denn sicher?«, fragte ich sie bestürzt.

»Solange Sie mit Dantons Günstling hier ins Bett gehen, ja.«

Stumm kletterte ich aus dem Bett. Stumm glättete ich meinen Rock, band mir mein Fichu um die Schultern. Ich war zu betreten und unglücklich, um der Frau in die Augen zu schauen, auch wenn sie nur verdunkelte Höhlen waren.

»Es tut mir sehr leid wegen Ihres Sohnes«, brachte ich schließlich heraus. Sie ignorierte es. Stattdessen schickte sie sich an, vor mir das Zimmer zu verlassen. Dann, ganz plötzlich, drehte sie sich auf ihren altmodisch hohen und geschwungenen Absätzen noch einmal um.

»Ich werfe Ihnen nichts vor, Sie helfen schließlich Eloise.«

Ihre Stimme klang spröde. Ich nickte, wollte an ihr vorbei zur Wendeltreppe. Lucien.

Sie seufzte kaum hörbar, nur ihr Schleier bewegte sich.

»Außerdem habe ich Ihren Vater zu sehr geschätzt, dem Sie übrigens verblüffend ähnlich sehen. Wir unterhielten damals einen Salon hier, einen der bedeutendsten von ganz Paris, immer donnerstags«, flüsterte sie. »Jeder der Geist und Witz hatte, kam zu uns. Bei uns lösten sich die Standesunterschiede auf, Jahre vor dieser, dieser gotteslästerlichen Revolution.« Ihre Lippen saugten den Schleier bei jedem Wort an. Die Kerze in ihrer Hand flackerte, es zog von der Treppe her. Mein Vater! War Madame wirr? Hatte ihr der Untergang ihrer Welt, die Gefangennahme ihres Sohnes so zugesetzt, dass sie Personen erfand?

»Eines Tages tauchte dann diese bezaubernde junge Gräfin aus der Pfalz auf. Mathematik war, soweit ich mich erinnere, ebenfalls ihre große Passion. Sie war so verliebt, wie Sie es jetzt sind, mein Kind.«

Zögernd streckte sie ihre schwarz behandschuhte Hand aus, fast als ob sie mich streicheln wollte. Aber dann beließ sie es bei Worten: »Ihre Mutter und ich wurden übrigens gute Freundinnen.«

Kapitel 9

Anfang September – Anfang November 1792

Als dieser ungehobelte Mensch aus dem Süden am 6. September in unsere Wohnung platzte, waren seine Haare raspelkurz geschnitten.

Ich wachte von dem Schnarren der Türriegel auf, die Hortense einen nach dem anderen zurückschob. Mit einiger Anstrengung schaffte ich es, den Vorhang zurückzuziehen und in den trapezförmigen Himmel über unserem Innenhof zu schauen. Der Morgen schälte sich gerade schwefelgelb aus der Nacht. Ich fröstelte unter meinem Nachthemd, als ich hinter meiner ebenfalls dürftig bekleideten Schwester barfuß ins Vorzimmer torkelte, mehr damit beschäftigt, nicht über meine Füße zu stolpern, als mir darüber Sorgen zu machen, wer zu dieser unchristlichen Zeit auftauchte und warum ihn Hortense überhaupt hereinließ.

Er stand einfach nur da und atmete stoßweise. Unglaublich, wie ein Mensch sich in kurzer Zeit so sehr verändern konnte. Mit den langen Haaren hatte Lucien Lagarde, den Namen hatte ich mir wohl oder übel gemerkt, das Welpenhafte verloren. Seine Bräune war ohnehin verblasst. Sein Kopf erinnerte mich jetzt an die Büste des römischen Senators, die Goethe aus Italien mitgebracht hatte und in seinem Haus am Frauenplan ausstellte: kantige Gesichtszüge, in denen sich Entschlossenheit zeigte. Im Kontrast dazu aber seltsam leere Augen.

Mit beiden Händen umklammerte dieser Lagarde einen schwarzen Zweispitz, an dem eine blau-weiß-rote Kokarde steckte. Der dunkelblaue Rock mit dem roten Ringkragen, den roten Ärmelaufschlägen und goldenen Epauletten stand ihm gut. An seiner Hüfte hing ein Degen. Es stimmte also: Die Einheiten der Freiwilligen aus den französischen Departements wählten ihre Offiziere selbst. Unvorstellbar in einem deutschsprachigen Regiment, wo allein der Adel befehligte. Wo man entweder traktierte oder traktiert wurde. Das Seltsamste an diesem frühen Morgen aber war, wie sich meine Schwester benahm. Zuerst flog sie mit einem Schluchzen und ausgebreiteten Armen auf Lagarde zu. Dann stoppte sie, ihr Gesicht verzerrte sich, ihre Fäuste hämmerten auf seine Brust ein. Abwechselnd auf Deutsch und Französisch beschimpfte sie ihn. Lagarde ließ es über sich ergehen. Unendlich erschöpft, wie mir schien.

So aufgewühlt hatte ich meine Schwester noch nie erlebt. Ihre größte Angst war immer nur gewesen, sich zu langweilen. Vielleicht hatte sie sich bislang auch nur besser vor Gefühlen in Acht genommen als ich. Jetzt fiel sie von einem Extrem ins andere: Lautlos begann sie zu weinen, ihr Kopf sackte an die Brust des französischen Nationalgardisten. Dabei zitterte ihr Körper so sehr, dass ich fürchtete, ihre Rippen würden brechen. Der Zweispitz fiel zu Boden, und Lagardes Hände vergruben sich in Eleonores ohnehin schon wirrem Haar. Sie küssten sich. Vor meinen Augen. Sie küssten sich sogar regelrecht grob.

Dass der Mann, den wir erst vor ein paar Wochen in einem der Kaffeehäuser des Palais-Royal, das seit dem Sturz des Königs Palais-Egalité hieß, kennengelernt hatten, für Eleonore kein Fremder geblieben war, ahnte ich dunkel. Ihr Verhalten in den beiden zurückliegenden Tagen hatte mich dann endgültig alarmiert. Direkt vor der Krönungskathedrale in unserem Salon hüpfte meine Schwester von einem Bein aufs andere. An meinem Beobachtungsposten im Flur schaute ich auf die Uhr. Sie hüpfte ganze fünfzehn Minuten. Plötzlich hörte sie damit auf, kniete sich auf die Chaiselongue, faltete die Hände. Betete sie? Dann legte Eleonore wieder los, machte wieder Gliedmaßenverrenkungen, für die andere wegen Geistesverwirrung in das große Hôpital Général eingeliefert wurden. Außerdem war mir nicht entgangen, dass Eleonore gelegentlich erst im Morgengrauen nach Hause gekommen war. Aber meine eigenen Exkursionen ins Land der Erotik hatten mich nachlässiger gemacht.

Die beiden küssten sich noch immer. Ich ließ sie allein.

Dabei wäre es meine Pflicht gewesen, einzuschreiten und den Spuk zu beenden, bevor wir moralisch noch mehr ins Ungewisse abtrieben! Eleonore war verlobt. Noch dazu war Anselm ein Ehrenmann, ein durch und durch liebenswerter Mensch. Mein Freund. Der Schweiß brach mir aus allen Poren unter dem dünnen Hemd, das mir um die Knie schlackerte. Ich musste diesen dahergelaufenen Kerl, von dem ich kaum mehr als den Namen wusste, hinauswerfen und Eleonore schnurstracks nach Hause schaffen.

Stattdessen tat ich das, was ich seit Wochen jeden Morgen tat: Ich ging hinüber in unseren Salon, zündete die Kerzen an, ließ mich unterhalb der Krönungskathedrale auf die Knie und molk unsere Ziege. Hortense, so hatte sich herausgestellt, fasste das Euter viel zu grob an. Wahrscheinlich mit Absicht, sodass Blanche ihr jedes Mal jämmerlich meckernd entwischt war. Nachdem ich den Topf schäumender Milch in die Küche gebracht hatte, kehrte ich zu dem Tier zurück und striegelte sein Fell. Mittlerweile glänzte es fast wie das Perlmutt, aus dem der Griff der Bürste war. Ich hatte sie vom verstaubten Toilettentisch meiner Mutter genommen und in meinen Schrankkoffer gesteckt, in letzter Minute bevor wir Weimar verließen.

Blanche lag zufrieden auf dem sauberen Stroh, das ich ihr aufschüttete. Ich, wer sonst, übernahm jetzt noch Eleonores Aufgaben. Dabei hätte ich wieder mehr nach Dr. Schwartz suchen sollen. Vielleicht sollte ich eine der hier so in Mode gekommenen Wandzeitung drucken lassen und darauf nach ihm fragen. Täglich würden Tausende Pariser vorbeiströmen und es lesen. An der Kante des Bettes sitzend, in dem ich viele Monate geschlafen hatte, wusch ich mit einem parfümierten Lappen Julies mittlerweile spindeldürre Arme. Aber was, wenn Dr. Schwartz geheim bleiben wollte? Ich überlegte angestrengt. Noch behutsamer als ihre Arme säuberte ich das Gesicht unserer Freundin, das heißt die kleinen Inseln, die noch nicht in dem krebsroten Meer der Geschwüre untergegangen waren. Die Vergangenheit meiner Mutter war in den zurückliegenden Sommer- und Herbstwochen in den Hintergrund getreten. Die Gegenwart nahm mich zu sehr in Anspruch. Ich verwarf die Idee mit der Wandzeitung. Die Zeiten waren dafür zu unberechenbar, Dr. Schwartz hatte auf irgendeine Art meiner Mutter nahegestanden, ich durfte nicht das Risiko eingehen, ihn in Gefahr zu bringen. Vielleicht hatte er gute Gründe, anonym zu leben. Hin und wieder stöhnte Julie auf. Ihre bläulichen Augenlider flatterten, blieben aber geschlossen. Wie üblich hatte ich ihr mit ihrer Ziegenmilch genug Opium eingeflößt. Wenn mir vor einem Jahr jemand prophezeit hätte, dass ich mit meinen eigenen Händen eine im Endstadium an Syphilis erkrankte Mätresse pflegen würde … Blanche spazierte ins Zimmer und drückte sich an meine Beine. Sie mochte, wenn ich pfiff.

So vieles, was für mich und meinen Stand in Stein gemeißelt gewesen war, geriet ins Wanken. Oder war bereits zerbrochen. In meiner Dachstube in Jena hatte ich von Freiheiten geträumt. Dass jeder ohne Zensur sagen und schreiben durfte, was er wollte. Dass keine Willkür die Gerichtsurteile diktierte. Aber Freiheit, das begriff ich jetzt immer mehr, war auch lästig. Man musste ständig selbst Entscheidungen treffen. Weil es die von Gott oder gesalbten Majestäten geschaffene Ordnung nicht mehr gab. Nur Vernunft und Menschlichkeit. Ich schob gerade das, was von Julies lackschwarzer Haarpracht übrig war, unter eine frische Haube und überlegte, ob sich Vernunft und Menschlichkeit immer vereinbaren ließen, als ich eine Berührung auf meiner Schulter spürte.

Meine Schwester trug mittlerweile ein ordentliches Kleid, ihre Haare waren gekämmt. Dafür wirkte sie schrecklich durcheinander.

»Er schläft jetzt. Zwei Tage und Nächte war er ununterbrochen auf den Beinen.«

Ich zog Eleonore fort von unserer Freundin. Im Salon setzten wir uns gegenüber wie ein altes Ehepaar. Die ersten Sonnenstrahlen leckten über das Parkett. Die Fensterscheiben hätten das Putzen dringend nötig gehabt. Wer aber wagte in Paris noch, das Hauspersonal anzutreiben? Eleonore und ich jedenfalls nicht. Das Risiko, dass Hortense sich bei der Sektionsverwaltung, zu der unsere Straße gehörte, anschwärzte, war zu groß. Zu viel wusste sie über unsere Bekanntschaften und geheimen Unternehmungen.

»Dann stimmt es, was sich die Leute auf der Straße erzählen?«

Eleonore nickte. Jede einzelne ihrer Sommersprossen sah aus wie ein rostiger Nagelkopf. Aus ihr stürzte heraus, was sie von Lucien Lagarde erfahren hatte: »Der Mob hat die Pariser Gefängnisse gestürmt. Weil das Gerücht umging, dass auch die Festung Verdun fallen würde und dann bald die Preußen unter dem Herzog von Braunschweig zusammen mit dem Korps französischer Aristokraten aus dem Exil Paris einnehmen und sich mit den Gefangenen verbünden würden.«

Abrupt verfiel Eleonore in Schweigen. Ihr Blick floh zur Decke. Die Räume zwischen den Stuckornamenten waren grau und pelzig vor Spinnweben. Wahrscheinlich putzte unser Dienstmädchen häufiger die Schuhe von Saint-Just oder eines anderen Tribuns in der Manège.

»Tausend ermordet, bestialisch erschlagen, aufgespießt, zu Tode getrampelt. Vielleicht auch tausendfünfhundert, sagt Lucien.«

Meine Zunge schien zu groß für meinen Mund, als ich sie unterbrach: »Und Julies Comte? Der Comte de Marbois?«

»Auch massakriert«, flüsterte Eleonore, obwohl Julie uns nicht hören konnte. »In der Abbaye fing es sogar an, danach drangen sie in die Conciergerie ein, ins La Force und in die anderen Gefängnisse. Mehr als zweihundert Priester, darunter der Erzbischof von Arles, fast hundert Schweizergardisten, gewöhnliche Kriminelle, die angeblich hinter Gitter Assignaten gefälscht hatten … allesamt tot, wie sie gerade kamen. Auch die Prinzessin Lamballe, die Freundin der Königin …«

Mit dem Nagel ihres kleinen Fingers ritzte Eleonore eine Linie in die Mahagoniplatte unseres Tisches. Das Geräusch schmerzte in meinen Ohren und tat sogar in meinem Rückgrat weh. Blanche, die neben meinem Stuhl stand, schüttelte sich enerviert.

»Lucien sollte eigentlich auf dem Marsfeld Soldaten ausheben. Da wurde er gerufen, um für Ruhe zu sorgen.« Eleonore stöhnte. »Aber es waren so viele, und sie waren so voller Wut. Dann gab Justizminister Danton Anweisung, das Morden gewähren zu lassen.«

Eleonore zog die Luft mit einem scharfen Geräusch ein. Meine erste Begegnung mit Danton beim Traiteur Bergier in der Rue Saint-Honoré fiel mir ein: der bullige Lebemann, der nach Ansicht meines Freundes Condorcet das bürgerliche und radikale Lager bis jetzt zusammenhielt. Obwohl er korrupt war wie ein Hofschranze im alten Versailles. Ihm gegenüber damals am Tisch der puritanische Robespierre. Unbestechlich und vernünftig, wie ich fand. Zogen die beiden noch an einem Strang? Und wie lange noch? Bei nächster Gelegenheit musste ich Oelsner fragen, der hatte den besten Überblick.

»Lucien hat noch versucht, die Besitzerin des Grünen Zimmers zu retten, die in der Conciergerie ihren Sohn besuchte, einen Priester.«

Nur mit halbem Ohr hatte ich zugehört, verwirrt hakte ich nach: »Zimmer, welches grüne Zimmer?«

»Ach, Felix, das ist nur so eine Geschichte.«

Meine Schwester senkte den Kopf. Aber nicht schnell genug, sodass ich mitbekam, wie ihr die Röte ins Gesicht schoss.

»Du und deine Geschichten, Schwesterchen, immer hast du welche, Heimlichtuereien dazu …«

Unsanft wurde ihre Hand zwischen meinen beiden Händen herausgezogen.

»Na ja zumindest nicht in der Rue de Varenne, Ecke Rue de Bourgogne …«

Ihr Kinn hob sich wieder, ihre Augen blitzten kämpferisch.

Mir wurde siedend heiß. Woher kannte Eleonore diese Adresse? Wusste sie auch, wieso ich dort hinging? Ich stammelte etwas zusammen, was sich wie »nach Dr. Schwartz suchen« anhörte. Zum Glück hatte ich Blanches Hörner zum Festhalten.

»Pass einfach auf dich auf, Felix, nur das will ich damit sagen!«

Ihre Stimme und ihr Blick waren wieder weich. Es fehlte nicht viel, und ich hätte Eleonore alles gebeichtet. Klugerweise nahm ich nur ihre Hand und verschloss meine Lippen mit einem Kuss auf ihrem schwach nach Orangen duftenden Handrücken. Oder doch nicht? Ich schnupperte. Roch sie vielleicht nach diesem Lagarde?

»Doch, doch, Felix. Du sollst von der Dame, äh, mit dem schwarzen Schleier, erfahren. Musst du sogar. Komisch, ich weiß nicht einmal ihren Namen. Aber stell dir vor, sie kannte unsere Mutter!«

»Unsere Maman!«

Blanche schaute hoch, ihr Ziegenbart vibrierte. Offensichtlich hatte meine laute Stimme sie erschreckt.

»Ja, angeblich waren sie sogar Freundinnen. Auf jeden Fall wusste diese Dame Details, das kannst du dir gar nicht vorstellen. Dass Mutter aus der Pfalz stammte, dass sie Mathematik betrieb. Sie behauptete auch, dass sie …«

Eleonores Hand trommelte auf die Tischplatte. Nervös lachte meine Schwester auf. Die Halsschlagader unter ihrer weißen Haut pulsierte unnatürlich stark. Schließlich stieß Eleonore heraus: »… meinen Vater kannte. Und dass er in ihrem Palais zu Besuch …«

»So ein Blödsinn. Vater ist nie aus Weimar herausgekommen«, fiel ich ihr im Brustton der Überzeugung ins Wort. »Er hat wie eine Weinbergschnecke am Hof geklebt. Nur das eine Mal, als er Mutter geheiratet hat, ist er verreist. In die Pfalz, aber nie und nimmer nach Paris.«

Mein Lachen fiel boshafter aus, als ich es meinte.

»Sonst hätte er damit garantiert angegeben. Eleonore, diese Frau muss eine Hochstaplerin sein, eine Betrügerin. Wahrscheinlich ist sie hinter unserem Erbe her. In diesen verrückten Zeiten gibt es von der Sorte mehr, als man denkt, glaub mir.«

Ich beugte mich näher zu meiner Schwester, blickte in ihr angespanntes Gesicht. Gegen meinen Willen entfuhr es mir: »Ich kannte auch mal so eine, eine Refugié. Sie gab sich als Marquise aus und war nichts weiter als eine gewöhnliche Hure, die sich ein bisschen mit Literatur auskannte.«

Erschrocken über mein Geständnis blieb mein Mund offen stehen. Als ich ihn endlich zuklappte, hörte ich, wie meine Zähne laut aufeinanderschlugen.

»Eine Betrügerin? Nein, nie und nimmer. Aber wahrscheinlich hat sie etwas durcheinandergebracht, jemanden verwechselt«, räumte Eleonore zögernd ein.

»Weißt du, was, wir suchen deine schwarze Dame in ihrem grünen Zimmer demnächst zusammen auf und befragen sie genau. Vor allem nach Mutter«, lenkte ich ein und tätschelte Eleonores Hand.

»Zu spät, zu spät.«

Eleonores Augen füllten sich mit Tränen, und ihre Gesichtszüge verzogen sich so schmerzhaft, dass es mir einen Stich versetzte. Ich hatte Eleonore selten unglücklich und noch seltener weinen gesehen.

»Als Lucien sie aus dem Gefängnis eigenhändig herausgeschafft hatte, lebte sie nur noch eine halbe Stunde. Eine Pike hatte ihr die Brust durchbohrt.«

Lucien Lagarde wachte erst bei Einbruch der Dunkelheit wieder auf und kroch aus dem schmalen Bett meiner Schwester. Er bekam alle unsere Vorräte aufgetischt. Kalte Rinderzunge, Biskuitkuchen, Scheiben von frischen Orangen aus seiner Heimat, die Eleonore in aller Eile bei Monsieur Vidal holte, Gänseleberpastete, sogar ein Käseomelette wurde ihm von Hortense zubereitet. Er gebrauchte Messer und Gabel wie ein Bauer und verschlang Kaltes und Warmes durcheinander. Auch das Glas mit unserer restlichen Ziegenmilch, das ich ihm wortlos hinstellte, stürzte er auf einmal hinunter. Erst danach dankte er mir, wobei ihm Milch übers Kinn lief. Er wischte sie mit dem Handrücken ab. Sinn und Zweck der frisch gebügelten weißen Damastserviette neben seinem Gedeck schien ihm nicht vertraut. Wenn der Mensch nicht in einer gewissen Beziehung zu meiner Schwester gestanden hätte, hätte ich ihm spätestens jetzt ein Bündel unserer labbrigen französischen Geldscheine in die Hand gedrückt und ihn umgehend auf die Straße geschickt. Dort gehörte er hin. Aber Eleonores Gemütszustand war im Moment, das war mir bewusst, zu delikat für so eine Aktion. Ich musste damit warten. Meine Schwester starrte diesen Mann beim Essen an, als ob er der erste Mensch überhaupt war, der Nahrung zu sich nahm.

»Noch eine feine Scheibe Braten vielleicht«, flötete Hortense und stellte diesem Lagarde auch noch eine Flasche Cognac vor die Nase. Täuschte ich mich, oder hatte unser Dienstmädchen, das sonst tagelang denselben Kittel trug, sich rasch ein sauberes Kleid angezogen? Ich wollte mich gerade in mein altes Zimmer an Julies Bettkante verziehen, als er von seinem Teller hochschaute. Auf das Weiß in seinen Augen war ich nicht gefasst. Makellos war sein Blick, hart und zugleich unverschämt schnell. Mit einem Mal hatte ich perlende Töne in den Ohren, Musik, wie dieser Amadeus Mozart sie komponiert und die ich unlängst zusammen mit Oelsner bei einem Konzert gehört hatte. Angeblich war dieser verrückte Komponist im vergangenen Jahr gestorben. Wortlos verließ ich unser Esszimmer.

Nach Lagardes zweiter Nacht bei uns besorgte ich mir ein zusätzliches Kopfkissen. Wenn ich einschlafen wollte, drückte ich es gegen mein linkes Ohr, während das alte, schon etwas durchgelegene, auf der rechten Seite für eine gewisse Taubheit sorgte. Trotz dieser Vorkehrungen drangen noch genug animalische Geräusche aus Eleonores Zimmer durch die Wand in den Salon und in meinen Kopf und beschwerten mein Gewissen. Ich versuchte es noch mit kleinen Pfropfen aus Gaze, die ich mit Öl tränkte. Ich hörte, zwar gedämpfter, aber immer noch, wie die Matratze meiner Schwester abwechselnd quietschte und stöhnte. Um nicht zu sehr in moralische Bedrängnis zu kommen, verbrachte ich weniger Nachtstunden zu Hause und mehr in der Rue de Varenne, Ecke Rue de Bourgogne.

Der September galoppierte, und auf seinem Rücken nicht nur die Ereignisse. Notierte ich mir an einem Morgen elf Grad in mein kleines Buch, zeigte das Thermometer zur gleichen Zeit am nächsten Tag siebzehn Grad. Zwei Tage später stürzte die Temperatur auf sechs Grad ab. An solche Unregelmäßigkeiten in Weimar konnte ich mich nicht erinnern. Zuerst legte sich schmutzig gelber Nebel in die Häuserschluchten, dann kam nasser Wind aus dem Osten, woher auch sonst, der die Angeln unserer Fensterläden klappern ließ. Danach schien urplötzlich die Sonne, und im Hinterhof wurde Wäsche aufgehängt. Seit gestern lag wieder dichter Nebel. Alles war lautlos und beängstigend. Ich fühlte mich unwohl, wenn ich auf die Rue de Richelieu ging, um mir meine täglichen Zeitungen zu besorgen. Hortense hatte keine Zeit mehr dafür. Hortense musste dem Herrn Nationalgardisten Baiser und Eierspeisen zubereiten. O ja, alles drehte sich um diesen ungeschlachten Kerl mit dem Degen an der Seite. Das scheußliche Wetter und meine Stimmung sprachen sich ab. Und zu allem Übel weichten meine Zeitungen von der feuchten Luft durch. Hortense musste sie zu Hause bügeln. Der Tee, den sie mir dazu servierte, drehte sich lauwarm und dünn in der Tasse. Wahrscheinlich knapste sie bei mir Teeblätter für weiß Gott wen ab.

Die Soldaten der Revolutions- und der Koalitionsarmee, die sich unaufhaltsam aufeinander zubewegten, wateten knöcheltief im Schlamm. Das jedenfalls berichteten die Korrespondenten. Sie verloren Zeit, weil sie immer wieder die Kanonen herausziehen mussten. Die französischen Soldaten bräuchten mehr Proviant, hieß es. Es gab jetzt in Paris zwar Festpreise für Brot, aber gegen Mittag ging in den meisten Bäckereien das Mehl aus. Die Backöfen blieben kalt. Für unsere Ziege schaffte ich gerade noch genug frisches Laub heran. Die Pariser blieben nicht einmal stehen, wenn ich wie ein Hanswurst ein ums andere Mal hochsprang und von den Bäumen Äste herunterriss. Für den Offizier aus Marseille wurde wie selbstverständlich ein zusätzliches Gedeck aufgelegt. Meine Schwester hielt es nicht einmal für nötig, mich um Erlaubnis zu bitten. Mein Knurren, wenn Hortense zuerst ihm und nicht mir auflegte oder einschenkte, wurde so viel Gehör geschenkt wie dem Geschrei der Neuigkeitenverkünder drunten auf der Straße. Allerdings kamen jetzt bessere Weine auf den Tisch und reichlich frisches, duftendes Brot. Wir verdankten es Lagardes gutem Draht zu Danton, vermutete ich.

Der Weg der Koalitionsarmee unter dem Herzog von Braunschweig Richtung Paris führte über die Argonnen. Unser Weimarer Herzog Karl August war mit von der Partie, in seiner Entourage angeblich unser Nachbar vom Frauenplan, Geheimrat Goethe. Aber ganz sicher war ich mir da nicht. Denn die Briefe, die von der Vulpius kamen, strotzten vor Fehlern und waren überhaupt närrisch. Passagenweise ging ihr Vogelkrallengekritzel ganz in großen dunklen Flecken unter, weil diese Frau beim Schreiben zu viel Heidelbeerschnaps trank. Eleonore und sie schrieben sich regelmäßig, während unsere Korrespondenz mit Vater, Anselm und Frau von Stein zurzeit zähflüssig war. Deshalb sah ich es als meine Pflicht an, darüber Bescheid zu wissen, was Eleonores Freundin schrieb. Meine Schwester merkte es nicht, denn ich faltete die Briefbogen sorgfältig wieder zusammen, wie das meine Art nun mal war. Sechstausend Preußen kamen heranmarschiert und verstärkten Braunschweigs rechte Flanke. Am 14. September eroberten sie den Pass bei La Croix-aux-Bois. Danach schlugen sie ein französisches Korps in die Flucht.

Das war die große Neuigkeit, die im Club Allemand herumgereicht wurde wie eine Packung Dynamit. Zu viel Freude ebenso wie zu viel Entsetzen konnte für uns paar übrig gebliebene Hanseln deutscher Abstammung fatal sein. Wer drückte die Daumen für das Revolutionsheer und wer für die Koalition des alten Regimes, in deren Reihen ein Bruder oder guter Freund kämpfte? Jeder hielt sich mit ehrlichen Äußerungen zurück. Spitzel gab es jetzt überall. Obwohl ich schon lange keinen Mitgliedsbeitrag mehr gezahlt hatte, wurde ich zum Wein eingeladen. Warum war ich überhaupt wieder hierhergekommen? Natürlich lag mir dieser Krieg im Magen. Jetzt wurde es ernst. Außerdem wusste ich nicht so recht, was ich tagsüber machen sollte. Oelsner hielt sich gerade mit irgendeiner Schauspielerin auf dem Land auf, Condorcet wälzte Akten und Bücher. Der Prozess gegen Louis Capet, wie der König jetzt hieß, wurde vorbereitet. Dafür brauchte man meinen väterlichen Freund wegen seiner Reputation. Im Club Allemand saß mir wenigstens der gutmütige Graf Schlabrendorf aus Schlesien gegenüber. Mit Hauspantoffeln an seinen Füßen, die er anscheinend im Klub aufbewahrte. Auf dem runden Tisch, der zwischen dem Grafen und mir auf ungleich hohen Beinen wackelte, warteten drei entkorkte Flaschen Wein. Dabei brannten die Straßenlaternen noch nicht einmal. Zwei Stunden später half mir Lucien Lagarde aus meinen Schuhen und Kleidern und hievte mich auf die Chaiselongue. Sturzbesoffen war ich in unsere Wohnung gestolpert. Ich lag schon in den Kissen auf der Chaiselongue, da schoss mein Oberkörper noch einmal hoch.

»Pscht, pscht, nichts zu Eleonore!«

Erst nach mehreren Versuchen gelang es meinem rechten Zeigefinger, die Mitte meines Mundes zu finden. Luciens Finger gelang es seltsamerweise sofort. Nur sein Grinsen wackelte vor meinen Augen.

»Versprochen, mein Bruder, Stillschweigen.«

Dumouriez, Kommandant der französischen Armee und Nachfolger des berühmten, aber leider in Ungnade gefallenen und geflohenen La Fayette, befehligte fünfzigtausend Mann. Dass die durcheinanderflatterten wie aufgescheuchte Hühner, stand in allen Zeitungen. Die Ausbildung der Freiwilligen war zu kurz, ihre Ausrüstung schlecht. Vor allem mangelte es an Offizieren. Die meisten Adligen waren desertiert. So Hals über Kopf wie Lagarde bei uns aufgetaucht und in Eleonores Bett geschlüpft war, so überstürzt verschwand er auch wieder.

»Er reitet nach Valmy«, verkündete meine Schwester und besorgte sich innerhalb einer Stunde ein breites Band in den französischen Nationalfarben. Nicht nur, dass sie es theatralisch in ihr Haar schlang, aus dem Rest nähte sie sich noch Schleifen an ihren Mantel. Das viele Blau-Weiß-Rot stand ihr nicht besonders. Aber wenn sie jetzt Orangen kaufen ging oder untergehakt mit Olympe de Gouges die Quais entlangflanierte, dann wirkte meine große Schwester noch einen halben Kopf größer. Mir völlig Unbekannte grüßten uns, wenn wir zusammen an Vidals Stand anstanden und ich nach Büchern suchte. Die Witwe Delacroix schenkte Eleonore für ihren Liebhaber drei paar Strümpfe, die noch von ihrem Mann übrig waren. Unter Tränen nannte Vidal, der durchtriebene Filou, sie eine »wahre Patriotin«. Vaters Gesicht hätte ich dabei gern gesehen! Machte sich meine Schwester auf ins Marais, mit kaltem Roastbeef, Käse und einer halb vollen Weinflasche im Korb, wechselte sie ihr Haarband. Das neue passte eindeutig besser zu ihren Haaren. Es war weiß, die Farbe des Königs. Prinzipien waren noch nie Eleonores Sache gewesen.

Auf den Feldern bei dem bis dahin unbekannten Dorf Valmy entschied sich das Schicksal Europas. Die französische Artillerie besaß schlichtweg die moderneren Kanonen. Von den Hügelketten aus wurden am 20. September 1792 die Preußen beschossen und besiegt. Die Reiterei unseres Karl August kehrte um und stellte sich für den Rest des Tages außer Reichweite an der Straße von Châlons nach Sainte-Menehould auf. Als ich das im *Ami du peuple* las, schämte ich mich für ihn. Vor allem die Hochrufe auf die Revolution und die französische Nation, mit denen die französischen Soldaten den Feind mindestens genauso attackierten wie mit ihren Kanonenkugeln, hätte ich Serenissimus gegönnt. Am Tag darauf wurde in Paris der König offiziell abgesetzt und die Republik ausgerufen. Eleonore befahl Hortense, eine Flasche Champagner zu öffnen. Ich kam gerade mit ein paar Zweigen lascher Kastanienblätter zurück, als ich sah, wie meine Schwester mit unserer Dienstbotin anstieß. Auf Frankreich, auf Lagarde!

Die Preußen zogen ab. Dass den durch Hunger und Ruhr geschwächten Soldaten, die überlebt hatten, nicht nur unbehelligte Rückkehr in ihre Heimat zugesichert wurde, sondern sie sogar in Lazaretten versorgt wurden, machte das neue Frankreich noch mehr zum Sieger. Kein Wunder, dass preußische Soldaten scharenweise überliefen.

Auch ich feierte den Sieg. Nach einem Abendessen mit einer aufgedrehten Eleonore und einer still vor sich hin kauenden Ziege ließ ich mich in die Rue de Varenne, Ecke Rue de Bourgogne fahren. Im dritten Stock wurde mir die rechte Tür von einem bildhübschen jungen Bretonen aufgerissen. Ebenso stürmisch küsste er mich auf den Mund. Mit den Händen in der Luft wedelnd, schwirrte er leider sofort wieder ab. Ich sah noch, wie er einem bekannten Herrn, der sein Vater hätte sein können, den Nacken kraulte. Die Räume waren proppenvoll. Champagnerkorken knallten, immer neue Kanonaden wurden ausgetragen. Aufgedrehtes Gelächter, in dem Gläser zu Bruch gingen.

»Es lebe die Nation!« – »Auf uns!« – »Auf die schönsten Männer von Paris!« Noch mehr Gelächter. Ich wurde weitergeschoben, ließ mich schieben, spürte Hüften, neugierige Hände und ebensolche Hinterteile.

»Auf Valmy, auf die Brüderlichkeit … wer möchte Austern, gerade frisch eingetroffen?« Weich in den Knien vor Glück, dass ich hier dabei sein konnte, lehnte ich mich gegen eine holzgetäfelte Wand. Auch wenn ich Dr. Schwartz hier bislang nicht gefunden hatte. Zum x-ten Mal dankte ich Condorcet, dem Menschenfreund, dass er mich hierhergelotst hatte.

So unscheinbar, dass man Typen wie ihn täglich hundertfach in den Parks und Cafés übersah, wanderte ein Mann mit schütteren Haaren vorbei. Die aristokratische Mode der Perücken hatte auch viel Gutes gehabt. Seine Strümpfe waren ausgestopft, um etwas vorzutäuschen, wo es nichts gab. Er würde von den langen Hosen profitieren, falls die sich durchsetzten. Ich tippte auf Steuereintreiber oder höheren Bediensteten im Liegenschaftswesen. Mit unsicheren Blicken tastete er mich ab. Seit meinem ersten Besuch hatte ich die Chambres séparées ein paarmal benutzt, ausgehungert, hastig, hinterher ohne Schuldgefühle. Mittlerweile war ich wählerischer. Ein König erschien. Mit dem Körper eines Gladiators und rubinrot geschminktem Mund. Seine Haut glänzte wie die frisch polierte Platte eines Mahagonitisches. Stolz zog er die sabbernde Begierde der Umstehenden wie eine Schleppe hinter sich her. Wie alle anderen gaffte auch ich ihn an.

»Den freizukaufen war bestimmt nicht billig«, sagte neben mir eine Stimme mit einem Akzent, als ob Kartoffelbrei im Mund hin- und hergemanscht würde.

»Meinen Sie? Gibt es solche … Gönner?«, erwiderte ich, ohne mich zur Seite zu drehen. Ungewöhnlich. Der Geruch meines Nachbarn wurde von keinem Parfüm überlagert. Meine Vorderzähne klickten erregt gegen das Kristallglas, als ich am Champagner nippte.

»Sicher. Mein Vater hat eines unserer Sklavenmädchen freigelassen, nachdem sie sein drittes Kind geboren hatte. Dabei war sie mal teuer gewesen.«

»Oh.«

»Übrigens haben wir uns schon mal getroffen. Im Palais-Royal, Egalité meine ich. Gar nicht so lange her.«

»Sie sind der Amerikaner«, sagte ich.

Er nickte nur.

»Und Ihre Mutter, was hat die dazu gesagt?«, fragte ich ihn, und noch immer drehte ich mich ihm nicht richtig zu. Aus den Augenwinkeln beobachtete ich, wie er sich eine Zigarre ansteckte. Er inhalierte tief. Erst als der Rauch in meine Richtung zog und einen blauen Vorhang vor meinem Gesicht bildete, fing er an zu reden: »Den beiden ältesten Kindern hat sie von meinem Hauslehrer Lesen und Schreiben beibringen lassen. Als sie das konnten, hat sie ihnen je zwei Paar Schuhe gekauft und sie zusammen mit ihrer Mutter von unserer Plantage jagen lassen. Der Säugling starb vorher.«

Ich musste husten. Der Qualm brannte mir in den Augen. Mühsam fand ich meine Sprache wieder.

»Kommen Sie öfter hierher?«

»Ja, durchaus.«

Wieder nur blauer Rauch vor meinen Augen. Ich wedelte ein Fenster frei.

»Und ich dachte, Sie wären mit Helen-Mary Williams, äh … liiert.«

»Wer sagt denn, dass ich es nicht bin?«

Er lachte kurz und trocken und blies zur Abwechslung vier makellos bauchige Ringe, deren Geburt und gemächlichen Tod wir gemeinsam schweigend verfolgten. Um uns herum war es leer geworden. Die schwarze Schönheit befand sich den Stimmen nach zu vermuten im hintersten Raum der Wohnung, der wie ein orientalischer Harem dekoriert war. Mit etwas Glück verdiente sich der ehemalige Sklave heute Nacht ein kleines Vermögen. Ich gönnte es ihm von Herzen. Dr. Schwartz fiel mir wieder ein, der Fürsprecher der Sklaven und Verbindungsmann zu meiner Mutter. Mein schlechtes Gewissen meldete sich. Wie wenig hatte ich in letzter Zeit unternommen, ihn ausfindig zu machen. Dabei hatte ich so viele Fragen an ihn. Was er wohl mit dem Inhalt unserer Rindsledertasche anstellte, die ihm Condorcet übergeben hatte? Ergaben die aberwitzigen Zahlen- und Zeichenkolonnen meiner Mutter Sinn für ihn? Was hätte Eleonores schwarze Dame, vorausgesetzt, sie war tatsächlich keine raffinierte Betrügerin oder Hochstaplerin gewesen, uns über Mutters Aufenthalt in Paris erzählen können? Ich überlegte, ob ich nach ehemaligen Dienern und Zofen im Marais suchen sollte, die sich an das junge Mädchen aus der Pfalz erinnerten.

Musik erklang, neue Männer kamen, schoben sich vorbei. Junge, sehr attraktive Männer, ältere, die ihre Augensäcke und Schmerbäuche mit Geld wettmachten. Und Männer wie ich und derjenige, der nach wie vor Schulter an Schulter mit mir stand und paffte. Ich kam zu dem Schluss, dass es in diesen gefährlichen Zeiten unmöglich war, solche Zeugen aufzutreiben und zum Reden zu bringen. Die Diener hatten ihre Herrschaften verlassen, weil die ihnen keinen Lohn mehr zahlen konnten. Oder sie schwiegen, um ihre Herrschaften zu schützen. Damit war ich wieder bei Dr. Schwartz. An den musste ich ran, er allein konnte mir weiterhelfen. Aber Condorcet mauerte jedes Mal, wenn ich ihn darum bat, mir endlich Zugang zu dem alten kranken Herrn zu verschaffen. Wie viel Zeit hatte ich noch, jetzt mitten im Krieg?

Der Amerikaner bot mir eine Zigarre an, die ich akzeptierte. Er stellte sich als Lawrence vor. Seine Kleidung war so praktisch und reizlos, wie sie bei seinen Landsleuten anscheinend üblich war. Nicht viel anders sah sein Gesicht aus. Ich schätzte ihn auf Ende zwanzig. Die gewickelten Tabakblätter fühlten sich angenehm zwischen meinen Fingern an. Als Lawrence mir Feuer gab, huschte die Flamme über sein gestutztes, dunkles Haar und leuchtete sein rechtes Ohr aus. Ich hielt die Luft an. Ein Wunder der Schöpfung. Die Knorpel so perfekt gedrechselt und gleichzeitig rührend rosig, dass ich den überwältigenden Wunsch verspürte, sie mit meiner Zunge zu berühren. In einem Jahr müsse er wieder nach Washington zurück, dem Präsidenten persönlich Bericht erstatten. Jetzt blies ich ihm blauen Rauch ins Gesicht, aufs Inhalieren verzichtete ich.

Dass er eine Verlobte in Virginia hatte, die Tochter der angrenzenden Plantage, bekam ich bei unserem zweiten oder dritten Rendezvous wie zufällig vor die Füße geworfen, als ich gerade wieder in meine Hose schlüpfte. Um mich eifersüchtig zu machen oder auf Abstand zu halten? Aber zum Glück war ich nicht verliebt. Die Gute würde im zukünftigen Ehebett auf jeden Fall von den von Mal zu Mal ausgefalleneren Kunststücken profitieren, die Lawrence und ich uns gegenseitig beibrachten. Dreißig Livres und zehn Sous die Stunde kostete eine *chambre particulière*. Frische Betttücher und eine Schüssel Wasser mit Seife inklusive. Wir teilten uns die Kosten, sehr praktisch, diese Amerikaner.

Wenn Lawrence keinen Abendtermin in der Botschaft mehr

hatte, aßen wir gelegentlich noch zusammen. Nach solch einem Essen, die vorzügliche Rinderschulter und der Birnenkuchen im Magen stimmten mich zusätzlich glücklich, schlenderten wir durch die belebte Rue du Bac, von Weitem die Ecke im Blick, an der er nach links abbiegen und ich geradeaus über die Brücke, die immer noch Royal hieß, zum Quai du Louvre gehen würde. Wir redeten über den neuen Konvent, in dem bis auf zwei Adlige nur noch Bürgerliche saßen, die meisten Juristen, über die Schrift Condorcets zum allgemeinen Schulwesen, die Lawrence für genial hielt, und die unbesiegbare Rattenplage in Paris gebeugt, als mein Begleiter mich plötzlich ungestüm an den Schultern packte. Seine grauen Augen, die angeblich kahl geschorene Indianer in sumpfiger Wildnis gesehen hatten und Vögel, klein wie Bienen, verengten sich.

»Wenn ich erbe, lasse ich alle unsere Sklaven frei, die dreiundvierzig Männer und die neunzehn Frauen. Die Kinder sowieso, egal, wie viele es gerade sind.«

Sein amerikanisches Französisch holperte wie halb volle Fässer über das Pflaster.

»Das will ich hoffen, Lawrence.«

»Oder ich gehe ins Nordwestterritorium. Dort soll Sklaverei ganz verboten werden. Ich könnte mich dort als Kandidat für den Posten des Gouverneurs aufstellen lassen.«

Er verstummte. Unsere Blicke kreuzten sich.

»Das wäre großartig. Ich wäre stolz auf dich«, sagte ich und meinte es genauso.

»Marys Mitgift reicht aus, um den Wahlkampf zu finanzieren.«

»Liebst du sie eigentlich, deine Verlobte?«, fragte ich, ohne groß nachzudenken. Bei Lawrence aber schien diese Frage an etwas zu rühren, was besser nicht angetastet worden wäre. Ohne Vorwarnung riss er mich an sich und küsste mich auf den Mund. Mitten auf der Rue du Bac. Auch für Paris sehr gewagt. In unserem Rücken wurde gepfiffen. Wir küssten uns weiter. Ein fauler Apfel flog gegen meinen Rock und zerplatzte. Ebenso ungestüm, wie er mich umarmt hatte, ließ Lawrence mich los und ging, ohne sich zu verabschieden. Nach zwei Schritten bog er ab. Ich sah noch, wie sein grafitgrauer Rock im Menschengewirr der Rue Saint-Dominique verschwand. Zum ersten Mal hatte sich jemand in mich verliebt. Das versetzte mich in Hochstimmung. Trällernd winkte ich einer Kalesche, noch immer vor mich hinsummend, stieg ich eine halbe Stunde später die Treppe zu unserer Wohnung hoch.

»Sindbad, der Seefahrer, warf Anker vor einer freundlich aussehenden Insel mit hohen Palmen und ging mit der gesamten Schiffsbesatzung an Land.« Ich machte Pause und legte ein Lesezeichen zwischen die Seiten der smaragdgrünen Ausgabe von »Tausendundeine Nacht«, die ich vor langer Zeit geschenkt bekommen hatte. Ich hielt Julie ein Glas Wasser an ihre trockenen, ausgefransten Lippen. Sie nippte aber nur. Erschöpft lehnte sie sich in ihre Kissen, ihre knochigen Finger krallten sich in die Bettdecke. Ausnahmsweise waren ihre Augen offen, zu meiner Freude auch weniger trüb als in den vergangenen Tagen. Im Kamin meines früheren Zimmers prasselte ein Feuer. Gerade hatten meine Schwester und ich die Verbände unserer Freundin gewechselt und ihr etwas Hirsebrei gefüttert. Sie mochte es, wenn ich ihr vorlas, am liebsten Sindbads Abenteuer. Greifvögel, taubeneigroße Diamanten, ferne Gestade. Aber ich war mir nicht sicher, was sie davon überhaupt noch mitbekam. Wichtig war, dass Julie nach zwei, drei Seiten ruhiger atmete.

»Er heißt Lawrence, Lawrence Fairfax. Klingt doch gut. Und stell dir vor, Julie, die haben in Virginia Plantagen, da braucht es einen ganz Tag, um sie abzureiten. Aber keine einzige Ziege besitzen sie. Schön dumm, nicht wahr?«

Kräuselten sich Julies Mundwinkel zu einem Lächeln, oder täuschte mich nur das Geschwür, das seit ein paar Tagen zielstrebig von ihrer linken Wange Richtung Oberlippe wuchs?

»Er hat mich geküsst, Julie, vor allen Leuten.«

Ich griff wieder zu dem Buch.

»Mit einem Mal bebte die Insel. Sindbad und seine Männer

schreckten hoch, sie schrien wild durcheinander, versuchten die über einem Feuer köchelnde Suppe zu retten.«

Ich blätterte um, stellte erleichtert fest, dass sich Julies weiße Finger von der Bettdecke lösten.

»Wahnsinn, in Weimar würde … keine Ahnung.«

Ich staunte über das vergnügte Glucksen in meiner Stimme.

»Das ist auch so eine Art von Klub, Julie. Meine dritte Mitgliedschaft sozusagen.«

Ich kicherte in die aufgeschlagene *Tausendundeine Nacht*. Ohne Vorwarnung und ganz plötzlich kippte Sindbads schöne Palmeninsel. Sindbad und seine Leute rutschten wie Steine ins Meer, die Insel war nämlich nichts anderes als der Rücken eines riesigen Wals. Ich bildete mir ein, auf Julies gemartertem Gesicht so etwas wie Heiterkeit zu entdecken. Ihre Hände ruhten entspannt auf der Decke.

»Julie, Liebes, einen Augenblick nur, gleich geht's weiter«, flüsterte ich ihr zu. Eine Idee zwang mich zum sofortigen Handeln. Ich eilte in unsere Küche, ausnahmsweise froh darüber, dass unser Mädchen in einer anderen Wohnung einem Revolutionär umsonst die Hemden wusch. Mit der großen Schere, mit der Hortense auch schon mal Geflügelbeine schnitt, kehrte ich zu Julie zurück. Ich begann an meiner linken Schläfe.

Das Ding hätte dringend zum Schleifen gemusst. Hoffentlich funktionierte die Guillotine besser! Bei diesem Gedanken rutschte mir die Schere ab und schnitt eine tiefe Zacke genau über meiner Stirn. Egal. Ich säbelte weiter. Eine Strähne nach der anderen fiel zu Boden. Julie atmete ruhig, sie röchelte nicht einmal wie sonst. Schließlich ging ich zu dem Spiegel über der Kommode. Ich legte die Schere beiseite und drehte meinen Kopf abwechselnd nach links und rechts. Nicht die geringste Ähnlichkeit mit einem Staatsmann der römischen Republik. Trotzdem war ich angenehm überrascht. Ich atmete tief durch. Dann griff ich noch einmal nach der Schere. Und mit der linken Hand in meinen Nacken. Mit der rechten drückte ich fest zu. Das Geräusch, das entstand, konnte von einem Schlachtfeld stammen.

Sieg!

Der Zopf war ab! Freiheit für meinen Kopf.

Laut und falsch trällerte ich die »Marseillaise«. Und hatte den nächsten Einfall. Ich zog die unterste Schublade auf, dass die gesamte Kommode wackelte. Meine Pillendosen, die Winterschals, das Kästchen mit den Salzen für Magenschmerzen. Endlich fand ich den Kasten mit dem gelben Bütten. Unablässig trällernd, wickelte ich meinen Zopf, der wie ein schlaffer, erschlagener Fisch in meinen Händen lag, an einem Ende noch von der schwarzen Schleife stranguliert, in mehrere Bogen Briefpapier ein.

»Felix«, die Feder knirschte, so fest drückte ich auf, als ich mit meinem Vornamen unterschrieb. Sonst nichts. Nicht der kleinste Gruß. Der Inhalt sollte für sich sprechen. In Hortense' Küchenwirrwarr fand ich eine dünne Schnur. Das Päckchen adressierte ich an den Namen meines Vaters, Frauenplan, Weimar, Herzogtum Sachsen-Weimar-Eisenach und schnürte es fest ein. Den Knoten band ich zur Sicherheit doppelt. Das Päckchen in der Rocktasche, kehrte ich an der Wohnungstür noch einmal um. In meinem Überschwang beugte ich mich über die stumme Julie und küsste ihre Stirn, einen der wenigen Körperteile, den die Krankheit bislang ausgespart hatte.

Sie lächelte. Julie lächelte diesmal wirklich.

Ich übersprang jede zweite Treppenstufe. Das Päckchen sollte mit der nächsten Postkutsche die Stadt verlassen. Ein bisschen ungewohnt zog es in meinem Nacken, so ganz ohne Zopf, als ich zum nächsten Briefkasten eilte.

Wieder stand der Geliebte meiner Schwester überraschend vor unserer Wohnung. Dieses Mal breitbeinig und breit grinsend und mitten am Nachmittag. Obwohl er nach weiß Gott was stank und unrasiert war, flog ihm Eleonore um den Hals. Er hob sie hoch und tanzte mit ihr im Kreis. Kein Tambour hätte den Trommelwirbel des Sieges so überzeugend hinbekommen wie die Absätze seiner Stiefel.

Danach feierten die beiden in Eleonores Bett. Es fügte sich gut, dass Blanches Futter zur Neige ging. Ich hatte keine Lust anzuhören, wie meine Schwester den Helden des Schlachtfeldes auf ihrer Matratze belohnte, und ging los und besorgte für eine Summe, für die man schon eine Flasche Wein bekam, einen Sack Heu. Hortense schleppte und erhitzte derweil Kübel um Kübel Wasser für ein Bad des Kriegsheimkehrers und wusch gleichzeitig sein einziges Hemd. In der Zwischenzeit zog er eines von meinen an. Beim Abendessen, ein ganzer Kapaun wurde vom Traiteur geholt, kapitulierte ich.

»Auf Valmy! Auf die Revolution! Auf Lucien!« Ohne Skrupel hob ich mein Glas. Meine Schwester und auch Hortense lobten meine neue Frisur, und ich ließ mich von der allgemeinen Hochstimmung anstecken. Von verschiedenen Plätzen der Stadt gingen Feuerwerke hoch.

Später, auf der harten Chaiselongue im Salon, büßte ich mit Schlaflosigkeit und Grübeln. Gerade zwei Wochen war es her, dass Paris die Luft angehalten hatte, entsetzt über die Auswüchse von zu viel Freiheit. Heute soff und tanzte die Stadt wieder vereint in der Begeisterung über die Rettung des Vaterlandes. Vaterland. Was für ein seltsamer Begriff. Warum traten Lucien Lagarde dabei Tränen in die Augen?

Die Schals der Vorhänge standen einen Spalt breit offen, und das silberhelle Mondlicht schnitt wie ein Schwert durch die Krönungskathedrale von Reims. Sodass einer der beiden plumpen Türme der Westfassade kippte. In meinem Traum schritt ich um das Gotteshaus herum. Plötzlich stürmte eine Schar Männer in langen schlabbernden Hosen heraus, beladen mit baumhohen Kerzenständern aus Gold und herausgerissenen Flügelaltären mit blauen Madonnen. Einer, ein zierlicher Blonder, halb Faun, halb Cherub, entfernte sich von den Plünderern, kam direkt auf mich zu und hypnotisierte mich. Locken umrahmten seinen Kopf wie ein Heiligenschein. Seine mädchenhaften Lippen öffneten sich. Ich wünschte mir, er würde mich küssen. Stattdessen kullerten

Perlen aus seinem Mund. Sie waren aus venezianischem Glas und so viele, dass der Boden um meine Füße sich rot verfärbte.

Ich schreckte hoch. Hatte jemand geschrien? Weder mein Name noch mein Aufenthaltsort fielen mir mehr ein. Meine Blicke tasteten sich vorsichtig durch den Raum. Aha, ein Stuhl, über dessen Rücken meine Kniehosen hingen. Zwei Schuhe mit Silberschnallen lagen am Boden; ich vermutete, dass sie mir gehörten. Ein heller, am Riss kantiger Rücken. Unsere Ziege. Darüber ein Stich an der Wand. Ja klar, die Krönungskathedrale von Reims. Grafitgrau und langweilig. Alles fiel mir wieder ein: Ich hieß Felix, war vierundzwanzig Jahre, Student der Rechte aus Weimar. Früher oft melancholisch, bisweilen unglücklich. Jetzt ohne Zopf. Ich fuhr mir über den Kopf, befühlte das stachelige kurze Haar. Jetzt meist guter Dinge. Und mutiger.

Lucien Lagarde verließ uns bald wieder. Gemästet und in einem Leinenhemd, in das Hortense Rosenwasser eingebügelt hatte. Die Nordarmee Dumouriez', zu der er abkommandiert war, rückte jetzt in Belgien gegen die Österreicher vor. Zum ersten Mal las meine Schwester die Zeitungen, die ich nach Hause brachte. Im Stehen in der Küche, laut und deutlich jede Silbe betonend, damit auch Hortense erfuhr, was an den diversen Fronten geschah. Die beiden schrieben alle Siege dem resoluten Offizier aus Marseille zu. Bald wehte in Savoyen die Trikolore. Dann wurde der Rhein überschritten. Speyer fiel, Worms, die Festung Philippsburg, Mainz. Am 22. Oktober besetzten die Franzosen Goethes Geburtsstadt Frankfurt. Dass er deshalb seine verwitwete Mutter zu sich nach Weimar holen würde, bezweifelte ich. Soviel ich aus dem Briefwechsel meiner Schwester mit der Vulpius herauslas, hatte er bislang nicht einmal die Existenz seines dreijährigen Sohnes nach Frankfurt gemeldet.

Während an Frankreichs Grenzen geschossen wurde, herrschten in unserer Wohnung endlich wieder Ruhe und eine gewisse Ordnung. Ich genoss die Stunden mit den Menschen, die ich liebte, und dem Ziegentier. Vielleicht war das das einzige Vaterland, das ich brauchte. Ich kam wieder viel zum Lesen. Condorcet wurde im Konvent sehr in Anspruch genommen, sodass wir uns nur wenig persönlich trafen. Aber er schickte mir regelmäßig Lektüre. Ich sollte sie studieren, mir eine Meinung dazu bilden, schrieb er. Philosophien hätten in Paris jetzt die Chance, Realität zu werden. Ich ackerte mich durch Exposés für Gesetze zur allgemeinen Wohlfahrt, zur Umstellung auf einen neuen Kalender mit antiken Namen. Zahlreiche Schriften beschäftigten sich mit dem Schulwesen. Ich machte am Rand Notizen oder Fragezeichen. Vieles kam mir so vernünftig und sinnvoll vor, dass ich es kopierte. Mein Konvolut mit Vorschlägen wurde immer dicker, das ich nach unserer Rückkehr in Weimar einreichen wollte, untertänigst und allergehorsamst.

Ich nahm einen Schluck Tee. Mich fröstelte. Der Kamin in unserem Salon zog immer schlechter, es wurde kaum noch warm. Ich trank gleich noch einmal, spürte, wie das Getränk zumindest meine empfindliche Brust erwärmte. In großen Schlucken leerte ich die Tasse. Hübsch war sie, wenn auch altmodisch. Mit vergoldeten Rändern und einem aufgemalten Heißluftballon zur Erinnerung an das Experiment der Brüder Montgolfier im September 1783. Ich stellte sie zurück auf die Untertasse. Heute, neun Jahre später, waren die Leute scharf auf andere Attraktionen als im Himmel schwebende Weidenkörbe, in denen ein Hammel, eine Ente und ein Huhn saßen. Ich schloss meine Augen, inzwischen von innen her wohlig gewärmt.

»Aerodynamik … Aerodynamik!«

Die erste Silbe des schwierigen Wortes hatte ich damals in der Stimmlage eines Kontertenors herausgebracht, die zweite in der eines Basses. Ich flitzte vorbei an der Mödlerin und dem böse schauenden Fritz, weil ich über der Sensation vergaß, dass ich keinen Lärm machen durfte. Als ich, die Zeitung als Trophäe unterm Arm, an Mutters Boudoir anklopfte, hatte ich den Mittelteil des Wortes vergessen. Das Knistern ihres Seidenkleides hatte ich noch jetzt genau im Ohr. Ihr Parfüm überlagerte das Aroma meines Tees.

Mamans Umarmung war wunderbar gewesen. Sie brachte alle Silben von »Aerodynamik« ohne zu Stottern heraus. Dann legte sie auch noch ihre Feder beiseite und ließ die Mathematik Mathematik sein. Für mich! Gemeinsam lasen wir, was Wieland in der vierten Ausgabe 1783 des *Teutschen Merkur* über das französische Wunder geschrieben hatte.

»Die Tiere, Maman, stellen Sie sich doch mal vor, haben den Flug überlebt.«

»Ja, mein Schatz, man kann so vieles überleben.«

Hätte mich damals schon ihr trauriger Unterton stutzig machen sollen? Aber ich plapperte einfach munter weiter.

»Möchten Sie auch einmal fliegen, Maman?«

»Ich würde vielleicht zuerst die Flugroute berechnen.«

»Und ich bleibe lieber am Boden und schaue zu.«

Wieder eine ihrer wunderbaren Umarmungen. Der dickliche, auch im Kopf schwerfällige Mann, der damals noch Louis XVI. hieß, hatte gestattet, dass der Ballon von seinen Gärten in Versailles aufstieg. Warum passierte alles Neue immer in Frankreich? Maman seufzte, ihr Blick schon wieder abwesend. Bald griff sie nach ihrer Feder, tauchte sie ins Tintenfass. Das endgültige Signal. Ich verbeugte mich und verließ rückwärts ihr Zimmer. Den nachmittäglichen Horror in der fürstlichen Reithalle schwänzte ich an jenem Tag. Ich erinnerte mich noch genau an die Hiebe, die ich deswegen von Vater bekam. Die zwei Stunden Extrazeit waren es wert gewesen. Ich nutzte sie, um den Artikel im *Teutschen Merkur* so oft zu lesen, dass ich ihn noch heute passagenweise auswendig konnte.

Tee versetzte mich leider leicht in meinen früheren melancholischen Zustand. Besonders jetzt im November. Aber den von Sklavenhänden geernteten Kaffeebohnen hatte ich ja seit Monaten abgeschworen. Und unerschütterliche Grundsätze waren, wenn man sie einmal gefasst hatte, das A und O eines vernünftigen und damit wertvollen Lebens. So jedenfalls hatte ich Professor Schiller bei seinen Vorlesungen in Jena verstanden. Die Menschheit sollte ästhetisch umerzogen werden, dann würden Ungerechtigkeiten und Unterdrückung von selbst aus der Welt verschwinden. Ich blickte auf die Uhr auf dem Kaminsims. Der große Zeiger ruckelte mühsam. Wahrscheinlich fror er auch. Bald neun Uhr, dunkel war es draußen schon lange. Jeden Moment musste meine Schwester von der Comtesse zurückkommen.

Schiller kannte keine Lastenträger, Stuckateure oder Schornsteinfeger aus dem Faubourg Saint-Antoine oder Saint-Denis. Auch nicht deren Ehefrauen. Ihnen fehlte die Geduld, darauf zu warten, dass schöne Gedichte und Marmorskulpturen für mehr Brüderlichkeit und mehr Brot sorgten.

Da hörte ich Eleonores Stimme, sie würde jetzt nach Julie schauen, ihr die Nachtration Opium geben. Ich schlüpfte in meinen Mantel, kämmte meine kurzen Haare, verrieb zum Abschluss großzügig Parfüm an meinem Hals. Hoffentlich fand ich unten gleich eine Kalesche. Zur Vervollständigung meiner eigenen ästhetischen Erziehung musste ich in die Rue de Varenne, Ecke Rue de Bourgogne fahren. Außerdem, das sagte ich mir zu meiner Entschuldigung, musste ich dort unbedingt nach Dr. Schwartz Ausschau halten. Die Wahrscheinlichkeit war groß, dass der mysteriöse Freund unserer Mutter mit seinem liberalen Abscheu gegen die Sklaverei einen Ort aufsuchte, wo freigelassene Schwarze schon wegen ihrer Schönheit willkommen waren. Teilte er möglicherweise meine Neigungen? Auf jeden Fall würde ich heute Abend wieder jede neue Männerbekanntschaft gewissenhaft nach ihrem Namen und ihrer Einstellung zur Sklavenhaltung fragen. Egal, ob sie hübsche Ohren oder stramme Waden hatte. Das Schicksal meinte es gut mit mir. Nur zehn Schritte von unserem Haus stand auf der gegenüberliegenden Seite der Rue de Richelieu eine Kalesche und wartete auf Kundschaft.

Achtundvierzig Stunden später begann die Schlacht bei der Ortschaft Jemappes. Sie endete mit dem ersten großen militärischen

Erfolg der taufrischen Republik. Ein Sonderkurier, der wohl vier Lungen besaß, ritt mit dieser Nachricht direkt zur Manège und unterbrach eine Sitzung des Konvents. Danach peitschte er sein schweißnasses Pferd zu dem Haus, in dem Dumouriez' Ehefrau wohnte. Sobald er ein frisches Pferd unter seinem Hintern hatte, ritt er zu uns und band den Apfelschimmel in unserem Innenhof fest. Wie sich herausstellte, stammte Jean Adolphe, der seinen Namen nicht schreiben konnte, ebenfalls aus Marseille. Er fläzte sich an unseren Esstisch, furzte ein paarmal und streckte die Beine aus. Mit fliegenden Händen riss Eleonore das Billett auf, das er ihr gegeben hatte. Sie überflog es, stieß einen spitzen Schrei aus, sodass ich erleichtert ausatmete. Großzügig reichte sie mir den Brief. Vier Zeilen, mehr nicht, aber immerhin der Beweis, dass Lagarde ordentlich schreiben konnte. Er war wegen seines couragierten Einsatzes zum Leutnant befördert. Er schickte ihr sein unverwundetes Herz und tausend Küsse. Ich umarmte meine Schwester.

Die österreichischen Niederlande waren jetzt vollständig unter französischer Kontrolle. Beinahe sofort setzte sich eine Wagenkolonne in Bewegung. Sie schaffte Säcke voller Weizen, Hafer und Gerste, an den Füßen zusammengebundene Hühner und herdenweise Rinder nach Paris, auch goldgefasste Möbel, Gemälde und Silber aus Palästen und Klöstern. Einiges davon direkt in Dantons Wohnung.

Wieder dieses Pochen an unserer Tür in den unchristlichsten Stunden. Der Boden unter meiner Chaiselongue vibrierte. Ich hob meinen schweren Kopf, machte mühsam die Augen auf. In dem Spalt zwischen den Vorhängen zeigte sich nicht der geringste Schimmer eines neuen Tages. Ich drückte meine Handballen in die Augenhöhlen und ließ mich zurück in mein Kopfkissen sinken. Vom Schlafplatz unserer Ziege kam ein verstörtes, zartes Meckern. Dieser verfluchte Kerl! Kein Benehmen. Und auch keinen Respekt! Das musste man dem Dritten Stand unbedingt noch einbläuen, sonst verlotterte dieses Land vollkommen. Auch in einer

Republik musste Nachtruhe gelten! Mit seinem neuen militärischen Rang wurde er wahrscheinlich noch impertinenter. Ich zog meine warme Decke bis über die Ohren. Hortense' Schlurfen hörte ich fast schon nicht mehr.

Erneut wurde geklopft. Noch lauter. Huhu, so jubelte nur meine Schwester, ihre nackten Füße schlitterten wie auf der Weimarer Eisbahn über die Dielen. Fluchend angelte ich nach meinem zweiten Kopfkissen und dichtete damit mein rechtes Ohr ab. Es würde ohnehin gleich in Eleonores Schlafzimmer wieder laut zugehen.

Dann explodierten die schlimmsten Geräusche. Gekläffe, hohes Gekläffe.

Ich fuhr unter meiner Bettdecke hoch, schleuderte das zweite Kissen von mir. Oh, mein Gott.

Ihn sah ich zuerst nur von der Seite. Wie er in unserem Vorzimmer einen durchnässten Umhang von seinen Schultern und gleichzeitig Reine aus seinem Arm gleiten ließ. Das Vieh kläffte und kläffte und zerrte wie von Sinnen am Nachthemd meiner Schwester. Vergeblich versuchte Hortense, es mit einem Besen zu verscheuchen.

Ihren Mops, der ziemlich fett geworden war, seit ich ihn das letzte Mal gesehen hatte, beachtete Eleonore nicht. Sie war zu einer Salzsäule erstarrt.

Kapitel 10

November 1792 – Januar 1793

Augenschminke und Rouge vermischten sich und liefen durch das verzweigte Netz ihrer Falten. Das Stück Stein aus der zerstörten Bastille, nussgroß, das an einer Halskette hing, pendelte auf ihrer Brust hin und her. Olympe weinte vor Lachen. Darüber, dass exakt fünf Stunden vor meinem französischen Liebhaber mein deutscher Verlobter samt bissigem Mops in unserer Wohnung aufgekreuzt war. Beide tropfnass, weil es an dem Tag wie verrückt schüttete.

»So einen Stoff, egal, ob er auf eine Komödie oder eine Tragödie hinausläuft, würde mein Verleger rundweg ablehnen. Viel zu konstruiert.«

Mit einem Zipfel ihres Fichus tupfte sie sich über ihr Gesicht, sodass es endgültig wie eine Palette aussah, auf der ein Maler vorzugsweise Lila, Zinnoberrot und Rußschwarz mischte.

»Wie mitfühlend du bist, Olympe!«

An diesem Novembertag, an dem die Farbe der Häuser nahtlos in den Pariser Himmel überging, hatte ich so schnell wie möglich zu meiner Freundin in der Rue des Fossoyeurs auf der anderen Seite der Seine gewollt. Erstens um für ein paar Stunden aus unserer Wohnung herauszukommen. Zweitens brauchte ich jemanden, der mir half, das Chaos in meinem Kopf zu sortieren. Dieser Kopf führte einen Stellungskrieg mit meinem Herzen. Eine Mutter wäre jetzt wunderbar gewesen. Eine, die mir den Nacken kraulte und wohlmeinende Ratschläge gab, die ich gleich wieder in den Wind schreiben konnte. Jedenfalls stellte ich mir so eine richtige Mutter vor. Oder wenn wenigstens Christiane hier gewesen wäre, die praktische, unverwüstliche Christiane Vulpius. Nach dem ersten Schluck aus der Champagnerflasche würde sie mir erst mal Kapriolen von ihrem Augustchen erzählen. Dann so angestrengt nachdenken, dass ihre Augenbrauen zusammenwuchsen. Ganz deutlich sah ich sie vor mir und hörte ihren Thüringer Singsang. Der Geheime Rat, der Herr von Goethe, habe die großartigen Partien, die der Herzog und die Herzoginmutter für ihn in petto hatten, eine nach der anderen zu den Akten gelegt. Deshalb sei jetzt sie, sie allein, die Vulpius, sein Bettschatz und seine Herzensfreundin. Und der Geheime Rat, Prost, Christiane rülpste herzhaft, sei schließlich die höchste Instanz für alle delikaten Angelegenheiten im Herzogtum. Mein Mund war trocken. Wie gern hätte ich Christianes Flasche an meine Lippen gesetzt, vor allem sie selbst, pummelig und warm und vielleicht schon wieder schwanger, an meiner Seite gespürt.

Am Quai d'Orsay hielt ich es in der Kalesche, in der das Parfüm von Spekulationsgeschäften und hastigen Liebschaften hing, nicht mehr aus. Ich klopfte an die Wand hinter dem Kutscher, zahlte und stieg aus. Wie ein Bündel Wäsche, gerade von blau gefrorenen Händen aus dem Fluss gezogen und ausgewrungen, drückte sich der Winternebel auf mein Gesicht. Den Rest des Weges legte ich im Stechschritt zurück. Spatzen schreckten hoch, und die Schubkarren, beladen mit Kohlköpfen und Holz, machten einen Bogen um mich. Zumindest vom Alter her konnte Olympe de Gouges meine Mutter sein.

»Ich weiß eine Lösung«, gurrte sie. Dabei kniff sie die Augen zusammen, schob ihre entenschnabelige Nase vor und zielte mit einem Papierbällchen auf das weit offen stehende Fenster des Zimmers, in dem sie arbeitete, Gäste empfing und aß. In hohem Bogen flog das Geschoss in die Rue des Fossoyeurs.

»Überlass mir doch einen von den beiden«, schlug sie vor, plötzlich durch und durch ernsthaft. »Aber nur fürs Bett. Für was anderes habe ich im Moment beim besten Willen keine Zeit.«

Nicht gerade ein mütterlicher Ratschlag. Ich schlug den Kragen meines nilgrünen, pelzgefütterten Mantels hoch. Atemwolken stiegen vor meinem Gesicht auf.

»Kann ich vorher bitte das Fenster schließen?«

Meine Freundin, die wie fast immer, wenn ich sie besuchte, an ihrem kleinen Sekretär saß, der unter der Last der Papierstapel ächzte, knüllte bereits das nächste, eng beschriebene Blatt zusammen.

»Herrje, bist du verweichlicht. Nicht von Vorteil heutzutage. Ich versuche mir gerade das Schreiben und Schlafen bei Kälte anzutrainieren.«

»Warum? Willst du verreisen?«, fragte ich obenhin.

Die nächste Papierkugel flog so nahe an mir vorbei, dass ich den Lufthauch spürte, prallte aber am Fensterrahmen ab und kullerte vor meine Füße. Ich erschrak. In der Eile hatte ich die derben Schuhe angezogen, die ich sonst nur bei meinen Botengängen trug. Waren sie meinem Verlobten auch aufgefallen? Zu fragen, warum ich keine Schnürbrust mehr trug, wäre natürlich ein Tabubruch gewesen. Aber ich hatte Anselms verstohlene Blicke bemerkt, nachdem ich ihn nach dem ersten Schock mit trockenen Tüchern und heißer Bouillon versorgt hatte.

»Na ja, eine weite Reise wird es nicht.«

Meine Freundin lachte auf. Nicht wiehernd wie noch vor ein paar Minuten, als ich ihr atemlos berichtet hatte, dass Anselm von Egloffstein sich im Windschatten des preußischen Heeres durch die verwüstete Champagne nach Paris durchgeschlagen hatte, um mich zu retten. Denn Felix' abgeschnittener Zopf hatte in Weimar Großalarm ausgelöst. Man wähnte seinen Hals von der Guillotine, dem Rasiermesser der französischen Nation, durchtrennt und mich in allerhöchster Gefahr. Ich stand auf, pflückte die Papierkugel vom Boden und durchquerte das Zimmer. Fehlte Olympe das Geld zum Heizen? Meine Hand rutschte in die rechte Manteltasche, Geldscheine knisterten. Aber wenn sie schon kein Feuer im Kamin hatte, warum riss sie dann noch das Fenster auf? Geräuschvoll schloss ich das Fenster.

Mit hängenden Schultern nahm meine Freundin ein Blatt nach dem anderen vom Stapel und zerknautschte es. Zwischen dem rechten vorderen Fuß des Sekretärs und ihrem Rocksaum wuchs ein kleiner weißer Hügel. Ein komisches Gefühl beschlich mich. Olympe de Gouges, deren Stücke auf dem Spielplan der Comédie-Française standen, die die Abgeordneten mit Petitionen und politischen Manifesten überhäufte, die eine Luxus- und Glücksspielsteuer einführen wollte, um soziale Maßnahmen für die Allerärmsten zu finanzieren. Jetzt sah ich nur das verschmierte Gesicht eines Harlekins, der fürchtete, dass sein Engagement bei der Truppe zu Ende ging. Und ich hatte die ganze Zeit von den beiden Männern gefaselt, zwischen denen ich stand.

»Olympe, was meinst du denn? Wohin geht deine, äh, Reise …?«

»Zuerst wahrscheinlich ins Châtelet oder die Abbaye. Vielleicht findet sich auch ein Gönner, der mir das Hôtel de la Force spendiert, das Luxusgefängnis für Reiche.«

Sie rang sich ein schiefes Grinsen ab.

»Egal. Letztlich ist es von überall dort weit zur Conciergerie«, fügte sie matt hinzu. So wie Felix pfiff, schlug ich mir immer die Hände vor den Mund, wenn mich etwas aus der Fassung brachte. Sekunden verstrichen, zäh wie Sirup. Bis ich herausbrachte: »Das Vorzimmer zum Schafott.«

»Kluges Mädchen. Weißt ja mittlerweile gut Bescheid.«

Ich fror noch mehr. So wie ich einmal in dem kurpfälzischen Schneesturm auf unserer Reise hierher gefroren hatte.

»Aber wieso, verdammt?«

Ich hörte meine Stimme unangenehm schrill werden.

»Du hast doch immer die Revolution unterstützt, die neue Verfassung …«

Olympe machte eine wegwerfende Handbewegung.

»Ich bin Robespierre schon seit Längerem ein Dorn im Auge. Außerdem haben sich alle meine Voraussagen über den Verlauf der Revolution bewahrheitet. Sie wird immer unmenschlicher. Sie wird ihre Kinder fressen.«

Ohne mich anzuschauen, lud Olympe einen großen Packen zusammengeschnürter Blätter in ihren Schoß.

»Auf keinen Fall, meine Süße, solltest du heiraten. Weder den einen noch den anderen. Der Ehestand stellt eine Frau unter die Kuratel ihres Mannes und«, mit ihrer Stimme hätte man selbst altes Brot schneiden können, »wird zum Grab der Liebe und des Vertrauens.«

Als handelte es sich um einen besonders diktatorischen Ehemann, zerrte Olympe an der Schnur, bis sie die Papierbogen befreit hatte. Sie hielt sich die bedruckten Blätter dicht vor die Augen.

»Das Recht auf freie Liebe auch für Frauen ist legitimiert durch die Menschenrechte«, dozierte meine Freundin. Ich schob meine Hände wechselseitig in die Mantelärmel hoch.

»Steht alles in meiner Frauenrechtsdeklaration. Ich hoffe, du hast den Abdruck gelesen, den ich dir gleich nach unserer ersten Begegnung im Palais-Royal mit der Morgenpost geschickt habe.«

Eine Antwort erwartete sie nicht. Immer erregter fuhr sie fort: »Die Allgemeine Menschenrechtserklärung, die so groß in die Welt hinausposaunt wurde, hat weder Frauen noch Sklaven als Menschen mitgerechnet. Das wollte ich korrigieren. Mein Freund Condorcet, ja, ja, ich weiß, du denkst, er mag dich nicht. Stimmt aber nicht, ganz im Gegenteil. Er hat mich dabei unterstützt. Aber die Nationalversammlung…«, Olympe schnaubte. Theatralik und echte Verzweiflung waren bei ihr nie leicht zu unterscheiden, »…hat meine Schrift, die ich übrigens Königin Marie-Antoinette, äh, der Bürgerin Capet, gewidmet habe, damit sie die Gleichberechtigung der Frau vorantreibt, einfach nicht zur Kenntnis genommen.«

Die lilaschwarzen Bäche erreichten Olympes Kinn.

»Wie viel Uhr ist es eigentlich?«, fragte sie unvermittelt.

Gewohnt an die schnellen Themenwechsel meiner Freundin, fischte ich nach meiner Chatelaine, dem goldenen mit blauem Emaille bemalten Anhänger, an dem wiederum meine kleine Uhr eingehakt war. Von allem ererbten Schmuck liebte ich sie am meisten. Mutter hatte diese Chatelaine immer getragen, auch im

Bett. Obwohl in ihrem mathematischen Universum irdische Zeit keine Rolle mehr gespielt haben dürfte. Mit frierenden Händen klappte ich den Staubdeckel über dem Zifferblatt auf.

»Kurz nach zwölf Uhr.«

»Eleonore, du Süße, höchste Zeit für mich. Gleich schließen die Marktstände. Und auf den Baugerüsten wird pausiert. Dann wimmelt es nur so von Menschen.«

Die vergrämte, vorzeitig gealterte Frau verwandelte sich in eine Bachstelze. Schnellte aus ihrem Schreibtischstuhl, drehte sich ein paarmal um die eigene Achse, trippelte hin und her. Dabei gerieten Papierstapel aus dem Gleichgewicht, segelten zu Boden, andere wurden von ihr, ohne dass ich ein System erkennen konnte, auf Fußschemel, Sessel oder den Kaminsims neu verteilt. Andere Papierstapel begrüßte Olympe mit kleinen Freudenschreien und steckte sie in eine der großen Umhängetaschen, die von den Postausträgern benutzt wurden.

»Wo ist mein Eimerchen, mein Eimerchen …?« Vor sich hin singend, flatterte meine Freundin durch ihre Wohnung. »Ach, da ist er ja, und der Pinsel auch!«

Ich blieb meiner Freundin auf den Fersen.

»Ich merke, du bist in Eile, Olympe, aber ich bin ganz konfus. So eine Verlobung, kann man die einfach …«

Ich hob meine Arme und ließ sie wieder fallen.

»Ach, gib mir doch einen Rat. Für welchen der beiden, meinst du, soll ich mich entscheiden?«

Olympe verdrehte ungeduldig die Augen.

»Mädchen, das habe ich dir doch schon gesagt. Für deine Freiheit natürlich. Und die Liebe.«

Stürmisch schlang sie ihre Arme um mich, der Überrest der Bastille drückte an meine Brust, und ich fragte mich, welches Farbmuster ihre Wange wohl auf meiner hinterließ. Olympe schnaufte tief ein und aus.

»Ich will heute mindestens zweihundert schaffen«, verkündete sie.

»Zweihundert was?«

»Plakate. Meine Süße. Plakate. Meine Petition, dass Louis Capet begnadigt werden muss, habe ich drucken lassen. Vorgestern hat der Konvent doch beschlossen, gegen ihn einen Prozess zu führen. So schnell können Robespierres Leute sie gar nicht abreißen, wie ich Hauswände und Laternenpfähle mit meinen Plakaten wieder zukleistere.«

Olympes hagere Schultern krümmten sich unter dem Gewicht der Tasche. In der einen Hand hielt sie den Eimer, aus dem es nach Leim roch, in der anderen einen Pinsel mit langem Stiel. Beneidenswert, wie viele Leben sie gleichzeitig lebte, ohne Rücksicht auf ihr einziges. Ich folgte der Bachstelze die schmale Stiege hinunter. Ihr Eimer klackte rhythmisch gegen die Wand, Olympe zog in den Kampf.

In der Rue des Fossoyeurs schlug ich die entgegengesetzte Richtung ein, die ich eigentlich hätte nehmen müssen. Ich folgte einer plötzlichen Eingebung. Saint-Sulpice war eine der Kirchen, zu der mich Julie bei unseren allerersten Ausflügen geführt hatte und die nicht so monströs wie Notre-Dame war.

Nieselregen setzte ein. Der Unrat in den schmalen Gassen des Viertels wurde schmierig. Aber auf meine derben Schuhe war Verlass. Glücklicherweise trug ich auch einen ausladenden Hut, nicht mehr das neueste Modell, aber zweckmäßig. Wer keinen Schirm bei sich hatte oder sich keine Kalesche leisten konnte, eilte jetzt in ein Kaffeehaus. Oder in eine Kirche. Deshalb wunderte ich mich nicht, dass an diesem gewöhnlichen Wochentag zur Mittagszeit außer mir noch viele andere Menschen ihre Hand nach der Klinke am Hauptportal von Saint-Sulpice ausstreckten. Ein Mann mit einer roten Jakobinermütze auf dem Kopf hielt mir die schwere Tür auf, und ich schlüpfte hinein.

Schreibtische. Kante an Kante, durch das ganze Mittelschiff. Was war hier los? Ich riss meine Augen auf. Schreiberlinge saßen an den Tischen, Federn in der Hand. Fast so wie in dem Kontor des Bankiers, wo wir unser Erbe ausgezahlt bekommen hatten.

An den grauen Steinpilastern steckten Wimpel in Blau, Weiß, Rot. Am schlimmsten waren das gleißende Licht und der Lärm in der Kirche, die ich sonst wegen ihrer Besinnlichkeit besuchte.

Vor dem ersten Schreibtisch bildete sich bereits eine Warteschlange. Ich sah, wie Frauen ihr Fichu aufknoteten und ihre Säuglinge im Stehen stillten. Viele der Männer hatten verkrustete Masken aus Kalk-und Mehlstaub im Gesicht. Sie schimpften über die Ausstände ihrer Kunden und den neuen Wein, der in der Hauptstadt eingetroffen war. Hinter mir drängten sich mehr dieser ungewöhnlichen Kirchgänger, sodass ich, ob ich es wollte oder nicht, in die Warteschlange gepresst wurde. Füße, in Lumpen gewickelt, stießen gegen meine Schienbeine, jemand gab mir eine noch warme Rosinenschnecke. Sie schmeckte köstlich, ich kaute und schloss die Augen. In den Nächten seit Anselms Ankunft hatte ich viel gegrübelt und wenig geschlafen.

Überall warme Körper, Stimmen, Gerüche, Sehnsüchte, Ideen. Paris war ein kraftvoller Muskel, immer in Bewegung. Weil seine Bewohner ununterbrochen flirteten, fluchten, tanzten, auf die Barrikaden gingen und ihrer Wut freien Lauf ließen, hinterher oft verblüfft über die Folgen. Eine frivole Tanzrevue bejubelten sie ebenso wie einen klugen Redner. Hier wurde jeden Tag ein Fest des Lebens gefeiert. Erst in Paris hatte ich gelernt, wie leicht es sich leben ließ. Und wie frei. Obwohl Olympe noch mehr Freiheit und Gleichheit für Frauen forderte. Ich grinste. Die Gute hatte allerdings nie in Weimar gelebt. Das Morden, das Blutvergießen und die jäh aufblitzende Wut erschreckten mich natürlich. Aber mittlerweile zuckte Paris in meinem Körper und pumpte das Blut schneller durch meine Adern und durch mein Herz als je zuvor in meinem Leben. Deshalb wunderte ich mich jetzt auch nicht besonders über die Vorgänge in dieser Kirche.

Ich beugte mich nahe an das Ohr meines Vordermannes, aus dem Haarbüschel dick wie schwarzer Schnittlauch wuchsen, und fragte: »Bürger …?« Er drehte sich langsam um und verlagerte seinen Kautabak von einer Backenseite in die andere.

Saint-Sulpice war jetzt das Registrierungsbüro der Sektion Luxembourg, erfuhr ich. Genauer gesagt bildete jeder Schreibtisch ein Büro. Die Leute füllten hier von Hand ihren neuen gedruckten Ausweis aus, den sie ab jetzt bei sich tragen mussten. Mein Informant wedelte mit seiner Geburtsurkunde vor meiner Nase.

»Die brauchst du dafür! Danach ist Schluss mit Kirche. Nur noch der Staat hat was mit unserer Existenz zu tun.«

Der Bürger leckte sich über die Lippen und spuckte einen schwarzen Klumpen auf den Fußboden von Saint-Sulpice.

»Aha. Danke, Bürger.«

Ein plärrender Säugling wurde mir in den Arm gedrückt. Die Mutter rannte los, um eines ihrer anderen Kinder zu suchen, das zwischen den vielen Beine verschwunden war. Wie ich es bei der Witwe Delacroix mit ihrer Marie gesehen hatte, rieb ich dem kleinen Bündel über den Rücken und tänzelte dabei, so gut es mit den genagelten Schuhen ging. Das Weinen ebbte zu einem Schluckauf ab, ich tänzelte weiter und summte dabei ein Wiegenlied.

»Bürgerin, dein Name? Deine Straße? Wohnortbescheinigung? Geburtsurkunde.«

Ein Paar wässrige Augen richteten sich auf mich, eine Feder wurde gezückt. Der Vordruck lag bereit.

»Bürgerin?«

Ich biss mir auf die Unterlippe, riss weit die Augen auf und schlug sie langsam nieder. Selbst Schreiberlinge der Pariser Commune waren dafür empfänglich. Das mittlerweile schlafende Kind wurde mir abgenommen, sodass ich in meinen Manteltaschen fummeln konnte. Nacheinander holte ich den Inhalt heraus und breitete ihn auf der Schreibtischplatte aus: ein abgerissener Knopf, Assignatenscheine, der Papierball aus Olympes Wohnung, eine geröstete Maroni, inzwischen verschrumpelt. Was ich jetzt brauchte, war eine glaubwürdige Begründung, warum ich hier war.

»Herrje, jetzt habe ich meine Geburtsurkunde in dem kleinen Café gegenüber dem Théâtre de l'Odéon liegen lassen. Da, wo es die besten Pasteten gibt.«

»Kenn ich auch. Mein Kumpel Xavier bedient dort. Wirklich lustig, er hat Haare, fast so rot wie du.«

»Ach der!«

»Du kennst ihn?«

Der Schreiberling schaute auf seine tintenverschmierten Hände, dann wieder auf mich.

»Morgen habe ich frei, Mademoiselle. Trinken wir dort doch einen zusammen, Kaffee meine ich. Um die Zeit wie jetzt? Xavier gibt uns bestimmt ein Stück Torte umsonst.«

Mein Lächeln interpretierte er als Zusage. Noch ein Augenzwinkern, und er winkte die Mutter mit dem Säugling heran. Ich küsste den kleinen Kopf, dann schwenkte ich erleichtert zur Seite. Aber nicht hinein in den Strom derjenigen, die ihre Formalitäten erledigt hatten und hinaus auf den Platz strebten.

Ich fand eine menschenleere Seitenkapelle, die noch kein Büro war, mit einem Altar und einem eisernen Gestell für Kerzen. Aus meiner Manteltasche fischte ich meine letzten beiden Assignatenscheine. Der Rest derer, die ich für Holz und Kohle ausgegeben und gleich anliefern hatte lassen, damit Olympe ihre Wohnung wieder ordentlich heizen konnte. Mit den Scheinen in der Hand wartete ich im Halbdunkel. Auch wenn es in der Kapelle von Saint-Sulpice noch kälter war als in Olympes Wohnung. Ohne es anzuschauen, starrte ich auf das Altarbild.

Natürlich hatte ich Schuld auf mich geladen. An dem Frühlingstag, als wir mit dem neuen Phaeton so schnell vom Frauenplan nach Schloss Belvedere und wieder zurück gefahren waren, dass die acht Pferdehufe mehr über die Landstraße flogen als sie berührten. Was hatten wir gelacht! Das enorme Tempo hatte wohl meinen Verstand beschädigt. Denn als Anselm und ich aus unerklärlichen Gründen nach unserer Rückkehr alleine in unserem Musikzimmer standen und er sich wegdrehte, um sich zu schnäuzen, zog ich blitzschnell und mit einem entschlossenen Ruck meinen Ausschnitt tiefer.

Als er sich wieder zu mir hindrehte, hüpfte mein Busen vor

seinen Augen. Anselm hatte keine Chance. Und ohne mit der Wimper zu zucken, nahm ich seinen Antrag an. Die Manipulation meines Kleides war allerdings reine Notwehr gewesen. Eine Ehe mit dem guten, dem herzensguten Anselm schien mir damals der einzige Ausweg aus meiner Gefangenschaft als unverheiratete Tochter in der Weimarer Gesellschaft. Keine Schnürbrust war enger zusammengezurrt.

Es raschelte. Rechts von mir bewegte sich etwas. Eine männliche Gestalt im Priestergewand stieg aus einem Wandgemälde, dessen Konturen im Lauf der Jahrhunderte von Ruß überlagert und verwischt waren. Oder war es ein fleckiger Samtvorhang? Mein Warten hatte sich also gelohnt. Seinen Kopf hielt der Priester konspirativ gesenkt, er musste einer der wenigen sein, die keinen Eid auf die neue Verfassung geleistet und trotzdem das Massaker im September überlebt hatten.

Er tauschte meine gefährlich laut knisternden Geldscheine gegen drei weiße, geweihte Kerzen. Für deren Besitz und Verwendung wahrscheinlich bald Kerkerstrafe drohte. So unauffällig, wie er gekommen war, verschwand der Priester auch wieder. Meine eiskalte Hand zitterte leicht, als ich die erste Kerze an den einzigen Docht hielt, der auf dem Eisenständer brannte. Bei meinem letzten Besuch hatte er noch wie ein Thüringer Weihnachtsbaum geleuchtet. Ich zwang mich zur Ruhe. Die zweite Kerze. Gottlob, die Flamme stieg sofort hoch. Schließlich die dritte. Als auch die brannte, verschlang ich meine Finger so fest ineinander, dass die Knöchel weiß wurden. Ich betete inständig für die drei jungen Männer in meinem Herzen. Früher, als ich jeden Sonntagmorgen neben Frau von Stein in St. Peter und Paul saß, hatte ich meist Passagen aus *Robinson Crusoe* vor mich hin gemurmelt.

Mein Bruder und Anselm spielten Pharao. Sie blickten kaum auf, als ich den Salon betrat und meinen Hut abnahm. Jeder hatte auf seiner Seite des Esstisches bereits ein krummes Türmchen Münzen und einen Teller mit kalten Bratenscheiben, die sich an den

Rändern wölbten, und Brot, das ebenfalls trocken aussah. Anselms Ankunft hatte Hortense so verärgert, dass sie seit zwei Tagen verschwunden war. Dabei hatten wir ihr gerade den vollen Lohn für November ausbezahlt.

Ich hob den Mops, der ausgerechnet Reine hieß und einmal mir gehört hatte, aus dem Sessel und ließ mich mit ihm im Schoß auf dem vorgewärmten Polster nieder. Offensichtlich befand sich Julies Ziege, die wiederum mittlerweile meinen Bruder als ihren Besitzer betrachtete, im fensterlosen Abort in Sicherheit. Denn gleich bei Anselms Ankunft hatte sich der Mops in eines ihrer dünnen Beine verbissen. Hellrotes Blut tropfte, Hortense zeterte, die heiße Bouillon, von der sie gerade noch mehr auftrug, schwappte über, die Ziege schrie erbärmlich. Anselm tat, weswegen er nach Paris gekommen war, er rettete ein Leben. Von hinten auf allen vieren pirschte er sich an Reine heran, hielt sie mit der einen Hand fest und zwang die andere zwischen ihre fletschenden Zähne. Humpelnd floh die Ziege zu Felix. Wir umarmten Anselm, und diese peinliche, sprachlose Situation, in der Felix und mir das Entsetzen über die Ankunft unseres deutschen Freundes in den Augen stand, war gerettet. Auch als Lucien später eintraf und mein Körper und mein Herz schmerzten, weil ich ihn nur kurz und heimlich umarmen und ihm nicht genug erklären konnte, sorgte der kläffende, renitente Mops für das beste Ablenkungsmanöver. Seitdem fragte ich mich immer wieder, was und wie viel Anselm durchschaute.

Jedes Mal, wenn mein Verlobter eine Karte zog oder auf den Tisch blätterte, hüpften die Spitzenrüschen an seinem Handgelenk. In Paris benutzte man Spitzen allenfalls noch zum Fensterputzen. Man hätte ihn in das Wachsfigurenkabinett im Palais-Royal stellen können, das ich einmal mit Julie besucht hatte. Als galanten Tischherrn einer Freundin Marie-Antoinettes aus dem Jahr 1783. Schwerer Diamantring am linken Mittelfinger, bestickte senfgelbe Weste, seidene Hosen, gepuderte Perücke. In einem ähnlichen Aufzug waren mein Bruder und ich vor ziemlich genau einem Jahr in Paris aus der Postkutsche gestiegen. Doch dieses eine Jahr hatte mindestens tausend Tage gehabt.

Immer wenn er meinem Verlobten ein gutes Blatt zukommen ließ oder sich selbst absichtlich dumm anstellte und Anselm aufjubelte, fuhr sich mein Bruder durch die Stoppelhaare. Wie bei dem Hund, der mit dem Bettlerjungen unter dem Torbogen nebenan hauste, standen sie in alle Richtungen ab. Anselm und Felix schoben ihre Türmchen zurecht, und ich räumte unauffällig die Reste von Braten und Brot ab und brachte sie hinunter. Der Junge und sein Hund erwarteten mich schon mit hungrigen Augen.

Wir gaben uns alle Mühe. Die Gemäldesammlungen im Louvre. Das berühmte, inzwischen etwas altertümliche Café Procope gegenüber der Comédie-Française mit seinen Tapisserien und Kristalllüstern, dessen Name Anselm ein Begriff war. Wahrscheinlich hatte ihm Herr Bertuch das Procope als Pflichtprogramm zusätzlich zur Rettung meines Lebens mit auf den Weg gegeben. Im Observatorium der Blick durch die längsten Rohre und fortschrittlichsten Linsen in den nächtlichen Sternenhimmel. Die Umgestaltung des Areals, wo vor drei Jahren und ein paar Monaten noch die Bastille gestanden und alles begonnen hatte. Mit Steinen von dort war der Pont de la Concorde, die breiteste und imposanteste Brücke über die Seine, gebaut worden. Danach schleppten wir unseren Freund noch auf den Hügel der heiligen Genoveva. Die Wintersonne umarmte gerade die Kuppel des funkelnagelneuen französischen Heiligtums. Im Panthéon, wie die einstige Kirche jetzt hieß, lagen Voltaires sterbliche Überreste …

»Voltaire, Anselm. Du weißt doch, wer Voltaire war?!«

Oelsner, Engel, der mit jedem parlieren und Freund sein konnte, begleitete uns. Er hörte sich Anselms Berichte über die Verbesserung der Bodenqualität durch das Unterpflügen von Klee an und über eine Jagd, bei der Serenissimus vierunddreißig Fasanen geschossen hatte. Serenissimus? Felix schnitt eine Grimasse.

»Ach ja, der Herzog«, sagte er nur. Ich presste mir eine Hand auf den Mund und unterdrückte mit Mühe mein albernes Kichern.

Ganz schön frech, mein Bruder. Ich wandte mich wieder Anselm zu: »Das freut mich aber, dass die verwitwete Baronin Hollersbach, ja, ja, ich erinnere mich, die mit dem Oberlippenbart, den zwei Mühlen und der Strumpfwirkerei in Apolda, Papa regelmäßig zum Essen einlädt«.

»Und noch etwas weiß ich«, fuhr Anselm fort, »Geheimrat Goethe hat immer häufiger Probleme, einen Referenten für die Freitagsgesellschaft bei der Herzoginmutter zu finden. Das weiß ich vom Fräulein von Göchhausen.«

Mit einem Mal wirkte mein Verlobter verloren auf dem großen Platz vor dem Panthéon. Nein, nein, hineingehen wolle er nicht, wehrte er Felix ab. Schon die vielen zugigen Baudenkmäler in Venedig während seiner Kavalierstour hatten ihm nicht gefallen. Er schlug sich mit der flachen Hand gegen die Stirn und lächelte mich an.

»Wie konnte ich das vergessen, Eleonore, stell dir vor, das Fräulein Fanny, die Tochter des Bierbrauers, die bei eurem Abschied in Buttelstedt dabei war.«

Endgültig kehrte Anselm der antiken Säulenhalle den Rücken.

»Sie hat geheiratet. Einen Bierbrauer in Hamburg. In Hamburg, stellt euch das vor. So weit fort.«

»Wie schön für sie«, rutschte mir heraus.

Anselm schnäuzte sich. Mit einem Spitzentaschentuch und so, dass der kostbare Ring an seiner Hand in der tief stehenden Sonne aufblitzte. Das sah sicher auch das Grüppchen Abgeordneter, das gerade aus dem Panthéon herauskam. Ich hörte, wie sie über die Trägerbalken sprachen und das neue revolutionäre Material, das dafür verwendet worden war: »Eisenbeton!« Zum Glück hatten wir Anselm breitschlagen können, seine gepuderte Perücke in der Wohnung zu lassen. Wegen solcher Accessoires geriet man schnell in Verdacht, Royalist zu sein. Ich hakte mich bei Anselm ein, und wir spazierten, gefolgt von Felix und Oelsner, den Hügel der heiligen Genoveva hinunter.

Noch andere Menschen in Weimar hätten mich brennend interessiert, aber nach ihnen fragte ich meinen Verlobten nicht. Ihre Namen hätten ihm nichts gesagt. War Christiane Vulpius wieder in anderen Umständen? Lebte Luise Mauser noch, der ich in Weimar zusammengestohlenes Essen für ihre Kinder gebracht hatte? Und dieser junge Mann, der talentierte Kupferstecher, was war aus ihm geworden? Seltsam, auf wen sich meine Geburtsstadt in meinen Erinnerungen reduzierte. Wie es wohl bei meinem Bruder war? Ich löste mich von Anselms Arm und drehte mich zu Felix um. Ein Windstoß stellte in dem Moment seine Hundehaare auf. Er drückte meinen Arm, und ich küsste seine von der Kälte gerötete Wange. Dass er und einer der Abgeordneten aus dem Panthéon, ein blasierter Stutzer mit silbrig blondem Haar, sich zugezwinkert hatten, war mir nicht entgangen.

Die Besichtigungen weiterer Pariser Sehenswürdigkeiten stellten wir nach diesem Tag mangels Interesse unseres Gastes ein.

So begann die Adventszeit. Zu dritt saßen wir, unsere verfeindeten Haustiere in gebührendem Abstand, Stunde für Stunde, Tag für Tag im Salon zusammen und tranken ungesüßten Tee. Es blieb uns nichts anderes übrig, als Karten zu spielen. Die einzigen Unterbrechungen dieser Eintönigkeit waren die Pflege Julies, das Vorlesen an ihrer Bettkante und unsere Mahlzeiten. Immerhin kochte Hortense wieder für uns, wofür ihr Anselm jedes Mal mit zwei mühevoll auswendig gelernten französischen Sätzen dankte. Auch er langweilte sich offensichtlich, aber von wem hätte er hier Einladungen zu Jagden bekommen sollen? Manchmal waren die Luft und unsere Unterhaltung so zäh, dass ich mir den Stickrahmen zurückwünschte, den ich früher widerwillig zu Frau von Steins Einladungen mitgenommen hatte, und eine Nadel mit buntem Garn. Über einem Monogramm oder eine Heckenrose gebeugt, wären alle verräterischen Anzeichen auf meinem Gesicht verborgen geblieben, dass ich mich nach meinem Geliebten verzehrte.

Seit Anselm bei uns wohnte, hatte ich Lucien nur ein paarmal getroffen, ein flüchtiger Kuss auf dem Pont Neuf, eine Umarmung auf dem zugigen Marsfeld, wo er exerzierte. Mehr Gelegenheiten fanden wir nicht. Das Auftauchen eines Verlobten aus Deutschland war Lucien gerade mal ein Schulterzucken wert. Oder er zeigte mir nicht mehr.

»Anselm, du musst unbedingt von den kandierten Orangen mit Schokoladenüberzug probieren. Oder die Nusstrüffel. Köstlich.«

Unser Spiel war zu Ende. Ich hatte haushoch gewonnen und schob die Münzen und Assignatenscheine zusammen.

»Danke, Eleonore, ich werde schauen, dass wir zu Hause einen Pâtissier für dich einstellen«, antwortete Anselm und biss herzhaft in sein Konfekt. »Wir sollten uns jetzt schleunigst nach einem zuverlässigen Kutscher und einer soliden Equipage umschauen. Der Mann soll uns bis zur Grenze bringen, wenn wir genug bezahlen, findet sich doch sicher einer. Wir müssen in den Relaisstationen halt immer neue Pferde mieten, aber dann kommen wir schnell voran.«

»Sicher, sicher, das machen wir«, fiel ich Anselm ins Wort und hoffte, er überhörte meinen ungeduldigen Unterton, »sobald es Julie etwas besser geht. Im Moment können wir sie keiner fremden Pflege überlassen, das habe ich dir doch schon erklärt.«

»Du hast so ein großes Herz, Eleonore«, antwortete mein Verlobter und schaute auf seine restlichen Karten.

»Bin ich schon wieder dran als Bankier?«, fragte mein Bruder tonlos. Sein schmales Gesicht lag im Schatten, aber ich spürte, dass er es schmerzhaft verzog. Anselms Gutgläubigkeit schnitt ihm ins Herz.

»Kann ich auch machen«, schlug Anselm bereitwillig vor. Er bestimmte den Mindesteinsatz, den Point.

»Wir beziehen unser Konfekt übrigens von der Schokoladenfabrik an der Place de Grève«, sagte ich, um nur irgendetwas zu sagen. Beinahe hätte ich ihm von der Guillotine erzählt, die eine Zeit lang gegenüber gestanden hatte und jetzt auf dem Platz der Revolution arbeitete. So sehr stand ich unter Druck, weil das, worum es wirklich ging, lautlos dröhnte. Mit einem Mal spürte ich die Stäbe einer Schnürbrust, die sich gegen meine Rippen pressten, obwohl ich keine trug. Anselm nahm das zweite Kartenpaket und mischte routiniert. Ich hob ab, es war ein als Pharao dargestellter König, ein Glücksblatt. Dauernd gewinnen war auch nicht immer lustig, trotzdem rief ich: »Va banque!«, um einen Einsatz in Höhe von zwanzig Livres zu riskieren.

»Gestern ist übrigens Madame du Barry geköpft worden«, murmelte mein Bruder, während er angestrengt seine Karte begutachtete. »Ausnahmsweise hat unser Monsieur Vidal, du weißt schon, Anselm, der geniale Gemüsehändler, seinen Stand für zwei, drei Stunden geschlossen und ist zum Schauen hin.«

Froh, dass wir endlich ein Thema hatten, ergänzte ich: »Er hat sogar fantastisch gesehen, weil eine seiner Stammkundinnen den Platz neben sich auf der Mauer zum Tuileriengarten für ihn reserviert hatte. Er hat mir erzählt«, ich holte tief Luft, musste aber dann doch lachen, »dass die Knechte die du Barry festhalten mussten, so gezappelt hat sie. Und der Henker musste ihren Kopf regelrecht auf den Block zwingen.«

»Eine Dame verhält sich anders«, kommentierte mein Bruder. Erst jetzt fiel mir auf, dass Anselms Unterlippe bebte.

»Aber diese Frau, Madame du Barry, meine ich, sie war doch …« Anselm sprach schleppend und vergaß, zwei Karten vom Stapel abzuheben. Er räusperte sich. »… die Mätresse von König Louis XV., eine royale Institution sozusagen.«

Hastig legte Felix ein Blatt auf den Tisch, und ich reichte Anselm noch einmal die Schachtel mit der Schokolade. Wir würden unser Verbleiben in Paris nicht mehr lange mit Julies Krankheit begründen können. Wer war sie schon? Eine ehemalige Mieterin aus dem oberen Stockwerk, eine mittellose Kurtisane, die letztlich kein Hindernis für meine baldige Eheschließung mit dem Herrn von Egloffstein sein konnte. Ein paar Goldstücke, und eine ehrliche Frau ließ sich finden, die sie dafür ein Jahr und länger pflegte. Wahrscheinlich besser als Felix und ich. Dass wir weder gefangen noch körperlich zu Schaden gekommen waren, sondern im Gegenteil recht vergnügt lebten, konnte Anselm auch nicht entgangen sein. Auch nicht, dass Männer ohne Zöpfe in dieser Stadt die Mehrzahl waren. Dass wir unser Erbe längst ausbezahlt bekommen hatten, wusste er ebenfalls. Warum waren wir also noch immer in Paris?

Im Schimmer der Kerzen senkten sich Anselms Wimpern und warfen weiche Schatten auf seine Wangen. Augenblicklich schenkte ihm Felix Bordeaux nach. Wir wollten doch, dass es ihm gut ging. Schlimm genug, dass wir kein Wildfleisch für einen anständigen Braten auftreiben konnten. Anselm stützte die Ellbogen auf die Tischplatte und legte seinen Kopf in die Hände. Mein Verlobter bot einen jämmerlichen Anblick. Würde er jetzt die Frage stellen? Wissen wollen, wer genau dieser Lucien Lagarde war?

Nervös schob ich mir ein Konfektstück nach dem anderen in den Mund, dabei schmeckten sie nur noch fad. Anselm starrte in das Weinglas vor ihm und trank es schließlich aus. Die Uhr tickte höllisch laut, Felix fuhr sich durch seine kurzen Haare, als ob er nach Ungeziefer suchte, aber das war besser als Pfeifen. Dann ein abgrundtiefer Seufzer. Mein Herz setzte kurz aus, ich wettete, auch das meines Bruders.

»Ich, äh, mache mir Sorgen.« Hilfe suchend blickte uns Anselm an. »Josef. Wenn eine Lungenentzündung hinzukommt.«

Zeitgleich stellten Felix und ich unsere Weingläser ab. Der alte Majordomus der Egloffsteins. Krank? Es war das erste Mal seit seiner Ankunft, dass Anselm etwas derart Persönliches äußerte.

»Aber Josef auf seinen Storchenbeinen ist doch unsterblich«, versuchte mein Bruder zu scherzen. Anselms schönes Gesicht wurde noch schöner, weil Traurigkeit ihm immer etwas unerwartet Erhabenes verlieh.

»Beim Gang in den Weinkeller. Die Treppe hinuntergestürzt. Am Tag bevor der Brief mit deinem abgeschnittenen Zopf eintraf. Dabei habe ich Josef schon oft gesagt, ach was, befohlen, dass er einen der Burschen in den Keller schicken soll.«

Anselm stöhnte auf.

»Bruder«, murmelte Felix und griff über den Tisch nach Anselms Hand. Ich stand auf, eilte auf seine Seite, umarmte ihn. Wir wussten beide, wie sehr Anselm an Josef hing. Der alte Mann ersetzte ihm Vater und Mutter. Trotzdem war mein Verlobter abgereist. Um mich zu retten. Dieser verdammte Zopf. Was hatte sich Felix mit dieser theatralischen, absolut überflüssigen Geste bloß gedacht? Ich würgte den Rest einer kandierten Orange hinunter, ein bitterer Geschmack blieb in meinem Mund zurück.

»Anselm, hör zu«, setzte ich an, »ich möchte dir, ich muss dir … du musst jetzt etwas erfahren und dann schleunigst nach Hause …«

»Eleonore will dir sagen, dass übermorgen der König spricht«, fiel mir Felix ins Wort. Er sprach drängend, regelrecht aufgeladen. Ich warf ihm einen scharfen Blick zu. Was bezweckte Felix? Warum wollte er nicht, dass ich meinem Verlobten die Wahrheit sagte?

»Ach«, meinte Anselm nur und schaute noch hilfloser drein.

»Zum ersten Mal tritt der König zu seiner Verteidigung vor dem Konvent auf«, erläuterte Felix und lächelte Anselm aufmunternd an. »Es wird wahnsinnig voll werden. Aber ich habe Einlassbilletts für Plätze, gute Plätze, äh, über einen Freund, einen Abgeordneten, versprochen bekommen.«

Der Ausdruck in Anselms Augen wechselte. Interesse glomm auf.

»Der König! Wirklich?«

Immerhin hatte mein Bruder geschafft, Anselm abzulenken.
Ich kleidete mich ohne Sorgfalt. Sechs Grad, verkündete Felix, bevor wir am frühen Morgen des 11. Dezember das Haus verließen. Es regnete, und welke Kohlblätter trieben über das Straßenpflaster. Hunderudel suchten nach Essbarem. Unseren kleinen Bettler und seinen vierbeinigen Freund sah ich nicht an ihrem Stammplatz. Eigentlich wollte ich gar nicht mit. Die französische Politik mit ihren zänkischen Parteien, ihrem links und rechts,

Bergen und Sümpfen, ging mir auf die Nerven. Als mein Verlobter in die Kutsche stieg, die uns zur ehemaligen königlichen Reithalle fahren sollte, in deren Manege jetzt der Konvent tagte, setzte er eine Miene auf, als würde er zu einem Bankett im Weimarer Schloss fahren. Dabei hatte ihm Felix den Zweck und vor allem die mögliche Konsequenz der heutigen Versammlung ausführlich erklärt. Auf Deutsch. Unhöflicherweise verfielen Felix und ich in Anselms Gegenwart hin und wieder ins Französische.

Wie ich vermutet hatte, handelte es sich bei Felix' Bekannten um den Silberfisch, der uns vor dem Panthéon über den Weg gelaufen war. Ein Bein lässig an eine Säule gelehnt, wartete er schon, die Eintrittsbilletts wie ein Kartenspiel aufgefächert in der Hand.

»Ihr werdet gleich hinter dem Präsidenten sitzen, direkt der Schranke gegenüber«, begrüßte er uns.

»Gaston, mein Bester, ich werde mich revanchieren«, entgegnete mein Bruder und nahm die Karten in einer derart arroganten Art und Weise entgegen, wie ich sie noch nie bei ihm erlebt hatte.

»Ich hoffe, ich hoffe«, hauchte dieser Gaston und legte Felix länger als nötig seine Hand auf die Schulter. Mein Bruder zog eine Schnute und schüttelte die Hand ab. Dabei hatte ich immer geglaubt, meinen kleinen Bruder in- und auswendig zu kennen.

»Los, gehen wir«, kommandierte er.

Wir wurden verbotenerweise durch einen Durchgang der Hauptwache gelotst. Es roch nach nassen Mänteln, Schnaps und Urin. Schließlich kamen wir in der Loge für die Presse heraus. Ich nahm zuerst meine durchnässte Haube ab und schüttelte mein Haar. Dann prallte ich zurück.

Köpfe, so viele Köpfe, Hunderte. Die Deputierten uns gegenüber saßen so dicht nebeneinander, dass der eine die Luft einatmen musste, die der andere gerade ausgeatmet hatte. Wie konnte das gut gehen? Die Manège war eine missgebildete Schachtel, hoch, lang, aber extrem schmal. Die Reihen, in denen die Deputierten saßen, waren eng zusammengequetscht und erhoben sich steil wie eine Hühnerleiter. Diejenigen ganz oben, mit der Zuschauergalerie im Nacken, litten besser nicht an Höhenangst. Jeder redete mit jedem, und alle Geräusche wurden durcheinandergewirbelt. Dabei war noch mindestens ein Drittel der Sitze leer. Ständig kamen neue Männer dazu. Wohin sie sich setzten, ob in die unteren Reihen, Ebene oder auch Sumpf genannt, oder in die oberen, in die Bergreihen, signalisierte, ob sie in ihrer Haltung eher unentschieden waren oder zu radikaleren Ansichten tendierten. Das alles wusste ich von Monsieur Vidal, dessen Wattebausch von Kopf ich bei den gewöhnlichen Zuschauern auf der Galerie entdeckte. Er saß zwischen Fischweibern, Geschäftsleuten, Bürgern in ihren Sonntagskleidern, Prostituierten und zwei, drei Dutzend Hausfrauen, die wahrscheinlich eine Abwechslung zu ihren Kochtöpfen suchten.

Einige der Abgeordneten direkt gegenüber senkten ihre Zeitungen oder Pamphlete, hörten auf, mit ihrem Vorder-, Hinter- oder Nebenmann zu palavern, und starrten zu mir herüber. Wie Männer immer gafften, wenn sie junge Frauen sahen. Ein Arm löste sich aus der Masse. Mein Bruder, der rechts von mir saß, stand auf, winkte enthusiastisch zurück.

»Felix, mein junger Freund.«

Die Stimme hatte Mühe durchzudringen. Sie war brüchig und alt. Diese grauen Haare, die hohe Stirn. Der Philosoph. Ich versteifte mich bei der Erinnerung an das Abendessen bei ihm am Quai de Conti und tat so, als ob ich alle Anwesenden durchzählte. Angeblich siebenhundertneunundvierzig Männer waren in den Konvent gewählt. Condorcet war einer der Führer der sogenannten Girondisten, Abgeordneten aus der Gironde. Was genau die durchsetzen oder verhindern wollten, hatte ich vergessen.

»Fräulein Eleonore. Fräulein Eleonore.«

Ich riss mein Kinn hoch. Unmöglich. Es wäre das erste Mal, dass Condorcet mich mit Namen nannte. Steckte Dr. Schwartz, der geheimnisvolle Bekannte meiner Mutter, dahinter? Wollte der endlich mit uns in Kontakt treten?

Eine hässliche, mit einem Hufeisen bestickte Tasche versperrte mir plötzlich den Blick auf Condorcet.

»Hello, hello, wir werden alle in die Geschichte eingehen«, tönte es. Miss Williams, Olesners vierschrötige englische Freundin. Die Presseloge, das hatte ich schon gehört, war ihre Zweitwohnung.

»Schön, Sie zu sehen«, begrüßte ich sie.

»Zu dem Anlass habe ich heute Morgen schon ein Gedicht geschrieben. Fünf Strophen, Alexandriner«, schrie sie mir ins Ohr, und ich küsste ihre rauen Wangen. Sie ritt bei Wind und Wetter aus und badete täglich eiskalt. Angeblich hatte Helen Mary Williams ein Verhältnis mit einem verheirateten Mann. Aber ich hatte sie auch schon öfter mit dem hässlichen jungen Amerikaner von der Botschaft gesehen, sehr sympathisch und noch Junggeselle. Die Wahrheit war, dass sich Miss Williams am liebsten Danton an den Hals geworfen hätte. Zu ihrem Leidwesen musste sie sich damit begnügen, über ihn und die Turbulenzen der Revolution für englische Zeitungen zu schreiben. Dass ihre Landsleute Gruselgeschichten liebten, wusste ich aus Bertuchs *Journal des Luxus und der Moden*.

Miss Williams blieb stehen, wo sie stand, und kramte aus dem reisetaschengroßen Ungetüm ein Fernglas heraus.

»Was für ein Mann«, stöhnte sie. Schamlos richtete sie das Rohr auf die alleroberste Reihe, wo eine massige Gestalt sich selbstgefällig fläzte.

»Schauen Sie, *my dear*, er ist ein Naturereignis«, sagte sie und hielt mir das Glas hin. Höflich, wie er immer war, erhob sich Anselm und bot der Engländerin seinen Sitz an, direkt links neben mir. Er wechselte auf einen der letzten freien Plätze ganz außen in der Reihe. Denn mittlerweile hatten sich Prozessbeobachter aus aller Herren Länder eingefunden, die für ihre spanischen, italienischen oder russischen Blätter berichteten. Mit einem Plumps ließ sich Miss Williams neben mich fallen und legte sich ihren Notizblock zurecht. Damit begann die Katastrophe. Denn wenn ich neben Anselm sitzen geblieben wäre, hätte ich die Veränderungen in der Gemütslage meines Verlobten, und das war er schließlich nach wie vor, auf jeden Fall bemerkt. Vielleicht hätte ich noch rechtzeitig Einfluss nehmen können.

Und dann erschien ER. Schlichte weiße Weste, nie hätte ich ihn auf der Straße erkannt, obwohl ich schon zig Bilder, vor allem böse Karikaturen, von ihm gesehen hatte. Aber Louis Capet hatte wohl abgenommen. So dick, dass man ihn weiter »den Dicken« nennen konnte, war er nicht mehr. Hatte er in seinem Turm im Temple etwa hungern müssen? Möglicherweise stimmte das Gerücht, dass er im Gefängnis Leibesübungen machte. Miss Williams raunte mir zu, dass Verrenkungen, die Liegestütze hießen, in England jetzt sehr in Mode kämen. Sie machte sie auch, jeden Morgen.

Ich begriff nicht alles, was der König, der jedenfalls in Frankreich kein König mehr war, in Weimar aber schon, zu seiner Verteidigung vorbrachte. Ebenso wenig, wie ich den juristischen Raffinessen im Plädoyer seines jungen Verteidigers aus Bordeaux genau folgen konnte. Nur so weit, dass der darauf pochte, dass der König dieselbe Rechtssicherheit beanspruchen konnte wie jeder x-beliebige Bürger. Zwischendurch schlief ich ein wenig, bis die Miss mich rüttelte.

»Da, schauen Sie, Saint-Just.«

Ganz oben links in den Reihen der Abgeordneten erhob sich ein Mann, der mich an unsere Julie erinnerte, als sie noch eine delikate Schönheit gewesen war. Saint-Just behauptete, dass ein König per se ein Schwerverbrecher sei und deshalb automatisch die Todesstrafe verdiene. Ein Raunen ging durch die Manège. Buhrufe. Durch das englische Fernrohr studierte ich das messerscharfe Lächeln in Robespierres blassem Gesicht. Er saß direkt neben Saint-Just. Ebenfalls ganz oben auf dem Berg, zwei Sitze weiter: Danton. Ich stellte das Fernrohr schärfer, sah die Narbe über seinem Mund, die ihm die Lippen verbog, sodass es aussah, als ob Danton fortwährend hämisch grinste.

Grafitminen um mich herum zirpten wie Heuschrecken. Korrespondenten schrieben alles wie verrückt mit, was bei diesem Prozess gesagt wurde.

»Der Kasten, der eiserne Kasten«, der Ellbogen der Miss stieß gegen meine Rippen. Ich versuchte mich zu konzentrieren, was mir nicht leichtfiel. Der aalglatte Blonde, der uns die Eintrittskarten verschafft hatte, machte nämlich meinem Bruder unentwegt Zeichen, und Felix wiederum kicherte in sich hinein und rutschte auf seinem Sitz hin und her. Das beunruhigte mich mehr als irgendwelche Briefe in eisernen Kästen. Angeblich belegten sie, dass Louis Capet mit den Feinden Frankreichs gemeinsame Sache gemacht hatte. Nein, dem sei nicht so, das weiße Wams war inzwischen verknittert. Louis Capets Stimme gefiel mir trotzdem. Wohltönend und kräftig. Felix flüsterte mir zu, dass er es juristisch für sehr bedenklich halte, dass der Konvent Ankläger und Richter in einem sein wolle. Ich wippte nach vorne und schaute vorbei an übereinandergeschlagenen Beinen und steifen Knien zum Rand unserer Sitzreihe. Anselm schlief nicht, sondern hatte seine Arme verschränkt, die Augen weit offen und schien ganz bei der Sache. Erleichtert lehnte ich mich wieder zurück. Endlich hatten wir etwas gefunden, das ihn interessierte. Von Danton und Robespierre konnte er zu Hause erzählen, das waren in Weimar gruselige Sensationen, vielleicht bat man ihn sogar, in der Freitagsgesellschaft darüber zu referieren, vorausgesetzt, der Herzoginmutter war das Thema nicht zu vulgär. Anselms riskante Reise wäre nicht ganz umsonst gewesen.

Mein Magen knurrte. An diesem Morgen hatte Hortense weit und breit kein Brot auftreiben können, sodass ich nur einen halben Teller Haferbrei gegessen hatte. Ich wühlte in meinen Manteltaschen, fand aber nur eine uralte Maroni und keinen einzigen Krümel Schokolade. Als der Präsident schließlich zum Ende dieses Prozesstages läutete, war ich heilfroh. Flüchtig verabschiedete ich mich von der Miss und Oelsner. Dann endlich frische Luft. Dass Regen durch die Tuileriengärten peitschte, machte mir nichts aus. Im Gegenteil.

Wir gingen ins nächstbeste Restaurant, und Anselm schaufelte Unmengen von dem einzigen Gericht, das es gab, in sich hinein, einen Eintopf aus weißen Bohnen, Speck und hartem Fleisch.

»Cassoulet«, erklärte ich ihm. »Cassoulet«, wiederholte er, seine Aussprache war ganz passabel, wofür ich ihn lobte. Strahlend wischte sich Anselm die Fettsauce vom Kinn. Wir lachten. Bestellten noch eine Karaffe Wein, redeten von früher. Bis wir alle drei ein wenig angetrunken waren. So verflog wieder meine Chance, reinen Tisch zu machen.

»Cassoulet. Cassoulet!«, rief Anselm ein ums andere Mal in der Kutsche, die uns zwei Stunden später nach Hause fuhr.

Auch der Weihnachtstag begann nass und grau. In letzter Minute gelang es Monsieur Vidal, eine Tanne aufzutreiben. Krumm gewachsen, aber frisch geschlagen und damit ein richtiger Weihnachtsbaum. Ich schmückte ihn mit kleinen roten Äpfeln und weißen Papierstreifen, die ich aus den deutschen juristischen Büchern schnitt, die vergessen in Felix' Schrankkoffer lagen. Ausnahmsweise besuchte ich die Comtesse schon am Nachmittag. Außer Wein und einer gebratenen Gänsekeule brachte ich ein hübsch gebundenes Buch über die heilige Agnes mit. Ich hatte es unter den antiquarischen Beständen von Monsieur Vidal gefunden. Als ich wieder zurück war, wusch ich Julie von Kopf bis Fuß mit Rosenwasser und zog ihr ein neues Kleid an, das ich für sie hatte nähen lassen. Felix und Anselm trugen sie in den Salon und betteten sie in einen bequemen Sessel. Zusammen schoben wir sie unter den Stich der Krönungskathedrale.

»Es lebe der König«, schmetterte Anselm unvermittelt, als Felix unserer Freundin ein Glas mit Wasser an die Lippen führte, in das wir eine Weihnachtsportion Opium gemischt hatten.

»Der König«, hauchte sie, und ihre Augen öffneten sich weit.

»Seht ihr das, sie schaut. Julie schaut uns an.«

Begeistert klopfte mein Bruder Anselm auf den Rücken. Ich küsste ihn herzhaft auf die Wange. Es war Weihnachten.

Zwei Tage später äußerte Anselm den Wunsch, noch einmal in die Manège zu gehen und bei der Fortsetzung des Prozesses dabei zu sein. Felix klagte über Halsschmerzen, und ich hatte schlicht keine Lust. Aber warum nicht, wenn er Spaß dabei hatte? Ich winkte eine Kalesche und vergewisserte mich, dass der Kutscher vertrauenswürdig ausschaute. Ich vereinbarte mit ihm sogar eine Uhrzeit, zu der er Anselm vor der Reithalle wieder abholen und sicher zu uns in die Rue de Richelieu zurückbringen sollte. Ich winkte der Kutsche nach, insgeheim froh, meinen Verlobten für ein paar Stunden los zu sein.

Die Anhörung lief gerade eine halbe Stunde, als mein Verlobter aus seinem Mantel eine Fahne herauszog. Die weiße Fahne mit der goldenen Bourbonenlilie. »Freiheit für den König!«, soll er auf Deutsch gerufen haben. Über das Geländer der Zuschauergalerie gebeugt, schwenkte er die Fahne wie bei der Kirchweih in einem der Egloffstein'schen Dörfer.

»Es lebe der König. Lang lebe der König!«

Von hinten überwältigten ihn zwei kräftige junge Handwerker. Die Fahne krachte auf die Köpfe von Deputierten. Lodernd vor Zorn, auch wenn er nicht Anselms deutsche Worte, sehr wohl aber ihre Bedeutung verstanden hatte, drückte ihm einer der Sansculotten den Hals zu. Er würgte Anselm, bis er nur noch röchelte. Im letzten Augenblick griff die Wache ein. Anselm wurde gefesselt und abgeführt.

Das erfuhren wir eine Stunde später von Oelsner, der von der Presseloge den Eklat beobachtet hatte. Die Nachricht traf mich, als ob mir mit einer Eisenstange gegen die Brust geschlagen würde.

»Alles meine Schuld. Er kam nur meinetwegen nach Paris. Und dann war alles ganz anders, als er gedacht hatte.«

Ich redete und weinte gleichzeitig. Meine Hände schlugen unkontrolliert um sich. Lucien ließ es über sich ergehen. Seine Brust war breit genug. Oelsner hatte ihn ebenfalls verständigt.

»Leonorrr, beruhige dich.«

»Retten, ich glaube, er wollte irgendjemanden retten.«

Ich sah, wie Lucien meine Hände nahm und sie fest drückte, aber ich spürte es nicht.

»Leonorrr, hatte er Papiere bei sich?«, fragte mich Lucien, als ob er mir im Schlachtfeld gegenüberstand. So eisig wie damals in der Remise der Comtesse. »Von Emigranten in Mainz vielleicht, Briefe vom Grafen Artois oder von eurem Herzog, in eurem Dingsbums-Herzogtum?«

»Neeiiin. Anselm war, ist viel zu, viel zu ...«, stammelte ich und zog meine Hände zurück. Ich wollte Anselm nicht unnötig beschädigen, suchte nach Worten: »Er ist harmlos, viel zu unbedarft für eine Konspiration. Er fühlte sich hier fehl am Platz. Hatte Heimweh, machte sich Sorgen um seinen Diener.«

Mir blieb die Luft weg. »Er muss durchgedreht sein.«

»Aber die Fahne mit dem Wappen der Bourbonen?«

»Von Julie«, schrie ich Lucien ins Gesicht. »Das blöde Ding hatte sie schon ewig oben in ihrer Wohnung. Mitgebracht aus der Vendée oder vom Comte geschenkt bekommen. Wir haben sie bloß nicht fortgeschafft, weil sie doch so krank ist ...«

Zum ersten Mal in meinem Leben ließen mich meine kräftigen Beine und Füße im Stich. Ich sackte zusammen, kauerte mich vor Luciens Stiefel, so blank geputzt, dass sie mein ganzes Elend widerspiegelten. Ich umklammerte sie.

»Hilf mir doch, Lucien, hilf mir doch.«

Grauenhafte Sekunden vergingen. Dann hörte ich von weit oben seine Stimme. Sie klang jetzt anders, unsicher, verletzt. Auf jeden Fall sehr fremd für Lucien.

»Warum hast du mir früher nie von einem, einem Verlobten erzählt? Was bedeutet er dir?«, und dann mehr ein Schluchzen als ein Wort, »Leonorrr.«

Ich rappelte mich hoch, bis ich kerzengerade vor Lucien stand. Ich sah in seine goldgesprenkelten Augen und wurde auf einmal sehr ruhig.

»Weil ich ihn ab dem Moment ganz und gar vergaß, als du mit deinem Sonnenbrand auf der Nase im Caveau aufgetaucht bist.«

Die Stille war für mich am schlimmsten. In der Stadt, wo unentwegt Fässer übers Pflaster rumpelten, Zeitungsjungen schrien, die Peitschen der Kaleschenkutscher knallten, voll beladene Karren ratterten und die Menschen selbst im Winter an den Tischen vor den Kaffeehäusern redeten und redeten, herrschte jetzt eine unheimliche Stille. Selbst die Tauben stritten nicht mehr auf unseren Fenstersimsen. Das einzige Geräusch, an dem ich merkte, dass die Welt noch existierte, war Julies gleichmäßiges Atmen. Seit dem Weihnachtstag schien es ihr besser zu gehen, zumindest waren keine gefräßigen Geschwüre mehr hinzugekommen. Ohne mir Bescheid zu geben, hatte mein Bruder ganz früh am Morgen unsere Wohnung verlassen. Lucien meldete sich seit Tagen nicht mehr. Aber ich wusste zumindest, dass die beiden Kontakt hielten. Und Anselm? Ich betete und betete.

Es war Montag, der 21. Januar 1793. Was ich sicher wusste, war, dass Anselm in der Conciergerie saß. Todesurteil. Mit einem fingierten Befehl Dantons in der Hand hatte Lucien persönlich alle Gefängnisse durchkämmt. Um wen hatte ich mehr Angst? Wenn es aufflog, war auch Lucien dran. Ich schaute auf meine Uhr. Mittlerweile musste sich die schwarz verhängte Kutsche zum Platz der Revolution in Gang gesetzt haben. Auf Anordnung der Stadtbehörde blieben heute alle Ladentüren und alle Fenster geschlossen. Monsieur Vidal, der mich gestern in meinem Elend besucht hatte, zum ersten Mal, und Feigen mitgebracht hatte, meinte, dass Tausende mit Gewehren und Piken bewaffnete Männer den Weg säumten. Sicherlich war das Schafott zwischen dem Sockel der zerstörten Statue von Louis XV. und dem Beginn der Champs-Elysées so aufgebaut, dass auch die Zuschauer weit hinten jedes Zucken sehen konnten.

»Julie, bitte, bitte sprich mit mir. Hilf mir! Alles meine Schuld. Ich will mich gern bis zum Ende meiner Tage langweilen, wenn

Anselm nur nicht sterben muss«, flüsterte ich, weil Julie der einzige Mensch in meiner Nähe war. Aber meine Freundin regte sich nicht.

Meine Füße verließen das Schlafzimmer. Meine Füße rannten durch die Wohnung. Hin und her. Unsere Ziege starrte mir gebannt nach. Auch sie machte keinen Mucks. Sollte ich raus? Durch die Straßen rennen? Meine Füße führten mich zu meinem Mantel. Ich zog ihn über. Was brauchte ich? Geld? Schlüssel, falls Hortense nicht da war, wenn ich zurückkam. Mein Gehirn arbeitete wie ein Uhrwerk. Ich kramte, als ob ich Anselm in den Untiefen meiner Manteltasche finden und bergen konnte. Eine Maroni kam zum Vorschein, das Papierkügelchen, das ich von Olympes Fußboden aufgehoben hatte, vor sieben oder acht Wochen, ein einzelner Handschuh. Meine Finger rollten das Kügelchen auf. Ein Stück Papier, mit blauer Tinte beschrieben. Dr. Schwartz. Und noch einmal dieser Name. Aber nicht in Olympes Schrift. Seltsam, warum nicht in Olympes Handschrift? Ich knüllte das Blatt Papier wieder zusammen, steckte es zurück in meine Manteltasche. Auf der Rue de Richelieu wieherte ein Pferd. Beim zweiten Wiehern ging ich zu einem der Fenster zur Straße.

Unten auf der Rue de Richelieu öffneten gerade wieder die Läden und Stände, Handlanger luden Waren ab, Straßenhändler boten ihre Tinkturen gegen Zahnschmerzen und Unfruchtbarkeit an.

Die Hinrichtung war also vorbei.

Kapitel 11

22. Januar – Ende Juni 1793

Zwei Hühnerflügel, Gemüse, dazu zwei Gläser Wein, vermischt mit Wasser, und zum Nachtisch Löffelbiskuit. Wie ein Lauffeuer sprach sich herum, welches Essen er sich für den Abend vor seiner Hinrichtung gewünscht hatte.

»Bescheiden. Geradezu unverschämt bescheiden«, schimpfte Monsieur Vidal laut und verdrießlich über einen geschichteten Berg Blumenkohl und Pastinaken hinweg, als ich zwei Tage später auf meinem üblichen Gang zum Zeitungsverkäufer bei ihm vorbeikam. Drei Grad über null, die Wintersonne dünn, aber immerhin schien sie. Vidal hob eine Hand in meine Richtung, eine gnädige Geste, sein weißes Haar eine schräge Rauchfahne, er grüßte mich sogar mit Namen. Aber seine Enttäuschung, dass ich es war und nicht meine Schwester, blieb mir nicht verborgen. Wie üblich mussten seine Kunden ihm erst zuhören, bevor sie ihre Orangen, antiquarischen Bücher oder Kohlköpfe bekamen. Ich stellte mich dazu, trat von einem Bein aufs andere, um mich warm zu halten, und gönnte mir einen gewissen Spott in der Stimme: »Gebratene Hühnerflügel, Löffelbiskuit. Würde mir auch schmecken.«

Der Gemüsehändler verdrehte seine Augen zum Himmel.

»Er hätte einen Rehrücken in Pflaumensauce oder sautierte Nierchen mit weißen Trüffeln bestellen können. Oder was sie sonst früher bei ihren Orgien in Versailles verputzt haben.«

Monsieur Vidals von Arthritis krumme Finger vergruben sich in einen Berg klebriger Datteln, er brummelte weiter: »Stillos. Er hätte wirklich besser zum Schlosser getaugt. Das habe ich immer gesagt.« Drei Handvoll Feigen wurden erbarmungslos in einen Korb gedrückt. Die umstehenden Hausfrauen, Dienstmädchen, aber auch Männer auf dem Sprung in ihr Kontor oder ins Kaffeehaus, stimmten ausnahmslos Bürger Vidal zu, zahlten und zerstreuten sich. Damit war Louis Capet, vormals Louis XVI., König von Frankreich, Geschichte. Sein Leichnam war sofort zum Friedhof Madeleine gebracht und in einem Grab von zwölf Fuß Tiefe und sechs Fuß Breite versenkt worden. Ich kaufte mir planlos drei Zitronen und schüttelte innerlich den Kopf über die Franzosen. Zuerst wollten sie den Dicken unbedingt loswerden, weil er König war. Dann war ihnen seine Henkersmahlzeit nicht königlich genug. Ich schloss auch noch den obersten Knopf meines Mantels, stellte meinen Kragen hoch und zog den Kopf ein. Einen Hut hatte ich leider vergessen. Seit ich keinen Zopf mehr hatte, fror ich leicht an der Kopfhaut. Nackenfreiheit hatte ihren Preis.

Heute feierten die Pariser ein anderes Begräbnis, ganz groß sogar. Per Dekret des Nationalkonvents sollte es ein Hochamt der Republik werden. Mein Blick blieb an einem der zahllosen Wandplakate hängen, die mittlerweile die Fassaden der Rue de Richelieu verunstalteten. Pelletier. Der Name war fett und groß gedruckt, wie sonst nur der von gefeierten Sängerinnen oder Kriegshelden wie Lucien Lagarde. Diesem Pelletier war von einem Royalisten ein Degen in den Bauch gerammt worden, weil er für den Tod des Königs gestimmt hatte. Zu Lebzeiten hatte ihn niemand gekannt. Aber ebenso schnell wie die Henkersmahlzeit des Königs sprach sich herum, dass der ermordete Abgeordnete Witwer war. Ein kleines mutterloses Mädchen blieb jetzt auch noch vaterlos zurück.

»Schön und reich soll er außerdem gewesen sein«, jammerte unsere Nachbarin, die Witwe Delacroix, die jedes Mal, wenn ich unser Haus verließ, mir nach zwanzig Schritten, darauf konnte ich wetten, wie aus dem Boden gewachsen mit ihrem Henkelkorb gegenüberstand. Vermutlich las sie auf ihrem Beobachtungsposten am Fenster Romane, in denen gut aussehende, vermögende Witwer eine Rolle spielten. Ich fragte sie nach Pelletier. Aber auch sie hatte bis zu seiner Ermordung nichts von seiner Existenz gewusst. Ich beugte mich zu der kleinen Marie hinunter. Sie strahlte mich an, ihr Mund mit den drei Zähnchen küsste mich feucht, und ihre dicken Beine hüpften. Sie hatte über Weihnachten laufen gelernt. Ich schenkte ihr eine meiner Zitronen. Allein wegen Marie lohnte sich die Witwe Delacroix. Natürlich nicht für mich.

»Schauen Sie, ich habe eine Orchidee für ihn auftreiben können, eine besonders duftende.« Sie hielt mir ein starres, grünweißliches Ding unter die Nase. »Hoffentlich gestattet man mir, sie für ihn hinzulegen. Er soll direkt neben Mirabeau beigesetzt werden. Wo ist Mademoiselle Eleonore? Geht es ihr besser? Seit Weihnachten habe ich sie nur aschfahl und unglücklich gesehen, dabei bringt sie mich doch sonst immer zum Lachen. Ja, ja, ich weiß schon, die Männer«, die Witwe machte eine vieldeutige Handbewegung, ihre Atemwolke wehte mir ins Gesicht, »Vorsicht, Vorsicht, die Leute.« Näher, als es nötig gewesen wäre, drückte sich die Witwe an mich. Eine Formation Männer näherte sich, nahezu identisch mit blau-weiß-roten Schärpen um den Bauch und großen Kokarden am Hut. Die Abordnung unserer Sektion, vermutete ich. Sie geriet aber ins Stocken, weil ein anderer Menschenzug kreuzte. Eine Hand schob sich zwischen den nicht unansehnlichen Busen der Witwe und mich und klopfte mir auf die Schulter.

»Bürger, guten Morgen. Kommst du mit?«

Das pockennarbige Gesicht eines Gewürzhändlers strahlte mich an, neben dem ich öfter im Jakobinerklub gesessen hatte. Sein Name fiel mir gerade nicht ein. Hoffentlich wurde die kleine Marie in der Menge nicht zertrampelt. Sie und ihre Mutter hatte ich aus den Augen verloren.

»Warum nicht«, gab ich diplomatisch zurück.

»Pelletier liegt nackt bis unterm Bauchnabel auf der Bahre«, rief ein kleiner Dünner, dessen Frettchenaugen und Fistelstimme mir ebenfalls bekannt vorkamen. »Er wird von der Place Vendôme bis zum Panthéon getragen. Wir wollen an der Place de l'Odéon zum Leichenzug dazustoßen.«

»Na dann viel Glück«, wünschte ich betont leutselig und wandte mich lieber wieder dem Gewürzhändler zu, den ein beruhigender Zimtgeruch umgab.

»Ja, alle wollen hin. Eine Beerdigung ganz ohne Priester, erstmalig in Paris.«

»Was ist das denn?«

Jetzt war ich ehrlich bestürzt.

»Hat was mit einer römischen Zeremonie zu tun. Passt besser zu unserer neuen Zeit, sagen die von der Stadtverwaltung. Ah, jetzt geht's endlich weiter.«

Der Gewürzhändler und seine Kompagnons setzten sich wieder in Bewegung. Ich blieb zurück, stellte meinen Kragen noch etwas höher und wurde im nächsten Moment ums Haar von einer Horde Kinder umgerannt. Ich fluchte. Einer der Lausebengel kletterte blitzschnell einen Laternenpfahl hoch, wobei mir vom Zuschauen schwindlig wurde. Dabei war Dienstag. Der Junge und seine Freunde sollten auf der Schulbank sitzen! Condorcet und seine überspannten Reformvorschläge fielen mir ein. Ich brummte vor mich hin, während die Kinder versuchten, eine streunende Katze einzufangen, meinetwegen sollten auch Mädchen an einem Dienstag in der Schule sein. Besser als immer nur Trikolorefähnchen schwenken.

Als ich endlich den *Moniteur* in meinen Mantel schob, war über eine Stunde vergangen. Missmutig klappte ich den Deckel meiner Uhr zu. Gewöhnlich brauchte ich für die Strecke knapp fünf Minuten. Die ständigen Menschenansammlungen und ihre Schaulust gingen mir plötzlich ungeheuer auf die Nerven. Hier wurde zu viel auf einmal gelebt. Vielleicht weil das Leben jetzt abrupter zu Ende sein konnte.

Der Bettlerjunge unter dem Torbogen des Nachbarhauses kraulte seinen Hund und streckte seine Nase der kalten Sonne entgegen. Kluger Junge, er blieb, wo er war. Ich warf ihm eine

Münze und die zweite Zitrone zu. Er fing beides mit einer Hand auf.

Die vergangenen vier Wochen waren die schlimmsten meines Lebens gewesen. Schwer stapfte ich die Stufen zu unserer Etage hoch. Klopfen hatte keinen Sinn, Hortense, unser Dienstmädchen, war schon früh aufgebrochen. Einen jungen Märtyrer der Republik halb nackt zu sehen, dessen Wunde angeblich kobaltblau leuchtete, ließ sie sich nicht entgehen. Nicht einmal den Herd hatte sie angeheizt. Das hatte ich erledigt, damit Eleonore, wenn sie aufwachte, für sich und Julie warme Milch hatte. Den Schlüssel herauszuholen, ihn ins Schloss zu stecken, fiel mir schwer. Noch schwerer, ihn umzudrehen. Die Angst um Anselm hatte mir die Kraft genommen, die mir in Weimar für ein ganzes Jahrzehnt gereicht hätte.

Ich schubste unsere Wohnungstür auf. Blanche, die gute Seele, wartete schon. Sie drückte ihre Flanke an meine Waden, ich kratzte sie zwischen den Hörnern. Unser Ritual. Die Tür fiel zum Glück von alleine hinter mir ins Schloss und sperrte das sensationslüsterne Paris aus. Ich atmete durch. Legte die letzte Zitrone auf eine Kommode und daneben, gefaltet wie ich ihn bekommen hatte, den *Moniteur*. Plötzlich hatte ich keine Lust mehr zum Zeitunglesen. Die geifernden Debatten im Konvent oder der neunzehnte Baum der Brüderlichkeit, der gepflanzt worden war. Müdigkeit zog an mir. Ach ja, natürlich Julie, das musste noch sein. Ich schleppte mich in mein früheres Zimmer.

Zum Glück schlief unsere Freundin. Aus ihren Kissen roch es frisch. Eleonore hatte Julie also vor nicht allzu langer Zeit gewaschen. So leise wie möglich schloss ich die Tür hinter mir. Noch ein Schritt und noch einer, endlich war ich im Salon. Ich sparte es mir, die Vorhänge zuzuziehen. Ohne meinen Mantel und meine Stiefel auszuziehen, warf ich mich auf die Chaiselongue. Wie ein Stein, der in ein trübes, bodenloses Gewässer geschleudert wird, fiel ich in Schlaf. Selbst für Albträume fehlte mir die Kraft.

Meine Schwester im Schein einer Kerze. Das sah ich zuerst, als ich irgendwann die Augen aufschlug. Eleonores Sommersprossen waren keine einzelnen Punkte mehr, sondern wie zu einem Nougatüberzug über ihrem lieben Gesicht verschmolzen. Ich rührte mich nicht, und sie war zu beschäftigt, um zu merken, dass ich aufgewacht war. Ihre Hände bewegten sich, schienen zu sortieren. Etwas blitzte auf. Schuhschnallen, prächtige silberne Schuhschnallen, aus der Mode gekommen, jedenfalls in Paris. Meine Schwester legte sie auf die rechte Seite des Tisches und griff nach etwas anderem. Ich hörte Seide rascheln. Eleonore hielt eine senfgelbe Herrenweste hoch.

»Anselm.«

Mein Schrei zerbrach in unserem kleinen Salon wie ein irdener Krug.

»Alles gut, alles gut.«

Eleonore flog neben mich auf die Chaiselongue.

»Alles gut, Felix, alles gut.«

Sie umarmte mich, und ich presste mein Gesicht an ihre Schulter, bis der Schreck mich losließ und mein Herz aufhörte zu rasen. Dazwischen lagen furchtbar lange Sekunden.

»Er ist in Sicherheit. Anselm ist in Sicherheit.«

»Alles gut«, wiederholte ich, um es noch einmal zu hören.

Eleonore und ich lagen uns in den Armen und wiegten uns gegenseitig, wie wir es als Kinder getan hatten. Dabei zogen in meinem Kopf Bilder vorbei, verwaschen und in unnatürlichen Farben, aber sie waren die Wirklichkeit der vergangenen Tage.

Lucien Lagarde weihte mich in das meiste ein, aber nicht in alles. Außerdem brauchte er Geld.

»Wenn's nicht mehr ist. Geld haben wir genug. Wir kaufen ihn also raus aus dem Gefängnis?«, fragte ich beinahe schon zuversichtlich und ließ mich in einen der zierlichen geflochtenen Gartensessel fallen, die in der Remise des Palais Marbois vor sich hin schimmelten.

Im Versteck der Comtesse trafen Lucien und ich uns am Morgen nach Anselms furiosem Auftritt im Konvent und seiner anschließenden Gefangennahme durch Nationalgardisten. Unsere Wohnung in der Rue de Richelieu wurde bereits observiert. Das hatte mir der Bettlerjunge zugeflüstert, als ich ihm und seinem Hund noch am Abend jenes verhängnisvollen Spätdezembertages eine deutlich größere Menge Essen als sonst hinunterbrachte. Weder Eleonore noch ich hatten einen Bissen gegessen.

Luciens Stiefelabsätze schabten ungeduldig auf dem mit Staub bedeckten Marmorboden. Er stand an einen Holzpfosten gelehnt, über seinem Kopf hingen noch die Strohhüte der früheren Gärtner. Dass er sich nur hinsetzte, wenn es unumgänglich war, war mir früher schon aufgefallen.

»Rauskaufen? Den Ausländer, der die Französische Republik und damit jeden anständigen Bürger beleidigt hat…« Lucien schnaubte. »Wie wahrscheinlich auch du weißt, ist die Conciergerie, wo euer Freund sitzt…«

Beschwichtigend hob ich die Arme.

»Ich weiß, ich weiß. Das Vorzimmer zur Guillotine.«

Ich rutschte in dem Gartensessel hin und her. Was für eine absurde Situation. Ich musste einen Mann verteidigen, der den größten nur vorstellbaren Blödsinn begangen hatte, für den er in Weimar gefeiert worden wäre. Hier drohte ihm ganz sicher die Todesstrafe. In meinem Nacken zog es, und dass die Comtesse fortwährend ihren Rosenkranz klacken ließ, machte mich konfuser, als ich ohnehin schon war.

»Unverzeihlich, Eleonore und ich schämen uns für ihn. Aber Anselm kennt nichts anderes. Unser Herzog ist mit ihm verwandt, sein Patenonkel ist der Kurfürst von Sachsen. Euer Bürger Capet war immerhin mal König von Gottes Gnaden, gesalbt und so weiter.«

»Felix, du redest wie meine Mutter.« Lucien schaute finster und lehnte zur Abwechslung sein anderes Bein gegen den Pfosten, das andere rammte er in den Boden. Dann fuhr er mit nüchterner

Stimme fort: »Mit Rauskaufen ist nichts. Nicht für drei Millionen Livres. Allerdings können wir, müssen wir sogar, Drucker bestechen, Wachpersonal, Kutscher und so weiter. Verstehst du! Sind deine Nerven dafür geeignet, Felix?«

Lucien sprach meinen Namen auch jetzt wieder so aus, dass das Ende zischte.

Die Comtesse de Marbois in ihrem schwarzen Seidenpanzer, die wir völlig vergessen hatten, hob ihren winzigen Schildkrötenkopf.

»Sie sollten lieber beten, meine Herren. Tag und Nacht beten. Mir hat das immer geholfen.«

»Aber trotz aller Fürbitten starb der Comte eines recht gewaltsamen Todes, wenn ich mich recht erinnere, Madame.«

Keine Spur von Hohn. Lucien sprach wie ein Leutnant, der auf dem Schlachtfeld in der Champagne junge Männer sterben sah und selbst junge Männer getötet hatte. Klick, klick, zwei weitere Perlen des Rosenkranzes wanderten durch die Hände der Comtesse. Dann Stille.

»Sagte ich doch. Meine Gebete wurden erhört.«

Die Perlen wanderten wieder. Lucien und ich starrten in ihre Ecke. Aber im Halblicht des Gartenhauses waren nur Umrisse der alten Dame zu erkennen. Überall Geheimnisse, schoss mir durch den Kopf, wie bei Maman. Erneut schabten Luciens Absätze ungeduldig auf dem Boden und legten ein weiteres Stück des eleganten schwarz-weißen Schachbrettmusters vom Staub frei. Als sich Lucien umwandte und mich anschaute, stand eine steile Falte zwischen seinen goldbraunen Augen.

»Was, wenn sie dich dabei erwischen, wie du gerade einem Schreiberling von der Stadtverwaltung ein paar Goldstücke zusteckst, du, der nachweisliche Freund, zukünftige Schwager unseres Staatsfeindes?«

Seine Stimme wurde rau, seine Augen verengten sich, nahmen einen regelrecht lauernden Ausdruck an.

»Verrätst du dann Leonorrr?«

Ich schoss hoch, die Rückenlehne des Weidensessels knirschte erschrocken. Meine Schwester, den liebsten Menschen in meinem Leben, verraten? Niemals! Ich hörte, dass ich kläffte wie unser Mops. Lucien schnitt mir das Wort ab: »Mit der Menschenrechtserklärung gerahmt an der Wand würden sie dich foltern, bis du alles ausspuckst. Bis du deine tote Mutter belastest, von meiner Wenigkeit ganz abgesehen. Felix, mein Freund, vergiss alles, was du über Humanität in Büchern und Brüderlichkeit auf Flugblättern gelesen hast.«

Er kratzte sich am unrasierten Kinn. Luciens weiße Offiziershose waren dreckbespritzt, und überhaupt verströmte er einen Geruch, als ob er wieder einmal drei Nächte in seiner Uniform geschlafen hätte. Aber er dachte nach. Wie mir schien, dachte er gründlich nach. Wieder eine neue Facette im Wesen dieses Mannes, den ich anfänglich für einen Haudegen, bestenfalls für einen übermütigen Welpen gehalten hatte. Schließlich hielt ich es nicht mehr aus. Ich flehte ihn regelrecht an: »Bitte ... Ich stehe so tief in Anselms Schuld. Mein abgeschnittener Zopf ...«

»Erstens, Leonorrr darf nichts von all dem erfahren. So schützen wir sie am besten. Zweitens, gib mir einfach so viel Geld, wie du gerade bei dir hast.«

Aus der Ecke der Comtesse kicherte es, gar nicht fromm.

Am 21. Januar 1793, eine Viertelstunde nachdem der triefende Kopf des Königs in einen Weidenkorb gelegt worden war, verließ ein Mann die Stadt, in dessen *Carte civique* der Name Tobias Schmidt eingetragen war. Um eine Erbangelegenheit zu regeln, musste er in seine ursprüngliche Heimat, das Fürstentum Nassau-Usingen reisen, wo er 1768 zur Welt gekommen war. Einer der Wachen am Stadttor Saint-Antoine riss seine Augen auf, als er den Namen und die Berufsbezeichnung Klavierbauer las. Er klopfte dem jungen Mann auf die Schultern, der mit seinen fransig abgeschnittenen Haaren und schlackernden Hosen aus braunem Sackleinen ziemlich armselig aussah.

»Großartige Erfindung! Muss hier leider meinen Dienst schieben, sonst wäre ich auch hin.«

Der Wächter fuhr sich mit der flachen Hand ruckartig quer über seinen Kehlkopf. Die an sich fröhlichen wasserblauen Augen des treu sorgenden Vaters von drei kleinen Töchtern verengten sich gehässig, als er weitersprach: »Schauen, ob ihm tatsächlich blaues Blut rausspritzt.«

»Oui, oui«, murmelte der junge Reisende, und über sein abgezehrtes Gesicht sprangen rote Flecken.

»Du hast ein fünfjähriges Patent auf dein schräges Fallbeil, hab ich gehört.«

Der Angesprochene nickte, obwohl er so gut wie nichts verstanden hatte. Ein Hustenreiz schüttelte ihn und ersparte ihm das Reden.

»Na, dann bist du bald wieder zurück, Bürger Schmidt. Weil ja hier immer noch mehr Köpfmaschinen gebraucht werden. In jeder größeren französischen Stadt. Nach dem Dicken kommt hoffentlich bald seine österreichische Hure dran.«

Noch ein Schulterklopfen. Beste Genesungswünsche. Ein Stempel knallte, und noch einer.

»Adieu, merci, vive la Republique«, stammelte der Reisende. Ein Satz, den er mühsam auswendig gelernt hatte. Ansonsten hielt er sich an die strikte Anweisung, möglichst zu schweigen. Als er seine Pässe entgegennahm, beutelte ihn ein neuer Hustenanfall. Seine Augen glänzten fiebrig. Fast vier Wochen hatte er auf nacktem Steinboden zugebracht.

»Du wirst noch ein reicher Mann mit deiner Erfindung.«

Diese Prophezeiung des Torwächters von Saint-Antoine ging im Holpern der anfahrenden Kutschenräder unter.

Diese und andere Details der gelungenen Flucht erfuhr ich aus einem Brief, den Tobias Schmidt drei Tage später von einer Poststation nahe Straßburg, aber jenseits des französischen Schlagbaums, abschickte. Adressiert an Condorcet. Der Konstrukteur der Guillotine in Korrespondenz mit einem der Honoratioren des

Nationalkonvents, der noch dazu den Girondisten, der tonangebenden Fraktion, angehörte, stand außer Verdacht. Dieser winzige Part war neben dem Geld leider das Einzige, was ich zu Anselms Flucht beisteuerte. Alles andere hatte Lucien organisiert. Condorcet übergab mir den Brief in seinem verschwiegenen kleinen Arbeitszimmer. Ein zweites, eingelegtes Blatt war an Eleonore gerichtet. Ich überflog es trotzdem. Anselm entband sie von ihrem Verlobungsversprechen und gratulierte ihr von ganzem Herzen zu seinem Lebensretter. Dass Anselms Lungen einen bleibenden Schaden davongetragen hatten, erfuhr ich erst Jahre später.

Ungefähr zur selben Zeit an diesem denkwürdigen Januartag 1793, aber im westlichen Faubourg Saint-Honoré, suchte eine noch junge Frau, durch deren Haar sich bereits breite graue Strähnen zogen, in ihrer Wohnung Verstecke für zweihundert Goldstücke. In den Spitzen ihrer vielfach gestopften Strümpfe, unter den dünnen Matratzen ihrer beiden Söhne, fünf und sechs Jahre alt, in der Tiefe des Zwiebeltopfes. Diese Bilder entstanden jedenfalls in meinem Kopf und nisteten sich da für immer ein, als mir Lucien berichtete, wofür und für wen er den Großteil des Geldes eingesetzt hatte. Endlich konnte die Frau, deren Namen er für sich behielt, ihre Mietrückstände beim Hausbesitzer begleichen, die Schulden beim Metzger, ihre Söhne auf einer guten Schule anmelden. Der bittere Zug um ihren Mund glättete sich. Guillaume, ihr Ehemann, wäre sowieso geköpft worden. Eifrig, aber zu stümperhaft hatte er Assignaten gefälscht. So kam er nur ein paar Wochen früher als geplant unter das Rasiermesser der Gleichheit. Dass er in den Handel eingewilligt hatte, heimlich seine Kleidung und Identität mit diesem durchgeknallten Deutschen zu tauschen, war das Beste gewesen, was Guillaume je für seine Familie getan hatte.

Das war sozusagen der Edelstein in Luciens Plan. Hochriskant. Dazu zwei teuer erkaufte Dokumente, eines mit einer Unterschrift Dantons, um den Fälscher Guillaume aus der Conciergerie verlegen zu lassen. Die neue *Carte civique* des Tobias Schmidt,

Passagierscheine hier, Passagierscheine dort und weitere schriftliche Befehle. Einige davon in vierfacher Kopie, denn Bürokratie gab den Bürgern der jungen Republik das Gefühl, wichtig zu sein. Außerdem Geld und Wein für die Posten in dem anderen, weniger stark bewachten Gefängnis, sodass sie es nicht allzu merkwürdig fanden, als kurz nach der Anlieferung eines Assignatenfälschers aus der Conciergerie drei Soldaten der Marseiller Föderation auftauchten und dem erbärmlich hustenden Halunken erneut die Hände auf dem Rücken fesselten. Mit Fußtritten wurde er in eine verhängte Kutsche gestoßen und wieder abgekarrt. Die Papiere stimmten. Luciens Männer, die mit ihm schon als Halbwüchsige die Felsenküste ihrer Heimat entlanggesegelt waren, nahmen für ihre Dienste keinen Sou. Wahrscheinlich hätten sie für Lucien auch den Leibhaftigen von der Hölle in den Himmel und zurück eskortiert. Ich beneidete den Geliebten meiner Schwester um seine Autorität. An ihm hätte sich mein Vater die Zähne ausgebissen. Ganz von selbst spitzten sich meine Lippen und pfiffen. Deutlich sah ich es vor mir: Vater zappelnd an Luciens kräftigem Unterarm, puterrot im Gesicht, die Perücke rutschte ihm herunter.

Der Januar ging zu Ende, der Februar bald auch, es wurde mild. Ich schaute jeden Morgen aufs Thermometer. Um neun Uhr hatte es schon stabile zwölf Grad. Der Wind wehte von Südwest. Der Pariser Himmel zeigte sich ungewohnt harmlos, in einem Blau, wie ich es aus unserem Herzogtum kannte und über der Vendée vermutete. Viele Vögel kehrten aus ihren Winterquartieren zurück und zwitscherten und turtelten in den Bäumen entlang der Quais. Monsieur Vidal bot von einem Tag auf den anderen dicke Sträuße Mimosen an, in einem provozierenden Gelb, das jeden normalen Menschen aus dem Winterschlaf schreckte. Er gab mir einen Bund für Eleonore mit, umsonst, aber mit der dringenden Aufforderung, ihn bald zu besuchen. Ohne die Inspiration ihrer Sommersprossen fielen ihm keine Gedichte mehr ein. Der alte

Mann lächelte traurig, und mir fiel auf, dass ihm in der oberen Reihe ein weiterer Zahn ausgefallen war.

Meine Schwester verließ das Haus nicht mehr. Besuchte nicht ihre hysterische Freundin Olympe. Schaute sich nicht in den Schaufenstern der verbliebenen Boutiquen im Palais-Egalité die neuen Chemisen und komischen, sandalenähnlichen Schuhe an, die Frauen sich jetzt an ihre Füße banden. Sie begleitete mich nicht in Kaffeehäuser, nicht einmal zur Schokoladenfabrik. Notgedrungen übernahm ich die Botengänge zur Comtesse, schleppte dieser glücklichen Witwe Weinflaschen, kalten Braten, Orangen und was wir sonst auftreiben konnten, in ihre versteckte Remise. Bei ihr landete auch Reine, der Mops. Ohne Anselm war der kleine Köter so furios geworden, dass er Hortense und meine Ziege mehrmals in die Fußknöchel gebissen hatte. Die Frömmigkeit der Comtesse besänftigte ihn dagegen sofort. Er richtete sich zwischen den reichen Faltenwürfen ihres schwarzen Seidenkleides häuslich ein. Anselms senffarbene Seidenweste, seine schimmernden Kniehosen, feinen Hemden und was sonst von ihm zurückgeblieben war, schaffte Hortense ins Armenhaus.

Müde sei sie, sehr müde, sagte meine Schwester. Da war es schon März. Und sie träumte schlecht. Immer das Gleiche. Von Konfekt, in das sie herzhaft biss, aber in dem weder Marzipan noch kandierte Früchte steckten. Stattdessen quoll Blut heraus. Wie lange war es her, dass sie und ich uns eine Schachtel feinster Schokoladenpralinen geteilt hatten und die vom Mond angestrahlte funkelnagelneue Guillotine auf der Place de Grève bewundert hatten. Seit ihr Anselm nur knapp entwischt war, dachte ich oft an jenen Abend zurück. Was waren wir doch für naive, verwöhnte Kinder des Ersten Standes gewesen! Hatten wir wirklich gedacht, die Revolution sei ein besonders aufregendes Gesellschaftsspiel, bei dem man einfach so mitmachen konnte? Ich trank jetzt wieder mehr. Wie früher in Jena. Zuerst Wein, zwei, drei Gläser am Abend, danach billigen Fusel. Der betäubte mein Gewissen schneller.

Eleonores Veränderungen fielen mir logischerweise mehr auf als meine eigenen. Sie fing an zu sticken. Sticken hatte sie früher immer gehasst. Wie sie alles hasste, bei dem sie länger stillsitzen musste und nicht mit Armen und Beinen wedeln konnte. Ich brauchte eine Weile, bis ich begriff, dass es sich bei dem Ding, über das sie ihren Kopf beugte, um einen schnöden Stickrahmen handelte. Stumm trat ich näher und schaute dabei zu, wie aus klitzekleinen seidigen Stichen ein Buchstabe herauswuchs. Julie war vor einer halben Stunde eingeschlafen, die Ziege hatte ich gemolken, und Hortense traktierte in einer hinteren Kammer unsere Bettwäsche mit dem Bügeleisen. Es wäre ein guter Zeitpunkt gewesen, um zu reden. Darüber, dass wir Anselm von Anfang an an der Nase herumgeführt hatten. Dass wir, wenn uns Lucien nicht geholfen hätte, indirekt Anselms Henker geworden wären. Aber ebenso wie ich, schwieg auch meine Schwester. Eleonore fädelte einen neuen Faden ein, ich reichte ihr die kleine Schere zum Abschneiden. Und unsere Schuld dröhnte in unseren Ohren. Das erste L des Monogramms war fast fertig.

Eleonores Haut wurde in den Wochen nach Anselms Flucht dünner und durchsichtiger. Wie sonst hätte ich dieses Schimmern wahrnehmen können, das aus ihrem Inneren drang. Schöner und reifer sah sie jetzt aus. Dabei wartete meine Schwester nur, während draußen der Frühling Paris eroberte. Sein blauer Lichtschleier legte sich am Nachmittag auf den Schmutz, und in den dunkelsten Winkeln der Vorstädte blühten Leberblümchen und Veilchen auf. Meine Schwester wartete. Bis jeden Abend die Stiefelabsätze des Mannes in unserem Treppenhaus hallten, den sie liebte.

»Sie haben ihm seine Matratze geklaut, die Jacke auch.«

Mit einem schiefen Grinsen begrüßte uns Lucien Lagarde. Sofort fielen mir seine Augenringe auf. Und seine Haut war vor Müdigkeit grau. Eleonore schmiegte sich an ihn, bog seinen rechten Arm um ihre Hüfte. Auch sie wollte am liebsten die Wirklichkeit vor der Tür halten. Ohne Interesse in ihrer Stimme, mehr aus Höflichkeit, fragt sie zurück: »Beklaut, wen?«

»Na den Kleinen, der mit seinem Hund unter dem Torbogen nebenan haust.«

Behutsam löste sich Lucien aus ihrer Umarmung. Schnallte seinen Degen ab, legte ihn beiseite und schälte sich aus seinem Uniformrock. Dann umarmte er auch mich, wobei er mir dabei wie immer herzlich auf den Rücken klopfte. Eine Geste, auf die ich mich inzwischen freute.

Ich hatte es eilig. Erwartete Lucien, dass ich mit ihnen zu Abend aß? Unschlüssig nestelte ich an meinem neuen Halstuch herum. Es war pechschwarz und der letzte Schrei. Das Geschenk eines Neuzugangs in der Rue de Varenne, Ecke Rue de Bourgogne, mit dem ich mich für heute Abend in einem der Separees verabredet hatte.

»Den, den ihr den ganzen Winter mit durchgefüttert habt«, ergänzte Lucien und gähnte mit offenem Mund.

»Ach, wie furchtbar, der Arme!« Eleonore machte ein paar Schritte auf mich zu: »Felix, bitte, du bist doch ohnehin im Aufbrechen. Hol meinen Mantel aus der Truhe, und bring ihn dem Jungen.«

»Deinen Mantel mit dem Pelzfutter?«

Eleonore zuckte nur mit den Achseln und schmiegte sich wieder an Lucien. Eng umschlungen gingen die beiden Richtung Esszimmer. Wie üblich wartete dort eine heiße Suppe auf Lucien.

»Und wenn wir wieder zurückfahren?«, rief ich meiner Schwester nach. »In Weimar ist es im Winter viel kälter als hier, falls du dich erinnerst. Auch tagsüber, hörst du, Eleonore?«

Ich bekam keine Antwort. Nur Blanche beäugte mich liebevoll. Das Tier spürte jedes Mal im Voraus, wenn ich fortging. Das mochte es überhaupt nicht. Aber ich brauchte dringend etwas Scharfes, Beißendes. Zum Trinken und auf meiner Haut. In der Rue de Varenne, Ecke Rue de Bourgogne bekam ich beides. Ich schlüpfte in meine Stiefel und in meinen ebenfalls mit Pelz gefütterten Mantel. Trotz des prächtigen Wetters tagsüber wurde es nachts noch kalt. Eleonore verschenkt noch unsere Bettdecken, dachte ich, während ich jeden einzelnen Knopf schloss. Aber wenigstens stahl meine Schwester nicht mehr wie in Weimar Essen für die Armen. Gedankenverloren kraulte ich unsere Ziege. Weimar. In meiner Erinnerung verblasste die kleine Stadt mit ihrem drangeklebten übergewichtigen Hofstaat immer mehr. Dorthin zurück, da war ich mir inzwischen sicher, wollte ich nicht mehr. Zu sehr genoss ich das freie Leben hier. Wie lange ging es hier aber noch gut? Mit etwas Mühe hob ich den Deckel der Truhe auf, die in unserem Flur stand. Sofort streckte Blanche ihren Kopf hinein, ihre langen Barthaare wackelten.

Was für ein Quatsch. Natürlich würde ich Paris nicht verlassen ohne Eleonore. Denn sie würde hierbleiben, weil Lucien hier war beziehungsweise zwischen jeder Schlacht zurückkehrte. Ich ging in die Knie und berührte den grünen Wollstoff des Mantels. Nilgrün, hatte mich meine Schwester einmal naseweis belehrt. Unwillkürlich musste ich schmunzeln. Dabei wusste doch kein Mensch, in welchem Grün der Nil durch Ägypten floss. Das Nerzfutter blitzte hervor. Für die Rettung von Eleonores deutschem Verlobten hatte Lucien viel aufs Spiel gesetzt. Seine militärische Karriere, wahrscheinlich sogar sein Leben. Einen selbstloseren Liebesbeweis konnte ich mir nicht vorstellen. Das verband die beiden mehr als jeder romantische Liebesschwur. Ich seufzte.

Langsam zog ich Eleonores Mantel aus der Truhe, legte ihn mir über die Knie, streichelte über den kostbaren schokoladenbraunen Pelz. Gedämpft drangen Eleonores und Luciens Stimmen aus dem Esszimmer herüber; in der Küche klapperten Töpfe und Teller. Julie hatte ich vor einer Stunde ihre Nachtration Opium gegeben. Meine Verabredung. Es wurde Zeit. Ich packte den Mantel und eilte los.

Plötzlich überholte mich im Treppenhaus ein kleiner heller Ball. Er hüpfte zwei Stufen weiter. Ein Papierknäuel.

Ich bückte mich, hob es auf. Es musste wohl aus einer von Eleonores Manteltaschen gefallen sein. Ich faltete es auseinander, strich es glatt. Buchstaben. Ich las eben gern. Oder war es purer Instinkt?

Der Mantel glitt mir vom Arm, so ruckartig ließ ich mich auf eine der kalten Marmorstufen fallen.

»Erschüttert und tief berührt über den Anblick des Mädchens«, »Ihre wunderbare Mutter«, »Nicht das Geheimnis von Dr. Schwartz und meinem lieben Freund M. verraten«.

Diese Sätze sägten sich durch meine Knochen in meine Eingeweide. Ich hörte meine Rippen regelrecht knacken. Im schlechten Licht der gelben Öllampen an der Wand überflog ich die Seite mehrmals hintereinander. Von oben nach unten und von unten nach oben. Ich konnte, ich wollte es nicht glauben. Aber diese Schrift, ich kannte sie so gut. An manchen Tagen erreichte sie mich zweimal am Tag. Auf Billetts mit Anregungen für philosophische Lektüre, mit der Bitte, einen Textentwurf zur Sklavenbefreiung oder zum Freihandel zu redigieren und meine Meinung mitzuteilen. Auf einmal war mir sehr heiß. Ich knöpfte meinen Mantel wieder auf, fingerte in meine linke, dann in meine rechte Westentasche. Dort fand sich tatsächlich einer der kleinen Briefe, die mir mein väterlicher Freund regelmäßig zukommen ließ. Ich hielt ihn neben das Blatt, das vom vielen Zusammenknittern und Wiederauffalten einer hügeligen Landschaft ähnelte, mit Bächen, Hügeln und Feldwegen dazwischen. Eine Schicksalslandschaft. Mein Blick sprang hin und her. Eindeutig, dasselbe steile F und das S, das etwas nach links kippte. Sogar die braungraue Tinte war eindeutig dieselbe.

Dringender denn je brauchte ich ein Glas Schnaps. »Wunderbar«, nannte er Maman. Dabei hatte er doch gleich zu Beginn unserer Freundschaft bestritten, ihr jemals begegnet zu sein. Und wer, zum Teufel, war »mein lieber Freund M.«? In welcher Beziehung stand der zu Maman und Dr. Schwartz? Meine Schwester hatte also recht. Condorcet benahm sich ihr gegenüber komisch. Warum »erschütterte und berührte« ihn ihr Anblick aber so sehr? Andere Männer, egal, ob jung und oder alt wie Monsieur Vidal, schauten sie einfach nur gern an und freuten sich. Und warum wollte Condorcet partout verhindern, dass wir etwas über Dr. Schwartz erfuhren?

Zorn stieg in mir hoch. Ich stürmte die restlichen Treppenstufen hinunter, durch den Innenhof und die gewölbte Einfahrt. Wortlos warf ich dem verdutzten Bettlerjungen Eleonores Mantel hin und winkte die nächstbeste Kalesche heran. Ich schwang mich auf die ausgeklappte Treppe und rief dem Kutscher Condorcets Adresse zu.

»Wollen Sie etwa zu dem berühmten Philosophen, der rechts im Konvent sitzt, für die Gemäßigten?«, fragte mich der Kutscher von seinem Bock herunter, ohne dass ich sein Gesicht sehen konnte. Seine Stimme klang weniger vulgär als die der meisten Kutscher.

»Ja, genau zu dem«, gab ich unwirsch zurück.

»Ich habe einiges von ihm gelesen. Dass auch einfache Leute wie ich Zugang zu Bildung haben sollen. Ich sage Ihnen was, Condorcet ist ein besserer Revolutionär, Republikaner sowieso, als die Kerle, die uns immer nur aufhetzen und in Rage bringen.«

Der Mann spuckte neben den dürren Rücken seines Pferdes und fuhr fort: »Von seiner Mathematik hätte ich gern auch was verstanden. Aber die ist leider zu hoch für mich. Vielleicht Vincent, mein Sohn.«

»Was sagen Sie da? Condorcet ist auch Mathematiker?«, herrschte ich den armen Kerl an. Er nahm es gelassen und antwortete: »Zumindest war er es, als er jung war. So ein Dings, na, helfen Sie mir, Paradoxon heißt es, glaube ich, haben sie nach ihm benannt.«

Als ich am Quai de Conti ausstieg, bat mich der unsichtbare Kutscher, Condorcet seine untertänigsten Grüße zu bestellen. »Untertänigst.« Ich stutzte. So was sagte kein Mensch mehr. Ich drückte dem Kutscher zum üblichen Fahrpreis noch ein ungewöhnlich großzügiges Trinkgeld in die schwielige Hand. Er musste aufpassen, dass ein anderer Fahrgast ihn nicht als Feind der Republik denunzierte.

Zwei Stunden später winkte ich, den Rücken zum prächtigen Portal der französischen Münze, wieder eine Kalesche heran. Dieser Kutscher war hutlos, hatte eine eingedrückte Nase und ein ordinäres Grinsen auf wulstigen Lippen. Ich vermutete in ihm keinen eifrigen Leser, und wir tauschten nur das Notwendigste aus, bevor ich einstieg. Mit dem ersten Kutscher wäre ich jetzt gern eine Weile gefahren. Hätte mich vielleicht neben ihn auf den Bock gesetzt. Ihn um seine Beurteilung der kruden und zugleich verzwickten Dinge gebeten, die ich soeben aus Condorcet herausgepresst hatte. Der Mann wusste schließlich eine Menge über Condorcet, auch über Condorcet, den Mathematiker. Der hatte mir nicht länger ausweichen können, als ich ihm den Brief unter die Nase hielt, den er eigenhändig vor einem knappen Jahr Olympe de Gouges geschrieben hatte.

Ich presste meine Hände zwischen meine hin- und herschaukelnden Knie. Maman, meine arme Maman. Noch waren mir viele Zusammenhänge nicht klar. Manches konnte ich mir selbst zusammenreimen, hoffte aber gleichzeitig, dass daraus doch kein stimmiges Mosaik entstand, um meinen und vor allem Eleonores Frieden nicht zu gefährden. Ich drehte meinen Kopf zum Fenster und schaute durch die schlecht geputzten Scheiben hinaus auf die tintenschwarze Place de l'Odéon. Wenigstens trieb der hutlose Kutscher sein Pferd besonders schnell an. Ausnahmsweise hatte ich heute kein Mitleid mit diesen geschundenen Kreaturen.

Zwei Gläser Champagner im Stehen, ein harter Kuss und anschließend Spiele, bei denen ich mein neues schwarzes Halstuch über die Augen gebunden bekam. Was mir gefiel, auch wenn es mich vage daran erinnerte, wie Louis, mein allererster Liebhaber, mit den Mägden auf Anselms Gut Blindekuh gespielt hatte. Es wurde spät. Adolphe, mein neuer Freund, lud mich noch zu sich nach Hause ein. Seine Frau war verreist. Ziemlich intim, möglicherweise gefährlich. Aber auf jeden Fall etwas Neues. Als wir gerade gehen wollten, bemerkte ich unter einem venezianischen Spiegel Lawrence, den Amerikaner von der Botschaft, der wie üblich eine Zigarre rauchte. Und der dieses Mal mit der anderen Hand einen sehr jungen, sehr hübschen Schwarzen von den Französischen Antillen liebkoste. Wir nickten uns freundschaftlich zu.

Am nächsten Morgen war ich wieder zu abgelenkt, um weiter über Mamans Aufenthalt in Paris zu rätseln. Dieses Mal aber nicht freiwillig. Kaum hatte ich Adolphes Wohnung verlassen und war ein Stück die fremde Straße im Châtelet gegangen, da stürzte aus einem Kolonialwarengeschäft eine Frau heraus und stellte sich mir in den Weg. Lockenwickler baumelten in ihrem flachsblonden Haar, taufrisch war sie nicht mehr, aber mit ihren Grübchen in Kinn und Wangen und hellblauen Augen niedlich anzuschauen. Ohne die Pistole in ihrer Hand hätte ich sie für eine ehrbare Hausfrau und Mutter mehrerer Kinder gehalten.

»Ein Pfund Seife für dreißig Sous, Bürger! Was soll das?«

Ihre Augen verdunkelten sich.

»Oh«, brachte ich nur heraus. Und noch: »Pardon, Madame, ich habe es ziemlich eilig.«

»Zucker, Kerzen, zu absoluten Wucherpreisen«, schnaubte die Frau, ihre Pistole wirbelte direkt neben meinem rechten Ohr. »Meine Nachbarin, Anne-Françoise, die mit den aufsteigenden Gallensäften, hat erfahren, dass das Mehl in der Stadt nur noch für acht Tage reicht.«

Ich hüstelte und überlegte, ob ich an ihr vorbeirennen solle. Oder würde sie mir in den Rücken schießen?

»Möchten Sie eine Hustenpastille?«, versuchte ich sie zu beschwichtigen. Dabei war ich mir nicht sicher, ob ich tatsächlich welche eingesteckt hatte. Vielleicht hatte ich das Tütchen unter dem Bett des etwas beleibten, aber einfallsreichen Angestellten der Pariser Sternwarte vergessen.

»Marianne, hör auf. Der kann doch nichts dafür. Ist doch ein ganz schmächtiges Bürschchen. Gib deine Pistole her«, schimpfte plötzlich eine neue Stimme. Sie gehörte einer älteren Frau mit Hüften, die mich an einen bequemen Sessel erinnerten. Dafür kam sie allerdings erstaunlich flink aus demselben Laden wie zuvor Marianne. Zwischen ihrem Busen und ihren mächtigen Armen türmten sich braune Jutesäckchen. Mit einem Mal war ich von acht, neun Frauen umringt, die alle Schürzen trugen. Irgendwie ähnelten sie alle der Mödlerin, unserer Köchin in Weimar. Ob das für mich gut oder schlecht war, war ich mir nicht sicher. Immerhin bewegte sich Mariannes Pistolenlauf von meiner Schläfe weg.

»Warum kaufen Sie denn nicht woanders ein, wenn es hier so teuer ist?«, fragte ich Marianne und meinte es ganz und gar aufrichtig.

»Willst du uns verspotten, du Hundsfott? Überall in Paris kostet ein Pfund Seife jetzt dreißig Sous und ein Pfund Kerzen bis zu zweiundzwanzig. Und dann gibt es diese Schlampen, die im Morgengrauen ihren Rock hochhalten und dafür vom Bäcker vier Brote auf einmal bekommen, sodass für uns ehrbare Frauen und unsere Kinder und Männer keine mehr übrig sind.«

»Genauso ist es, genauso«, brummte Marianne und baute sich vor mir auf. Damit war die gesamte Gasse abgeriegelt. Fensterscheiben zersplitterten, Holz krachte und brach. Ich sah zwar nicht, was genau passierte. Aber das, was ich hörte, machte mir Angst. Mein Hals unter dem modischen schwarzen Tuch fühlte sich enger und enger an. Und dann spürte ich es doch zwischen meinen Fingern, das Tütchen. Es steckte auf der anderen Seite meiner Weste.

»Marianne, bitte. Nehmen Sie.«

Die Furie atmete schwer. Die Hälfte ihrer Lockenwickler war inzwischen herausgefallen. Ihre Grübchen hatten sich mit Schweiß gefüllt. Ihr rechter Daumen und Zeigefinger bewegten sich versöhnlich auf mein Tütchen zu und nahmen zwei Pastillen auf einmal. Wie meine Schwester es immer machte!

»Anne-Françoise, los, gib ihm was. Er ist wirklich schmächtig«, wurde lutschend kommandiert.

Ich bekam von der Nachbarin mit den Sesselhüften zwei Säckchen Tee und ein Brot übergeben. Dazu noch ein Flugblatt.

Dass ich die Melodie der »Marseillaise« richtig pfeifen konnte, überraschte mich selbst. Die Frauen klatschten und sangen mit. Winkend nahm ich mit meinen Geschenken in der Manteltasche Reißaus. Ich pfiff, so lange sie mich sehen konnten. Dann rannte ich.

Erst in der Rue de Richelieu fühlte ich mich sicher und blieb keuchend und mit entsetzlichem Seitenstechen stehen. Ich überflog das Pamphlet: Beschlagnahmung der Grundnahrungsmittel, feste Preise und Zwangskurs für Assignaten wurden gefordert. Die Freiheit schrumpfte also zugunsten der Brüderlichkeit, dachte ich mir. Man konnte es natürlich auch andersherum sehen.

Am Ende der Woche, erfuhr ich von Oelsner, der in Paris das Gras wachsen hörte, hatten die Pariser Frauen mehr als tausend Bäckereien und Geschäfte gestürmt und ausgeplündert. Bei jeder Hustenpastille, die ich lutschte, denn leider kratzte mein Hals wieder, musste ich an die flachsblonde Marianne mit ihrer Pistole denken.

Natürlich wollte ich meine Schwester so rasch wie möglich über alles in Kenntnis setzen, was mir Condorcet widerwillig über Mutters Aufenthalt in Paris vor über einem Vierteljahrhundert preisgegeben hatte. Dass sie tatsächlich eine hochbegabte Mathematikerin gewesen war, auch wenn ich es nach wie vor nicht glauben konnte. Ein paarmal war ich drauf und dran, diese Geschichte loszuwerden. Aber entweder stickte Eleonore gerade wie eine Besessene und leuchtete dabei so selig, dass mir klar war, dass sie mit Lucien in anderen Regionen schwebte. Oder ihr Geliebter war persönlich anwesend.

Am 6. April wurde der Wohlfahrtsausschuss eingerichtet, die neue Regierung. An der Spitze stand Danton. Noch bevor der Tag zu Ende ging, klebten an den Häuserfassaden Wandzeitungen mit seiner Devise: »Seien wir schrecklich, damit es das Volk nicht zu sein braucht.«

Eleonore hoffte, dass Danton für diese Aufgabe Lucien in der Stadt brauchte. Aber er wurde in die österreichischen Niederlande abkommandiert. Der Prinz von Sachsen-Coburg hatte es geschafft, Teile des dort stehenden französischen Heeres zurückzudrängen. Zunächst reiste Danton selbst dorthin, um sich ein Bild zu machen. Lucien sei eingeladen, flüsterte mir meine Schwester stolz zu, mit dem mächtigen Mann in den jeweiligen Quartieren zu Abend zu essen. Eleonore stickte inzwischen bereits in ein zweites Leinenhemd Luciens Monogramm. Es helfe ihr, ihre Angst um ihn im Zaum zu halten, behauptete sie. Ihr rotes Haar glänzte und lockte sich mehr denn je.

Danton kehrte zurück. Machte Druck, dass dreihunderttausend neue Männer ausgehoben wurden, und schickte Eleonore die Nachricht, Luciens linke Schulter sei in der Schlacht von Neerwinden durchschossen worden. Großer Blutverlust. Trotzdem habe der Leutnant verhindert, dass der Großteil seiner Soldaten desertierte. Wie hätte ich in dieser Situation meine Schwester mit verschlungenen Geschehnissen konfrontieren können, die vor über einem Vierteljahrhundert stattgefunden hatten?

In der Vendée brach der Bürgerkrieg aus. Nicht etwa Aristokraten rebellierten, sondern Fuhrleute, Jagdhüter und Perückenmacher führten den bewaffneten Aufstand an. Priester schlossen sich ihnen an, das fromme Landvolk erhob sich gegen die Gottlosen in Paris. Meine Hände schwitzten jedes Mal und färbten sich schwarz, wenn ich davon in den Zeitungen las. Eine Armlänge neben Monsieur Vidals Stand baute ein Beamter unserer Sektion einen neuen Stand auf, die roh gezimmerten Holzlatten mit Tüchern und Schleifen in den Nationalfarben umwickelt. Gleich am ersten Tag zahlte ich fünfzig Livres ein. Mein Name, ohne das »von«, wurde in einer Liste registriert, und ich ließ mir einen Beleg ausstellen. Spenden für die Ausrüstung der Armee wurden gebraucht, denn Paris musste elftausendachthundert Soldaten stellen. Bereitwillig fertigte der Beamte mir noch eine Kopie aus, mit zwei Stempeln. Ich schob beide Zettel tief in meine Brusttasche und hoffte, dass ich sie schnell genug zur Hand hatte, wenn es brenzlig wurde.

Dann starb Julie.

Die Nacht über hatte es geregnet, am Morgen nieselte es noch. Vom Fenster meines früheren Zimmers, in dem Julie bereits seit Monaten lag und litt, konnte ich in das optimistische Grün des Kastanienbaums schauen, der aus dem Hof hinter unserem Innenhof herausragte. Der Regen hatte die Blätter frisch lackiert. Die Quecksilbersäule im Thermometer stand bei elf Grad, aber es war erst kurz nach neun Uhr. Ich lüftete regelmäßig bei Julie. Der faulige Geruch, den ihre Geschwüre mittlerweile absonderten, klebte in den Vorhängen, hinter den Bildern und an Julies Nachthemd, obwohl Eleonore unsere Freundin jetzt täglich wusch und mit Orangenwasser beträufelte. Ich sog die Aprilluft tief in meine Lungen. Der Konvent hatte auch Spanien den Krieg erklärt, die britische Flotte lag vor den französischen Küsten. Wahrscheinlich würde bald kein Tee mehr ins Land kommen. Was, zum Teufel, sollte ich dann trinken? Ich überlegte, was ich am Abend unternehmen solle. Mit Oelsner in den Jakobinerklub? Mein Freund von der Sternwarte war seit Längerem nicht mehr in der Wohnung in der Rue de Varenne, Ecke Rue de Bourgogne aufgetaucht. Vielleicht hatte seine Frau Lunte gerochen. Schade auf jeden Fall, so einfallsreich, wie er mit dem schwarzen Halstuch und meinem Körper umgegangen war.

Ich lehnte mich weiter aus dem Fenster, denn der Regen hatte endgültig aufgehört. Es roch nach Erde und Fröschen. Auch wenn ich mir nicht vorstellen konnte, wo in den grauen Häuserschluchten Frösche leben sollten.

Ein Hauch nur. Aber genug, damit ich an meinen Schläfen und an meinem entblößten Hals die Berührung eines warmen Wesens spürte. Reine Liebe. Ich hielt die Luft an. So sollte es bleiben. Immer. Aber der Hauch entwischte in die Feuchtigkeit des grauen Himmels über Paris, zog in die Vendée. Ich brauchte mich nicht umzudrehen, um zu wissen, dass Julie tot war. Meine Schwester und Hortense, die ich nach einer Weile holte, hielten ihr überflüssigerweise einen Handspiegel vors Gesicht.

»Jetzt hat sie es geschafft«, murmelte Eleonore und drückte unserer Freundin die Augen zu, »jetzt ist sie bei ihrem Comte.«

»Hoffentlich in einem besseren Himmel als der«, murmelte ich.

Wir beerdigten Julie in aller Stille. Ein Priester war dabei. Einer der letzten richtigen, den Eleonore zu meiner Verwunderung kannte und aus seinem Versteck lockte. Angeblich hatte er früher in Saint-Sulpice die Messe gelesen. Für seine angeblich geweihten Kerzen verlangte er einen Preis, dessentwegen ihm Marianne zu Recht ihre Pistole an die Schläfe gedrückt hätte. Mit der obligatorischen Weinflasche, dem Käse und Fleisch brachte ich die Todesnachricht ins Marais. Zum ersten Mal, seit ich die Comtesse de Marbois kannte, erhob sie sich. Reine, der jetzt ihr Mops war, folgte ihren schleifenden Rocksäumen. Aus einem Verschlag kramte die Comtesse ein altmodisches, schweres, weil mit Perlen besetztes Kleid aus Damast hervor, in der Farbe von frisch eingeschenktem Champagner.

»Mein Hochzeitskleid. Julie wird es besser stehen als mir damals. Ich nehme an, sie hat mehr Busen.«

Womit die Comtesse recht hatte. Außerdem verdeckte meine Schwester die Löcher und Geschwüre im Gesicht unserer Freundin mit allem, was Schminke und Puder hergaben. Eine Perücke mit lackschwarzen Haaren trieben wir auch noch auf. Sodass Julie fast so bezaubernd, wie wir sie kennengelernt hatten, in den Sargkissen lag.

Wir platzten wie schwere Gewitterwolken. Aus Eleonore und mir strömten alle Tränen, die wir nicht geweint hatten. Nicht, als Anselm in der Conciergerie saß und wir Löcher in unsere Kopfkissen bissen. Nicht, als er schließlich freikam. Nicht, als Luciens Schulter zerschmettert wurde, und auch nicht, als Julie starb. Erst bei ihrer kleinen Beerdigung mit ausgelassenem Amselgezwitscher um uns herum und heiteren Frühlingswinden, die die vertrockneten Blätter vom vergangenen Jahr von den umliegenden Gräbern wehten, weinten wir. Sogar Hortense schniefte gelegentlich, wenn sie uns beide verheult im Salon auf der Chaiselongue sitzen sah. Noch nie war Blanche so zärtlich gebürstet, gestreichelt und so gut gefüttert worden wie in den Wochen nach Julies Beerdigung.

Und dann wurde es endgültig warm, und die Kastanien entlang der Seine blühten um die Wette. Ich trank abends nur noch Wein, keinen Schnaps mehr. Als wir genug geweint hatten, verließ Eleonore auch wieder das Haus.

Ausgedehnte Spaziergänge wurden sogar unsere neue Leidenschaft. Oft in Begleitung Oelsners. Wir nahmen Eleonore in unsere Mitte, nur so konnten wir ihren schnellen Gang etwas abbremsen. Zusammen erforschten wir den Jardin du Luxembourg. Nachdem die Revolutionäre ein im Süden angrenzendes Kartäuserkloster beschlagnahmt und den gesamten Grund öffentlich zugänglich gemacht hatten, war dieser Park jetzt riesig. Auch wenn die mit dem Lineal gezogenen Sichtachsen und Kieswege noch dem alten Regime entsprachen, fühlten wir uns hier sehr frei und unbeschwert. Gelegentlich spielten wir sogar Fangen. Eleonore jagte mich und Oelsner, der am schnellsten außer Atem geriet und aufgab. Leider hatte er auch nicht mehr die ansehnlichen Muskeln an den Waden wie zu der Zeit, als ich ihn im Club Allemand kennengelernt hatte. Vielleicht zogen deshalb mehr und mehr Männer die neuen langen Hosen an.

Hin und wieder schloss sich uns Olympe de Gouges an. Aber nicht so oft, wie meine Schwester es sich wünschte, denn die wirre Person schrieb mehr denn je und kleisterte die Stadt mit ihren Wandplakaten zu. Ich bevorzugte die Begleitung von Miss Williams, Oelsners englischer Korrespondentenkollegin, die sein Herz zertrampelt hatte, wie er einmal sanft lächelnd sagte und dabei auf ihre Reitstiefel zeigte, die sie fast immer trug.

»Den Bürger Capet habe ich hier früher gesehen, zwischen den Terrassen, er ging immer ziemlich langsam«, erzählte Oelsner an einem Nachmittag Anfang Mai, an dem die Luft besonders blau war und alles verschwenderisch blühte. Sein Arm zeigte vage in ein Gebüsch in südwestlicher Richtung. Hinter uns befand sich das Palais Luxembourg, in dem jetzt Gewehre und Kanonen geschmiedet wurden.

»Wo? Auf diesen Terrassen oder denen dort drüben? Und ist er auch um das Wasserbecken herumgelaufen?«, wollte die Miss wissen. Geschichten über den hingerichteten König waren bei ihren britischen Lesern nach wie vor sehr beliebt.

»Er schaute auf jeden Fall gern ins Wasser«, schob Oelsner seine Kenntnisse nach.

»Und weiß jemand, wo Danton spazieren geht?«

Die Augen der Miss glitzerten. Längst hielt sie ihr zerfleddertes Notizbuch bereit und einen Bleistift zwischen ihren Pferdezähnen.

»Also, ich habe ihn genau dort drüben gesehen, den König«, mischte sich Eleonore plötzlich ein. »Sogar mal mit dem Dauphin.«

Erschrocken presste Eleonore beide Hände auf den Mund. Der kleine Junge war erst vor Kurzem seiner Mutter fortgenommen und in das ehemalige Zimmer seines Vaters im Temple gesperrt worden. Geistesgegenwärtig bückte ich mich und hob einen schillernden Käfer auf, den der Zufall oder Julies Geist uns über den Kiesweg schickte. Für den Rest des Spaziergangs redeten wir nur noch über Käfer, insbesondere Hirschkäfer, über die Miss Williams auffallend gut Bescheid wusste. Es gab inzwischen immer mehr Themen und Namen, über die man sich besser nicht laut äußerte. Hinter dem Medici-Brunnen saßen womöglich Robespierres Spitzel oder waren getarnt als behäbige Bürger, mit der Schwiegermutter am Arm, wie uns gerade einer schwitzend und schnaufend entgegenkam.

So hangelten wir uns durch den Frühling: sticken, auf Feldpost von Lucien warten, die Comtesse und den Mops versorgen, mit Monsieur Vidal schäkern und seine Gedichte loben, Blanche melken und bürsten, Ausschau halten nach hübschen neuen Ohren in der Rue de Varenne, Ecke Rue de Bourgogne, hin und wieder ein gepflegtes Gespräch mit Oelsner über Literatur und lange Spaziergänge durch den Jardin du Luxembourg, damit wir müde wurden. Dass sich unter dieser Heiterkeit etwas zusammenbraute, spürten wir irgendwie. Eleonore las jetzt regelmäßiger Zeitung als ich, aber nur Berichte über die Schlachten an der Ostgrenze.

Am 31. Mai, einem Samstag, man musste heizen, so kalt war es plötzlich wieder, trommelten um vier Uhr morgens alle Tamboure. Eine Stunde später läuteten in ganz Paris die Sturmglocken.

»Felix, komm, steh auf, komm mit«, zischte meine Schwester halblaut; sie hatte nicht einmal eine Kerze bei sich.

»Was ist denn jetzt schon wieder los?«

Ich gähnte ausgiebig, erst vor wenigen Stunden hatte ich mich von dem lustigen Besitzer einer Wäscherei verabschiedet. Aber ich tat, was sie wollte, und kroch aus meinem Bett.

»Schnell, die Truhe, dort rüber, na komm schon.«

»Was?«

Schlaftrunken trat ich Eleonore aufs Nachthemd. Gemeinsam schoben wir die schwere Truhe über den Flur zur Tür und verbarrikadierten von innen unsere Wohnung. Eleonore vergewisserte sich, dass alle Riegel vorgeschoben waren. Dann hastete sie in den Salon, ich auf wackeligen Beinen hinterher. Das Läuten schwoll so mächtig an, dass ich das Gefühl hatte, die Glocken hingen an unserer Zimmerdecke. Meine Schwester, von der ich nur ihr helles Nachthemd und ihre kräftigen Füße sah, raffte etwas Dunkles zusammen, schob einen Stuhl an das erste Fenster, stieg auf ihn hinauf und öffnete es einen Spalt. Die Nachtluft bauschte ihr dünnes Hemd auf. Das martialische Läuten machte mich halb wahnsinnig. Vielleicht brannte aber nur ein Haus ab, versuchte ich mich zu beruhigen.

»Eleonore, was machst …«

»Tsch. Komm doch endlich, schau, das muss eingeklemmt werden.«

»Ich sehe ja gar nichts.«

»Stell dich nicht so an, halt mal diesen Zipfel. Jetzt gib ihn mir. Gut. Das nächste.«

Auf Eleonores Kommando verhängten wir ein Fenster nach dem anderen.

»Blanche, Blanche, Süße, komm«, lockte Eleonore schließlich flüsternd. Aber wer hätte sie bei dem Donnergeläut hören sollen? Klug, wie Blanche war, erhob sie sich dennoch von ihrem Platz unter der Krönungskathedrale und folgte uns in Eleonores Schlafzimmer. Unsere Ziege bekam eine neue Ecke angewiesen, meine Schwester kletterte zurück in ihr Bett.

»Komm, kleiner Bruder.«

Eleonore hielt ihre Bettdecke hoch. Ich schlüpfte zu ihr hinein. Eine Weile lagen wir nur schweigend Schulter an Schulter, wärmten uns gegenseitig die Füße und hielten uns an den Händen.

»Erinnerst du dich noch, Felix, die Geschichte mit Frau von Steins Sonnenschirm?«

»Du meinst, als die fünf Schweine der Gesslers ausbrachen und durchs Tor auf die Esplanade rannten?

»Genau, genau«, gluckste meine Schwester. Ihr Atem blies warm durch meine kurzen Haare auf meine Kopfhaut.

»Sie hat ihn vor Schreck losgelassen, den Sonnenschirm. Und er ist ihr davongesegelt, der weiße Schirm, hinein in das Wasserbecken. Die armen Goldfische.«

Eleonore presste ihren Mund an meine Schulter und kicherte. Ich wühlte meine Nase in ihre dichten Haare. Irgendwann hörte sich unser Lachen wie Husten an. Draußen bimmelten sich die Pariser Glocken heiser.

»Und dieser Direktor vom Gymnasium …«

»Der statt einem Gesicht einen Schweineschinken hat?«

»Der hat dir doch beinahe einen Antrag gemacht, richtig?«

Ich schrie leise auf, Eleonore hatte mich derb in den Oberschenkel gezwickt.

»Ich habe ihm aber rechtzeitig gesagt, dass ich Atheistin bin.«

Wieder kicherte meine Schwester hemmungslos, ihre großen Füße trampelten gegen die Matratze.

»Eleonore.«

»Felix.«

»Maman.«

»Ja?«

Wir hörten, wie unsere Ziege aufstand und sich schüttelte. Ich wartete, bis sie sich wieder hingelegt hatte.

»Maman war in Paris, als sie jung war, Wahrscheinlich hat sie über ein Jahr hier gelebt, Condorcet kennengelernt und einen Freund von ihm. Die drei haben wie die Verrückten Mathematik betrieben.«

Ich drückte ihre Hand ein wenig fester.

»Dieser Freund von Condorcet…« Ich schluckte mehrmals trocken. Meine Schwester roch schwach nach Parfüm, aber mehr nach Nougatschokolade und auch noch nach Lucien, obwohl der über sechs Wochen nicht mehr bei ihr im Bett gewesen war.

»Also, dieser Mathematiker. Er soll angeblich Haare wie du gehabt haben.«

Kapitel 12

Juli – November 1793

Lucien und ich tanzten. Unsere Hüften, Arme und Beine bewegten sich zu einer Musik ohne Noten, die Frauen und Männer seit Erschaffung der Welt im Ohr haben.

»Leonorrr«, spornte mich Lucien an. Allein, wie seine Zunge dieses »Leonorrr« ausrollen ließ, jagte ein Prickeln von meinen Zehenspitzen bis hoch zu meiner Kopfhaut und wieder zurück. Bei der nächsten hitzigen Umdrehung geriet mein Kinn gegen seine linke Schulter mit der Schusswunde, Lucien schrie vor Schmerz auf. Augenblicklich schob ich meinen Kopf hinunter zwischen seine Schenkel. Zu meiner Erleichterung ebbte sein Schrei ab und verwandelte sich in ein lustvolles Knurren. Mein Herz hämmerte gegen meine Rippen. Dafür verlangsamte sich unser Tanzrhythmus, unsere Bewegungen wurden wiegender. Jetzt suchten und fanden Luciens Lippen Stellen an meinem Körper, von denen ich ohne ihn nicht wissen würde, dass sie existierten.

Wieder drehten wir uns. Hitziger, ungeduldiger. Wir stießen uns ab und fanden zusammen. Meine Hände drückten seine in die Matratze, und Lucien bäumte sich unter mir auf. Ich ließ mich in seine braungoldenen Augen fallen, unterdrückte Schreie entschlüpften meinem Mund. Kurz danach schmeckte meine Zunge in seiner Halsgrube den salzigen Schweiß, den er in den vergangenen Monaten vor jeder einzelnen Schlacht geschwitzt hatte. Und einen Kuss daneben den Eisengeschmack seines Blutes und das der anderen Soldaten, das in den Boden der österreichischen Niederlande gesickert war. Auch den Ruß und den Donner der Kanonen schluckte ich hinunter und hoffentlich so viel wie möglich von den Grausamkeiten, die Lucien gesehen und selbst begangen hatte. Dafür stillte er meinen Hunger nach Abwechslung. Und versorgte mich gleichzeitig mit seiner Hingabe und seiner Kraft gegen meine wachsende Abstumpfung und Erschöpfung. So tanzten und liebten Lucien und ich uns gegenseitig frei von unseren Ängsten und schenkten uns Frieden. Während außerhalb meines Bettes der Terror zum notwenigen Instrument der Tugend erklärt wurde.

Es war heiß und stickig in meinem Zimmer. Eine Hummel schlug ein ums andere Mal gegen die Fensterscheibe und brummte zornig. Mit einem Ruck warf ich die Bettdecke auf den Boden, streckte mich aus, genoss die Luft auf meiner nackten Haut. Ich tastete über meine Brust, spürte dem Klopfen nach, das immer noch so laut und kräftig war, dass ich glaubte, mein zuckendes Herz in der Hand zu halten. Meine Liebe war längst keine Entscheidung mehr. Sie war eine Lebensnotwendigkeit. Wie atmen. Wie essen. Ohne Lucien würde ich auch verdursten. All das ging mir durch den Sinn, während neben mir mein Geliebter gleichmäßig ein- und ausatmete. Er hatte also im Moment keine Schmerzen. Die Wunde an seiner linken Schulter hatte ich frisch verbunden. Ich war noch dabei, die beiden Enden des Baumwollstreifens, den ich aus einem meiner Unterröcke gerissen hatte, zusammenzubinden, als Lucien von einer Sekunde auf die andere seine Augen geschlossen hatte und in tiefen Schlaf gefallen war. Auf einen Ellbogen gestützt, betrachtete ich ihn.

Sein Kopf lag von mir weggedreht. Das Dickicht dunkler Haare auf seiner Brust lichtete sich an seinem Bauchnabel und verlief ab dort in einem schmalen geheimnisvollen Pfad nach unten. Es kostete mich Kraft, mich zurückzuhalten und ihm nicht da oder dort Küsse aufzudrücken. Aber ich wollte, dass er schlief, sich erholte. Zwischen seinen geheimen Diensten für Danton, der monatelang der mächtigste Mann in Paris an der Spitze des allmächtigen Wohlfahrtsausschusses gewesen war, und seinem offiziellen Dienst für die französischen Streitkräfte rieb sich Lucien auf. Erst vor einem Jahr war er aus Marseille nach Paris gekommen. Der hemdsärmelige Sohn eines Seidenhändlers ohne gesellschaftliche Manieren, aber mit einem großen Talent fürs Organisieren und Männer zu begeistern, avancierte in kurzer Zeit zu einem Rädchen der Revolutionsmaschinerie. Und bald zum Helden der Schlachtfelder. Ich wischte mir Strähnen meiner verschwitzten Haare aus dem Gesicht. Das Kissen neben mir knisterte. Lucien drehte den Kopf. Dass seine Nase schief stand, war jetzt besonders deutlich zu sehen. Seine Unvollkommenheiten liebte ich besonders.

Seit ein paar Tagen trug er die Abzeichen eines Majors. In immer kürzeren Abständen knallte die Hummel gegen das Glas. Zwei, wenn ich Glück hatte, vielleicht sogar drei Stunden konnte ich jetzt dicht neben meinem Geliebten liegen und ihn ungestört genießen. Ihn ganz für mich haben. Die Haare auf seinem rechten Unterarm kitzelten meine Hüfte. Ich schloss die Augen. Versuchte, seinen Geruch tief in meiner Nase zu speichern. Damit ich ihn mir zurückholen konnte, wenn Lucien wieder fortritt. Oder wenn …

Ich wusste nie genau, wann Lucien sich in den Sattel schwingen musste. Losreiten für sein Vaterland, wie er Frankreich nannte, an eine der Grenzen, die sich derzeit permanent veränderten. Übermorgen, nächste Woche? Das republikanische Frankreich war von Feinden eingekesselt. Und in immer mehr französischen Departements rebellierten Royalisten oder Konterrevolutionäre. Vor allem in der Vendée. Von dort war Julie, abenteuerlustig wie ich, in das größenwahnsinnige Paris gekommen und die Mätresse des Comte de Marbois geworden. Wie Spaziergänger im Jardin du Luxembourg wanderten Bilder durch meinen Kopf. Die manikürten Hände des Comte, der sich viel amüsiert und viel verschwendet hatte, Julies exquisites Gesicht mit den schrägen Augen, ihre Güte. Beide tot. Beide Liebende wie Lucien und ich. Vorsichtig, um die Matratze nicht allzu sehr zu bewegen, stieg ich aus dem Bett.

Ein Schluck Wasser. Ein Blick in den Spiegel. Meine kleinen runden Brüste, das rostrote Dreieck zwischen meinen Beinen, noch feucht, meine kräftigen Füße und Waden. Wenn ich Lucien gefiel, dann war ich tatsächlich schön. Auf Zehenspitzen huschte ich zum Fenster, öffnete es weit. Die Hummel verlor sich schnell als schwarzer Punkt im ausgebleichten Hochsommerhimmel über unserem Innenhof. Zufrieden surrend, bildete ich mir ein.

Grelles Licht blendete mich. Mitte Juli war es in Paris heiß und trocken. Monsieur Vidal hatte mir gestern fast verschwörerisch mitgeteilt, dass es dieses Jahr besonders viele Trauben, Pfirsiche und Aprikosen gab, außergewöhnlich süß und delikat. Er wedelte mit seinen arthritischen Händen, Staub in seinen dünnen weißen Haaren. Wenn nichts dazwischenkam, Monsieur Vidals Augen blinzelten treuherzig, ein Unwetter, gar mit Hagel. Ich zog den Vorhang wieder zu, huschte auf Zehenspitzen zurück zum Bett. Drückte meine Lippen sacht auf Luciens schlafenden Bauch, in dem es pulsierte und gluckste. Um meine Angst zu betäuben und mein Herz aufzuwärmen. Wenn nichts dazwischenkam!

Vor vier Tagen war der heißeste Tag gewesen, dreiunddreißig Grad bereits um neun Uhr morgens. Felix klopfte mit einem Fingerknöchel gegen das Thermometer, aber es war nicht kaputt. Später las er mir aus dem *Moniteur* vor, dass der Rekord von 1753 gebrochen war. Wiederum drei Tage vor diesem heißesten Tag unseres Lebens hatte eine Frau, die aus der Provinz angereist kam, den Politiker Marat in seiner Badewanne erstochen. Lag es an der höllischen Hitze, dass Paris ein Hexenkessel geworden war, in dem die Menschen durchdrehten? Ich wischte mir mit einem Zipfel meines Kopfkissens über meinen verschwitzten Busen.

Mein Geliebter war stolz darauf, französischer Bürger zu sein, ein Patriot. Er war kein Fanatiker, kein gewalttätiger Mensch. Aber diese Revolution war seine Revolution. Ohne dass es dazu wie früher einen Adelsbrief brauchte oder große Summen, um

Privilegien zu kaufen, war er jetzt bereits Major. Früher undenkbar für einen Sohn des Dritten Standes. Solche Aufstiege gab es nur im neuen Frankreich. In dem neuen Frankreich, in dem bereits Gesetze für Armenfürsorge und gerechte Steuern erlassen worden waren. Vorsichtig kletterte ich zurück auf die Matratze, streckte mich wieder aus und machte mich schmal neben Lucien. Passte auf, dass ich seine verletzte Schulter nicht berührte.

Hätte die Jüngste der Strumpfwirkerin Luise Mauser, die in Weimar an Auszehrung gestorben war, in diesem neuen Frankreich der Brüderlichkeit überlebt? Seit ich das Fenster geöffnet hatte, war es noch heißer im Zimmer. Lucien schnarchte leicht. Wie ein zufriedenes Tier. Ein Geräusch, das ich fast so liebte wie sein »Leonorrr«. Ich lauschte. Gleichzeitig ging mir aber so vieles und ganz ungeordnet durch den Kopf. Der kleine Capet, ein schwächlicher Junge, wie ich von unserer Nachbarin, der Witwe Delacroix, gehört hatte, war seiner Mutter fortgenommen worden und hockte jetzt im selben Gefängnis wie sein Vater vor der Hinrichtung. Würde man ihn auch köpfen? Nicht schön, nicht schön, so ein kleiner Junge, hatte Lucien gemurmelt, als ich ihn darauf ansprach. Mit versteinertem Gesicht hatte er mir dann aber gepredigt, dass die Feinde der Revolution keinen Dauphin in die Hände bekommen dürften.

Lucien war erst vor einer Woche wieder in Paris eingetroffen, direkt von der Front. Sein Gönner Danton hatte sich allerdings nicht mehr in den Wohlfahrtsausschuss wählen lassen. Frisch verheiratet mit einer Sechzehnjährigen, schien dieser Bulle mit der großen Narbe und der zerquetschten Nase der Politik müde.

»Wir haben jetzt eine Diktatur«, warf ich Lucien an den Kopf. Das Wort »Diktatur« hatte ich von unserem Freund Oelsner aufgeschnappt, der besser als mancher Abgeordnete durchschaute, was im Konvent vor sich ging und wer mit wem gegen wen paktierte. Lucien wirkte da gerade weit fort. Irgendwo auf der Etappe seines Feldzugs im Rheinland. Wie konnte die Festung Landau gesprengt werden, wann kam der Nachschub, Brot, gesalzenes Fleisch und Wundbinden? Er küsste mich auf den Mund, dass es laut schmatzte, um die Anspannung platzen zu lassen. Zerzauste, schon auf dem Sprung zur Tür und von da zu einer Besprechung, mein Haar und sagte nur kurz angebunden: »Die Revolution muss mit allen Mitteln am Leben gehalten werden, sonst war alles umsonst, Leonorrr.«

Meine Augen wurden plötzlich feucht. Meine Kommode mit dem ovalen Spiegel darüber, die gelbgrün gepolsterten Stühle, der Strauß Wicken, die Kleider über den Bügeln an der Wand, alles verschwamm. Und doch hatte Lucien meinem deutschen Verlobten, der die Republik Frankreich auf das Schlimmste beleidigt hatte, das Leben gerettet. Lautlos flossen meine Tränen. Ich ließ sie laufen. Weil ich Lucien liebte und weil unsere Zukunft nur im Wochentakt gedacht werden konnte. Weil ich sehr glücklich und gleichzeitig sehr traurig war. Weil ich kein Taschentuch zur Hand hatte und ihn wecken würde, wenn ich nach einem suchte. Ich fuhr mir mit dem Unterarm über mein Gesicht. Es fühlte sich aufgedunsen an wie einer der Hefezöpfe der Mödlerin, wenn Felix und ich ihn in unsere Milch getunkt hatten. Schließlich angelte ich nach der Bürste, die immerhin in Reichweite unter meinem Bett lag. Mechanisch zog ich sie durch mein Haar. Einunddreißig, zweiunddreißig, dreiunddreißig, vierunddreißig. So hatte ich es als kleines Mädchen gelernt. Von Maman. Ich schniefte und lächelte gleichzeitig. Maman hatte nie länger als bis zum zwölften, höchstens dreizehnten Bürstenstrich aufgepasst, dann gleich wieder ihre merkwürdigen Zeichen und winzigen Schneckenzahlen auf herumliegende Blätter gekritzelt. Eine richtige, sogar eine geniale Mathematikerin sollte sie gewesen sein? Bestimmt übertrieb Felix. Er hatte Mutter immer verklärt. Oder dieser Condorcet war ein besonders vertrackter Lügner.

Condorcet. Ich bearbeitete weiter meine Haare. Die seltsame Geschichte über unsere Mutter hatte mir Felix in der gruseligen Nacht gebeichtet, als der Aufstand der Sansculotten tobte. Die

Pariser Sturmglocken dröhnten, sodass wir uns wie früher als Kinder zusammen in dieses Bett geflüchtet hatten. Wahrscheinlich hatte mein Bruder, ängstlich und nervlich überspannt, wie er schon immer gewesen war, so manches von Condorcets Erinnerungen durcheinandergebracht oder übertrieben. Siebenunddreißig, achtunddreißig, neununddreißig, zählte ich gewissenhaft meine Bürstenstriche. Wenn Vater seine Perücke abnahm, was selten vorkam, hatte ich braune Stoppeln gesehen. Felix hatte Mamans dunkelblondes Haar geerbt. Einen Mann mit roten Haaren, auch ein Mathematiker, soll sie in Paris gekannt haben. Wie lange war das alles her? Ich rechnete. Die Jahreszahlen verhedderten sich mit meinen Bürstenstrichen, wobei mir immer heißer wurde. Was aber nicht nur an der Julihitze lag.

Es klopfte. Ich ließ die Bürste sinken. Erneut Fingerknöchel gegen die Tür. Gott sei Dank, Lucien war nicht aufgewacht. Wie viel Uhr mochte es sein? Ich erhob mich, trippelte erneut auf Zehenspitzen.

»Was gibt's?«, flüsterte ich durch den Spalt der geöffneten Tür ins Gesicht meines Bruders.

»Gerade kam ein Brief, mit der kleinen Post … Olympe.«

»Dann gib ihn mir doch«, zischte ich nicht allzu freundlich.

»Eleonore, es wäre besser, wenn du rauskommst.«

»Hm.«

Ich drückte ihm die Tür auf die Nase, schnappte mir mein über einem Stuhl hängendes Kleid. Zog es an. Vergewisserte mich mit einem Blick, dass Lucien schlief, dann schlüpfte ich zu meinem Bruder hinaus.

»Übrigens ist es schon nach ein Uhr.«

Mit diesem harmlos dahingesagten Vorwurf reichte mir Felix ein Billett. Sein angespannter Blick sprach eine andere Sprache. Mein Bruder hatte schon immer gern meine Post gelesen.

»Danke dir. Lucien soll schlafen, ja.«

Felix nickte. Sein Blick wurde weich. Anfänglich hatte er meinen Geliebten für einen ungebildeten Haudegen gehalten, mittlerweile verehrte er ihn, liebte ihn, aber anders, als er sonst Männer liebte. Ich faltete den Brief auf. Olympe des Gouges' Handschrift war es nicht. Der Brief handelte aber von ihr. Eigentlich war es nur eine knappe Mitteilung ohne Unterschrift. Meine Beine gaben nach. Ich lehnte mich an die Wand, um nicht zusammenzusacken, aber das Blatt konnte ich nicht mehr festhalten. Schnell bückte sich Felix danach und drückte es mir wieder in meine feuchten Hände.

»Genau das hat sie prophezeit, im Winter«, hauchte ich, »dass sie bald dran ist. Aber warum ausgerechnet sie? Drüben in den deutschen Ländern hätte man Olympe sicher als Hexe verbrannt. So revolutionär und fortschrittlich ist sie.«

Ich suchte eine Erklärung in den Augen meines Bruders. Felix strich mir beiläufig eine klebrige Haarsträhne hinters Ohr.

»Es hat sich abgezeichnet. Sie ist Robespierre zu gefährlich geworden, zu unverfroren in ihren Anschuldigungen gegen ihn. Man hat sie, habe ich gehört, festgenommen, als sie gerade wieder Plakate an die Hauswände geklebt hat.«

»Ich weiß, ich weiß«, entfuhr es mir, »sie wollte eine direkte Volkswahl erzwingen.«

»Du hast das gewusst?«

Ich nickte und murmelte: »Aber nicht richtig verstanden. Ich und Politik, du weißt.«

Felix hob die Schultern. Ich spürte, wie hin- und hergerissen er war. Er hatte meine Freundin Olympe nie besonders gemocht. Aber Felix verachtete die grassierende Gewalt und Willkür, die nichts mehr mit seinen revolutionären Idealen zu tun hatte.

»Außerdem wollte sie eine, äh«, Felix verzog sein Gesicht, das mit seinen kurzen Haaren noch schmäler geworden war, »andere, äh, weiblichere Revolution. Das gefällt Robespierre auch nicht. Nicht einmal dem Frauenhelden Danton.«

»Wenigstens ist sie im de la Force, dem Gefängnis der Reichen, wo es saubere Strohbetten und Schachbretter gibt«, seufzte ich und faltete den Brief zum x-ten Mal auf und zu.

»Ach, mach dir doch nichts vor«, murmelte Felix, und ich wusste sofort, dass er recht hatte.

Noch am selben Nachmittag kaufte ich ein Umschlagtuch aus feiner englischer Wolle, wie sie die Blockade sicher nicht mehr lange über den Kanal kommen ließ. Außerdem drei Flaschen guten Rotwein und einen Packen Schreibpapier. Ich war mir nicht sicher, ob der pedantische Beamte am Gefängnistor, der nicht einmal auf mein Goldstück biss, sondern es sofort brüsk zurückwies, die Sachen tatsächlich an Olympe weiterleitete. Aber was konnte ich sonst für meine Freundin tun? Langsam und grübelnd setzte ich einen Fuß vor den anderen. Es fehlte mir die Freude, schnell wie sonst zu gehen. In der Rue des Vieux-Augustins, nahe beim Palais-Egalité, stieß ich beinahe mit der Witwe Delacroix zusammen. Ihr üppiger Busen hob und senkte sich, und sie trug ein ärmelloses Kleid. Ihre Arme schimmerten weiß wie Sahne. Ich machte ihr ein ehrliches Kompliment. Sofort streckte mir ihre Tochter abwechselnd ihren linken und rechten Fuß entgegen. Ich ging in die Knie und küsste die nach frischem Brot duftenden Wangen des kleinen Mädchens.

»Neue Schuhe hast du, Marie? Und wie schön grün sie sind.«

Marie gluckste. Betatschte mich mit klebrigen Fingerchen. Würde ich einmal selbst so ein entzückendes Wesen an der Hand führen? Ich richtete mich wieder auf. Maries Mutter kam einen Schritt auf mich zu und sagte: »Olympe de Gouges ist inhaftiert, haben Sie es schon gehört, Mademoiselle Eleonore? Eine Schande, sage ich.«

Die Witwe bemühte sich nicht einmal zu flüstern. Offensichtlich war ihr bekannt, dass ich mit Olympe befreundet war. Zum Glück floss der mittägliche laute Strom aus Arbeitern mit Schubkarren, Hausfrauen, Männern in den dunklen Röcken der Anwälte, Staatsbediensteten und Bankiers, Wasserträgern, Karren und beladenen Eseln gleichgültig um uns herum weiter. Ich schluckte.

»Da hast du wohl recht, Bürgerin Delacroix.«

Sie beugte sich näher zu mir, und mir fiel zum ersten Mal auf, was für einen hübschen kleinen Mund sie hatte.

»Ich habe mich verliebt.«

Ihre Augen schauten verblüffter als meine.

»Ach, wie schön«, erwiderte ich und ergriff spontan ihren Ellbogen. »Da freue ich mich für Sie.«

Das egalitäre »Du« benutzte ich nur, wenn ich mir unsicher war, zu welchem Lager mein Gegenüber gehörte. Damit lag man zurzeit am sichersten.

»Einem Menschen muss ich es doch sagen, sonst platze ich. Marie, mein Engel, lauf und gib die drei Sous dem Mann ohne Beine dort drüben.«

Auf ihren dicken Beinchen wackelte Marie zu einem Bettler, dessen Rumpf auf einem Rollbrett hockte. Von dieser Sorte gab es viele in Paris. Daran hatte die Brüderlichkeit noch nichts geändert.

»Und es ist mir vollkommen egal, ob Antoine sich scheiden lässt oder nicht.«

Trotzdem lief ihr Gesicht scharlachrot an.

»Sie haben also Olympe de Gouges' Schriften gelesen?«, fragte ich amüsiert und vergaß für den Moment, dass meine Freundin im de la Force eingekerkert war.

»Ich habe nicht alles verstanden.« Die Witwe legte ihren Kopf schräg und meinte dann mit einem neckischen Lächeln: »Aber das, was ich verstanden habe, setze ich jetzt um.«

Ich drückte ihren Ellbogen. Sie aber küsste mich auf den Mund, nahm ihre kleine Marie auf den Arm und bewegte sich mit dem Strom Richtung Palais-Egalité.

Eine Woche später überraschte ich in unserem Treppenhaus die Frau des Zahlmeisters mit einem Mann, der ihr Sohn sein konnte. Eng umschlungen küssten sie sich. Die fünfköpfige Familie des Zahlmeisters, der jeden Morgen und Abend zur selben Zeit über den Innenhof ging, sodass man die Uhr nach ihm stellen konnte, war vor erst drei Monaten unter uns eingezogen. So unauffällig wie möglich wollte ich an dem ungleichen Pärchen vorbeischleichen. Als ich auf gleicher Höhe war, zog die Zahlmeistersgattin ihr hochgezogenes Knie zwischen seinen Beinen zurück und blickte mich so unverhohlen an, dass ich errötete. Das mausgraue Haar und das fliehende Kinn der Frau aus dem zweiten Stock wurden von ihrem selbstbewussten Blick wettgemacht. Die Absätze meiner Schuhe hallten entsetzlich. Ich fluchte innerlich, dass ich mir nicht schon längst diese flachen Dinger gekauft hatte. Julie hätte darauf bestanden. Bei diesen Schuhen schauten Ferse und Zehen heraus, und Bänder wurden um den Fußknöchel geschlungen. Sie waren ebenso in Mode wie Scheidungen. Miss Williams und Oelsner schrieben darüber Artikel für ihre deutschen und englischen Leser. Geheiratet wurde auch noch gelegentlich, vorausgesetzt, die Guillotine war nicht schneller.

Wie meistens musste ich vor unserer Wohnungstür warten, bis Hortense gnädig aus der Küche oder ihrem Bett in der Mansarde herangeschlurft kam. Ich überlegte, ob ich sofort ein kleines Billett kritzeln sollte. Dass ich in kurzer Zeit zwei Pariser Frauen begegnet war, die freie Liebe à la Olympe de Gouges praktizierten. Vielleicht heiterte das meine arme Freundin in ihrer Zelle auf. Noch ein wollüstiges Aufstöhnen aus den Tiefen des Treppenhauses, dann öffnete sich endlich die Tür. Ausnahmsweise nahm mir Hortense nicht nur meinen Henkelkorb ab, sondern schaute sogar freundlich.

»Koche gerade für den Major Hühnerfrikassee, darum hat es etwas gedauert. Mit frischen Kapern.«

»Hortense, du bist ein Schatz, frische Kapern liebt er. Ist mein Bruder schon zurück?«

»Nicht, dass ich wüsste. Aber Sie wissen ja, dass sich Ihr Herr Bruder«, mit Nachdruck rieb sich Hortense ihre schmutzigen Finger an der Schürze ab und hob die Augenbrauen, »mit allerlei Leuten in allerlei Wohnungen trifft.«

Hörte ich da eine Drohung heraus? Aber mit dem nächsten Atemzug fragte unser Dienstmädchen so liebenswürdig, wie ihr überhaupt möglich war: »Wann erwarten wir den Bürger Lagarde, unseren Major, zum Abendessen?«

»Um acht Uhr, Hortense, vielleicht eine Idee später. Er trifft sich, soviel ich weiß, heute mit Danton und Robespierre.«

Insgeheim amüsiert über das überirdische Glühen, das meine Worte auf Hortense' Gesicht auslösten, so als ob ich ihr Ort und Zeit einer Marienerscheinung verraten hätte, nahm ich meinen Stickrahmen von der Kommode und setzte mich damit auf die Chaiselongue. Hier hatte ich oft mit Julie gekauert und ihr fasziniert zugehört. Die neuesten Kleiderschnitte, die elegantesten Kaffeehäuser oder Equipagen, Julie wusste über alles Bescheid. Ich fädelte einen perlweißen Faden durch das Öhr meiner Sticknadel. Weiß in allen Schattierungen war damals der letzte Schrei gewesen. Mit halbem Ohr bekam ich mit, wie Hortense ihr Hühnerfrikassee erneut verlassen und die Tür öffnen musste.

Rosen wurden mir von einem Boten neben den Stickrahmen gelegt. Ihre Farben fluteten verheißungsvoll über den Leinenstoff und das nüchterne Weiß meines Garns. Solch galante Gesten waren selten bei Lucien. Vielleicht hatte ihm sogar Danton den Vorschlag gemacht. Denn auf der Karte, die in dem Strauß steckte, entschuldigte sich Lucien, er würde sich verspäten. Die Beratungen über den Proviantnachschub verliefen zäh. Außerdem wurden mir Grüße bestellt von dem Mann, den ich das erste Mal im Vorüberfahren in seiner Kutsche gesehen hatte, von wo aus er lüstern zu mir herübergegrinst hatte. Das nächste Mal hatte ich Dantons auffällige Narbe an der Oberlippe in den oberen Reihen im Konvent gesehen, als der Prozess gegen den König begann.

Ich arrangierte gerade die Rosen in einer Vase, als Felix, ohne dass ich ihn kommen hörte, plötzlich hinter mir stand. Überrascht drehte ich mich um. Obwohl er regelmäßig mit Oelsner den Jardin du Luxembourg durchstreifte und auf sonnigen Bänken Zeitung las, blickte ich jetzt in ein wintergraues Gesicht. Wieder eine schlechte Nachricht. Ich schob die Vase in die Mitte des kleinen Tisches neben der Chaiselongue. Das Lachs und Rosé der Rosenblätter changierte auf einmal in dunklere Töne, nahezu blutrot. Lag es am veränderten Licht, oder spielte mir eine Ahnung diesen optischen Streich?

»Wer ist es dieses Mal?«

»Niemand von deinen Freunden.«

»Eine von deinen Bekanntschaften aus der Rue de Varenne, Ecke Rue de Bourgogne?«

»Eleonore, ich bitte dich …«, zischte mein Bruder. Dann huschte er zur Tür, riss sie ruckartig auf. Keine Hortense. Felix schloss die Türklinke wieder mit Nachdruck, ging so langsam, wie er immer ging, zurück und setzte sich neben mich auf die Chaiselongue. Schweigend griff er nach meinem Stickrahmen und starrte auf das Monogramm, an dem ich stickte. Wenn es sich um Oelsner handelte, der schließlich auch mein Freund war, wäre mein Bruder längst damit rausgerückt.

»Also?«, fragte ich spitz, was mir sofort leidtat. Felix' Augen fixierten weiter meine Stickerei, als ob sie die winzigen Stiche aus dem Stoff lösen wollten. Schließlich sagte er leise: »Condorcet hat wohl geahnt, dass das Dekret für seine Verhaftung ausgestellt war, vielleicht hat es ihm auch jemand gesteckt. Jedenfalls ist er untergetaucht, hält sich versteckt.«

»Versteckt.«

Mehr fiel mir nicht ein. Es tat mir leid um Condorcet. Noch mehr aber um meinen Bruder. Ich wusste, wie sehr er an dem in die Politik verstrickten Philosophen hing. Von dem wir erst seit Kurzem wussten, dass er auch Mathematiker war. Ich schlang meine Arme um die hängenden Schultern meines Bruders. Einen Vater wie Condorcet hätte er gerne gehabt.

»Condorcet hat doch einflussreiche Freunde, die helfen ihm bestimmt«, versuchte ich Felix aufzumuntern.

»Herrgott, Eleonore, kriegst du gar nichts mit? Die Girondisten sind allesamt verhaftet. Kurzer Prozess. Condorcet ist vogelfrei.«

»Woher hast du überhaupt deine Informationen?«, fragte ich

mit einem wachsenden Klumpen Angst in meinem Bauch. Befand sich Felix als enger Vertrauter Condorcets ebenfalls in Gefahr?

»Via amerikanische Botschaft. Lawrence, erinnerst du dich. Die Amerikaner sind neutral«, erklärte Felix mit einer Stimme, die sich unendlich müde anhörte.

»Lawrence, genau, ziemlich hässlich, aber aparte Ohren.«

Spontan drückte ich einen Kuss auf eines von Felix' eher mittelmäßig hübschen Ohren. Unwirsch stieß er meine Hand zurück. Ich schnappte mir wieder meinen Stickrahmen, zog die Nadel heraus und stichelte weiter am zweiten L. Die nächste Viertelstunde saßen wir auf der Chaiselongue und redeten kein Wort. Bis Felix endlich das bedrückende Schweigen brach.

»Eleonore, niemand, wirklich niemand kann es so gut wie du. Schnell laufen, meine ich, heimlich und unbemerkt quer durch Paris.«

Felix schnaufte. So, als ob er gerade einen Sack Kartoffeln von seiner Schulter abgeladen hätte. Die hintere, liegende Ausbuchtung beim L fiel mir immer am schwersten. Außerdem rutschte die Nadel zwischen meinen verschwitzten Fingern. Meine Unterlippe tat weh, weil ich die ganze Zeit auf ihr herumbiss. Felix rückte noch ein Stück näher an mich heran.

»Ohne ihn, Eleonore, hätten wir Dr. Schwartz nicht kontaktieren können, nicht unser Erbe ausbezahlt bekommen. Bitte. Denk auch an Mutter. Sie muss ihn gemocht haben.«

»Verdammt.«

Im Nu sogen Stoff und Stickgarn das Blut auf, das mir in dicken Tropfen aus meinem Zeigefinger quoll.

»Salz, schnell, ich brauche Salz.«

Mit diesem Hilferuf rannte ich zu Hortense in die Küche.

Essen war ihm nicht sonderlich wichtig, dafür die Bücher. Bücher ließen sich allerdings schwieriger heimlich transportieren als ein halber Laib Brot oder ein Stück Käse. Mit einer Flasche Wein unterm Arm machte ich mich in Paris sowieso nicht verdächtig. Wenn in meiner Umhängetasche drei Bücher entdeckt wurden, in denen es um Gewaltenteilung, zivilisatorischen Fortschritt und Rechte von Frauen ging, was dann?

Diese Gefahren gingen mir oft durch den Kopf, wenn ich unterwegs war. Über den Pont Neuf, wo Tag für Tag die öffentlichen Schreiber auf ihren Pulten Briefe schrieben, die die vielen Analphabeten unter den Dienstmädchen und Tagelöhnern in ihre Heimatdörfer schicken wollten. Auf der anderen Seite der Seine schlug ich Haken. Durchquerte geduckt fremde Hinterhöfe, versteckte mich in Einfahrten hinter Mauern, aus denen Stroh und Flusskiesel quollen. Irgendwann wagte ich meinen Kopf herauszustrecken, spähte, ob ein auffallend Unauffälliger vorbeischlenderte. Weiter ging es durch so enge Gassen, dass selbst jetzt im August die Sonne nicht hineinschien. Trotzdem zog ich hin und wieder meine Schuhe aus, um weniger Geräusche zu machen. Auch weil ich barfuß noch schneller laufen konnte.

Jedes Mal wählte ich andere Wege und Umwege. Auch die Zeiten variierte ich. Manchmal brach ich so früh auf, dass ich mit den Wäscherinnen an der Seine ankam. Das nächste Mal, wenn die Nachmittagssonne konturlos und fast weiß schien. Dann wieder wartete ich, bis der Himmel sich indigoblau eingefärbt hatte mit ausgefransten orangefarbenen Flecken im Westen. Am liebsten war mir, wenn der Mond über mir stand – mein Glücksbringer seit meiner ersten heimlichen Exkursion nachts in Weimar. Dass mein Ziel die Rue des Fossoyeurs war, hatte ich, als mir Felix die Adresse ins Ohr geflüstert hatte, für einen Witz gehalten. Condorcet versteckte sich in derselben Straße, in der meine Freundin Olympe bis zu ihrer Verhaftung gewohnt hatte. Schräg gegenüber, drei Häuser weiter, die Nummer 21, im dritten Stock.

Bei meinen ersten Besuchen wechselten wir so gut wie kein Wort. Die Luft in dem kleinen Dachzimmer war dick wie Leberpastete, aber es war nicht meine Aufgabe, eine der beiden Luken zu öffnen. Condorcet hockte im Bett, umgeben von Büchern,

Zetteln und Schreibzeug, und las oder kritzelte. Fiebrig im Kopf, während sein großer Körper austrocknete und verfiel. Ähnlich, aber galoppierender als bei Mutter. Auch wegen dieser Erinnerungen wollte ich jedes Mal so schnell wie möglich wieder fort von Condorcet. Ich deponierte die Lebensmittel und die neuen Bücher, die Felix oder Lavoisier besorgt hatten, auf dem einzigen Stuhl und machte auf dem Absatz kehrt. Lucien wartete im Caveau im Palais-Egalité, nur das zählte. Bis zur Ecke Rue Palatine trödelte ich absichtlich, kaufte in kleinen Läden Hustenpastillen mit Salbeigeschmack für meinen Bruder, kraulte einen Hund oder half einem gestolperten Kind auf die Beine. Danach rannte ich.

Den ganzen August über musste mein Geliebter nicht an die Front. Bestimmt schickte niemand in ganz Paris so viele Stoßgebete gen Himmel, dass etwas nicht heilen sollte, wie ich. Solange Luciens linke Schulter unbeweglich blieb und eiterte, hatte ich ihn für mich. Jede Stunde, jede Nacht, die wir miteinander verbrachten, war ein Geschenk. Mit steifer Schulter ließ sich nicht reiten oder schießen, aber durchaus Walzer tanzen. Wir besuchten den »Bal de Calypso« und drei Abende später den »Bal des Zéphirs«. Öffentliche Bälle, öffentliche Zeremonien und Feste vor den Stadttoren machten diesen Sommer abwechslungsreich. Einmal saßen Lucien und ich mit einem kleinen, schmerbäuchigen Kerl am Tisch, der, das verkündete er jedenfalls, der ehemalige Koch des ehemaligen Generals Custin war, dem vor zehn Tagen der Kopf abgehackt worden war. Auf seinen Schenkeln ritt ein sehr fröhliches, sehr hübsches Geschöpf, nach meiner Schätzung nicht älter als siebzehn, das sehr verliebt schien.

»Die Tochter des Herzogs von Bouillon, Gott hab ihn selig«, raunte mir Lucien zu, woraufhin ich einen Lachanfall bekam, der die Gläser auf dem Tisch tanzen ließ. Mir schoss durch den Kopf, dass das junge Mädchen auch zum exklusiven »Ball der Opfer« hätte gehen können. Dort begrüßten sich die Gäste mit einem kurzen Kopfrucken, was die Bewegung der zum Tode verurteilten imitieren sollte, in dem Augenblick, wo der Henker den Kopf in die Öffnung des Fallbeils legte. Entlang der Chaussée d'Antin öffnete jetzt ein Nachtlokal nach dem anderen. Allabendlich schauten Lucien und ich zu, wie vom Montmartre aus Feuerwerke explodierten und über die steilen Dächer der Stadt blaue, silberne und rote Funken sprühten. Um uns herum drängten sich viele Leute. Junge wie alte, liederlich, armselig ebenso wie republikanisch schlicht, aber doch bürgerlich penibel und reinlich gekleidet. Sie alle jubelten. Je später der Abend und gewaltiger das Feuerwerk wurde, umso ausgelassener klatschten sie. Manche mit erhobenen Händen. Ich vergaß Olympe, Condorcet und die Comtesse im Marais. Laut jubelte ich mit, hüpfte hoch, um die Kreisel, Sternenregen und prasselnden Funken besser sehen zu können. Zwischen jeder Explosion küsste mich Lucien. Ich schmeckte Nougat auf seinen Lippen und roch gleichzeitig noch immer das Meer in seinen struppigen Haaren. Obwohl er lange von dort fort war. Das Weiß seiner Augen bewachte mich. Mitgerissen stimmte ich ein, als die »Marseillaise« gesungen wurde. Ich sang sogar besonders inbrünstig, weil die viele Liebe in mir ein Ventil brauchte.

Mit Einbruch der Dämmerung wurde es kühler, wir brauchten Umhängetücher und Jacken, die große Hitze war vorbei. Trotzdem kaufte mir Lucien von seinem nächsten Sold eines der neuen hauchdünnen ärmellosen Kleider, honiggelb und fließend. Die kleine Marie hätte es hochheben können; nur an zwei Trägern hing es an meinen Schultern.

»Fabelhaft, Leonorrr, fabelhaft.« Luciens Worte legten den Stoff noch enger um meine Brüste und Schenkel. In Weimar hätte dieses Kleid gerade mal als Unterrock getaugt.

»Fräulein Eleonore«, sagte Condorcet auf Deutsch, »bleiben Sie doch bitte noch einen Augenblick.« Die ungewohnte Sprache, denn Felix und ich unterhielten uns nur noch auf Französisch, veranlasste mich, ausnahmsweise zum Bett zu schauen. Alt und schwach war Condorcet geworden in den Wochen, seit er sich versteckt hielt. Sechs oder sieben mussten es sein, denn jetzt war schon Mitte September. Widerwillig setzte ich mich auf die Kante des einzigen Stuhls.

»Ich weiß es sehr zu schätzen, was Sie, was Sie für mich …«

Condorcet verstummte, atmete schwer. Er bekam schlecht Luft. Peinlich berührt begutachtete ich meine kurz geschnittenen Fingernägel, zwei Bücher, ein Brot und ein Stück Schinken nervös auf meinen Knien balancierend.

»Schon gut. Bedanken Sie sich später mal bei Felix, er wollte es so. Mein Bruder …«, brummte ich und zupfte kleine Stücke von dem Laib ab.

»Felix ist einer der gescheitesten jungen Männer, die ich seit Langem kennengelernt habe«, sagte Condorcet und atmete wieder freier, klang fast heiter. »Ihre Mutter muss stolz auf ihn gewesen sein.«

Ich inspizierte die Knöchel meiner rechten Hand. Manchmal küsste Lucien jeden einzelnen. Jetzt waren sie weiß, weil ich meine Hände zu Fäusten ballte.

»Stimmt es, dass sie eine richtige Mathematikerin war?«, fragte ich.

»Ja, das stimmt, eine überaus fähige dazu«, erwiderte Condorcet wie aus der Pistole geschossen, »aber als Frau Wahrscheinlichkeitsberechnungen anstellen … Sie verstehen. In Frankreich wie in Ihrer Heimat ein Unding. Aber dann, sie besuchte hocharistokratische Verwandtschaft in Paris, traf sie in einem Salon im Marais Maxime, äh, ich habe die beiden miteinander bekannt gemacht. Er machte ihr Mut, er half ihr weiterzukommen.«

Mit einem Ruck erhob ich mich. Legte wie immer Brot, Schinken und Bücher auf die Stuhlfläche. Dann flüchtete ich aus Condorcets engem Dachzimmer.

»Sechzehn Grad, Nordostwind. Besser könnte es nicht sein«, teilte Felix munter mit, bevor wir zusammen losgingen. Dass ich mich zu den geheimen Gängen zu Condorcet bereit erklärt hatte und sie tatsächlich jeden zweiten, dritten Tag erledigte, versetzte meinen Bruder in eine Art trügerische Hochstimmung. Er hoffte vermutlich, dass der alte Mann heil davonkam.

Der Himmel des 7. Oktobers, ein Montag, war blank wie frisch gescheuert, die Luft klar. Wir waren mit Oelsner und Miss Williams zum Mittagessen verabredet. Im ersten Stock ließ ich Felix stehen, eilte noch einmal die Treppen hoch. Ich hatte meine Kokarde vergessen. Ein neues Dekret verpflichtete alle Frauen, eine solche zu tragen. Bis wieder Frieden herrschte. Außerdem hatte mir die Witwe Delacroix erzählt, dass die Frauen der revolutionären Gesellschaften durchsetzen wollten, dass alle Frauen in Paris rote Mützen aufsetzten. Missmutig nestelte ich die Anstecknadel der Kokarde durch den Stoff meines Kleides auf meiner linken Brustseite. Gleich neben meiner Chatelaine. Rot zu Rot passte nicht, ich würde schrecklich mit solch einem Ding auf meinen Haaren aussehen. Immer mehr Regularien galten und wurden streng überwacht. Ich fühlte mich fast wie in einer Schnürbrust am Weimarer Hof.

Eingehakt gingen mein Bruder und ich eine halbe Stunde später die Rue Saint-Honoré entlang. Wir grüßten und wurden wieder gegrüßt. Mittlerweile kannte Felix eine Menge Leute aus dem Jakobinerklub und ich von meinen Besuchen in den Tanzlokalen und Kaffeehäusern. Diejenigen, die mich an Luciens Arm gesehen hatten, grüßten mich sogar mit Umarmungen und Küssen der Brüderlichkeit. Mein Bruder und ich peilten das Restaurant Bergier an. Gute Erinnerungen würzten die Gerichte, denn die Freundschaft zwischen Felix und Oelsner hatte bei einem Essen dort begonnen. Ich mochte außerdem Hermes, den großen schwarzen Hund des Besitzers. Ich hängte mich fester bei Felix ein, plauderte, freute mich, vielleicht würde Lucien auf einen Sprung dazukommen.

Plötzlich zuckte ich zusammen. Ein Eisklumpen rutschte durch meine Brust, plumpste in meinen Magen. Dieses Rattern! Nur Räder dieser bestimmten Karren machten ein so grausames Geräusch. Meine Hand krallte sich in Felix' Unterarm. Der Eisklumpen in meinem Bauch schmolz nicht. Zwei- oder dreimal hatte ich diese Karren schon gehört. Felix und ich blieben stehen wie alle anderen Menschen auf der Rue Saint-Honoré auch. Eine neue Ladung wurde zur Guillotine gefahren. Die zum Tode Verurteilten standen aufrecht. Ich schaute abwechselnd in den wolkenlosen blauen Himmel und hinunter auf den staubigen Boden, um die Blicke nicht aushalten zu müssen.

»Hans, das ist doch Hans«, hörte ich meinen Bruder stammeln. »Der Buchdrucker aus dem Schwäbischen.«

»Der extra nach Paris gekommen ist, um für die Revolution die Lettern zu setzen.«

Ich sagte das. Aber es hörte sich an, als ob eine Fremde gesprochen hätte.

Condorcet hustete. In seiner Dachkammer war es bereits Ende Oktober klamm. Ich hatte die Hausbesitzerin im Erdgeschoss, eine Witwe namens Vernet, der ich traute, um zwei Tassen Tee gebeten und sie vorsichtig hochgetragen. Eine reichte ich Condorcet in sein Bett, aus der anderen nippte ich, auf der Stuhlkante sitzend. Ich nahm mir vor, das nächste Mal Lumpen mitzubringen, um die Ritzen im Dach abzudichten. Die Zugluft war nicht gut für den alten Mann. Der Tee schien ihm auf jeden Fall gutzutun. Das Röcheln in seiner Brust ließ nach. Ich trank auch. Fragen gingen mir durch den Kopf, viele Fragen. Condorcet kam mir mit den Antworten zuvor.

»Maxime, mein Freund und Kollege aus der Akademie, Sie erinnern sich, ich hatte Ihnen von ihm erzählt. Einer der besten Mathematiker Frankreichs.« Condorcet hustete trocken, trank seine Tasse aus. »Maxime stammte aus dem Dritten Stand, besaß keinerlei Vermögen. Er versetzte seine besten Bücher, um ihr die Chatelaine zu schenken – die Sie jetzt tragen. Er ist tot. Schon sehr lange. Ermordet wahrscheinlich, in der Nacht, als Ihre Mutter gegen ihren Willen Paris verlassen musste. Maxime, mein Freund …« Condorcets Stimme brach.

Ich umklammerte die Tasse, meinen Händen tat das gut.

Das Pfeifen in Condorcets Brust wurde wieder schlimmer. Er rang nach Luft. Ich stand schnell auf und setzte mich zu ihm ans Bett, flößte ihm Tee aus meiner Tasse ein, bis es ihm wieder besser ging. Leise sprach er weiter: »Man hat seine Leiche später aus der Seine gefischt. Ein Stich in die Brust. Ihre Mutter war da schon fort. Ich habe erst viel später erfahren, dass man sie in aller Eile nach Weimar verheiratet hat.«

Unsere Blicke trafen sich. Ich sah Condorcet an, dass er fürchtete, ihm würde nicht mehr viel Zeit bleiben. Ich durfte sie ihm nicht schwerer machen.

»Maxime ist, war mein Vater?«

Zu meinem Erstaunen sagte er einfach nur: »Ja.«

»Und Sie sind Dr. Schwartz, stimmt's?«

»Woher …?«, stammelte Condorcet, jetzt doch überrumpelt.

»Den Hokuspokus habe ich ziemlich früh durchschaut«, antwortete ich, stützte den Rücken des alten Mannes und schüttelte sein Kopfkissen zurecht, damit er aufrechter sitzen konnte. »Immer wenn ich Sie reden gehört habe, egal, ob bei der Essenseinladung in Ihrer Wohnung, bei Olympe oder damals in der Manège, als dem König der Prozess gemacht wurde, haben Sie viele Wendungen benutzt, die aufs i-Tüpfelchen genau in *Reflexionen über die Versklavung der Neger* auftauchten, dem Buch, das unter Ihrem Pseudonym erschien.«

»Das ist sonst niemandem aufgefallen. Alle Achtung, Sie sind zwar nicht so gebildet wie Ihr Bruder, aber sehr klug, mein Kind. Das haben Sie von Maxime. Wie auch Ihr nicht ganz unauffälliges Aussehen«, seufzte Condorcet, aber es klang trotzdem heiter. »Eleonore, verstehen Sie, Ihr rotes Haar, Ihre Gesten; plötzlich hatte ich das Gefühl, meinen Freund Maxime wiederzusehen. Das hat mich zutiefst berührt. Sie haben vielleicht gedacht, ich möge Sie nicht. Ganz im Gegenteil, ich war einfach nur überwältigt.«

Ich stellte meine Teetasse auf den Stuhl. Und Condorcet erzählte mir den Rest der Geschichte meiner Mutter und meines

Vaters. Ich hörte ihm zu, bis es in der Dachkammer so dunkel war, dass ich Condorcet kaum mehr sehen konnte und er wahrscheinlich auch mich nicht. Aber ich fühlte seine dünnen Arme, seine hageren Schultern und die Bartstoppeln zwischen seinen Pockennarben. Seine Wangen fühlten sich wie Papier an, als ich ihn zum Abschied küsste.

Beflügelt von der Liebe meiner Eltern und meiner eigenen zu Lucien, eilte ich kurz darauf durch die Nacht. Ich dachte auch an meinen Vater in Weimar, der mich seltsamerweise mehr Liebe hatte spüren lassen als seinen leiblichen Sohn. Über mir eine elegant gebogene Mondsichel. So wie damals in der Nacht, als ich zum ersten Mal heimlich fortlief, um den Armen im Jakobsviertel Brot zu bringen. Ein gutes Zeichen! Ich lief so leicht und schnell, dass ich den Unrat der riesigen Stadt unter meinen Fußsohlen kaum spürte.

»Ihr müsst fort.«

Lucien atmete stoßweise. Er war ins Caveau gestürzt, wo ich auf ihn wartete, und hatte mich am Ärmel herausgezogen. Wir standen eng beieinander in einer Nische der Arkadengänge.

Es war, als würde ein Nagel in mein Herz gehämmert. Ich fühlte jeden einzelnen Schlag.

»Und zwar schnell«, sagte Lucien. »Ich habe deinen und Felix' Namen auf der Liste der Verdächtigen gelesen. Ganz weit oben! Eure Festnahme ist nur noch eine Frage von zwei, drei Tagen.«

Der Mann, der tagelang in seinen Stiefeln stehen oder im Sattel sitzen konnte, der für mich meinen ehemaligen Verlobten aus der Hölle geholt und dabei das Fegefeuer seiner eigenen Ideale riskiert hatte, schlug sich die Hände vors Gesicht. Ich hatte Lucien noch nie weinen gesehen. Ich hatte es mir auch nie vorgestellt, weil es so abwegig war wie eine Revolution im Herzogtum Sachsen-Weimar-Eisenach.

»Lucien, wir könnten uns doch verstecken, aufs Land fliehen. Du besuchst mich heimlich. Wie im Sommer vor einem Jahr«, flehte ich und strich ihm über seinen gebeugten, kurz geschorenen Kopf, »als wir uns in dem grünen Zimmer getroffen haben. Weißt du noch?«

Er schüttelte den Kopf.

»Nein.«

Lucien schniefte in seine Handflächen. Als er endlich wieder seinen Kopf hob und mich anschaute, war mir, als würde ein zweiter Nagel mitten in mein Herz getrieben. Solche Nägel, rostig und lang, hatte ich vor langer Zeit aus dem Holzschuppen in unserem Nachbargarten gezogen, um mir eine Nacht Freiheit zu ermöglichen. Luciens Augen waren erloschen. Das Weiß blutunterlaufen, die früher goldenen Einsprengsel in den braunen Augen glichen nur noch trüben Scherben.

»Vergiss es. Vor einem Jahr war alles noch anders. Heute haben wir eine Notstandsdiktatur. Robespierre hält sich nur an der Spitze, weil er immer mehr nachlegt, um die Wut der Sansculotten zu kanalisieren. Er will sie bei Laune halten, schafft es aber kaum noch.«

Schweigend hielt ich Luciens rechte Hand und küsste die Kuppen seiner Finger.

»Sechs Wochen ist das ›Gesetz über die Verdächtigen‹ in Kraft«, fuhr Lucien flüsternd fort, »und seitdem kann jeder sofort verhaftet werden. Einfach so. Verdachtsgründe finden sich. In deinem Fall …« Lucien zögerte.

»Ja?«

»Man hat dich gesehen, wie du mit Condorcets Frau gesprochen hast. Sie hat dir Bücher übergeben. Spitzel sind dir gefolgt. Stimmt's«?«, fragte er mit erstickter Stimme.

Mir blieb nichts anderes übrig, als zu nicken.

»Aber du bist ihnen entwischt, meine kluge, schnelle Leonorrr.« Lucien lächelte unter seinen Tränen. »Aber sie wissen, dass du ihn regelmäßig besuchst, ihn versorgst. Er gilt als Parteigänger der Tyrannei und als Volksfeind. Deshalb bist du jetzt auch ein Volksfeind. Sie werden von dir wissen wollen, wo sich Condorcet versteckt hält. Mit allen Mitteln.«

Ich drückte meine Stirn gegen Luciens und einen Finger auf seine Lippen.

»Ich kann jetzt nicht gehen«, widersprach ich ihm, »gerade jetzt nicht.«

Lucien sah mich fragend an.

»Stimmt es«, raunte ich mit der Stimme einer Verschwörerin, »dass schwangere Frauen nicht geköpft werden dürfen?«

Ein Herzschlag, noch einer. Welches Herz schlug lauter, Luciens oder meines? Ich hörte beide, in meinen Ohren, in meinem Bauch.

»Leonorrr«, sagte er nur, »Leonorrr.« Dann erlebte ich zum zweiten Mal, dass Lucien weinte. Ich nahm einen Zipfel meines Fichus und tupfte ihm die Tränen ab. War es möglich, dass ich ihn noch mehr liebte als drei Minuten zuvor? Er rang um Worte.

»Aber sobald das Kind abgenabelt ist, geht es für die Mutter auf den Karren und direkt unter die Sense der Gleichheit.«

Lucien biss sich auf die Lippe. In seinem Gesicht zuckte es. Ich sah darinnen gleichzeitig Glück und Angst. Vor allem Liebe und Fürsorge.

»Du musst auch an Felix denken. Er hätte solch eine Schonfrist nicht.«

Ich presste meine Stirn wieder an seine Stirn, unsere Tränen flossen ineinander. Mein Bruder, mein Kind. Musik ertönte. Walzerklänge. Menschen rannten vorbei, rempelten uns an. Verliebte Paare. Paris war auf den Beinen. Man amüsierte sich, bevor es zu spät war.

Am Tag nachdem Olympe de Gouges, die Vorkämpferin für die Freiheit und die Rechte der Frauen, geköpft worden war, verließen Felix und ich Paris. Mit wenig Gepäck und mit neuen amerikanischen Pässen. Ausgestellt auf das Ehepaar Mr. und Mrs. Cartwright, das zurück in seine Heimatstadt Philadelphia im Bundesstaat Pennsylvania reiste. An diesem 4. November herrschten sieben Grad bei schwachem Westwind. Bedächtig hängte Felix das

Thermometer von dem Nagel außen an seinem Fenster ab und steckte es sich in die Manteltasche. Blanche, unsere Ziege, hatten wir Monsieur Vidal überlassen. Das sagte unserem Gemüsehändler alles, was er wissen musste. Kein Wort des Abschieds fiel. Zu viele Informationen hätten den alten Mann nur unnötig in Gefahr gebracht. Eine Befragung, angeordnet von Robespierre, und er würde womöglich vom Schlagfluss getroffen. Als ich am Tag vor unserer Abreise ein Dutzend Orangen als Proviant bei ihm kaufte, trug ich absichtlich kein Fichu. Der Bürger Vidal bekam einen tiefen Blick in mein Dekolleté, den er offensichtlich genoss.

Jammerschade, dass er nicht schreiben konnte. Seine Gedichte würden bestimmt in den neuen französischen Schulbüchern gedruckt werden, aus denen, wenn Condorcets Plan aufging, bald jeder Junge und auch jedes Mädchen lernen musste. Der Bettlerjunge unter dem Torbogen bekam einen von Felix' Röcken aus warmem englischem Wolltuch geschenkt. Das fiel nicht weiter auf. Wir hatten ihm oft Essen und schon mal meinen Mantel als Matratze zukommen lassen. Dass ich in den Saum des grauen Rocks zehn Goldstücke eingenäht hatte, merkte hoffentlich keiner außer dem Kleinen. Erst als ich am Abend mein Gesicht wusch, fiel mir ein, dass ich ihn nie nach seinem Namen gefragt hatte. Aber es würde sicher noch vieles geben, was ich bereute, weil ich es nicht getan hatte.

Eine Kutsche, angemietet von der amerikanischen Botschaft, fuhr uns nach Calais. Während dieser Reise, die im Vergleich zu unserer Anreise zwei Jahre zuvor ein Klacks war, hätte man Felix und mich tatsächlich für ein innig verbundenes Ehepaar halten können. Ich lehnte die ganze Fahrt über an seiner Schulter, er hatte seinen rechten Arm um mich geschlungen. Unsere Finger waren ineinander verflochten, trotzdem blieben meine eiskalt. Unsere schwarze Kutsche schwamm durch ein Nebelmeer. Warum die amerikanische Lady, die in ihre Heimat zurückkehrte und einen offensichtlich liebenswürdigen und umsorgenden Ehemann an der Seite hatte, so schrecklich lautlos weinte, hätte kein

Mitreisender beantworten können. Zum Glück saßen wir allein in der gut ausgepolsterten Kutsche. Zügig rollte sie über die breiten französischen Chausseen, die so gut wie keine Schlaglöcher, dafür an beiden Seiten Entwässerungsgräben hatten. Mein Bruder lobte den Zustand dieser Straßen, das hatte er auch schon bei unserer Anreise getan. Dabei schälte er eine Orange nach der anderen und schob mir die Spalten in den Mund. Den Saft, der mir aus den Mundwinkeln tropfte, tupfte er ab. Meine Tränen ließ er laufen. Von Zeit zu Zeit teilte Felix mir mit, dass der Norden Frankreichs flach und öd sei. Die braunen Winterwiesen und fett glänzenden Ackerfurchen aber denen in unserem Herzogtum glichen. Ich schaute kein einziges Mal aus dem Fenster. Über etwas anderes sprachen wir nicht. Wozu auch.

Ich weinte anders, als ich bei Julies Beerdigung geweint hatte. Um eine Tote weint es sich im Vergleich leichter als um einen Lebenden, den man zurücklässt. Das hatte ich vorher aber nicht gewusst.

Dann erreichten wir die Küste. Niedrige Wolken, flacher, schiefergrauer Wasserspiegel. So hatte ich mir das Meer nicht vorgestellt. Im Hafen spülte uns das Meer Reste von Fässern, tote Fische und stinkendes Wassergras vor die Füße. Zum ersten Mal fiel mir auf, dass ich Stiefel anhatte. Reitstiefel von Miss Williams.

»Die werden Ihnen unterwegs nützlich sein, Fräulein Eleonore, besonders bei der Überfahrt«, hatte sie gemeint und tatsächlich gegrinst. Humor sei das, meinte Felix. Die Miss und Oelsner konnten sich noch nicht losreißen von Paris. Im Tausch dafür hatte ich ihr meine Sandalen mit den hellblauen Ripsbändern zurückgelassen. Beide hatten wir große Füße, ich sogar noch etwas größere. Darum drückten mich die Reitstiefel ein wenig an den Zehen.

Felix organisierte alles. Ich traute es ihm zuerst nicht zu, aber er schaffte es, das richtige Schiff aufzutreiben. Ich wartete derweil in einem kleinen Hotel, das pausenlos von schreienden Möwen und nassem Wind umkreist wurde. Ich legte mich auf das harte Bett, ohne die klamme Decke zurückzuschlagen. Ich war unendlich müde, und meine verquollenen Augen brannten. Aber ich schlief nicht, sondern betrachtete die Muster, die die grüngrauen Schimmelflecken am oberen Rand der Wand unseres Zimmers ergaben. Es war das beste Hotel in Calais und das Muster fast glamourös.

Zinngrau schlich sich der Abend in das Zimmer. Felix kam durchgefroren, aber mit zwei Passagen nach Dover in der Hand zurück. Ein Mann begleitete ihn. Ein junger Mann, dessen dunkler Teint und Aussprache mich kurz aus meiner verzweifelten Apathie rissen. Jean-Michel, seine Beine so krumm wie seine Zähne und eineinhalb Köpfe kleiner als ich, hatte keine goldenen Funken in den Augen, dafür ein treuherziges Lachen. Und eine geladene Pistole, für alle Fälle, wie er grinsend sagte. Felix ließ uns eine Flasche Wein bringen und drei Gläser. Lucien hatte seinen Freund aus Marseiller Jugendtagen, der mit ihm in die Hauptstadt gekommen war und sich als Weinhändler niedergelassen hatte, beauftragt, zu Pferd und in gewissem Abstand unserer Kutsche nach Calais zu folgen. Außerdem hatte er ihm einen Brief mitgegeben. Kurz, aber voller Sehnsucht und Küsse. Und mit einer Adresse, an die ich ihm schreiben konnte. Über den Weinhändler Jean-Michel Dostray in der Rue de la Jussienne würden wir in Verbindung bleiben. Zum Abschied klammerte ich mich an Jean-Michels Mantelrevers, küsste ihn und flehte ihn an, meinen Kuss ohne Zwischenstopp und ohne einen anderen Menschen zu berühren an Lucien weiterzugeben. Meine Füße trampelten unkontrolliert auf dem Boden.

»Schluss jetzt, Schluss«, bestimmte Felix mit einer energischeren Stimme, als ich von ihm kannte. Mein amerikanischer Ehemann packte mich grob am Arm und schob Jean-Michel aus dem Hotelzimmer hinaus zu den furiosen Möwen.

»Bestellen Sie bitte meinem Bruder Lucien auch innigste Grüße von mir. Und meinen Dank für alles.«

Damit drückte Felix die Tür zu und drehte den Schlüssel herum. Mich zwang er, noch ein Glas Wein zu trinken; mit ebenfalls sanfter Gewalt drückte er mich danach aufs Bett. Unsere Reisekleidung zogen wir beide nicht aus.

Ich hatte davon gehört, dass man sich in den Schlaf weinen kann, aber es für sentimentalen Quatsch gehalten. In der letzten Nacht auf französischem Boden funktionierte es aber auch bei mir.

Am nächsten Morgen stand ich an Deck der »Pride«, die unter amerikanischer Flagge segelte. So gut es ging, hielt ich mich an einem Handlauf fest, während die Planken unter mir einen Tanz tanzten, der von Minute zu Minute verwegener wurde. Auf und ab und auf und ab. Die Wellen krachten gegeneinander und zerfielen mit einem Dröhnen, in dem Gott sei Dank das entsetzliche Möwengeschrei unterging. Der Wind zerrte an meiner Samthaube, sodass sie längst über Bord gegangen wäre, wenn ich sie nicht abgenommen und in meinen Mantel geschoben hätte. Die revolutionäre Mode der offenen Haare taugte schlecht für eine Schiffsreise. So oft ich sie auch zurückstrich, sie schlugen mir immer wieder vor dem Gesicht zusammen. Jedes Mal schwerer von der Feuchtigkeit und dem Salz in der Luft.

Das war also das Meer. Das richtige Meer ohne Ufer und Begrenzungen. Nach drei Stunden an Deck sah ich nur noch Schiffsleute um mich herum. Die anderen Passagiere, tatsächliche Amerikaner zum Großteil, die während der Ausfahrt aus dem Hafen noch um mich herumgestanden und mir freundlich zugenickt hatten, waren einer nach dem anderen verschwunden. Felix auch. Ich hatte kurz nach ihm geschaut. Mir von einem der Matrosen einen Eimer und saubere Handtücher geben lassen und meinen Bruder dann zusammengekrümmt und stöhnend allein in der Kajüte gelassen. Mein Platz an Deck war Medizin für meinen Schmerz. Die raue Luft verhinderte, dass ich wieder weinte. Der Druck in meiner Brust ließ etwas nach. Ich schaute und schaute. Hoch zu den gewaltigen Bergen und hinunter in die Täler des Meeres, die neu geboren wurden und gleich wieder starben. Meine Knie lernten, rechtzeitig nachzugeben und abzufedern, wenn eine besonders hohe Welle gegen die »Pride« schlug. Mein Gesicht im Wind, hielt ich die Balance. Von Stunde zu Stunde besser.

Zwischendurch fragte ich mich einmal, ob das ständige Auf und Ab dem Kind in meinem Bauch schadete. Ob ihm schwindlig und übel wurde wie meinem armen Bruder. Ein Seemann, mit hellroten Bartstoppeln und wasserhellen, freundlichen Augen brachte mir Brot, Käse und eine Tasse Tee. Meine Worte, mit denen ich mich auf Englisch bedankte, gingen ebenfalls im Getöse unter, mein Lächeln nicht. Denn er lächelte zurück.

Meine Mutter ging mir ebenfalls durch den Kopf, während ich den Handlauf losließ, um mit beiden Händen den Humpen mit warmem Tee sicher an meine Lippen zu bringen. Ich trank in großen Schlucken. Warmer Tee war etwas Wunderbares. Meine Mutter hatte auch ein Kind im Bauch getragen, als sie Frankreich verlassen hatte. Als man sie eingefangen, eingesperrt, zurückgezwungen und verheiratet hatte, wie man ein Stück Vieh verkauft. Und um ihr auch jeden Traum zu nehmen und zu verhindern, dass er noch einmal Kontakt zu ihr aufnahm, hatte man ihren Geliebten ermorden lassen, meinen Vater. Ich spürte, wie meine Haare in der feuchten Meercsluft aufquollen. Sie kräuselten sich und schwirrten wie ein Schwarm Bienen um meinen Kopf. Ich schaute hoch. Die hellen Segel über mir blähten sich und knatterten in einem hohen Himmel. Ein schönes Geräusch. Meine Tasse war leer. Ich drückte sie in eine Schlange dicker zusammengerollter Taue, damit sie nicht über die Planken kullern konnte. Dann biss ich herzhaft in das Brot und den Käse. Ziegenkäse, Das schmeckte ich gleich. Julie. Meine liebe Julie. Ich kaute und aß, weil auch mein Kind in meinem Bauch hungrig war. Olympe. Miss Williams. Auch die Comtesse. Unwillkürlich lachte ich in die Brandung hinein. Vereint mit dem Mops betete die Gute hoffentlich weiter für mein Seelenheil. Jean-Michel brachte jetzt Nahrungsmittel in die Remise im Marais. Dann wanderten meine Gedanken weiter zu Fanny, Fanny mit den intelligenten Rosinenaugen. Von ihr war vor vier Wochen ein Brief aus Hamburg eingetroffen. Und Christiane Vulpius. Für diese Frauen, von denen ich so viel gelernt hatte, gab ich dem pfeifenden Wind über dem englischen Kanal meinen Dank mit.

Wieder donnerte eine Welle gegen den Schiffsbauch. Der legte sich schräger, als ich bislang in meinem Leben schräg gestanden war. Es brauchte meine ganze Kraft, mich am Handlauf festzuhalten. Ein vergessener Blechnapf schlitterte quer über das Deck. Ich sah ihm nach, bis er als silbriges Geschoss ins Meer eintauchte. Zu meiner Verwunderung war mir nicht im Geringsten bang. Meine Knie federten, ich fiel nicht um. Die »Pride« schwankte in ihre aufrechte Position zurück. Vor mir am Horizont entdeckte ich einen schmalen Streifen optimistischeres Grau. Die berühmten Kreidefelsen? England. Zurück schaute ich nicht. Der Terror und die unermüdliche Guillotine auf der Place de la Révolution lagen jetzt weit hinter mir. Die französische Küste hatte sich im Wellengebirge aufgelöst. Ich fuhr mit meinem Kind in die Freiheit.

Ich kniff die Augen zusammen. Ich atmete tief durch. Meine Lungen füllten sich. So unterschiedlich schmeckte Freiheit. Auch das hatte ich vorher nicht gewusst.

Mein Herz allerdings würde nie mehr frei sein. Das wollte ich auch nicht anders.

»Auch dieser Krieg geht einmal zu Ende«, hatte Lucien mir zum Abschied gesagt. Ernst und streng hatte der Major in ihm gesprochen. Seine Schläfe an meine Stirn gepresst, sein warmer Atem unendlich zärtlich in meinem Haar. »Dann komme ich, Leonorrr, egal, wo du bist. Und hole dich. Ich sorge dafür, dass dieser Krieg bald zu Ende geht.«

Während die »Pride« tanzend, aber zielsicher Kurs auf Dover hielt, wiederholten die Wellen ein ums andere Mal Luciens Versprechen.

Epilog

20. November 1806

Ich höre die Stimmen meiner Nichte und ihres Hauslehrers durch die Wand der Bibliothek. Die beiden lachen. Der junge Mann stammt aus Brighton und unterrichtet sie. Zahlen hätten unterschiedliche Farben und gäben Töne von sich, behauptet Lucienne. Sie liebt Mathematik. Außerdem schwimmt sie leidenschaftlich gern. Meine Schwester hat Lucienne diese ungewöhnliche Körperbetätigung beigebracht. Wenn es in Hamburg gelegentlich warm wird, fährt sie mit der Kleinen an die Nordsee. Im Mai haben wir Luciennes zwölften Geburtstag gefeiert mit Marzipantörtchen und Nougatkonfekt, die ihre Patentante Fanny schachtelweise mitbrachte.

Ich gehe heute nicht in meine Anwaltskanzlei am Jungfernstieg. Nicht weil ich etwa den jungen Engländer treffen wollte. Dass er reizend geformte Ohren hat, ist mir nicht entgangen. Auch nicht, dass er meine Nähe sucht. Was mir natürlich schmeichelt. Aber ich reiße mich zusammen, ich habe eine Familie, eine Position, ich habe außerdem verschwiegenere Möglichkeiten. Der junge Mann ist rührend in seiner Naivität und instinktiven Suche nach Männerbekanntschaften. Wie ich damals in Paris. Aber Hamburg ist nicht Paris. Jedenfalls habe ich hier keine Wohnung Rue de Varenne, Ecke Rue de Bourgogne gefunden. Trotzdem leben Eleonore und ich angenehm in der Freien und Hansestadt. Keine Fürsten, keine aufgeblasene Hofgesellschaft. Der nüchterne, liberale Blick der Reeder und Kaufleute bestimmt das Klima. Nach Weimar sind Eleonore und ich nie wieder zurückgekehrt. Ein Schoner unter amerikanischer Flagge brachte uns damals, im November 1793, von Calais nach Dover, bevor er weiter nach Philadelphia segelte. Vor unserer Weiterreise nach Hamburg verbrachten wir ein paar Wochen in England, damit sich Eleonore während ihrer Schwangerschaft ausruhen konnte. Niemand wusste, wo wir steckten. So erreichte uns keine Nachricht, als unser Vater, zumindest mein Vater, auf der Rückfahrt vom Anwesen der Baronin Hollersbach tödlich verunglückte. Die Kutsche war in eines der grubentiefen Sachsen-Weimar-Eisenach'schen Schlaglöcher geraten. Dass der Herzog ihm eine Grabstätte nahe der Fürstengruft bauen ließ, wird Vater bis zur Auferstehung und darüber hinaus glücklich machen. Unser Elternhaus am Frauenplan haben wir verkauft. Eine große Freude war, von Anselms Heirat mit einer jungen Gräfin zu hören, die angeblich wie ein Teufel reitet und schießt. Oelsner hat uns vor Jahren hier besucht. Auf der Durchreise aus seinem Schweizer Asyl, wohin er vor der Guillotine geflohen war, in seine schlesische Heimat. Er tollte wie verrückt mit Lucienne herum und ließ sie auf seinem Rücken reiten. Aber ich spürte, dass es unserem Freund seelisch nicht gut ging. In Goldberg, erfuhren wir später, wurde er wegen seiner revolutionären Gesinnung verhaftet.

Ich habe mir wichtige Akten mit nach Hause genommen. Auch die Unterlagen über Eleonores und mein Vermögen sichte ich noch einmal. Aber ich kann mich nur schlecht konzentrieren. Vieles steht auf dem Spiel. Das Schicksal der Stadt und das meiner kleinen Familie. Hamburg ist gestern Abend eingenommen worden. Die französische Armee hatte leichtes Spiel. Europa befindet sich im vierten Koalitionskrieg, und Napoleon Bonaparte dehnt sein französisches Kaiserreich immer weiter aus. Der mächtigste Herrscher des Kontinents wird befehlen, dass die modernen Zivilgesetze, die er für Frankreich erlassen hat, auch hier gelten. Darauf freue ich mich auf jeden Fall!

Unsere Köchin hat unsere Speisekammer in ein riesiges Vorratslager verwandelt: Fässer mit Heringen, gesalzenem Schweinefleisch und Butter, Mehlsäcke stapeln sich, Wurstketten und ganze Schinken baumeln von der Decke. Die Hamburger haben Angst vor der Besatzung der Franzosen. Unwillkürlich muss ich lächeln. Meine Schwester wird den Großteil der Nahrungsmittel ohnehin bald verteilen. Sie stiehlt jetzt nichts mehr, wir sind ja reiche Leute. Aber zwei- bis dreimal in der Woche zieht sie sich feste Schuhe an, geht mit vollen Körben los und kommt mit leeren zurück. Die Barackensiedlungen wachsen, weil Wohnungen knapp und teuer sind im wohlhabenden Hamburg. Die Familien von Hafen- und Fabrikarbeitern verelenden immer mehr. Von einem Teil unseres Erbes haben Eleonore und ich eine Schule für bedürftige Mädchen gegründet. Warmes Essen und Bildung gibt es dort gratis. Ich versuche als Mitglied im Hamburger Senat, für mehr Gerechtigkeit zu sorgen. Denn wir haben einiges von Condorcet gelernt. Auch er ist lange tot. Im Sommer nach unserer Flucht aus Paris flog sein Versteck in der Rue des Fossoyeurs auf, er floh aufs Land, brach entkräftet zusammen, kam in ein Gefängnis. Ob er dort an einem Herzschlag starb oder sich vergiftet hat, haben wir nie genau erfahren. Seine Visionen aber überleben ihn.

Kaum jemand würde in der vermummten Gestalt mit dem schnellen, kräftigen Gang die Dame vermuten, die der extravagante Mittelpunkt im neuen Alsterpavillon an der Binnenalster ist. Die Crème de la Crème der französischen Emigranten und englischen Kaufleute trifft sich dort. Sehr geistreich, sehr amüsant. Ihre roten Haare trägt Eleonore jetzt zu einer filigranen griechischen Frisur hochgesteckt. Unsere Julie wäre stolz auf sie. Meine Gedanken schweifen ab, dabei müsste ich noch so viel ordnen. In meinen Erinnerungen drückt sich eine perlmuttfarbene Ziege warm gegen mein Schienbein. Meine Erinnerungen. Immer wenn sie kommen, werde ich melancholisch …

Es klopft. Ich lege meine Schriftsätze endgültig zur Seite. Eleonore tritt ein. Sie trägt ein nilgrünes Seidenkleid, dessen Taille direkt unterm Busen sitzt. Diese Mode. Mit ihren siebenunddreißig Jahren ist meine Schwester um Welten weiblicher und verführerischer als das junge, sprunghafte Freifräulein, das von Weimar nach Paris kam. Sie wird ihm noch immer sehr gefallen, da bin ich mir sicher. Eleonores Augen leuchten, die Sommersprossen in ihrem winterblassen Gesicht auch. Heute ist der große Tag. All die Jahre hatte meine Schwester viele Briefe an die unverdächtige Adresse des Pariser Weinhändlers geschickt, die Lucien ihr genannt hatte. Eingeschlossen kleine gemalte Porträts von seiner kleinen Tochter. Und er hatte zuverlässig geantwortet, immer mit der Absenderadresse seines alten Freundes in der Pariser Rue de la Jussienne. Die zurückliegenden Jahre verbrachte Lucien Lagarde mehr oder weniger im Sattel, kreuz und quer durch Europa, immer da, wo Napoleon gerade Krieg führte. Nur einmal herrschte eine längere Pause. Lucien war schwer verwundet worden. Seitdem humpelt er. Würde sie ihn auch mit einem steifen Bein lieben? Meine Schwester weinte und lachte zugleich, als sie nach Wochen ohne Lebenszeichen diesen Brief las. Es wäre mir nicht entgangen, wenn meine Schwester sich in einen anderen Mann verliebt hätte. Anträge angesehener Bürger der Hansestadt hatte es genug gegeben. Und nun war Lucien mit den französischen Soldaten nach Hamburg gekommen.

»Du bist also entschlossen?«, frage ich. Meine Schwester nickt.

In dem Moment schlüpft Lucienne ins Zimmer. Stürzt auf mich zu, umarmt mich. Wie sehr ich das Kind liebe.

»Lucienne, du hast ja dein allerbestes Kleid an«, lobe ich sie und streichle ihr über das Haar. Die goldenen Funken in ihren hellbraunen Augen tanzen. Sie hat sie von ihrem Vater geerbt. Auch den Teint der Menschen vom Mittelmeer.

»Lucien wartet im Rathaus auf uns, weil er dem Kommando über die Stadt angehört. Das stand in dem Billett, das er mir gestern Nacht mit einem Boten geschickt hat«, sagt meine Schwester und nimmt ihre Tochter an der Hand. »Er hat versprochen, zu mir zu kommen, und er hat sein Wort gehalten.«

Aber der Krieg ist noch nicht aus, denke ich und schaue den beiden Menschen nach, die ich am meisten liebe. Ich pfeife leise vor mich hin. Eine Untugend, die ich eigentlich schon längst aufgegeben habe.

Dank

Ohne die ebenso kluge wie behutsame Führung meiner Lektorin Linda Walz von C. Bertelsmann wäre dieses Buch nicht so geworden, wie es geworden ist. Dafür danke ich ihr von ganzem Herzen. Auch Sabine Wiermann, die das Feinlektoriat durchführte, hat mir durch ihre Gewissenhaftigkeit und vor allem ihre Anregungen sehr geholfen. Besonderer Dank auch an meine Agentin Dr. Petra Eggers.

Auf langen Wanderungen und bei eisigen Temperaturen zeigte mir Doris Lutton das, was heute noch vom revolutionären Paris zu sehen ist. Auch dass ich das Leben und Schaffen des grandiosen Marie Jean Antoine Nicolas de Caritat, Marquis de Condorcet, besser verstehen konnte, ist ihr Verdienst. Lass Dich dafür noch einmal umarmen, liebe Doris. Mein Mann Roland und meine jüngste Tochter Harriet haben mir immer wieder die nötigen Freiräume gegeben, um mich zurückzuziehen und jenseits von Lateinschulaufgaben und Elternabenden konzentriert schreiben zu können. Merci beaucoup et plein de bisous! Dem Ehepaar Monika und Hans Simon danke ich, dass ich im Dachgeschoss ihres wunderschönen alten Bauernhauses einen ruhigen Schreibtisch mit Blick auf Karwendel und Zugspitze habe. Und ohne die treue Begleitung unserer Labradorhündin Nellie auf meinen Spaziergängen quer Feld ein wären mir nicht immer wieder neue Ideen gekommen…

Zeittafel

14. Juli 1789: Beginn der Französischen Revolution mit Erstürmung der Bastille in Paris.

26. August 1789 die Französische Nationalversammlung verkündet die »Erklärung der Menschen- und Bürgerrechte«, die die Grundlage für Demokratie und Freiheit wird.

Dezember 1789: Christiane Vulpius bringt in Weimar den unehelichen Sohn Johann Wolfgang Goethes zur Welt.

Juni 1790: In Frankreich wird der Adel abgeschafft.

Mai 1791 eröffnet Goethe das neue Weimarer Hoftheater, dessen Direktor er ist.

August 1791: Großer Sklavenaufstand in den französischen Kolonien.

Juni 1791: Louis XVI. und Marie Antoinette fliehen mit ihren Kindern aus Paris, werden vor der Grenze aber abgefangen und zurückgebracht.

27. August 1791: Deklaration von Pillnitz – der Kaiser des Heiligen Römischen Reichen, der preußische König und andere Monarchen wollen auf Drängen des Grafen von Artois (Bruder des französischen Königs und Anführer der Emigranten) Louis XVI. wieder als absoluten Monarchen einsetzen. Das revolutionäre Frankreich sieht das als Kriegserklärung.

September 1791 legt die Schriftstellerin und Frauenrechtlerin Olympe de Gouges der Französische Nationalversammlung ihre »Erklärung der Rechte der Frau und Bürgerin« vor, in der sie die volle rechtliche, politische und soziale Gleichstellung der Frauen fordert. Sie findet jedoch kein Gehör.

Februar 1792 wird der Philosoph und Mathematiker Marie Jean Antoine Nicolas, Marquis de Condorcet, zum Präsidenten der gesetzgebenden Nationalversammlung gewählt und entwirft Pläne für ein umfassendes öffentliches Bildungssystem.

22. April 1792 erklärt die Französische Nationalversammlung Österreich und Preußen den Krieg.

Juni 1792: Goethe zieht mit Christiane Vulpius und dem gemeinsamen Sohn in das renovierte Haus am Weimarer Frauenplan, das ihm der Herzog von Weimar-Sachsen-Eisenach mietfrei überlässt.

August 1792: Das Volk von Paris stürmt den Tuilerienpalast, der französische König wird abgesetzt und ab da im Temple festgehalten.

Ende August bis November 1792 begleitet Goethe den Feldzug deutscher und österreichischer Monarchen gegen das revolutionäre Frankreich (1792–1797 Erster Koalitionskrieg).

21. Januar 1793: Louis XVI. wird durch die Guillotine hingerichtet.

Februar 1793: Kriegserklärung an England und die Niederlande.

10. März 1793: Einsetzung des Revolutionstribunals. Kurz darauf wird der berüchtigte Wohlfahrtsausschuss ins Leben gerufen: Beginn der Terrorherrschaft Maximilien de Robespierres.

3. November 1793: Die Frauenrechtlerin Olympe de Gouges wird guillotiniert.

Dezember 1793: Charlotte von Stein wird Witwe.

Ende März 1794 flieht Condorcet aus seinem Pariser Versteck aufs Land, wird gefangengenommen und stirbt unter mysteriösen Umständen.

28. Juli 1794 endet mit Robespierres Enthauptung die Schreckensherrschaft.

November 1799 kommt General Napoleon Bonaparte durch einen Staatsstreich an die Macht und lässt sich am 2. Dezember 1804 zum Kaiser krönen.

1799 bis 1802: Zweiter Koalitionskrieg.

1805: Dritter Koalitionskrieg.

November 1806 bis März 1813: Hamburg wird von Napoleons Truppen besetzt.